甄嬛传 贰

流潋紫——著

作家出版社

壹拾　88　　爭春

壹壹　93　　貴嬪

壹貳　106　　舒痕膠

壹叁　119　　梨花

壹肆　128　　芳辰

壹伍　136　　風箏誤

壹陆　145　　花落

壹柒　151　　漁翁

壹捌　164　　子嗣

貳捌　274　　桃夭

貳玖　283　　玉厄

叁拾　294　　風聲轉

叁壹　307　　春日涼

叁貳　317　　桃花流水去

叁叁　331　　蟬鳴逐風來

叁肆　343　　霜冷匝地起

叁伍　355　　冬雪未曾開

后宫品级次序表——

368

目次

壹 01
刀影

貳 11
浮舟

叁 23
浣碧

肆 30
閒庭桂花落

伍 48
巴山夜雨時

陸 55
嫁娶不須啼

柒 62
珠胎

捌 69
時疫

玖 81
誰家花開驚蜂蝶

壹玖 179
蓮心

貳拾 192
菱歌起

貳壹 198
長門

貳貳 207
語驚心

貳叁 218
長相思

貳肆 229
泠月

貳伍 239
蝶幸

貳陸 249
榮華

貳柒 261
朝政

何当共剪西窗烛，
却话巴山夜雨时。

刀影 ｜壹

如是几日过去，忽一日黄昏静好，见天色渐渐暗下来，悄悄唤了流朱与浣碧进内堂，手脚利索地帮我换上浣碧的宫女装束，又把发髻半绾，遮去大半容颜。见她们一脸迷惑的样子，环顾四周无人，方悄声耳语道："我要去存菊堂见眉庄小主。"

流朱惊讶道："怎么突然要去？皇上不是说无诏不许任何人去见眉庄小主么？"

浣碧亦劝："小姐不要去吧。这样匆忙间什么准备也没有。"

我自顾自扣着衣襟上的纽子，道："此刻不是正在准备么？浣碧，你是我的家生丫鬟，宫里见过你的人不是很多，印象自然不深刻，我便自称是你，由槿汐带着去存菊堂送吃食。那边我已经打点好，只等入夜看守的侍卫交班时蒙混进去，自然是万无一失的。"

流朱还是不放心："小姐，万一被发现可是欺君的大罪，不是削减俸禄就可以打发得了的。何况您眼下圣眷正隆，实在不必去冒这个险啊。"

我对镜检视妆容，见形貌不同于往日，只消低头走路，应当不会让人发觉，遂道："圣眷隆与不隆我都是要去一趟的。今晚皇上已经选了安美人侍寝，那是再好不过的机会。"我回头对浣碧道："你一个人在内堂待着，别教人见了你。流朱去堂上把着风，不许任何人进内堂。我叫槿汐同我出去。"

说话间已走至门外，不顾流朱、浣碧二人惊愕神色，悄然转了出去。

槿汐早已在外边候着，只作是带了宫女出去，走至垂花仪门外，听见有侍卫赔笑对槿汐道："姑姑出去哪。哎哟，这不是浣碧姑娘么？姑姑与姑娘同出去，必是小主有要紧的事嘱咐了去办。"

槿汐道："正是呢，赶着要出去。"

侍卫忙忙让道，讨好着道："是是。奴才们就不碍着姑姑和姑娘了。"

走出几丈远，方与槿汐对视一眼，忍不住微笑，道："看来我扮得挺像。"

槿汐亦微笑："浣碧姑娘的身量原和小主有些像的。若细细考究起容貌来，姑娘的眼睛与小主最像。"

我脸色微微一沉，只说："许是处得久了的缘故吧。"

槿汐大概是觉得失言了，不敢再说下去，默默前行了一段路，几转出了永巷又进了上林苑，几座假山环抱之中是小小两间屋子，原是给嫔妃更衣小憩用的场所。槿汐低声道："奴婢陪小主进去换衣服吧。允公公在里头候着呢。"

我叹一口气："但愿今天的事只是我白费心机。"见槿汐恭谨不语，只谆谆道："你去吧。小心行事。"

旋即换了衣裳出来，已是往日的嫔妃本色，只鬓发半垂遮住面容，头上珠花素净些，更像是家常串门子的衣服。

起身扶了小允子的手往偏僻路上走，穿过茂密竹林，便是冯淑仪的昀昭殿的后门，早有人接应在那里，径直进了冯淑仪的偏殿，连半个意料之外的人也没瞧见，方安心了不少。隔着纱帘见冯淑仪独自坐着低头拿着一件小衣裳摆弄，盈盈笑道："姐姐好兴致呢。"

冯淑仪闻声吓了一跳，忙忙抬起头来，见是我才笑着起身迎接道："怎么悄无声息就来了，倒吓了我一跳。"

我挑帘俏生生走上前道："用了晚膳就到处闲逛，正好经过姐姐的昀昭殿后头就想进来瞧瞧姐姐，不想倒惊扰了姐姐。"

她与我一同坐下，宁和微笑道："哪里是惊扰呢。也是无事，做了件小裙想送与淑和帝姬。你瞧瞧如何？"

我仔细拿着看了，冯淑仪正要唤人进来奉茶，我忙拦住道："不忙。我与姐姐好好说说话吧。那些奴才一进来，反而扫了我们说话的兴致。"

冯淑仪想了想道："也是。我也嫌他们在就拘束得很。不像是我拘束了他们，反倒像他们拘着了我。真真是好笑。"

风吹过殿后的竹叶飒飒如急雨，我微笑道："姐姐就是这样好静。"

与冯淑仪静静坐了闲话一阵，估摸着莹心堂里的动静，虽然万事俱备，却不知道华妃与曹婕妤是否会钻这个空子，不免暗暗有些担心。

对面的冯淑仪安静端坐，絮絮地说着帝姬与皇长子的一些琐事。这些孩子间的趣事，慢慢抚平我略微不安的心境。我注目于她，她的确是个端庄和气的女子，说不上有多么美丽，亦看不出有怎样的聪慧，只是寻常大家闺秀的宁和气度。后妃之中，她从不夺目，只是五官清秀，一颦一笑皆是贞静之态，是家常的随和与贤淑。我忽然想，她大概就是这样一个无是无非的人，湮没于争奇斗艳的妃嫔之间，尽管她入宫有年，位分仅次于妃，但她那一列，亦有陆昭仪、李修容与她并列，又有紧随其后的欣贵嫔。然而，她双目不经意的一瞬，却有几分说不出的雅致和端庄。玄凌待她，说不上宠，但颇为礼遇，远出于早已失宠的陆昭仪、李修容等人。大抵这样宁和的女子，总是能够一点一滴释放出属于自己的气质，有锋芒而不锐利，缓缓地打动人。

我兀自微笑，然而在这后宫之中，许多人是隐藏了锋芒的，就如我眼前这个人一样。若她真正一无是处，没有半分防身之技，又如何能在华妃之下稳居这淑仪之位多年。

殿外忽然有嘈杂的声音，似乎有许多人一同闯了进来，呼喝声不断，却不是朝冯淑仪的昀昭殿这里来，似乎是往旁边的存菊堂去了。

嘴角勾出一缕不易察觉的微笑，果然来了，口中只道："似乎有什么大事呢。"

冯淑仪倒是镇静，有管事的姑姑含珠进来回禀道："华妃娘娘来了。似乎说是婕妤小主身边的槿汐姑姑刚才想带人传递东西进去给眉庄小主，起了什么误会呢。"

冯淑仪惊疑地望着我，道："是你身边的人。"

我只淡然道："是我遣了槿汐去送些东西，想必也不是什么了不得的事。我先不出去，若见了我，只怕事情更说不清楚。"

冯淑仪知道我与华妃之间的过节儿，道："且不忙出去拜见，想必这会子华妃娘娘也无心理会我们，等看看事情的变化再出去才好。"

与冯淑仪并立于窗前静听窗外的动静。是芳若的声音，恭恭敬敬道："槿汐此来只是想托奴婢把一些日用与吃食转交给沈常在，因东西不少，所以带了两个棠梨宫的奴婢一同拿到外室，并未见到小主向眉庄小主请安。"

槿汐亦谦卑："如芳若姑姑所言，奴婢只是奉我家小主之命送些东西过来，并未违背皇上旨意与眉庄小主相见。"

华妃软绵绵的笑语中机锋不掩："不是说槿汐你带了两个人过来么？怎么现下只有你和身边这一个？还有一个呢？莫不是忙于正事没空儿来见本宫。"

槿汐的声音略微慌张："这……那是棠梨宫中的宫女品儿，奴婢先让她回去了。"

华妃干笑一声道："是么？那本宫也不必和你们在这里废话了。本宫听闻有人私入存菊堂探望禁足的宫嫔，于宫规圣旨不合，所以特意过来查一查。"

芳若只是好言相劝："眉庄小主禁足，皇上有旨看管，又怎会有人进去与小主私会呢？"

华妃冷笑一声，故意扬高了声音道："那可未必。这宫里恃宠而骄的人不少，保不准就有人吃了熊心豹子胆呢。"

我面上微微变色，华妃也未免太目中无人了，当面背后都是这样出言相讥。

冯淑仪看我一眼，道："华妃似乎是疑心你在存菊堂里头呢，不如现在出去解释清楚也好。"

我只沉静隐于窗后，道："不用急，现在出去，华妃娘娘的威风可要往哪里摆呢？若不让她进去搜一搜，恐怕这样听了空穴来风就诬赖我的事还有下次呢。"

冯淑仪静默片刻道："华妃娘娘最近行事似乎十分急进，反而失了往日的分寸。"

我噙一缕微笑在嘴角，淡淡道："往日的分寸又是怎样的分寸呢？比之今日也只是以五十步笑百步。昔日她坐拥一切，今日急于收复失地，难免急进，亦是人之常情。"心里却暗暗疑惑，华妃纵然急进，但是曹琴默为人谨慎又心思细腻，尽管我故意放了浣碧去密报，又怎会让华妃来得这样快？她是华妃的左膀右臂，难道没有为她好好留神，还是她们太信任浣碧了？总是隐隐觉得其中有关节不妥之处，难道，竟是曹琴默故意纵了华妃浩浩而来？或许她也并不想华妃那么快起势。猛地身上一激灵，从前想不通的地方骤然明了。

如果利用温宜帝姬陷害我的事不是由曹琴默亲自所为，那么华妃就是主谋。以往日看来，曹琴默对这个唯一的女儿很是疼爱，谁肯伤害自己的亲生女儿来夺宠？但是温宜帝姬并非华妃亲生，她自然不会真心疼惜。回忆起当日在慎德堂种种，竟是有蛛丝马迹可寻，只是我当日浑然不觉，只怕她们之间就此生了嫌隙也未可知。

我冷然一笑，如此看来，这一局倒是更加错综复杂了呢。

然而这一切也不过是我的揣度，眼下只关注眉庄的事，曹琴默与华妃的瓜葛等日后再好好计较。

殿外的纷争渐渐激烈，槿汐与芳若只是跪着不敢放华妃进去。我向含珠努一努嘴，她是宫里经久的姑姑了，什么阵势没有见过，立刻屈一屈膝告退，匆匆从后门向皇帝的仪元殿跑去。

冯淑仪只是点头含笑："婕妤妹妹似乎喜欢看戏。"

我微笑向她："人在看戏，戏也在看人。此时坐于台下观望，或许不用多久就已身在戏中了。"

冯淑仪声音放得低，语不传六耳："妹妹的戏总是能大快人心，你我同唱一出，我虽上不了台面，必然也为妹妹敲一敲边鼓拉一拉丝弦，妹妹以为如何？"

我笑："如此，多谢姐姐了。"

她低低叹一声，似乎听不出语气的抑扬顿挫，只出神望着窗外："我曾经有过一次封妃的机会，妹妹知道吗？"她的声音渐渐低迷，"恐怕这辈子，有她一日，我就只能是以偏妃终老了。"

我的话语虽低，却是清晰得字字入耳："姐姐放心。四妃之位犹是虚悬，从一品夫人也是虚位以待。姐姐仁厚必有封妃之日。"

她的笑容似乎有安定之意，只是如常地平和安宁："有妹妹这句话，我有什么不放心的呢？妹妹将来的荣宠贵重，恐怕是我望尘莫及的。"

我的笑意凝滞在脣上，淡淡地道："但愿如姐姐所言。"

冯淑仪与我交好的确不假，除了眉庄与陵容，史美人固然是借机奉承，淳常在又年幼，能说上半句知心话的也就只有冯淑仪了。

屈指算着玄凌过来的时间，外头突然安静了下来，原本争执的两方呼啦啦跪了下来请安接驾。

我会意一笑，方施施然跟于冯淑仪身后出去。

　　我满面笑容屈膝请安，玄凌伸手扶了我一把："你也在这里？"

　　我道："正在和淑仪娘娘说话解闷呢。"说着向华妃欠身施礼，盈盈堆满笑意："娘娘金安。"

　　华妃骤然见我，脸孔霎时雪白，几乎倒抽了一口冷气，不由自主道："你怎么在这里？"

　　我恭敬道："娘娘没听清嫔妾回皇上的话么，嫔妾在与淑仪娘娘做伴儿呢。"

　　她几乎不能相信，目光瞬时扫过槿汐，望向存菊堂，适才的骄色荡然无存。

　　槿汐向我道："小主教奴婢好找，原来悄没声息来了淑仪娘娘这里。奴婢只好先把小主吩咐的东西送来给眉庄小主。"

　　我笑吟吟向华妃道："方才在冯淑仪殿里听得好大的阵仗，还以为出了什么大事，竟吓得我不敢出来，当真是失礼了。"说着以手抚胸，像是受了什么惊吓似的。

　　玄凌的目光如常温和，只是口气里隐藏着漫不经心似的冷淡："华妃不在宓秀宫，在这里做什么？"

　　华妃强自镇定，道："臣妾听闻有人擅闯存菊堂探视禁足妃嫔，所以特来一看。"

　　玄凌淡淡瞧着她："有皇后的手令么？"

　　华妃更是窘迫，微微摇头，口气已带了几分僵硬："臣妾急着赶来，并没有来得及求皇后手令。"

　　玄凌的目光已经有了森然的意味，冷冷道："朕禁足沈常在时曾经下令，非朕的旨意任何人不许探视沈氏，你也忘了么？"他略顿一顿，"那么你搜宫的结果呢？"

　　华妃额头的冷汗涔涔下来："掌事宫女芳若阻拦，臣妾还未一看究竟。"

　　玄凌微微一笑，却不去看华妃，只对芳若道："很好，不愧是朕御前的人。"

芳若直直跪着，大声道："奴婢谨遵皇上旨意，不敢有违。"华妃的神色瞬间一冷，硬撑着腰身站得端正。

玄凌这样对芳若说话，分明是扫了华妃极大的面子。

冯淑仪出列打圆场道："华妃娘娘向来做事果决，必是有了证据才来的。不如还是进存菊堂查上一查，一来娘娘不算白跑了一趟，二来事情也有个交代。皇上意下如何？"

我婉转看了冯淑仪一眼，她果然是一个聪明人，晓得如何推波助澜。我盈盈拜倒道："沈常在身受囚禁之苦，若还背上违抗圣旨私相授受的罪名，臣妾也实在不忍。还请皇上派人入存菊堂查一查，以还沈常在清白。"

玄凌不假思索道："既然如此喧哗，自然要查。沈常在虽然戴罪禁足，却也不能白白叫她受辱。"说着唤李长："你带着几个得力的小内监进去好生瞧一瞧。"

李长应声去了，大约半炷香时间才出来，恭谨道："只沈常在与她贴身侍女在内，并无旁人了。"

华妃脸色愈加苍白，脚底微微一软，幸好有宫女连忙扶住了。华妃颤巍巍跪下道："臣妾惶恐，误听人言才引来如此误会。万望皇上恕罪。"

玄凌只是仰头站着，冷淡道："朕一向知道后宫流言纷争不断，但你协理六宫多年，竟然无视朕的旨意还不分青红皂白就要搜宫，未免太叫朕失望。"

华妃如何禁得住这样重的话，忙不迭以首叩地，连连谢罪。

玄凌的眉头不自觉地蹙起来，失望道："朕原本以为你闭门思过之后已经改过，不想却是益发急躁了，竟连以前都不如。"他的语气陡地一转，冷冷道，"朕本想复你协理六宫之权，今日看来，竟是大可不必了。"

华妃闻言身子一抖，几乎是不可置信地看着玄凌，眼神中的不忿与惊怒几乎要压抑不住，转瞬间目光狠狠逼视向我。我不由得一凛，却不肯示弱，只含了一抹几乎不可觉的得意弧度回视于她。

玄凌不耐烦道："你好好回你自己宫里去吧，别再生那么多事来。"华妃重重叩首，颤声道："多谢皇上恩典。"

玄凌正要拂袖而去，回头又补充一句："不许再去见温宜帝姬，没的教坏了朕的女儿。"华妃委屈与震怒交加，几乎要哭出来，好容易才忍住。我别过头不去看她，心里稍稍有了痛快的感觉。

眉庄啊眉庄，你在存菊堂里听着，自然也能欣慰一些吧。

正要送玄凌出去，冯淑仪忽然道："臣妾有一言进于皇上。"

玄凌点头道："淑仪你说。"

冯淑仪道："臣妾想如今沈常在禁足存菊堂，臣妾掌畅安宫主位，自然要为皇上分忧。臣妾想既然已在宫中，沈常在又只是禁足，不知能否请皇上撤去一半守卫，一则实在无须耗用宫禁戍卫，二则畅安宫中住有数位嫔妃，这么多守卫在此，不仅不便，也叫人看着心内不安。"我感激地望着她，她却只是安宁的神态，如关心一个普通的妃嫔。

玄凌略想一想，道："好吧。只是人在你宫里，你也要费心照应。"

冯淑仪欣然道："臣妾允命。"

我送玄凌走出仪门，他轻轻握一握我的手道："还好没有牵连到你。"

我摇头："臣妾不会自涉险境，也不愿违背皇上的旨意。"他的眼神微微温和，我靠近他身边道，"皇上忙于国事，臣妾已让人准备了参汤，送去了仪元殿，皇上回去正好可以喝了提神。"

他微笑："总是你最体贴。"

我脸上一红，屈膝恭送他上了明黄车辇去了。

身后华妃眼圈微红，目光凌厉如箭，恨然道："本宫一时疏忽，竟中了你的计！"

我只是行礼如仪："娘娘的话嫔妾不懂。嫔妾只晓得娘娘或许不是疏忽，娘娘是聪明人，应该听过《三国》里杨修聪明反被聪明误的故事。娘娘您说是么？"

华妃紧握手指，冷冷道："很好，你倒是很会摆本宫一局。本宫没有早早扳倒你，实在是本宫的错，怨不得别人。"

我微笑如和美的春风拂面，说话时耳坠上的金珠子点点碰着脖颈："娘娘说笑了。后宫中大家同为姐妹服侍皇上，怎么娘娘说起扳倒不扳倒这样冷人心肠的话来。要是被皇上听到，又要生气了呢，也失了娘娘该有的风度啊。"

华妃一时语塞，她的贴身宫女眼见不好，忙劝道："时辰不早了，请娘娘先回宫安歇吧。"

我不容她分说，不再想和她多说半句，道："恭送娘娘。"

浮舟　｜贰｜

　　御前的人办事最是利索，等我从冯淑仪处离开时，戍守存菊堂的侍卫只剩了刚才的一半。

　　槿汐扶着我的手慢慢出去，见夜色已深，又故意绕远路走了一圈，方又回到上林苑假山后的屋子，换了宫女衣裳，悄悄跟在槿汐旁边返回存菊堂。

　　其时正是两班侍卫交班的时候，适才被华妃那么一闹腾，多数人都是筋疲力尽了，加上玄凌撤走了一半侍卫，剩下的人也懈怠了许多。芳若早已按照吩咐，将我送给眉庄的吃食分送给守夜的侍卫，那些食物里加了一定分量的蒙汗药，不多时，那些侍卫都已经睡意蒙眬了。

　　悄悄掩身进去，芳若和小连子已经在里头候着。小连子低声道："小主没有猜错，小主走后不久，她便从后堂偏门往曹婕妤宫里去了。"

　　呼吸一窒，虽然早已猜到是她，但一朝知晓，那股惊痛、愤怒和失望交杂的情绪还是汹涌而来，直逼胸口。我闷声不语，想是脸色极难看，小连子见了大是惶恐，问："小主，要不要奴才先去把她扣下。"

我努力抑住翻腾的气息，静一静道："不用。你只嘱咐他们要若无其事才好。"

小连子一愣，道："是。"

我道："你先回去吧。她的事我会亲自来审。"

小连子躬身退下："奴才已经把船停在荷丛深处，小主回来时应当不会惹人注意。"

我点点头，见他走了，方一把握住芳若的手臂道："姑姑，多谢你。"

芳若眼中隐有泪光："小主这样说岂不是要折杀奴婢了。奴婢自府邸起服侍小主，能为小主尽力也是应当的。"说着引我往内堂走。

存菊堂是向来走得极熟的了，穿堂入室，如同自己宫里一般。因着玄凌的宠爱，去年的今时，此处便开满各色菊花，黄菊有黄鹤翎、侧金盏、莺羽黄；白菊有月下白、玉宝相、一团雪；紫菊有碧江霞、双飞燕、剪霞绡；红菊有美人红、海云红、胭脂香；淡红色的有佛见笑、西施粉、玉楼春。如云似霞的菊花丛中，眉庄颊上是新为人妇的羞涩微笑，糅进满足的光芒，柔声道："皇上待我也算是有心了。"真是人比花娇。

然而光阴寸短，不过一年时间，菊花凋零了又开，而昔日的盛景已不复于存菊堂中。

宫女的鞋鞋底很薄，踏在落叶荒草上有奇异的破碎触感，入秋时分，草木萧肃之气隐隐冲鼻。月色下草木上的露水沾湿了宫鞋。因为眉庄失宠，阖宫的奴婢也都巴不得偷懒，服侍得越发懈怠，以致杂草丛生、花木凋零，秋风一起，这庭院便倍显冷落凄凉。

再转已入了内室，见眉庄站立门口，远远便向我伸出手来，眼中一热，一滴泪几乎就要坠下，忙快跑几步上前，牢牢与她握住了双手。

眉庄的手异常地冰冷。我还未说话，眼泪已滚落下来。眉庄亦是呜咽，仔仔细细瞧了我一回，方才勉强笑道："还好，还好。芳若传话进来总说你很好，我还不信，现在看来，我也放心了。"

我强撑起笑容道："我没有事，就怕你不好。"

言语间芳若已退出去把风，眉庄的身量失去了往日的丰盈，一双手瘦嶙嶙紧握我的手和我一同走进内室。

进去一看，不由得一怔，已觉空气中浸满了一种腐朽的味道。眉庄见我的神气，幽悲一笑道："这里早已不是昔日的存菊堂了。"

我仍是不免吃惊："话虽如此，但你尚有位分，宫中竟然凋敝如此，那些奴才未免太过分！"

眉庄伸手一支支点燃室内红烛，道："华妃势盛，那些奴才哪一个不是惯会见风使舵的，一味地拜高踩低作践我。若不是有芳若暗中周全，恐怕我连今日也挨不到了。"说着一滴泪坠下，正巧落入燃烧的烛火间，"刺"的一声轻响，滚起一缕呛人的白烟。

那蜡烛想来是极劣质的，燃烧时有股子刺鼻的煤烟味，眉庄禁不住咳嗽起来，我忙扶她坐下，衾褥帷帐颜色晦暗暧昧，连茶壶也像是不干净的样子。我仔细用绢子擦拭了碗盅，方倒了一杯出来，对着烛光一看，庆幸虽不是什么好茶但也勉强能喝。

见眉庄一饮而尽，我才慢慢道："你别急。我必定向皇上求情尽早放你出来。"这话说得没有底气，我难免心虚。玄凌什么时候放眉庄，我却是连一点底都没有。然而如今，只好慢慢宽慰她，但求能够疏解她郁闷的心结。

眉庄只是冷笑，似乎不置可否。半日，她似乎心绪平复了些，才静静道："我听芳若说你没有因为我的事受牵连，我才稍稍放心。幸而现在有陵容，你也不算孤掌难鸣了。"她略顿一顿，怔怔望着窗外因无人打理而枯萎的满地菊花，片刻才回转神来，淡淡问道，"皇上很喜欢陵容么？"

我一时微愣，随即道："算不得特别好，但也远在曹婕妤之流之上。"

眉庄淡淡"嗯"一声："那也算很不错了。只是陵容胆小怕事，虽然得宠，但是有什么事还得你来拿主意。"

我答应了，见她身形消瘦，不由得道："不要生那起子奴才的气，到底保重自己要紧。今日你可听见外面的动静了？也算为你出了一口气。"

眉庄点头道："听见了。只是她未必这么好对付。"

我不由得叹气："也只能走一步算一步罢了。"

我的目光渐渐往下，落在她依旧平坦的小腹上，终于忍不住问道："当日你怀孕，究竟是怎么一回事？"

眉庄凄然一笑："人人都说我佯孕争宠，难道你也这么以为？"眉庄下意识地抚摸着平坦的腹部道，"以我当日的恩宠，何必再要假装怀孕费尽心机来争宠？"

我淡定道："你自然不必出此下策，以你当日之宠，有孕也是迟早的事，又何苦多此一举。"

眉庄幽幽叹了一口气，道："你明白就好。"

"姐姐，她们故意让你以为自己怀孕，得到一切风光与宠爱，然后再指证你佯孕争宠。"我叹口气，将所猜测的说与她听，"恐怕从江太医给你的方子开始，到他举荐刘奋都是有人一手安排的。正是利用了你求子心切才引君入瓮，再用一招釜底抽薪适时揭破。"

眉庄道："她们一开始就布了此局，只待我自投罗网。"她紧紧攥住手中的帕子，"也全怪我不中用！"两行清泪从她哀伤悲愤的眼眸中直直滴落，"直到茯苓拿了沾血的衣裤出来，我还不晓得自己其实并没有身孕。"眉庄的指甲已留得三寸长，悲愤之下只闻得"咔"的一声轻响，那水葱似的指甲齐齐断了下来。我吓了一跳，眉庄眼中尽是雪亮的恨色："她们竟拿皇嗣的事来设计我！"

想起眉庄听闻怀孕后的喜不自胜，我不由得黯然。她是多么希望有一个孩子，安慰冷清夜里的寂寞，巩固君王的恩宠和家族的荣耀。

我安慰道："事已至此，多说也是无益。你可晓得，连我也差点儿着了她们的道儿。皇上本还想再扶持华妃协理六宫，若非我今日引她入局，恐怕日后我与陵容都是岌岌可危了。"

"我在里头听得清楚。"眉庄凄惶道，"我已经不中用了，但愿不要连累你们才好。"说罢侧身拭泪道，"能救我脱离眼下的困境是最好，如若不能也千万不要勉强。你一人独撑大局也要小心才是，万万不能落到我这般地步……"

我心口一热越发想哭，怕惹眉庄更伤心，终于仰面强忍住。

昏昧的殿内，古树的枝叶影影地在窗纱上悠然摇摆，好似鬼魂伸出的枯瘦手爪。秋虫的鸣叫在深夜里越发孤凄清冷，直触得心头一阵阵凄惶。

我极力道："皇上……他……"然而我再也说不下去。玄凌对眉庄的举止，未免太叫我寒心。兔死狐悲，唇亡齿寒啊！我终于抑制不住心底对前尘往事的失望与悲哀，缓缓地一字一字道："皇上……或许他的确不是你我的良人……咱们昔年诚心祈求的，恐怕是成不了真了。"

"良人？"眉庄冷笑出来，几近刺耳，"连齐人的妻妾都晓得所谓'良人'是女子所要仰望终身的……"眉庄紧咬嘴唇，含怒道，"他……他何曾能让你我仰望依靠！"眉庄的声音愈加凄楚，似乎沉溺在往事的不堪重负里，"昔年我与你同伴闺中，长日闲闲，不过是期望将来能嫁得如意郎君，从今后与他春日早起摘花戴，寒夜挑灯把谜猜，添香并立观书画，步月随影踏苍苔。纵然我知道一朝要嫁与君王，虽不敢奢望俏语娇音满室闻，如刀断水分不开，也是指望他能信我怜惜我。"[1]

眉庄的声音因为激动而哽咽，她的字字句句如烙在我心上，生生逼出喉头的酸楚。这些话，是昔年闺阁里的戏语，亦是韶龄女子最真挚的企盼……

我勉强含泪劝道："你放心，她们陷害你的事我已着人去查，想必很快就会有结果，你耐心些。等真相水落石出那一日，皇上必定会好好补偿你，还你清白的。"

眉庄哀伤的笑容在月光下隐隐有不屑之意："补偿？这些日子的冤和痛，岂是他能补偿得了的！把我捧于手心，又弃之不顾，皇上……他当真

---

[1]　出自越剧《红楼梦》选段，为宝玉设想的与黛玉的婚后生活，两情融洽。

是薄情，竟然半分也不念平日的情分！"

心头有茫然未知的恐惧袭来，只是茫茫然说不出来，只觉得一颗心在眉庄的话语中如一叶浮舟颠簸于浪尖，终于渐渐沉下去，沉下去……

眉庄只凝望我的神色，道："或许这话你今朝听来是刺心，可是落魄如我，其中苦楚你又如何明白？"她略停一停，复道，"这昔日尊荣今日潦倒的存菊堂倒叫我住着想得明白——君恩，不过如是。"她看着我愈加复杂难言的神情，淡淡道，"不过皇上对你是很好的，不至于将来有我这一日。只是你不必劝我，出去也只是为了保全我沈氏一族。皇上……"她冷冷一笑，不再说下去。

我欲再说，芳若已来叩门，低声在外道："请小主快些出来，侍卫的药力快过，被发现就不好办了。"

我慌忙拭一拭泪，道："好歹保重自身，我一定设法相救于你。"

眉庄紧一紧我的手："你也保重！"

门外芳若又催促了两声，我依依不舍地叮嘱了两句，只好匆匆出去了。

秋时的夜色总是蔓延着轻薄的雾气弥漫于紫奥城的层层殿宇与宫室之中，带着郁郁的阴沉。

我轻巧避开宫中巡夜的侍卫，来到小连子预先帮我安排好小舟的地方，潜入藕花深处。

小小一舟，在我上船时轻微摇晃漾开水波。只觉舟身偏重，一时也不以为意，只解开了系舟的绳子。正要划动船桨，忽然听见有成列的侍卫经过时靴底的声响。一时慌乱，便往狭小的船舱里躲去。

忽地脚下软绵绵一滑，似乎踏在了一个温热的物事上。我大惊之下几乎叫出声来，那物事却"哎哟"大唤了一声。

是个男人的声音，并且似乎熟悉。我还来不及出声，已听得岸上有人喝道："谁在舟里？"

一颗心几乎要跳出腔子，怦怦狂窜于胸腔之内。我闭目低呼，暗暗叫苦——万一被人发现，今日所布下的功夫就全然白费了，连眉庄也脱不了干系！

然而黑暗逼仄的船舱里有清亮的眸光闪过，似是惊讶又似意外，一只手紧紧捂住了我的嘴，探出半身于舱外，懒懒道："谁在打扰本王的好梦？"

声音不大，却把岸上适才气势汹汹的声音压得无影无踪，有人赔笑道："卑职不晓得六王爷在此，实在打扰，请王爷恕罪。"

玄清似乎不耐烦，打一个哈欠挥手道："去去。没的搅了本王的兴致。"说罢，便又放下了帘子。

玄清向来不拘惯了，无人会介意他为何会深夜在此。岸上的人好像急急去了，听了一会儿没有动静，他方道："出来吧。"

我"呜呜"几声，玄清才想起他的手依然捂着我的嘴，慌忙放开了。我掀开船舱上悬着的帘子向外一瞧，果然人都去了，心下一定，脸上却是热辣辣烫得似要烧起来。

他好像也不自在，微微窘迫，转瞬发现我异常的装束却并不多问，只道："我送你回去。"

我不敢说话，忙忙点头，似乎要借此来消散自己的紧张和不知所措。

他用力一撑，船已徐徐离岸丈许，渐渐向太液池中央划去。慢慢行得远了，一颗狂跳的心方缓缓安稳下来。

紫奥城所在的京都比太平行宫地势偏南，所以夏日的暑气并未因为初秋的到来而全部消退。连太液池的荷花也比翻月湖的盛开得久些。然而终究已经是近九月的天气，太液池十里荷花弥漫着一种开到极盛近乎颓败的靡靡甜香，倒是荷叶与菱叶、芦苇的草叶清香别致清郁。十里风荷轻曳于烟水间，殿阁楼台掩映于风雾中，远处绢红宫灯倒映水中，湖水潋滟如同流光，四处轻漾起华美软缓的波縠，我如同坐于满船星辉中徜徉，恍然间如幻海浮槎，不由得陶醉其间。

见舟尾堆满荷花，我微觉疑惑，出言问道："已是八月末的时节，连莲蓬也不多了，为何还有这许多新开荷花可供王爷采摘？"

他徐徐划动船桨，顾长身影映在湖水中粼粼而动。他散漫道："许是今夏最后一拢荷花了。小王夜访藕花深处，惊动鸥鹭，才得这些许回去插瓶清养。"

我仰视清明月光："王爷喜欢荷花？"

"予独爱其出淤泥而不染，濯清涟而不妖。"他温文笑言。

流水潺潺流过我与他偶尔零星的话语，舟过，分开于舟侧的浮萍复又归拢，似从未分开一样。

我见已经无人，便从船舱中钻出，坐在船头。我的鼻子甚是灵敏，闻得有清幽香气不似荷花，遂问道："似乎是杜若的气味？只是不该是这个季节所有。"

玄清道："婕妤好灵的鼻子，是小王所有。"他瞻视如钩弯月，清浅微笑似剪水而过的一缕清风，带起水波上月影点点如银，"山中人兮芳杜若①，屈原大夫写的好《山鬼》。"

我掩袖而笑压住心底些微吃惊："王爷似乎有了意中人？"他但笑不语，手上加劲，小舟行得快了起来。

见玄清意态闲闲，划桨而行，素衣广袖随着手势高低翩然而动，甚是高远，不由得微笑道："如斯深夜，王爷乘舟泛波太液池上，很是清闲雅适哪。"

他亦报以清淡微笑，回首望我道："庄子云'饱食而遨游，泛若不系之舟，虚而遨游者也'②。清饱食终日，无所事事，富贵闲人一个，只好遨游与兴。"忽而露出顽色，"不意今日能与美同舟。竟让小王有与西施共乘，泛舟太湖之感。"

我略略正色："若非知晓王爷本意，嫔妾必然要生气。请王爷勿要再拿嫔妾与西施相比。"

玄清轻漠一笑，大有不以为然之色："怎么婕妤也同那些俗人一般，

---

① 山中人兮芳杜若：意思是我所思慕的人就像杜若般芳洁。这是表达情意的诗句。

② 出自《庄子·列御寇》，意指不拴缆绳之船，逍遥自在，令人神往。

以为西施是亡国祸水？"

我轻轻摇头，曼声道："西施若解倾吴国，越国亡来又是谁？①"

他不解："婕妤若如此通情达理，又何故说刚才的话？"

轻拢荷花，芳香盈盈于怀，我道："范蠡是西施爱侣。西施一介女儿身，却被心爱之人亲手送去吴国为妃，何等薄命伤情。纵然后来摒弃前嫌与之泛舟太湖，想来心境也已不是当日苎萝村浣纱的少女情怀了吧。绮年玉貌被心上人范蠡送与敌国君王为妃，老来重回他身边，可叹西施情何以堪。"

他略一怔，清澈眼眸中似有流星样的惊叹划过，唇角含笑，眼中满是锁不住的惊喜。"史书或叹西施或骂吴王，从无人责范蠡。清亦从未听过如此高论。"他忽然撒开船桨一揾到底，"婕妤妙思，清自叹弗如。"

他突如其来的举动使得小舟轻晃，我一惊之下忙抓住船舷，只觉不好意思："嫔妾只是以己度人，闺阁妄言，王爷见笑。"

许是船身摇晃的缘故，忽然有东西自他衣襟纽子上滑落，落在我裙裾之上，他浑然未觉，只是侃侃道："果如婕妤所言，范蠡不及夫差，至少夫差对西施是倾心以待。"

我点头喟叹："是。夫差是倾一国之力去爱一个女人。是爱，而非宠。若只是宠，他不会付出如斯代价，只是于帝王而言，这太奢侈。"

他似襟怀掩抑，感叹道："宠而不爱，这是对女子最大的轻侮。"

心中突地一动，他说从未听过我这般言论，而他的话，我又何曾听别人说过。霍然间似乎胸腔之中大开大合，眉庄的话与他的话交杂在一起澎湃如潮，我怔怔地说不出话来。

宫中女子只求皇帝的恩宠可保朝夕，又有谁敢奢求过爱。纵使我曾抱有过一丝奢望，亦明白弱水三千我并不是玄凌那一瓢。

他蓦地转头，目光似流光清浅掠过我脸庞："婕妤似乎心有所触，是

---

① 出自唐代罗隐《西施》。原诗为："家国兴亡自有时，吴人何苦怨西施。西施若解倾吴国，越国亡来又是谁？"

肺腑之慨。"

兰舟凌波，划入藕花深处，清风徐来，月光下白鹭在粼粼的波光中起起落落，偶尔有红鲤出水溅起水花朵朵。我沉默以对，片刻复又如常微笑："王爷多心了，嫔妾只是就事论事，也是感叹西施红颜命薄。"

我不晓得，为什么有时候他说的话总叫我触动到说不出话来。微微低头，见湖水浓滑若暗色的绸无声漾过，身上穿着的宫女裙装是素净的月白色，映着流波似的月光隐隐生蓝。有素雅一色落于裙上，却见一枚锁绣纳纱的衿缨①兀自有柔和光泽。

银色流苏，玳瑁料珠，显见是男子所佩的物事，应该是眼前那个人的。本当立即还给他，不知怎的乍然按捺不住好奇心，见他重取了船桨划行并不注意，便悄悄打开一看。

衿缨轻若无物，几朵杜若已被风干，似半透明的黄蝶，依旧保留高贵姿态，幽幽香气不绝如缕。我会心微笑，杜若是高洁的香花。

正要收起衿缨还他，见有柔软一片红色收于袋底，随手摸索出来对着月光一看，几乎要惊得呆在当地。素白掌心上轻飘一抹正是我除夕当夜挂于倚梅园梅树上的那枚小像！小允子手巧，小像容态笑貌纤毫毕见。任何人只消仔细一看都晓得是我。太意外！茫茫然几乎不知所措。只觉得脑中缕缕响起《山鬼》之调，迷迷茫茫似从彼岸而来，隔着虚幻的迷津洪渡，只反复咏叹一句他刚才所说的"山中人兮芳杜若"。

他只管撑舟前行，偶尔赞叹月光如银，良辰美景。我竟然感到心虚，一瞬间辨不清方才与我高谈阔论的那人，是不是细心收藏了我的小像与杜若一并珍藏的那人，直到发髻上那支錾金玫瑰簪子滑落砸在手臂上，才疼得恍然醒过神来。錾金玫瑰簪子是日前玄凌所赐珠宝中的一件，我瞧着手工好，款式也别致，便别在了发髻上，连换作宫女服色也不舍得摘下。谁想它打磨得这样光滑，头发一松几乎受不住。乍然一见这簪子，立时想起

———————————
① 衿缨：编结的香囊，男子佩带的小荷包。

自己是玄凌宠妃的事实，仓促间迅速决定还是装作不知最好。极力镇定收拾好心绪，把杜若与小像放于衿缨中收好，才平静唤他："王爷似乎掉了随身的衿缨。"

他接过道一声"多谢"，随即小心翼翼放入怀中，全然不在意我是否打开看过。仿佛我看与不看都是不要紧的事，他只管珍爱这衿缨之中的物事。

我陡然握紧裙上金线芙蓉荷包下垂着的比目玉佩，生生地硌着手也不觉得，只是痴痴惘惘一般出神。

他是何时得到的，怎么得到的，我全然不晓得，费心思量亦不得其法。只是觉得这样放在他身边一旦被人发现是多么危险的事。可是见他贴身收藏，却也不忍说出这话。

云淡风轻的他载着满腹心事的我，他仿佛是在说着一件和自己无关的事："此枚衿缨是清心爱之物，若然方才遗失，必是大憾。"

我这才听见他说话，自迷茫中醒转，道："王爷言重了，一枚衿缨而已。"叹息低微得只有自己能听见，我勉声道，"既是心爱之物，王爷不要再示于人前，徒惹是非无穷。"

他还未及说话，小舟已到棠梨宫后小小渡口。我拾裙而上告辞，想起一事，转首含笑欠身："有一事请求王爷。"

"但说无妨。"

"嫔妾于行宫内曾偶遇小小麻烦，幸得贵人相助解围。只是无论王爷听说任何关于太平行宫夜宴当晚的事，都不要对任何人说起曾与嫔妾相遇说话，就如今晚一样。王爷如应允，乃是嫔妾大幸。"

他虽不解其中意，仍是微笑应允："诺。小王只当是与婕妤之间一个小小秘密，不说与第三人知。"他又道，"能与婕妤畅谈是小王之幸，如清风贯耳。日后有幸，当请婕妤往小王的清凉台一聚，畅言古今，小王当为之浮三大白。"

我道："月有阴晴圆缺，人亦讲求缘分定数。有些事随缘即可，有些事王爷多求也是无益。盛夏已过，清凉台过于凉爽，嫔妾就不前往叨扰了。"

　　他有一刹那的失神，左手不自觉按住适才放衿缨的所在，转而淡然道："清凉台冬暖夏凉，如有一日婕好觉得天寒难耐，亦可来一聚，红泥小火炉愿为婕好一化冰寒霜冻。"他垂下眼眸，下裳边缘被湖水濡湿，有近乎透明的质感，声音渐次低了下去，也似被湖水濡湿了一般，"清也盼望，永远没有那一日。"

　　内心有莫名的哀伤与感动，仿佛冬日里一朝醒来，满园冰雪已化作百花盛开，那样美好与盛大，却错了季节，反而叫人不敢接受，亦不能接受。

　　我不会不记得，我的夫君是天下至尊，而他，是我夫君的手足。

浣碧 ｜ 叁

小连子与槿汐早已守候在渡口转弯处，见玄清立于渡口与我一同回来，一时也惊住了，终究是槿汐机警，默默施了一礼，方扶了我往棠梨宫走。

我悄声道："刚才你们俩除了我谁也没有见到。"

槿汐轻声道："是。奴婢只是从冯淑仪处接小主回宫。"

小连子紧随身后，一同进了棠梨宫。

众人都被小允子打发在饮绿轩里，我悄无声息地回到内堂，换过安寝的衣服，方觉得口渴难耐，才要说话，小允子已经斟了一盅茶来。我喝了一口便推开，想了想道："去换些别的来。"

小允子赔笑道："小厨房有燕窝预备着呢，小主要不要用些？"

我点点头："叫浣碧拿进来。"

小允子一愣，迟疑片刻，终究不敢多问，便让浣碧拿了燕窝来。

浣碧端了燕窝进来，见我好端端地坐着，不由得面色微微一变，做关切状道："小姐此行可顺利？这么晚回来倒教奴婢好生担心。"

我心头烦恶，逼视她片刻，浣碧微微低下头，好似心虚不敢看我，我笑道："何止顺利，简直是痛快。"

浣碧抬头略微惊愕道："皇上放了眉庄小主出来了么？"

"并没有。"我的视线横扫过她的面容，一字一字道，"皇上斥责了华妃，连温宜帝姬也不许她见。"我悠悠叹息了一句，"原本皇上还要复她协理六宫之权呢，现在啊——只怕自身难保了呢。"

"皇上斥责了华妃娘娘？"

我闲闲地道："是啊，谁教她触怒了皇上呢。华妃未免心太高了，浣碧你说是不是呢？"

浣碧一时窘迫，勉强笑道："奴婢也不晓得华妃娘娘的心高不高，只是圣意想来是不会有错的。"

我微微侧目，槿汐和小允子、小连子一齐退了出去，房中只剩下我和浣碧。她的声音一如往昔，轻声道："小姐。"说着垂手侍立一旁。我冷冷地盯着她，浣碧不自觉地身子微微一动，问："小姐怎么这样看着奴婢？"

倏然收回目光，忽而展颜一笑："我让他们出去，也是为了周全你的颜面。浣碧，这些日子你劳心劳力，吃苦不少啊。真是难为你了。"

浣碧盯着地面，小声道："小姐怎的这样说，倒教奴婢承受不起。"

我站起身，徐徐在她身边绕了两圈，忽地站在她面前，伸手慢慢抚上她的面颊，叹道："其实仔细看你和我还是有些像的。"顿一顿道，"只是有些人有些事面和心不和，纵使是从小一起长大的人，竟也会知人知面不知心，真是叫我心寒啊。"

浣碧面色一凛，强笑道："小姐这么说奴婢不懂。"

我的声音陡地透出冷凝："很好啊！吃里爬外的事我身边已经有过了，不想这次竟是你。"

我一向待她亲密和睦，从不曾这样疾言厉色过，浣碧唬得慌忙跪下，叫道："小姐！"

我理也不理，继续道："当日在水绿南薰殿曹婕好曾以皇上借六王之名与我相见挑拨，当时我就怀疑是我身边亲近的人透漏的消息，只是还未想到是你。那日与我同去的是流朱，前后始末她知道得最多，她的性子又不及你沉稳，有时心直口快一些，我想许是她与宫女玩笑时说漏了嘴也未可知。谁想今日我前脚才出棠梨宫，后脚就有人去通风报信。我倒不信，华妃怎会好端端地知道我要去存菊堂，可见是我身边的人故意泄露了消息。"

浣碧神色渐渐平复下来，仰头看我道："晓得小主要去探眉庄小主的并不只是奴婢一人，小姐何以见得是浣碧，还是小姐对浣碧早存了偏见？"

我微微一笑："你的确是小心掩饰痕迹，可惜你疏忽了一件事——"

"什么？"

"你记不记得前些日子皇上赐了我一匣子南诏进贡的蜜合香？此香幽若无味，可是沾在衣裳上就会经久弥香，不同寻常香料，因此十分珍贵。皇上统共得了这一匣子全赐予了我，我却全转赠了曹婕好，亲眼见她放在内室之中。"我看了一眼浣碧渐渐发白的脸，用护甲的光面轻轻摩挲掉她额上细密的汗珠，"我记得我出门前是嘱咐你留在内堂不许出去的。"我略停一停，慢慢道，"若如你所说并未对我有异心，又怎会出入她的内室，你身上怎会沾上了蜜合香的气味？"

浣碧张口结舌地看着我，虚弱地道："奴婢没有——"

"我故意让流朱在外堂守着，就是知道你会从后堂的偏门出去，难道你没有觉得可疑么？我竟让你一人留在堂内。"我道，"你若还不肯承认，大可以闻闻自己身上有没有蜜合香的气味。"

浣碧的面孔浮起惊惶的表情，犹豫着拉起自己的衣袖子细细地闻了又闻，脸色渐渐变得雪白。

我含笑道："这香味一旦沾上就数日不散，并且香气幽微，不易察觉。"说罢止了笑容，冷然道，"你还不说实话么？"

浣碧闻言脸上霎时半分血色也无，仰天道："罢了，罢了。谁教我中了你的计！"

我道："我也不过是疑心罢了。我身边的事你和流朱、槿汐知道得最清楚。虽然槿汐在我身边不过一年，流朱有时未免急躁，但是对我都是赤胆忠心，只有你和我是有些心病的。可是我也摸不准到底是不是你，所以只好来试上一试。"我轻轻一笑，"谁知你竟然没有沉住气，枉费我多年以来对你的调教了。"

浣碧无语，只是苦笑："的确是我的命数不好。你要怎样都由得你吧。"

"不过我还是要谢谢你，若不是你去通风报信，今日我怎能这样轻易扳倒华妃。没了她，我也能安生一阵子了。"

浣碧颤声道："你……"

我微笑："自然是多亏了你。只怕华妃现在恨你入骨，以为是咱们主仆联手呢。"我看她几眼，"你倒还真是个能干的。"

浣碧呆呆地盯着我半晌方道："你心计之深，我自愧不如。"

我直直看着她良久，声音放得柔缓，叹道："我素来是赞你沉稳的，照如今的情形看来，你终究还是差了些。一意求成，行事又不大方，这个样子怎么教我放心把你嫁入官宦人家？将来为人正室，怎么去弹压那些不安分的妾室？"

浣碧一时反应不过来，怔怔道："你……你要把我嫁入官宦人家为人正室？"随即摇头，"你不过是想让我在你身边帮你一辈子罢了，何曾为我好好打算呢？又何必再拿话来讽刺我。"

我道："为你的打算我一早就有，不用说我，便是爹爹也是好好为你打算了的。只是咱们不说，你便以为我没为你打算过么？纵使你再能助我也是要嫁为人妇生儿育女的，即便是流朱，将来她若要嫁人我也必为她寻一门好亲事，何况是你。你也未必太小觑我了。"

她近乎痴怔，疑惑道："真的么？"

我做讶异状，反问她："不然你待怎样？难道去做妾，去嫁给平民草户？入宫前爹爹慎重交代我一定要为你找个好人家，我是郑重其事答应了的，这也是我为什么要带你入宫的原因。要是留在甄府，顶多将来配个小厮嫁了，岂不委屈你一世。"我不禁伤感，"你所作所为所求的不就是一个名分么？"

浣碧似乎不能完全相信，又似是被感动了，失声唤道："小姐。"

我弯腰扶她起身，低声叹道："这里没有人，还要叫我'小姐'么，你该叫我一声'长姐'才是。"

浣碧眼中泛起莹莹泪光，我道："你不肯叫么？其实长久以来我对你如何你很清楚，你我之间的心病也算不得我和你的心病，不过是上一辈人的事了。"我拉着她坐下，"我知道你委屈多年，虽是爹爹亲生，可是族谱上没有你的名字，取名也不能行'玉'字一辈，甚至你娘的牌位也不能进祠堂供奉香火。可是浣碧啊，爹爹不疼你么？你虽然名义上是我的婢女，可我对你从来如姐妹一般的啊。"

浣碧略一沉吟，咬一咬嘴唇道："可是我……只要一想到我娘，想到我自己……不！只要我与你一样成为妃嫔，爹爹就可以光明正大地认我，我娘的灵位就可以名正言顺地入甄氏祠堂了。"她昂然抬头，道，"你可以任着性子嫌弃名字中的'玉'字俗气弃而不用，却不知道这一个'玉'字是我一辈子都求而不得的。"

"你以为一切就这样简单吗？一旦你成为妃嫔，后宫争宠被人揭发出你娘是罪臣之女，你可知道是什么后果？不仅甄氏一族会被你连累，爹爹私纳罪臣之女的罪名就足以让他流放三千里之外。爹爹一把年纪了哪里禁得起这样的折腾？你又于心何忍？"我停一停道，"且不说别人，你以为投靠了曹婕妤就有人帮你，让你高枕无忧么？说到底你是我这里出去的人。其实曹婕妤根本就是利用你，要不然她不会在水绿南薰殿当着我的面提起你告密的内容。你别不信，看丽贵嫔就知道，一旦你没有了利用价值，你的下场只会比丽贵嫔更惨！更何况经过今日一事，你以为华妃和曹婕妤还会信你么？"

浣碧的汗涔涔下来，双唇微微哆嗦，我继续道："这还不算，万一你我姐妹有一日也要面临争宠，你教爹爹眼看着姐妹相争，伤心难过么？何况凭你如今这些微末功夫，要如何与我抗衡？白白为他人作嫁衣裳而已！你怎糊涂至此。"

浣碧羞愧低眉，嗫嚅道："我并不想与你相争。"她声音凄楚，"小姐，我并不是故意要陷害你。皇上那么喜欢你，就算知道你去看眉庄小主也不会深责于你，顶多将你禁足十天半月……我……皇上眼中只有你，只消你消失一段时日，皇上必定会发现我、宠爱我……"她迟疑片刻，"我们共同侍奉皇上不好么？这是荣耀祖先和门楣的事啊。"

"你是我妹妹，共同侍奉皇上自然没有什么不好。"我看她一眼，问道，"浣碧，你告诉我，你喜不喜欢皇上？"

浣碧凝神想了想，用力摇了摇头。

我感伤道："你以为嫁了皇上就有了名分了么？说到底也不过是个妾。"我拿起绢子拭泪道，"你娘生前是连个妾的名分也不能有，难道你做女儿的就是要告诉母亲亡灵你只能做个妾？何况你又不喜欢皇上，终其一生和一个自己不爱的男人同居同起，忍受他因为别的女人对你的责难和冷落，因为他而和别的女人相争，为他诞育子女，纵使他可以给你荣华富贵，可是下一刻就会身处冷宫，你愿意么？你是背叛我而得荣宠，纵使有华妃相护，后宫中人会瞧得起你么？皇上会瞧得起你么？"

浣碧的容色一分分黯淡下去，说不出话来。红烛轻摇，她的影子亦映在墙上轻晃。一个眼花看过去，竟像是在颤抖一般。

我又道："这是其一。而你又能保证皇上一定会喜欢你么？依照如今看来，皇上对你似乎并无特别好感啊，你要争宠似乎是十分辛苦。"

我笃定地看了看窗外明丽的夜色，弯腰扶她起身，柔声道："其实我早已为你打算好，如果我一直得皇上宠爱，将来必定为你指一门好的婚事，你也可以自己择一个喜欢的人白头偕老。皇帝宠妃身边的红人自然是要嫁与好人家为妻的，到时我会让你认爹爹为义父，从甄府出嫁，你娘的牌位自然可入甄氏祠堂，你的名字亦会入族谱，你的心愿也可了了。这样岂不是最好的结局？”我垂眸叹气，“也怪我，若我早早把我的打算告诉了你，也不会有今日的差池了。”

浣碧仰头看着我，眼中有酸楚、感愧的雾气氤氲，渐渐浮起泪花，一滴泪倏然落在我手臂上，温热的触觉。浣碧垂泪唤我：“长姐。”

我亦落泪，道：“你这一声‘长姐’，可晓得我是盼了多少年才听到呢。”

浣碧扑在我怀中：“我诚然不知长姐是这样的心待我，才犯下大错。”又呜咽流泪，“这些日子来确是妹妹糊涂，以致长姐困扰。妹妹知错，以后必定与长姐同心同德。”

我嘘一口气道：“玉姚懦弱，玉娆年幼，哥哥又征战沙场，家中能依靠的只有我们姐妹。你我之间若受奸人挑拨，自伤心肺，那么甄门无望矣。”

浣碧失声哭泣道：“浣碧辜负长姐多年教诲，还请长姐恕我无知浅见。”

我亲手搀了她起来，道：“你娘亲的事未曾与华妃她们提起吧，若是已被她知晓，只怕日后多生事端，甄门会烦扰无尽。”

浣碧摇头道：“我不曾和她们提起。数月前娘亲生日，曹婕妤见我独自于上林苑角落哭泣，以为是你责打委屈了我，才借故和我亲近。我只是想借助她和华妃引得皇上注意，并不是存心要陷害长姐的。再说娘亲的事事关重大，我不敢和她们说起。”

我点头：“你不说就是万幸。”又道，“你想求的她们未必能给你，而我是你长姐，我一定会。”

我循循又问了些华妃与曹婕妤与她来往的事，才唤了槿汐进来房中上夜陪伴。

肆　閑庭桂花落

　　小连子和小允子对我这样轻巧放过浣碧很是不解，连槿汐亦是揣测。然而，浣碧愈加勤谨，小心服侍，他们也不能多说什么。

　　终于有一日，槿汐趁无人在我身旁，问道："小主似乎不预备对浣碧姑娘有所举动。"她略略迟疑，道，"恐怕她在小主身边终究还是心腹之患。"

　　彼时秋光正好，庭院满园繁花已落。那苍绿的树叶都已然被风熏得泛起轻蒙的黄，连带着把那山石青砖都染上了一层浅金的烟雾。去年皇后为贺我进宫而种下的桂花开得香馥如云，整个棠梨宫都是这样醉人的甜香。我正斜躺在寝殿前廊的横榻上，身上覆一袭绯红的织锦披风，远远看着流朱、浣碧带着宫女在庭院中把新摘下的海棠果腌渍成蜜饯。

　　我低头饮下桂花酒，徐徐道："若我要除去她，大可借华妃的手。只是她终究是我身边的人，自小一同长大的情分还是有的。"见槿汐只是默默，我又道，"我的事她知道太多，若是赶尽杀绝反而逼她狗急跳墙。如今我断她后路，又许她最想要的东西，想来镇得住她。"

槿汐道："小主既有把握，奴婢也就安心了。"

我浅浅微笑："诚然，我对她也并非放一百二十个心。她只以为当日的事被我拆穿是因为蜜合香的缘故，却不晓得我早已命人注意她行踪。如今，小连子亦奉命暗中注意她，若她再有二心，也就不要怪我无情了。"

槿汐无声微笑："奴婢私心一直以为小主太过仁善会后患无穷，如今看来是奴婢多虑了。"

我微笑看看她："槿汐，若论妥帖，你是我身边的第一人。只是我一直在想，你我相处不过年余，为何你对我这样死心塌地？"

槿汐亦微笑，眸光坦然："小主相信人与人之间的缘分么？奴婢相信。"

我失笑："这不失为一个好理由。"我回眸向她，"每个人都有自己做事为人的理由，只是不管什么理由，你的心是忠诚的就好。"

我微微打了个呵欠，自从华妃被玄凌申饬，冯淑仪日渐与我交好，身后又有皇后扶持，我与陵容的地位渐渐稳固。然而，华妃在宫中年久，势力亦是盘根错节，家族势力不容小觑。一时间宫中渐成掎角相对之势，势均力敌之下，后宫维持着表面的平静与安稳。

只是眉庄的事苦无证据，刘畚久寻不得，眉庄也不能重获自由，好在有我和冯淑仪极力维护，芳若也暗中周全，总算境况不是太苦。

草木初黄的时节，一袭轻薄的单衣已不能阻挡秋日的清瑟，但这样的日子是美好的。长久的暑热终于颓然消退后，有了一种久违的轻快和舒畅。新送来的秋海棠开得浓艳，那娇红绵绵娆娆似有情人的绯红含羞的面颊，叫人心底无端触动，想起最甜蜜的亲昵时光。

小睡片刻，内务府总管姜忠敏亲自过来请安。黄规全被惩处后姜忠敏继任，一手打点着内务府上下，他自然明白是得了谁的便宜，对棠梨宫上下益发地殷勤小心，恨不得掏心窝子来报答我对他的提拔。

这次他来，却是比以往更加兴奋，小心翼翼捧了一副托盘上来，上面用大红锦缎覆盖住。我不由得笑："什么了不得的东西，这样子小心端着？"

他喜眉喜眼地笑："皇上特意赐予小主的，小主一看便知。"

镏金的托盘底子上是一双灿烂锦绣的宫鞋，直晃得眼前宝光流转。饶是槿汐见多识广，也不由得呆住了。

做成鞋底的菜玉属蓝田玉的名种，翠色莹莹，触手温润，内衬各种名贵香料，鞋尖上缀着一颗拇指大的合浦明珠，圆润硕大令人目眩，旁边又夹杂丝线串联各色宝石与米珠精绣成鸳鸯荷花的图案。珠宝也罢了，鞋面竟是由金错绣绤的蜀锦做成。蜀锦向来被赞誉"贝锦斐成，濯色江波"，更何况是金错绣绤的蜀锦，蜀中女子百人织三年方得一匹，那样奢华珍贵，一寸之价可以一斗金比之。从来宫中女子连一见也不易，更不用说用来做鞋那样奢侈。

我含笑收下，不由得微笑："多谢皇上赏赐。只是这蜀锦是哪里来的？我记得蜀中的贡例锦缎二月时已到过，只送了皇后与太后宫中，新到的总得明年二月才有。"

姜忠敏叩首道："这才是皇上对小主的殊宠啊。清河王爷离宫出游到了蜀中，见有新织就花样的蜀锦就千里迢迢让人送了来，就这么一匹，皇上就命针工局连日赶制了出来。"

我"哦"了一声，才想起清河王自那日太液池相遇后便离宫周游，算算日子，也有月余了。也好，不然他时常出入宫中，总会叫我想起那枚矜缨，想起那份我应该回避的情感，虽然他从未说起过。

只是我害怕，害怕这样未知而尴尬的情感会发生。

所以，我宁愿不要瞧见。不只《山鬼》，甚至连屈原的《离骚》《九歌》等也束之高阁。

但愿一切如书卷掩于尘灰，不要再教我知道更多。

然而终究不免怀想，蜀中巴山的绵绵夜雨是怎样的情景，而我只能在宫闱一角望着被局限的四方天空，执一本李义山的诗词默默臆想。

转瞬已经微笑起身，因为看见姜忠敏身后踏步进来的玄凌，他的气色极好，瞧我正拿了那双玉鞋端详，笑道："你穿上让朕瞧瞧。"

我走回后堂，方脱下丝履换上玉鞋。玄凌笑："虽然女子双足不可示于夫君以外的人，你又何必这样小心。"

我低头笑："好不好看？"

他赞了一回："正好合你的脚，看来朕没嘱咐错。"

我抬头："什么？"

他将我拢于怀中："朕命针工局的人将鞋子做成四寸二分，果然没错。"

我侧头想一想，问道："臣妾似乎没有对皇上说过臣妾双足的尺寸。"

他笑："朕与你共枕而眠多日，怎会不晓得这个。"他顿一顿，"朕特地嘱咐绣院的针线娘子绣成鸳鸯……"他停住，没有再说下去。

我旋首，风自窗下入，空气中浅霜般的凉意已透在秋寒之中，身子微微一颤，已经明了他对我的用心。

不是不感动的。自探望眉庄回来后，有意无意间比往日疏远他不少，他不会没有觉察。

他轻吻我的耳垂，叹息道："嬛嬛，朕哪里叫你不高兴了是不是？"

窗外几棵羽扇枫残留的些许金灿偶尔带着一抹浓重的红，再远，便是望不透的高远的天。我低声道："没有。皇上没有叫臣妾不高兴。"

他眼神中掠过一丝惊惶，似乎是害怕和急切，他握住我的手："嬛嬛，朕说过你和朕单独在一起的时候可以唤朕'四郎'，你忘记了么？"

我摇头："嬛嬛失言了。嬛嬛只是害怕。"

他不再说话，只紧紧搂住我。他的体温驱散了些许秋寒，温柔道："你别怕，朕曾经许你的必然会给你。嬛嬛，朕会护着你。"

辗转忆起那一日的杏花，枕畔的软语，御书房中的承诺，心似被温暖的春风软软一击，几乎要落下泪来。

终于还是没有流泪，伸手挽住他修长温热的颈。

或许，我真是他眼中可以例外一些的人。如果这许多的宠里有那么些许爱，也是值得的。

待到长夜霜重雾蒙时，我披衣起身，星河灿灿的光辉在静夜里越发分明，似乎是漫天倾满了璀璨的碎钻，那种明亮的光辉几乎叫人惊叹。玄凌温柔拥抱我，与我共剪西窗下那一对烨烨明烛。他无意道："京都晴空朗星，六弟的书信中却说蜀中多雨，幸好他留居的巴山夜雨之景甚美，倒也安慰旅途滞困。"

我微笑不语，只倚靠在玄凌怀抱中。何当共剪西窗烛，却话巴山夜雨时。那是诗里的美好句子。玄凌静默无语，俯身投下一片柔和的阴影，与我的影子重合在一起，合为一人。一刹那，我心中温软触动，不愿再去想那沾染了杜若花香的或许此时正身处巴山夜雨里的萧萧身影，只安心地认为：或许玄凌他真是喜欢我的。

此后数日，玄凌忙于朝政之事，倒是少来后宫了，偶尔留宿，也不过在华妃那里。隐约听着，战事之中，慕容家屡建战功，一路势如破竹，出力不少。

长夜寂寂无事，我与陵容对坐，翻阅着几本古籍。

陵容含笑道："姐姐真有情致，研究这百和香的制法已经七八日，竟也不倦。"

"长夜寂寂，总要寻些事情来打发。"

陵容微微吃惊："皇上也没来看姐姐么？"

我脱口而出："六日前来用过午膳，便再没来过。"

陵容苦笑片刻："姐姐记得好清楚，我都记不得日子了，总有十来日了吧。不过也抱怨不得，听说悫妃自回銮只见过皇上两次，端妃就更不如了。"

我微微黯然："秋来百花杀尽，唯有华妃一枝独秀。她乐她的，我们且乐我们的吧。"

陵容细细道来："百和香的制法已经失传，宫中也很少见。且这百和香要能做出来，冬月里用是最好的。若有地炕暖炉的热气一烘，便有置身花海之感。幸而我父亲在为官前做过十多年香料生意，得了许多炮制熏香的秘方。我揣摩了好几日，才想出几味香料用得到。我说，姐姐来写吧，写完咱们再试。"她娓娓道，"取沉水香、丁子香、白檀香、零陵香、藿香、甘松、吴白芷、木兰皮、菟丝子磨成粉末，洒酒软之，白蜜和之而制成。"我一一认真记录，她却失笑了，"姐姐的心事都写在纸上了。"陵容指着一字笑道，"姐姐博学，怎么把藿香的藿字也写错了，草头去了哪里了呢？姐姐的心跟着皇上走了，连草头都飞走了。"

我红了脸："越发油嘴滑舌了。只盼着皇上现在来把你拉走，你便安静了。"

正说笑着，周宁海进来，后头跟着两个小内监，恭声道："甄婕妤、安美人，两位小主吉祥。"

陵容与我俱是愕然："周公公怎么来了？"

周宁海笑眯眯道："华妃娘娘新得了两匹蜀锦，说来还是清河王在蜀中时手制的呢，娘娘想着颜色清淡好看，就让裁了两身衣裳送与小主。"

小内监端着衣裳送到我面前，含着不容推托的意味。我意外，即刻笑道："多谢娘娘关怀。槿汐，收下吧。"

槿汐端过闪到一边："回小主的话，这衣裳颜色雅致，手工又精巧，只是上回通明殿的法师来时说了，小主与火犯冲，易惹是非，不能穿红色的衣裳，尤其是妃红的，怕是要隔上一年才能穿上身呢。"

周宁海皮笑肉不笑："槿汐你的意思是，娘娘赏的衣裳小主便不能穿了。也是，婕妤新得恩宠，除了皇上赏赐，旁人的东西何尝肯放在眼里呢。倒是我们娘娘常说，身正不畏邪。法师之言虽不能不信，但娘娘恩惠，福泽庇佑，一定会让婕妤有所裨益。"

我看见妃色的底料上，绣着一朵一朵嵌银丝的淡月色夕颜花，不知怎的，心里无端一动。我情知推不过，忙含笑解围："槿汐也是好意提醒，公公不必在意。"

周宁海这才多了几丝笑意："娘娘说十月的赏菊大会，还请婕妤穿上这衣裳去呢。"

我谢过，他又道："皇上想听安美人唱曲子，这会子正在必秀宫等着呢。"

陵容忙笑道："皇上在华妃娘娘那里，我去算什么呢？不如明天吧。"

周宁海斜睨着眼睛："皇上正等着呢。这抗旨的意思小主要回也得自己去回，别为难咱们做奴才的。"

陵容微有怯意，无助地看着我。我略想一想，吩咐道："槿汐，去取我的琴来。周公公，清歌单调，我便和安美人同去，为皇上弹琴助兴吧。"

周宁海道："小主愿意弹琴助兴，娘娘自然乐见，请吧。"

槿汐微微摇头，我只作不见，她只好抱起桌上的琴跟上我。陵容感激地看我一眼，牵着我的手出去。

夜来的宓秀宫更见灯火繁炽，平日的铺设在烛火下仿佛海上的星子，互相辉映，烁丽纷繁。

华妃穿了家常的朱粉便装，仿若一朵娇艳撩人的花，开得惊艳无双。她坐在玄凌身边，神态亲昵，见我与陵容一同进来，神色微变，旋即略含得意之色。我与陵容见过礼："华妃娘娘吉祥。"

玄凌错愕："嬛儿，夜深霜浓，你怎么也来了？"他略有不豫之色："世兰，朕本就说夜深难行，不必一定要安美人来唱歌了，你执意要听，结果兴师动众了。"

我与陵容并肩站着："正因夜深霜浓，陵容妹妹独步难行，所以臣妾特来与妹妹做伴。"

陵容亦道："姐姐琴技高妙，臣妾恐清歌单薄，所以邀姐姐同来。"

华妃微笑："琴曲相合是最好不过了。难为甄婕妤肯来为皇上助兴。"她含情看了玄凌一眼："花好月圆人长久，今夜良宵，安美人就唱一首情意缠绵之曲吧。"

陵容答应了，曼声唱道：

小山重叠金明灭，鬓云欲度香腮雪。懒起画蛾眉，弄妆梳洗迟。
照花前后镜，花面交相映。新帖绣罗襦，双双金鹧鸪。

陵容唱得渐入佳境，歌喉流畅。我眼见玄凌与华妃同坐窗下，触上他偶尔的目光，心下不免郁郁，又闻得陵容歌声悲苦，连抚琴的手亦有些恍惚。

好容易陵容一曲唱完，华妃笑道："歌倒好听，只是未闻情好之意。安美人不是敷衍皇上与本宫吧？"

陵容面红耳赤，起身告罪："这首歌虽未直写男女相悦，却是字字写两心相知后女子的欢喜神态，而且'双双金鹧鸪'，也是并蒂成双之意。"

"可是安美人歌声婉转，却唱不出其中欢好之情啊。"

陵容无法，只得道："那……嫔妾再唱一次。"

陵容第一遍唱完，华妃道："声线太高了，刺耳。"

陵容第二遍唱完，华妃道："声线太低了，听不清。"

陵容第三遍唱完，华妃道："唱得干巴巴的，毫无情致。"

陵容第四遍唱完，华妃道："太过柔媚，简直矫揉造作。"

陵容无奈，只得一唱再唱。

玄凌终于听不下去："好了好了，唱了好多遍，再好的歌也听腻了。"

华妃柔声道："皇上不觉得安美人越唱越流利，歌声也稍有情味了么？"她睨一眼陵容："安美人歌中两心相悦之情始终稍欠火候，可是因为见本宫与皇上一起心有不悦才唱不好啊？"

我忙道："回禀娘娘，安美人早上受了风寒，嗓子有些不适。"

华妃看也不看我："怎么那么巧。前些日子，本宫记着安美人整宿整宿给皇上唱歌，那嗓子好着呢。颂芝，给安美人端一杯玫瑰甜酒来，驱驱寒，接着再唱。"

颂芝冷冷地把酒端来。

陵容连忙推辞："嫔妾唱歌时，不宜饮用甜腻辛辣之物。"

华妃脸一沉："曲儿不能唱，酒也不能喝。论说也是皇上召你们来的，你们不把本宫放在眼里也罢了，那皇上……"

玄凌摆手："好了好了，既然是华妃娘娘赏赐，就喝了吧。"

陵容不得已，含着泪勉强把酒喝下。

华妃柔声道："挑一支好的唱来。再不好，便是成心敷衍了。"

陵容不自觉地摸一摸喉咙，正要张嘴，却咳嗽起来。

我实在忍不住道："禀皇上和娘娘，琴曲相合、两心相知自然是上上雅音，可有时琴词相合、两心相知也有清丽之处。臣妾能否一试？"

玄凌微微点头，华妃欲发作也只好暂时按捺。

我和陵容对视一眼，忍住指尖拨弦数次带来的热辣疼痛，琴音袅袅，缓缓吟道：

> 纤云弄巧，飞星传恨，银汉迢迢暗度。金风玉露一相逢，便胜却人间无数。
>
> 柔情似水，佳期如梦，忍顾鹊桥归路。两情若是久长时，又岂在朝朝暮暮！

我含情凝睇，望住玄凌，他亦是神思痴惘。这一刻，我知道，哪怕他在华妃身边，我们亦是有情意一点相通。

玄凌霍然起身，走入寝殿，淡淡道："朕乏了，华妃，你也早睡吧。"

华妃微微含怒，极力忍耐着道："甄嬛好果然是后宫状元。行了，皇上和本宫也累了。周宁海，好好送她们出去。"

一路无话，到了陵容的住处，难为周宁海还笑得欢快："今儿夜里有劳两位小主。这两个玉坠子是华妃娘娘赏给两位的。"

我忍气接过，周宁海出去，房中只剩我、陵容、槿汐和宝鹃。

陵容忍着不吭声，眼中却慢慢流下眼泪。我心酸不已："想哭便哭出来吧，已经是自己的地方了。"

陵容伏在我怀中哭道："姐姐，我们又不是唱曲卖艺的，她凭什么这么作践我们，还打赏咱们什么玉坠子。"她抓过玉坠子发狠便想扔，"什么劳什子，当我是歌伎么，还打赏！"

宝鹃忙扑上去抢过来，急急道："小主生气归生气，若砸坏了，不知道还有怎样的风波呢。"

我安慰道："别哭了，唱了一晚上，嗓子都疼了吧，快喝口水润润。"

陵容握着我红肿的手指："姐姐的指头都弹红了，宝鹃，快拿冷水给姐姐浸一浸手指。"她哭道，"姐姐，难为了你也跟着我受辱。今日若不是姐姐在，皇上还顾着几分面子，我还不知道要受她怎样的折辱。"

"如今皇上重视华妃娘家，华妃益发得了意，皇上要顾全大局，也不好为咱们太和她撕破脸了。"

陵容啜泣道："姐姐，我不甘心。"

"不甘心又能如何？也得忍着。眉庄在存菊堂忍着，咱们在这里忍着。忍得住，才熬得过去。"

我想叹气，却发现叹气也只是更多无奈，仿如深沉的夜色，若冲不破，也唯有静待。

两日后便是赏菊大会的日子。我梳妆完毕，几乎没戴什么首饰，只站在紫檀架子前挑选衣裳。

浣碧迟疑着问我："今日华妃娘娘设赏菊大会，小姐真的要穿那件蜀锦的衣裳么？"

我摇头道："那件衣裳我倒是极喜欢的，只是今日六宫皆在，我穿那一身蜀锦的衣裳，未免太招摇了。"

浣碧气结："华妃意在如此，所以硬要小姐穿。"

我无奈："穿便穿吧。"

浣碧替我穿上衣裳，不小心碰到手指，我忍不住"哎哟"一声，直抽冷气。

浣碧心疼道："拿冷水浸了那样久，现在还是疼，可见在华妃那里多折腾了。"

我吹着指尖:"能有什么法子?等下回来再涂些药吧。"

我与陵容进殿时,众妃嫔皆在。曹婕妤眼尖,先笑道:"甄婕妤这一身衣裳真是人比花娇,连华妃娘娘精心准备的菊花都被比下去了。"

众人目光都落在我身上。

恬贵人干笑一声:"是蜀锦的衣裳是不是?我们便不如甄婕妤了,蜀锦一见都难得,何况成匹拿来做衣裳。"

陵容忙替我道:"姐姐哪里有这样好的衣料,都是华妃娘娘赏的,所以姐姐再美,也是华妃娘娘调教得当啊。"

华妃今日打扮得格外娇俏,闻言斜着眼看陵容:"本宫从前倒未发觉,安美人除了歌唱得好,还这样会说话。"她打量我两眼:"衣裳好看,怎么头饰这样简素,甄婕妤似乎不太懂得要相得益彰啊。"

我恭谨应答:"娘娘赏赐的衣裳已是华丽清雅,嫔妾若再多用首饰,岂不喧宾夺主,不能显出娘娘赏赐之德。"

悫妃道:"华妃有心,这样好的蜀锦,只单单赏给甄婕妤一个。"

华妃笑盈盈:"甄婕妤是皇上心爱之人,皇上有什么好的都赏她,我们这些做嫔妃的,怎能不更疼爱甄婕妤呢。"

悫妃不满地看了我一眼。我忙道:"华妃娘娘过谦了。嫔妾不过有幸伺候皇上身边,娘娘才是皇上最心爱之人。何况宫中皇后娘娘宽和待下,悫妃娘娘是皇长子生母,都是皇上身边贤惠之人,皇上嘴上不说,心中看重,也是心爱之人啊。"

悫妃脸色稍缓,华妃故作神秘地一笑:"甄婕妤倒晓得哪些是皇上心爱之人,还晓得分嘴上心里的。你这样子不像皇上的妃嫔,倒像是……皇上肚子里的虫了。"

众人哄笑,冯淑仪笑道:"娘娘最会打趣。我瞧那甄婕妤再伶俐也伶俐不过您去,她若是个爱钻肚子的孙悟空,您便是如来佛了,她怎么也翻不出您的五指山呀。听说今儿要赏的菊花里面便有一盆'五指山',娘娘可不能藏起来不让我们看哪。"

华妃一指庭院中花团锦簇："庭院廊下皆已摆满，各位妹妹自赏便可。"

恬贵人道："华妃娘娘这儿的菊花真是鲜艳多姿，上林苑的菊花虽多，却无一株可与娘娘这儿的相较。嫔妾看单这几株绿菊，想来已是倾尽花房所有了。"

华妃得意："从前宫中绿菊多在存菊堂，本宫不能尽有，今日却可尽得了。加之本宫兄长所进献的两盆，宓秀宫即便一殿一盆，也是绰绰有余。"

众妃面色微微不好看。曹婕妤圆场道："嫔妾不懂欣赏菊花是否名贵，只觉姹紫嫣红，进了娘娘宫中，只觉还在春日。只是可惜了，皇后娘娘凤体抱恙，旧疾发作，不能来了。"

众妃连声附和，欣贵嫔撇撇嘴不理。

华妃瞥一眼我："光是赏菊有什么意思？两日前甄婕妤在本宫宫中弹琴助兴，今日想来也会不吝与众妃嫔同赏吧？"

恬贵人笑意讽刺："从来甄婕妤的琴声只得皇上一听，我们哪里有福气能听到甄婕妤的琴声。"

华妃笑着抚了抚脸颊，托腮看着我道："甄婕妤素日只将心意献给皇上一人，倒冷落了大家了。你若不弹，那真是拂了大家的面子呢。"

陵容看一眼我的手指，面有难色："华妃娘娘，甄姐姐的手指……"

华妃撇嘴："不会是咱们想听，甄婕妤就指头痛吧？倒弄得咱们没意思了。"

我只得答应了。华妃指一指廊下，笑意渐深："琴早就备好了，甄婕妤请吧。"

华妃在廊下的椅子上坐下，众妃嫔或坐或立。我坐下抚琴试音，才一碰到琴弦，便痛得立即缩回手指，勉强笑道："娘娘的琴果然是好琴，音色如金石一般。"

华妃目光锐利，脸上却是笑靥如花："这琴弦是以杭州回回堂的冰弦绞以银线而成，弹起来格外铿锵有声。你便将两日前那首曲子再弹几遍吧。只是有琴无歌，难免美中不足。不如有劳安美人唱《鹊桥仙》吧。"

陵容无奈，只得道："嫔妾愿为娘娘助兴。"

华妃闭目倾听，由得陵容歌了数遍，我弹了数遍，只是含笑。恬贵人见我隐忍着痛楚神色，掩袖偷笑。

陵容见我手指有血丝溢出，含了哭腔道："娘娘，姐姐的手指……"

华妃闭眼深深颔首："如此天籁之音，怎可打断。"她语气发狠，"扫了本宫的雅兴！"

冯淑仪笑道："甄婕好的手指真是娇嫩，弹几首曲子也伤了手，皇上若问起来，真不知该怪妹妹的手指太嫩呢，还是该心疼妹妹。"

我道："嫔妾为各位姐妹娱兴，弄破手指又算得什么？"

冯淑仪又道："也是。皇上一心疼，再赏甄婕好几匹蜀锦也是有的。"

华妃微微睁一睁眼，脸色一沉："别弹了，前两日听这个歌还没觉得什么，今日一听，真觉得不吉利。"

我停了琴，问道："娘娘这话从何说起？"

华妃冷哼一声："宫中谁不盼着与皇上朝朝暮暮，两情长久，你这样混比，岂不是盼着宫中嫔妃都与皇上分离。"

我低眉顺眼，语气不卑不亢："嫔妾此曲也是宽慰心意。宫中姐妹诸多，谁与皇上朝朝暮暮都是难求。皇上为顾全雨露均沾之余，难免也有所分离。若诸位姐妹都知皇上与自己两心相知，恩眷长久，也不会计较朝朝暮暮的聚散了。"

华妃冷笑："本宫倒觉得是砌词狡辩，以你朝朝暮暮的恩幸来讽刺旁人被冷落之意！"

我忙欠身告罪："嫔妾不敢。"话未说完，忽然"哎哟"一声，身体一侧，险些摔倒。陵容急忙扶住，惊呼道："有血！姐姐怎么了？"

我腰间洇出血来。众人忙上前察看，却翻出衣服上插着一枚针。

恬贵人惊疑："这衣裳是华妃娘娘赐的……"

华妃一惊，喝道："胡说，本宫赐的衣裳都是察看过的，绝无锐器留在上头。"

我忍着痛楚道："此事与娘娘无关。通明殿法师曾告诫过嫔妾，年前不能穿妃色衣裳，否则动辄便会惹祸上身。娘娘盛情送来衣裳，嫔妾不敢不穿。昨晚因见衣裳上线头松脱，特意自己加缝几针，谁知大意留了银针在上头也未发觉，是嫔妾自己做事不慎。"

悫妃摇头："果然你不能穿妃色的衣裳，可惜了这么好一身蜀锦。"

华妃蹙眉："既弄伤了，赶紧回去吧，留在这儿也扫了咱们赏花的兴致。"

陵容扶着我忙忙告退。

华妃在后头朗声道："众位妹妹尽兴赏花，去年的好菊都在存菊堂，今年存菊堂人困菊落，到底也可怜。周宁海，等下随便挑两盆菊花送去存菊堂，让沈氏隔着窗子也瞧一眼，好做个安慰。"

我咬一咬唇，疾步离开。

回到宫中，陵容细心为我的手指上药，我疼得连连缩手。陵容硬生生抓着我的手细心上药："姐姐别怕疼，就要好了。唉，姐姐今日若不去就好了，省得她好大一番羞辱。"

"华妃有备而来，我今日去，便是打算好有这下场了。"

陵容为我包好手指，伤感道："姐姐受这样的委屈，何不告诉皇上为姐姐出一口气。"

我黯然："慕容家眼下战功不小，华妃更是得意，皇上都让她三分哄她三分，我若闹起来皇上也只会息事宁人。前朝的事已经够皇上忙了，我何苦让皇上再为我动气。"

"原以为大家都是嫔妃便罢了，原来还是和从前一样。"她看着那枚被拔下来的银针，"姐姐刚才那下被刺得厉害，要不要召太医来看看？"

"罢了吧。针是我自己放的，等下我让流朱为我上点儿药就好了。华妃赏这件衣裳给我，不过是要让众人眼红妒忌，你没瞧那些人跟乌眼鸡似的盯着么。得罪华妃一人不算最可怕，我若不让她们幸灾乐祸一次，可就真是犯了众怒了，那才真可怕。"

陵容含泪："姐姐要自己当心。"

"你我要一起当心。"我忧心道，"我自己也罢了，她终究不能拿我怎样。倒是眉姐姐，我实在是担心。"

这一年的冬天来得特别晚，直到十二月间纷纷扬扬下了几场大雪才有了寒冬的感觉。大雪绵绵几日不绝，如飞絮鹅毛一般。站在窗口赏了良久的雪景，眼中微微晕眩，转身向玄凌道："四郎本是好意，要在棠梨宫中种植白梅，可惜下了雪反而与雪景融为一色，看不出来了。"

他随口道："那有什么难，你若喜欢红梅朕便让人去把倚梅园的玉蕊檀心移植些到你宫中。"他停笔抬头道，"嗳嗳！你不是让朕心无旁骛地誊写么，怎么反倒说话来乱朕的心。"

我不由得失笑，道："哪里有这样赖皮的人，自己不专心倒也罢了，反倒来赖人家。"

他闻言一笑："若非昨夜与你下棋输了三子，今日也不用在此受罚了。"

我软语道："四郎一言九鼎，怎能在我这个小女子面前食言呢？"我重又坐下，温软笑道，"好啦，我不是也为你裁制衣裳以作冬至的贺礼么？"

他温柔地抚摩我的鬓发："食言倒也罢了，只为你亲手裁衣的心意朕再抄录三遍也无妨。"

我哧哧而笑，横睨了他一眼："这可是你自己说的啊，可别反悔。"

整整一个白日，他为我誊抄历代以来歌咏梅花的所有诗赋，我只安心坐于他身边，为他裁制一件冬日所穿的寝衣。

堂外扯絮飞棉，绵绵无声地落着。服侍的人都早早打发了出去，两人相伴而坐，地下的赤金镂花大鼎里焚着百和香，幽幽不绝如缕，静静散入暖阁深处。暖阁中向南皆是大窗，糊了明纸，透进外面青白的雪光，反倒比正堂还要明亮。暖阁中静到了极处，听得见炭盆里上好的红罗炭偶然

"毕剥"一声轻响，汩汩冒出热气，连外头籁籁的雪声几乎都纤微可闻。

阁中地炕笼得太暖，叫人微微生了汗意，持着针线许久，手指间微微发涩，怕出汗弄污了上用的明黄绸缎，便唤了晶青拿水来洗手。

侧头对玄凌笑说："寝衣可以交由嬛嬛来裁制，只是这上用的蟠龙花纹我可要推了去。嬛嬛的刺绣功夫实在不如安美人，不如让她来绣，好不好？"

玄凌道："这个矫情的东西，既然自己应承了下来还要做一半推脱给别人做什么。朕不要别人来插手。"

我哧哧笑道："我可把丑话说在前头了，若是穿着针脚太粗了不舒服，可别怪嬛嬛手脚粗笨。"

我就着晶青的手拿毛巾擦拭了，又重新绞了帕子递给玄凌擦脸，他却不伸手接过，只笑："你来。"

我只好走过去，笑道："好啦，今天我来做皇上的小宫女服侍皇上好不好？"

他撑不住笑："这样顽皮。"

他写了许久，发际隐隐沁出细密汗珠，我细细替他擦了，道："换一件衣裳好不好，这袍子穿着似乎太厚了。"

他握一握我的手抿嘴笑："只顾着替你誊写竟不晓得热了。"

我不由得耳热，看一眼晶青道："有人在呢，也不怕难为情。"

晶青极力忍住脸上笑意，转过头装作不见。他只"哧"地一笑，由小允子引着去内堂换衣裳了。

我走至案前，替玄凌将抄写完的整理好放在一旁。正低着头翻阅，忽然听见一阵清脆的笑声咯咯如银铃已到了门边。

正要出去看个究竟，厚重的锦帘一掀，一阵冷风伴着如铃的笑声转至眼前。淳儿捧一束红梅在手，俏生生站在我面前，掩饰不住满脸的欢快与得意，嚷嚷道："甄姐姐，淳儿去倚梅园新摘的红梅，姐姐瞧瞧欢喜不欢喜？"

　　她一股风似的闯进来，急得跟在身后追进来的槿汐脸都白了。她犹自不觉，跺脚缩手呵着气道："姐姐这里好暖和，外头可要冻坏人了。"

　　我不及示意她噤声，玄凌已从内堂走了过来。淳儿乍见了玄凌吓了一跳，却也并不害怕。眼珠骨碌一转，已经笑盈盈行礼道："皇上看臣妾摘给姐姐的梅花好不好？"

　　因是素日在我宫中常见的，淳儿又极是天真爽朗。玄凌见是她，也不见怪，笑道："你倒有心。你姐姐正念叨着要看红梅呢，你就来了。"说着笑，"淳常在似乎长高了不少呢。"

　　淳儿一侧头："皇上忘了，臣妾过了年就满十五了。"

　　玄凌道："不错，你甄姐姐进宫的时候也才十五呢。"

　　我道："别只顾着说话，淳儿也把身上的雪掸了去吧，别回头受了风寒，吃药的时候可别哭。"说着槿汐已经接过淳儿摘下的大红织锦镶毛斗篷。只见她小小的个子已长成不少，胭脂红的暖袄衬得身材姣好，衣服上的宝相花纹由金棕、明绿、宝蓝等色洒线绣成，只觉得她整个人一团喜气，衬着圆圆的小脸，显得十分娇俏。

　　她并不怕玄凌，只一味玩笑，玄凌也喜她娇憨天真。虽未承幸于玄凌，却也是见熟了的。

　　淳儿一笑，耳垂上的玉石翡翠坠子如水珠滴答地晃："姐姐不是有个白瓷冰纹瓶么，用来插梅花是最好不过的。"一边说一边笑嘻嘻去拿瓶子来插梅花。

　　淳儿折的梅花或团苞如珠，或花开两三瓣，枝条遒劲有力，孤削如笔，花吐胭脂，香欺兰蕙，着实美观。三人一同观赏品评了一会儿，淳儿方靠着炭盆在小杌子上坐下，面前放了各色细巧糕点，她一脸欢喜，慢慢拣了喜爱的来吃。

　　我陪着玄凌用过点心，站在他身边为他磨墨润笔。阁中暖和，他只穿着家常孔雀蓝平金缎团龙的衣裳，益发衬得面若冠玉，仿佛寻常富贵人家的公子，唯有腰际的明黄织锦白玉扣带，方显出天家本色。我亦是家常的打扮，珍珠粉色的素绒绣花小袄，松松梳一个摇摇欲坠的堕马髻，斜插一支赤金扁钗，别无珠饰，亭亭立于他身侧，为他将毛笔在乌墨中蘸得饱满圆润。玄凌自我手中拿了笔去，才写两三字，抬头见我手背上溅到了一点墨汁，随手拿起案上的素绢为我拭去。那样自然，竟像是做惯了一般。

我只低眉婉转一笑，也不言语。

淳儿口中含了半块糖蒸酥酪，另半块握在手中也忘了吃，只痴痴瞧着我与玄凌的神态，半晌笑了起来，拍手道："臣妾原想不明白为什么总瞧着皇上和姐姐在一起的样子眼熟，原来在家时臣妾的姐姐和姐夫也是这个样子的，一个磨墨，一个写字，静静的，半天也不说话，只瞧得我闷得慌……"

听她口无遮拦，我不好意思，忙打断道："原来你是闷得慌了，怪我和皇上不理你呢。好啦，等我磨完墨就来陪你说话。"

淳儿一扬头，哪里被我堵得住话，兀自还要说下去。我忙过去倒了茶水给她："吃了那么多点心，喝口水润一润吧。"

那边厢玄凌却开了口："嬛嬛你也是，怎不让淳儿把话说完。"只眉眼含笑看着淳儿道："你只说下去就是。"

我一跺脚，羞得别过了头不去理他们。淳儿得了玄凌的鼓励，越发兴致上来，道："臣妾的姐姐和姐夫虽不说话却要好得很，从不红脸的。臣妾的娘亲说这是……这是……"她想得吃力，直憋红了脸，终于想了起来，兴奋道，"是啦，臣妾的娘亲说这叫'闺房之乐'。"

我一听又羞又急，转头道："淳儿小小年纪，也不知哪里听来的浑话，一味地胡说八道。"我嗔怪道，"皇上您还这样一味地宠着她，越发纵了她。"

淳儿不免委屈，噘嘴道："哪里是我胡说，明明是我娘亲说的呀。皇上您说臣妾是胡说么？"

玄凌笑得几乎俯在案上，连连道："当然不是。你怎么会是胡说，是极好的话。"说着来拉我的手，"朕与婕妤是当如此。"

他的手极暖，热烘烘地拉住我的手指。我微微一笑，心内平和欢畅。

伍 | 巴山夜雨時

　　这以后的第三日，常在方淳意承幸。乾元十三年十二月初九，常在方氏晋良媛，美人史氏晋贵人，赐号"康"。我的气势亦随之水涨船高，渐渐有迫近华妃之势。

　　自我称病，淳儿与史美人都奉旨迁出棠梨宫避病。我身体安好后，玄凌也无旨意让她们搬回。偌大的棠梨宫只住着我一人，长久下去也不像样子。如今二人都已晋位，淳儿又是个单纯的性子，我便思量着让淳儿搬回西配殿居住，方便照应。至于史美人，我对她实在没有多少好感，加上她失宠三年后竟又得了晋封，又予赐号之荣，一时沾沾自喜，越发要来趋奉，当真是烦不胜烦。

　　于是回过皇后，让淳儿搬来与我同住。本来玄凌便时常留驻棠梨宫，淳儿的入住意味着她将有更多的机会见到皇帝，这更是羡红了不少人的眼睛。

　　玄凌怜爱淳儿稚气未脱，娇憨不拘，虽不常宠幸她，却也不认真拿宫规约束她。皇后与冯淑仪等人向来喜欢淳儿，如今她得幸晋封，倒也替她高兴。玄凌也只由着她性子来，不出格即可，一时间倒把陵容冷淡了几分。

然而，陵容似乎也并不在意恩宠多少，除却眉庄禁足的遗憾，我们几人的情分倒是更加好了。

这样平和的光景一直延续了几十日，再次见到玄清，已经是乾元十三年的最后一日，除夕。此日是阖宫欢宴的日子。

去年的今日，是我真正意义上遇见玄凌的那一日，为避开他夜奔于被冰雪覆盖的永巷。想到此节，我沾染酒香的唇角不自觉地微笑起来。

玄清周游于蜀地的如斯几月，正是我与玄凌情意燕婉的时候，纵然玄凌对眉庄薄情，但是对我，仍是很好，很好。

玄清刚从蜀地归来，明澈的眉目间仆仆不去的风尘和未及被京都的烟华鼎盛洗净的倦色，都被轻染成了他唇齿间含笑的一丝温默。此刻，他揽酒于怀，坐于太后身边款款向众人谈着蜀中风景，剑阁梓潼的古栈道、李冰的都江堰、难于上青天的蜀道、石刻千佛岩的壮观、杜甫的浣花居所……

那是我于书中凝幻神思的情节，他的口齿极清爽，娓娓道来，令人如临其境。

众人都被他的述说吸引，连酒菜也忘了去动。我却听得并不专心，偶尔入耳几句，更多的是想起书中描绘的句子，对比着他对真实风景的描述。

其实他坐于太后身侧，与我隔得极远，销金熔玉的富贵场所，他的见闻于宫中女子是一道突如其来的清流，大异于昔年的闺阁生活与今日的钩心斗角。

太后虽然听得颇有兴味，然而见风流泪的痼疾自入冬以来一再发作，视物也越加模糊，急得玄凌一再吩咐太医院的御医随侍于太后的颐宁宫。可怜温实初刚治完护国公又马不停蹄赶去了太后宫中服侍。太后不便久坐，看完了烟花也就回去了。

太后一走便少了许多拘谨，玄凌召了我坐于他身侧，道："你最爱听这些，刚才隔了那么远怕是听不清楚，不如让老六再说一次。"说着睨眼带笑看玄清："你肯不肯？"

玄清微微看我一眼，微笑道："皇兄要博美人一笑，臣弟何吝一言。"

我却摆手："嫔妾适才听得清楚，不劳王爷再重新述过了。王爷还是照旧讲下去吧。"

玄清端然坐了，说起因秋雨羁留巴山的情景："原本秋雨缠绵十数日，难免心头郁结。不想巴山夜雨竟是如此美景，反而叫臣弟为此景多流连了几日。"他款款而言，"巴山夜雨似故人心肠，徘徊窗宇，若非倾诉离愁，便是排解愁怀。"

我微笑欠身："王爷可有对雨于西窗下剪烛火，寻觅古人情怀？"

他的目光留驻于我面上不过一瞬，随即已经淡然笑道："共剪西窗烛才是赏心乐事，小王一人又有何趣。不若卧雨而眠，一觉清梦。"

我抿嘴点头："王爷好雅兴。只是如此怕是体味不到义山所说'何当共剪西窗烛，却话巴山夜雨时'的情趣了。"

他略略收敛笑容："义山在巴山有锦瑟可以思念，小王亦有诗酒解忧。"他的目光微微一凛，道，"小王不解共剪西窗，却可入梦仿庄生梦蝴蝶。"

我举袖掩唇对着玄凌一笑，玄凌道："庄生晓梦迷蝴蝶，不知是庄生迷了蝴蝶，还是蝴蝶故意要迷庄生？"

我微微低头，复又举眸微笑，眼中一片清淡："蝴蝶也许并不是故意要入庄生的梦。"

玄清并不看我，接口道："也许是庄生自己要梦见蝴蝶。"

玄凌颇感兴趣地看他："怎么说？"

玄清只以一语对之："日有所思，夜有所梦而已。"

玄凌不由得拊掌大笑道："原来庄生思慕蝴蝶。"

玄清只是淡淡一笑，仿佛事不关己："窈窕淑女，君子好逑。或许蝴蝶就是庄生心目中的淑女。皇兄以为如何？"

玄凌饮下一杯酒："自幼读史论文，父皇总说你别有心裁。"说着看我："你对诗书最通，你意下如何？"

我只是微笑到最大方得体："蝴蝶是庄生的理想，淑女为君子所求。"我轻轻吟诵，"'关关雎鸠，在河之洲。'却是求之不得，辗转反侧。"我浅浅笑，"理想之于人，也许不如现实能够握在手中一般踏实。"

他的神色有一瞬的尴尬和黯然，很快只是如常。我的心怦怦乱跳，生怕一句话说得失了轻重反而弄巧成拙。

我只是要提醒他，如此而已。或许，他根本不需要我的提醒，他那样聪明，从我语气就可了然一切。可是如果不这样做，我的心里总是无法完全安定。

现在的我，和玄凌很好，即使我只是他所宠爱的女人之一。可是，他对我的心，并非轻佻。

我只希望，安全地过我自己在宫中的生活。

我清楚地明白，他的人生，和我完全不同。我的命运，已经被安排成为后宫诸多女子中的一名；我的岁月，便是要在这朱红宫墙脂粉队伍中好好地活下去；而我的人生，只是要沿着这样一条漫漫长路一路茕茕而行，直到我精疲力竭，直到我被命运的眷顾抛弃，直到我终于被新的红颜湮没。等待我的，永远只有两条路，得宠，或者，失宠。

而他，他的人生太过精彩，仿佛锦绣长卷，才刚刚展露一角，有太多太多的未知和可能，远非我可以比拟。

并且，我的生活中战乱已经太多，对于他这样一个意外，尤其是一个美好的意外，太危险，我宁可敬而远之。

安全，对我而言，才是最重要的。

皇后和靖微笑："后宫之中论才当数甄婕妤第一，唯有她还能与六王对答如流。若换了本宫，当真是要无言以对了。"

冯淑仪亦笑："当真呢，说实话，臣妾竟听不明白王爷和婕妤妹妹说的是什么。什么蝴蝶呀庄生呀淑女呀，臣妾真是听得一塌糊涂。"

玄凌的手在桌帷下轻轻握我的手，道："他们在谈论《庄子》和《诗经》。"

我温婉向他笑："皇上英明。"

皇后侧脸对身后把盏的宫女道："皇上和王爷、甄婕妤谈论良久想必口干，去把甄婕妤准备的酒满上吧。"

宫女依言上前斟酒，杯是白璧无瑕的玉石，酒是清冽透彻的金黄。

我先敬玄凌，敬过皇后，再敬玄清。玄清并不急于喝酒，凝神端详，轻轻地嗅了嗅，转而看向皇后。

"是桂花酒。"玄凌说，"朕与婕妤一同采摘今秋新开的桂花，酿成此酒。"

玄凌在人前对我用这样亲密的语气，我微觉尴尬，隐隐觉得身后有数道凌厉目光逼来，于是徐徐道："取江米做酒，酒成取初开的桂花蕊，沥干露水浸酒，再加入少许蜜糖。入口绵甜，味甘而不醉人。"我以此来舒缓我的尴尬，"制法简单，且此酒不会伤身。王爷若喜欢，可自行酿制。"

座下的曹婕妤忽然柔媚一笑，道："家宴之上桂花酒清甜固然很好，可是各位王爷在座，若是以茅台、惠泉、大曲或是西域的葡萄酒等招待自然就更好了。"言下之意，我准备的酒怠慢了诸王与命妇，无法体现皇家应有的风度。

有人的目光中暗暗浮起讥讽和轻蔑，只等着瞧我的好戏。我只是一如往常地宁和微笑，道："西南战事未平，自太后与皇上起节俭用度以供军需，后宫理当与太后、皇上共进退，以皇上亲手制成的桂花酒代替名贵酒种遍示亲贵，不仅示皇上节俭用度之心，而且更显皇室亲厚无间。"

曹婕妤谦和地笑："妹妹真是善解人意，体贴周全。"

我粲然笑道："姐姐过奖了，若论善解人意，体贴周全，妹妹怎么及得上姐姐呢？"我忽然看着汝南王王妃贺氏："王爷搏力于战场，为国杀敌，真是我大周的骄傲。想必嫔妾命人送去的桂花酒应该到了吧。"

贺氏欠身道："多谢婕妤小主。酒已到,王爷分送诸将士,诸将士都感激皇上与婕妤心系将士,士气大增哪。"

我道："有劳王妃费心了。边地寒苦,此酒不会醉人耽误战事,却能增暖驱寒。八月桂花香,也一解将士们思乡之苦吧。"

贺氏道："正是。"

玄清忽然道："为敬皇上天纵英明,为敬将士英勇杀敌,愿诸位共饮此杯。"说着起身仰头一饮而尽,以袖拭去唇边酒迹,大声道,"好酒。"此语一出,气氛大是缓和,复又融洽了起来。

我见机目示皇后,皇后盈盈起身举杯："臣妾领后宫诸位妹妹贺皇上福寿延年,江山太平长乐。"

于是又把酒言欢,好不热闹。

百忙中向玄清投去感激的一瞥,谢他如此为我解围。他只是清淡一笑,自顾自喝他的酒。

玄凌附在我耳边道："朕何时命你送酒去慰劳诸将?"

我回眸微笑向他："皇上操劳国事,难道不许臣妾为皇上分忧么?"我微微一顿,声音越发低,几乎微不可闻,"军心需要皇上来定,恩赐也自然由皇上来给,无须假手于人。"

他维持着表面的平静神色,嘴角还是不自觉地上扬,露出满意的微笑,桌帷下的手与我十指交缠。

有若四月风轻轻在心头吹过,我微微一颤,面泛绯色,微笑低首。

然而,并没有完结,恬贵人忽然道："婕妤姐姐提倡节俭,那自然是很好的。可是听闻姐姐有一双玉鞋以蜀锦绣成,遍缀珠宝,奢华无比啊。不知妹妹能否有幸一观。"

玄凌睨她一眼,慢慢道："朕记得朕曾赐你珠宝,也是名贵奢华的。"

话音未落,正吃完了糕点的淳儿拍了拍手道："那是皇上喜欢婕妤姐姐才赐给她的啊,自然是越贵重奢华越好。既然皇上喜欢又有什么不可以,皇上您说是不是呢?"

淳儿一派天真，这样口无遮拦，我急得脸色都要变了。一时间众人都是愕然，然而要堵别人的嘴，没有比这个理由更好更强大了。也亏得只有淳儿，别人是万万不会说这样的话的。

玄凌爱怜地看着淳儿："朕最喜欢你有什么说什么。"淳儿闻言自然是高兴。

恬贵人脸上青白交加，讪讪地不知道说什么好。偏偏淳儿还要追问一句："恬贵人，你说是不是？"

恬贵人碍着在御前，淳儿的位分又在她之上，不好发作，只得道："方良媛说得不错。"

我暗暗嗔怪地看了淳儿一眼，暗示她不要再多说。她却不以为意，只朝我娇俏一笑，又埋头于她的美食之中。

我只好苦笑，这个淳儿，当真是拿她一点办法也没有，偏偏玄凌还这样宠着她。只是这样不知忌讳，只怕于她，没有半分好处。

我暗暗摇头。

可是我的劝告，淳儿似乎一直没有听进去。有着玄凌的怜爱和我的保护，她什么都不怕，也不会想到去怕。

家宴结束后嫔妃依次散去。玄凌独宿于仪元殿中，明日初一，等待他的是烦琐的祭天之礼和阖宫拜见太后的礼仪。

夜深人静，暖阁外绵绵的雪依旧簌簌地下。我蜷卧于香软厚实的锦被中，槿汐睡梦中轻微的呼吸声缓缓入耳。太静的夜，反而让人的心安定不下来。

西窗下那一双烛火依旧灿灿而明，我与玄凌曾经在此剪烛赏星。何当共剪西窗烛——我忽然想起，适才在晚宴上与我话巴山夜雨的人，却是玄清。

然而西窗近在眼前，巴山却在迢迢千里之外。我只抓住眼前的，舍近求远，我不会。

嫁娶不须啼

大年初一的日子，每个宫苑中几乎都响着鞭炮的声音。或许对于长久寂寞的宫妃和生活无聊的宫女、内监而言，这一天真正是喜庆而欢快的。

早起梳妆，换上新岁朝见时的大红锦服，四支顶花珠钗。锦服衣领上的风毛出得极好，油光水滑，轻轻拂在脸颊上茸茸地痒，似小儿呵痒时轻挠的手。

起身出门，佩儿满脸喜色，捧了大红羽纱面鹤氅来要与我披上。鹤氅是用鹤羽捻线织成的面料裁成的广袖宽身外衣，颜色纯白，柔软飘逸。是年前内务府特意送来孝敬的。

我深深地看一眼喜滋滋的佩儿，淡淡道："你觉得合适么？"她被我的神情镇住，不知所措地望着槿汐，向她求助。

槿汐自取了一件蜜合色风毛斗篷与我披上，又把一个小小的平金手炉放于我怀中，伸手扶住我出去。

阖宫朝见的日子，我实在不需要太出挑。尤其是在第一次拜见的、让我心怀敬畏的太后面前，谦卑是最好的姿态。

大雪初晴，太后的居所颐宁宫的琉璃砖瓦、白玉雕栏在晨曦映照下熠熠生辉，使人生出一种敬慕之感，只觉不敢逼视。

随班站立在花团锦簇的后妃之中，我忽然觉得紧张。这是我入宫年余以来第一次这样正式地拜见太后，近距离地观望她。

内监特有的尖细嗓音已经唤到了我的名字，我深深地吸一口气，出列，行三跪九叩的大礼，口中道："太后凤体康健，福泽万年。"

太后的目光落在我身上，微笑道："听说皇上很喜欢你，抬起头来我瞧瞧。"

我依言抬头，目光恭顺。

太后的目光微一停滞，身边的皇后道："甄嬛好很懂事，性情也和顺。"

太后闻言只是略微点头："你叫什么名字？"

"臣妾甄嬛，初次拜见太后，请太后再受臣妾大礼，臣妾喜不自胜。"说着再拜。

"哦……"太后沉吟着又着意打量我一番。她的目光明明宁和自若，我却觉得那眼神犹如无处不在，没来由地觉得不安，红着脸低垂着头不知如何是好。

再抬头，太后已经满面含笑："很好，这孩子的确很懂事。"

我低头，柔顺道："臣妾年幼，不熟悉宫中规矩，幸好有太后恩泽庇佑，皇上宽厚，皇后与诸位姐姐又肯教导臣妾，才不致失仪。"

太后颔首："不怪皇上喜欢你，哀家也很喜欢。"说着命宫女取衣帛饰物赏赐与我。

我叩首谢恩，太后忽然问："你会不会写字？"

微微愕然，才要说话，皇后已经替我回答："婕妤才情甚好，想来也通书写。"

太后微微侧目视皇后，皇后噤声不再说下去。

我道："臣妾略通书写，只是字迹拙劣，怕入不得太后的眼。"

太后和蔼微笑："会写就好，有空儿常来颐宁宫陪伴哀家，替哀家抄写经文吧。"

我心中喜悦，道："只要太后不嫌弃臣妾粗笨，臣妾愿意尽心侍奉太后。"

太后笑容更盛。跪在太后身前，她一笑我才看得清楚，本在盛年的太后不知是没有保养得宜还是别的缘故，比差不多年纪的女子憔悴许多，眼角皱纹如鱼尾密密扫开。许是我的错觉吧，我竟觉得那被珠玉锦绣环绕的笑容里有一丝莫名的哀伤与倦怠。

从正月十四起，我的心情就一直被期待和盼望所包裹，好不容易到了十五那日清晨，方才四更天就醒了再睡不着。槿汐被我惊动，笑道："小主这样早就醒了，天还早呢，甄公子总得要先拜见过皇上，晌午才能过来和小主说话呢。"

我抱膝斜坐在被中，想了想道："确实还早呢。只是想着自进宫以来就再未见过哥哥，边疆苦寒，心里总是挂念得很。"

槿汐道："小主再睡会儿吧，到了晌午也有精神。"

我答应了声"好"，然而心有牵挂，翻覆几次终究不能睡得香沉。

好不容易到了晌午，忽然听见外头流朱欢喜的声音："公子来了。"

我刚要起身去迎，槿汐忙道："小主不能起来，这于礼不合。"我只好复又端正坐下。于是三四个宫女、内监争着打起帘子，口中说着"小主大喜"。哥哥大步跨了进来，行过君臣之礼，我方敢起身，强忍着泪意，唤"哥哥"。

经年不见，哥哥脸上平添了不少风霜之色，眉眼神态也变得刚毅许多，英气勃勃。只是眼中瞧我的神色，依旧是我在闺中时的溺爱与纵容。

我与哥哥坐下，才要命人上午膳，哥哥道："方才皇上已留我在介寿堂一同用过了。"

我微微诧异："皇上与哥哥一起用的么？"

"是。皇上对我很是客气，多半是因为你得宠的缘故吧。"

　　我思索须臾，已经明白过来，只含笑道："今日是元宵节，哥哥陪我一起吃一碗汤圆吧。"

　　宫中的汤圆做工细巧，掺了玫瑰花瓣的蜜糖芝麻馅，水磨粉皮，汤中点了金黄的桂花蕊。我亲自捧一碗放到哥哥面前，道："边地戍守苦寒，想必也没有什么精致的吃食，今日让妹妹多尽些心意吧。"

　　哥哥笑道："我也没什么，只是一直担心你不习惯宫中的生活，如今看来，皇上对你极好，我也放心了。"

　　我抿嘴低头："什么好不好的，不过是皇上的恩典罢了。"

　　闲聊片刻，哥哥忽然迟疑，我心下好生奇怪，他终于道："进宫前父亲嘱咐我一件事，要你拿主意——"却不再说下去。

　　我略想一想，掩嘴笑道："是要给哥哥娶嫂子的事吧，不知是哪个府里的小姐呢？"

　　哥哥拿出一张纸笺，上面写着三五个女子的名字，后面是出身门第与年龄："父亲已经择定了几个人选，还得请你拿主意。"

　　我微微吃惊："我并不认识这几家小姐呀，怎么好拿主意呢？"

　　"父亲说妹妹如今是皇上身边的嫔妃了，总得要你择定了才好。"

　　我想一想道："也对。如是我来择定，这也是我们甄家的光彩。"说着咏咏地调皮笑，"哥哥心中属意于谁，妹妹就选谁吧。"

　　哥哥摇一摇头，眸光落在我手中的锦帕上："我并无属意的人。"他的目光落定，声音反而有些飘忽，我疑惑着仔细一看，手中的锦帕是日前陵容新绣了赠予我的，绣的是疏疏的一树夹竹桃，浅淡的粉色落花，四周是浅金的四合如意云纹缀边，针脚也是她一贯的细密轻巧。

　　我心中一惊，蓦地勾起些许前尘，淡淡笑道："哥哥好像很喜欢夹竹桃花呢。"我指着名单上一个叫薛茜桃的女子道，"这位薛小姐出身世家、知书达理，我在闺中时也有耳闻。哥哥意下如何？"

　　哥哥的笑容有些疏离："父亲要你来选，我还有什么异议？"

　　我定一定神道："哥哥自己的妻子，怎么能自己没有主意？"

哥哥手中握着的银调羹敲在瓷碗上"叮"的一声轻响，曼声道："有主意又怎样？我记得你曾经不愿意入宫为妃，如今不也是很好。有没有主意都已是定局。说实话，这名单上的女子我一个也不认识，是谁都好。"

我倒吸一口凉气，正堂暖阳如春，几乎耐不住哥哥这句话中的寒意。我目光一转，槿汐立即笑道："小主好久没和公子见面了，怕是有许多体己话要说，咱们就先出去吧。"说着带人请安告退了出去。

我这才微微变色，将手中的帕子往桌上一撂，复笑道："陵容绣花的手艺越发好了。避暑时绣了一幅连理桃花图给皇上，很得皇上欢心呢。"

哥哥淡淡"哦"了一声，仿佛并不十分在意的样子，只说："陵容小主是县丞之女，门第并不高，能有今日想来也十分不易。"

我瞧着他的神色才略微放下心来，道："哥哥刚才这样说，可是有意中人了？若是有，就由嬛儿去和爹爹说，想必也不是什么难事。"

略静了片刻，哥哥道："没有。"他顿一顿道，"薛家小姐很好。"他的声音略微低沉，"茜桃，是个好名字，宜室宜家。"

正说着话，忽然见一抹清秀身影驻足在窗外，也不知是何时过来的。我几乎疑心是浣碧，口中语气不觉加重了三分，道："谁在外头？"

忽然锦帘一挑，却是盈盈一个身影进来，笑道："本要进来的，谁晓得槿汐说甄公子也在，想嘱咐人把水仙给放下就走的，谁知姐姐瞧见我了。"说着道："经久不见，甄公子无恙吧？"

哥哥忙起身见礼，方才敢坐下。

我见是陵容，心里几乎是一惊，想着刚才的话若让她听见，免不了又要伤心，不由得脸上就有些讪讪的不好意思，眼中却只留意着他们俩的神色是否异常。

陵容却是如常的样子，只是有男子在，微微拘谨些而已。哥哥也守着见嫔妃的礼节，不敢随便抬头说话，两人并看不出有异。

只是这样拘谨坐着，反而有些约束，一时间闷闷的。锦罗帘帐中，熏了淡淡的百和香，烟雾在镏金博山炉花枝交缠的空隙中袅袅纠缠升起，聚了散了，谁知道是融为一体了，还是消失了，只觉得眼前的一切看得并不真切。

我只好开口寻了个话头道："哥哥要不要再来一碗汤圆，只怕吃了不饱呢。"

哥哥道："不用了。今日牙总是有些疼痛，还是少吃甜食吧。"

"那哥哥现吃着什么药，总是牙疼也不好。"

哥哥温和一笑："你不是不晓得，我虽然是个男人，却最怕吃苦药，还是宁可让它疼着吧。"

陵容忽然闭目轻轻一嗅，轻声道："配制百和香的原料有一味丁子香，取丁香的花蕾制成，含在口中可解牙疼，不仅不苦而且余香满口，公子不妨一试。"

哥哥的目光似无意从她面上扫过，道："多谢小主。"

陵容身子轻轻一颤，自己也笑了起来："才从外头进来，还是觉得有些冷飕飕的。"说着问候了哥哥几句，就告辞道，"陵容宫里还有些事，就先告退了。"

我见她走了，方坐下轻轻舀动手中的银勺，坚硬的质地触到软软的汤圆，几乎像是受不住力一般。我只是微笑："哥哥喜欢薛家小姐就好，不知婚礼要何时办，嬛儿可要好好为哥哥贺一贺。"

哥哥脸上是类似于欢喜的笑，可是我并没瞧出欢喜的神情。他说："应该不会很快吧。三日后我就要回边地去，皇上准我每三个月回来述职一次。"冬日浅浅的阳光落在哥哥英健的身子上，不过是淡淡的一圈金黄光晕。

我无法继续关于哥哥婚事的谈话，只好说："皇上都已经和你说了么？"

他听得此话，目光已不复刚才的散淡，神色肃峻道："臣遵皇上旨意，万死不辞。"

我点头："有哥哥这句话，我和皇上也放心了。汝南王与慕容氏都不是善与之辈，你千万要小心应对。"我的语中微有哽咽，"不要再说什么万死不辞的话，大正月里的，你存心是要让我难过是不是？"

哥哥宠溺地伸手抚一抚我的额发："这样撒娇，还像是以前的样子，一点也没有长大。好啦，我答应你，一定不让自己有事。"

我"扑哧"笑出声来："哥哥要娶嫂子了，嬛儿还能没长大么。"我微微收敛笑容，拿出一卷纸片递与哥哥，"如有意外，立刻飞鸽传此书出去，就会有人接应。"

哥哥沉声道："好。"

虽是亲眷，终究有碍于宫规不能久留。亲自送了哥哥至垂花门外，忍不住红了眼圈，只强忍着不敢哭。哥哥温言道："再过三个月说不定咱们又能见面了。"他觑着周围的宫女、内监，小声道，"这么多人，别失了仪态。"

我用力点点头："我不能常伴爹娘膝下承欢，还请哥哥多慰问爹娘，嘱咐玉姚、玉娆要听话。"我喉头哽咽着说不下去，转身不看哥哥离去的背影。

折回宫时，忽然看见堂前阶下放着两盆水仙，随口问道："是陵容小主刚才送来的么？"

晶青恭谨道："是。"

我微一沉吟，问道："陵容小主来时在外头待了多久？"

晶青道："并没有多久，小主您就问是谁在外头了。"

我这才放心，还是怒道："越发出息了，这样的事也不早早通报来。"

晶青不由得委屈："陵容小主说不妨碍小主和少爷团聚了，所以才不让奴婢们通传的。"见我双眉微蹙，终究不敢再说。

然而我再小心留意，陵容也只是如常的样子，陪伴玄凌，与我说话，叫我疑心是自己太多心了。

日子过得顺意，哥哥回去后就向薛府提亲，婚事也就逐渐定下来了。

 珠胎

到了二月里，天也渐渐长了。整日无事，便在太后宫中服侍，为她抄录佛经。冬寒尚未退去，殿外树木枝条上积着厚厚的残雪，常常能听见树枝断裂的轻微声响。

许是因为玄凌的缘故，太后对我也甚好，只是她总是静静的，不爱说话。我陪侍身边，也不敢轻易多说半句。

流光总是无声。

很多时候，太后只是默默在内殿长跪念诵经文，我在她身后一字一字抄录对我而言其实是无趣的梵文。案上博山炉里焚着檀香，那炉烟寂寂，淡淡萦绕。她神色淡定如在境外，眉宇间便如那博山炉的轻缕一样，缥缈若无。

我轻轻道："太后也喜欢檀香么？"

她道："礼佛之人都用檀香，说不上喜欢不喜欢。"她微微举眸看我，"后宫嫔妃年轻，倒是甚少用此沉郁之香。"

"臣妾有时点来静一静心，倒比安息香好。"

太后微笑："不错。人生难免有不如意事，你懂得排遣就好。"

太后的眼睛不太好，佛经上的文字细小，她看起来往往吃力。我遂把字体写得方而大，此举果然讨她喜欢。

然而，许是太后性子冷静的缘故，喜欢也只是淡淡的喜欢。只是偶尔，她翻阅我写的字，淡淡笑道："字倒是娟秀，只是还缺了几分大气。不过也算得上好的了，终究是年纪还轻些的缘故。"不过轻描淡写几句，我的脸便红了，窘迫得很。我的字一向是颇为自矜的，曾与玄凌合书过一阕秦观的《鹊桥仙》。他耳语时呵出的气拂在耳边又酥又痒："嬛嬛的字，如插花舞女，低昂芙蓉；又如美女登台，仙娥弄影；又若红莲映水，碧沼浮霞。"[①]

我别过头哧哧而笑："哪里有这样好，皇后能左右手同时书写，嬛嬛自愧不如。"

他淡淡出神，只是一笑带过："皇后的字是好的，只是太过端正反而失了韵致。"

于是我笑吟吟对太后道："皇后的字很好呢，可以双手同书。"

太后只是淡漠一笑，静静望着殿角独自开放的腊梅，手中一颗一颗捻着佛珠，慢条斯理道："梅花香自苦寒来。再好的字也要花功夫下去慢慢地练出来，绝不是一朝一夕所得。皇后每日练字下的功夫不少。"

我忽地忆起去皇后宫中请安时，她的书案上堆着厚厚一沓书写过的宣纸，我只是吃惊："这样多，皇后写了多久才写好？"

剪秋道："娘娘这几日写得不多，这是花了三日所写的。"

我暗暗吃惊，不再言语。皇后并不得玄凌的宠幸，看来长日寂寂，不过是以练字打发时光。

太后道："甄嬛好的底子是不错。"她微合的双目微微睁开，似笑非笑

---

① 此处借用唐代韦续对卫夫人书法的赞誉。

道，"只是自承宠以来恐怕已经很少动笔了吧。"

我不觉面红耳赤，声音如蚊蚋声："臣妾惭愧。"

然而太后却温和地笑了："年轻的时候哪能静得下性子来好好写字，皇上宠爱你难免喜欢你陪着，疏忽了写字也不算什么。皇上喜欢不喜欢，原不在字好不好上计较。"

太后待我不错，然而这一番话，让我对太后的敬畏更甚。有时玄凌来我宫中留宿，我也择一个机会婉转劝他多临幸皇后，他只是笑："朕的嬛嬛这样大方。"

我只好道："皇后是一国之母，皇上也不能太冷落了。"

天气渐渐暖和起来，人也不再因为犯寒，整日抱着手炉畏畏缩缩地懒着不愿动弹。时气一好，谁都肯到处去走走了。这日早起去给皇后请安，才到了院中，便听见里头一阵阵女儿家的笑语喧哗声，似是十分热闹融洽。

我见华妃与冯淑仪伴在皇后近身左右，余下嫔妃都围坐着，正说着时暖花开，哪朵簪鬘最好看，你一言我一语说得十分热闹。陵容细细的身量仿佛又瘦了一圈儿，人也无精打采的，人说一句她勉强一笑而已。我行至她身边，见她面色不好，也未用心妆扮，不觉关切："近来你身子总不大好，御医可怎么说？"

陵容道："多谢姐姐挂念，好得多了——"话犹未完，接连着咳嗽了两声，转过脸去擤一擤鼻子，方不好意思笑道，"叫姐姐见笑了，不过是风寒，竟拖延了这么久也不见好。"她说话时鼻音颇重，声音已经不如往日清婉动听。

为着感染了风寒，陵容已有大半月不曾为玄凌侍寝，倒是淳儿，心直口快的单纯吸引了玄凌不少目光。

淳儿笑嘻嘻道："甄姐姐只顾着看安姐姐，也不理我，我也是你的妹妹呀。"

我不由得笑道："是。你自然是我的妹妹，在座何尝不都是姐妹呢。好妹妹，恕了姐姐这一遭吧。"一句话引得众人都笑了起来。

淳儿拉着衣袖比给我看，道："我近日又胖啦，姐姐你瞧，新岁时才做的衣裳，如今袖口就紧了。"

我忍着笑，掰着手指头道："是啊。早膳是两碗红稻米粥、三个焦圈糖包；午膳是炖得烂熟的肥鸡肥鸭子；还不到晚膳又用了点心；晚膳的时候要不是我拉着你，恐怕那碗火腿炖肘子全下你肚子去了，饶是这样还嚷着饿，又吃了夜宵。"我极力忍着笑得发酸的腮帮子，道，"不是怕吃不起，只是你那肚子撑得越发滚圆了。"

淳儿起先还怔怔听着，及至我一一历数了她的吃食，方才醒悟过来，羞红了脸跺脚道："姐姐越发爱笑话我了。"低下头羞赧地瞧着自己身上那件桃红织金飞花的锦袍道，"不过姐姐说得是，我可不能再这样吃了，皇上说我的衣裳每两个月就要新做，不是高了，就是胖了。我还真羡慕安姐姐的样子，总是清瘦的。"

皇后笑道："胖些有什么要紧，皇上不嫌弃你就是了。你安姐姐怕是还羡慕你能吃得下呢。"说着看陵容道："身子这样清癯总不太好，平时吃着药也要注意调理才是。"

正说着话，一旁含笑听着的恬贵人突然恶心起来，捂嘴扭头，忙不迭起身忍着告"失礼"。皇后很是关切："可是有什么不妥？是吃坏了么？快传御医来瞧。"

恬贵人脸儿一红，很是害羞。她身边的宫女忙抢身上前禀告："皇后娘娘，御医已经瞧过了。贵人是怀喜了。"

皇后一震，笑容便堆了起来："可当真？"

恬贵人忙欠身："臣妾月事晚了些时候，又连日这么恶心，定是喜脉。"

我的心忽地一沉，只是愕然。皇后却是高兴极了，笑逐颜开道："好，好！这是大喜事，该向皇上贺喜了。"她语意温柔，着意关怀，"往后再有不适，要先告诉本宫。"

恬贵人很是懂事乖巧的模样："就怕错了空欢喜一场，下回臣妾会守规矩先禀报皇后娘娘的。"

"下回?"华妃朗声笑了，声调却有些尖酸，"你先顾好这回的胎吧。好生养到生下皇子，才不算空欢喜了。"

这话是很不合时宜的。我心中大震，转瞬已经冷静地站了起来，面带喜色，说道："臣妾等向皇后娘娘贺喜。"转头又对恬贵人含笑道："恬妹妹大喜。"

我这一语，似乎惊醒了众人，也不得不起身道喜，众人纷纷相贺。然而，在这突兀的欢笑声中，各人又不免思虑各自的心思。

一旁静默的悫妃忽然道："可是当真? 太医瞧过了没?"

恬贵人微微一震，知道是因为上次眉庄的缘故，含羞点点头，道："太医院两位太医都来瞧过了。"说着略停了一停，冷冷一笑道，"妹妹不是那为了争宠不择手段的人，有就是有，无就是无，皇嗣的事怎可作假?"说着转脸向我道："婕妤姐姐你说是不是?"

我心头大恼，知道她出语讽刺眉庄，只碍着她是有身子的人，地位今非昔比，只好忍耐着，微微一笑道："的确呢。果然是妹妹好福气，不过三五日间就有喜了。"

身边的淳儿"哧"地一笑，旁人也觉了出来，嫉妒恬贵人怀孕的大有人在，听了此话无不省悟过来——玄凌对恬贵人的情分极淡，虽然初入宫时颇得玄凌宠爱，但恬贵人因宠索要无度，甚至与同时入宫的刘良媛三番五次地起了争执，因而不过月余就已失宠，位分也一直驻留在贵人的位子上，自她失宠后，玄凌对她的召幸统共也只有五六次。

然而我心头一酸，她不过是这样五六次就有了身孕，而我占了不少恩宠，却时至今日也无一点动静，不能不说是福薄命舛。

出了殿，清冷的阳光从天空倾下，或浓或淡投射在地面的残雪之上，却没有把它融化，反而好似在雪面上慢慢地凝结了一层水晶。骤然从温暖的殿阁中出来，冷风迎面一扑，竟像是被刀子生冷地一刮。穿着的袄子领上镶有一圈软软的风毛，风一吹，那银灰色长毛就微微拂动到脸颊上，平日觉得温软，今朝却只觉得刺痒难耐。

我扶住槿汐的手正要上软轿，身后曹婕妤娇软一笑，仿若七月间的烈日，明媚而又隐约透着迫人的灼热："姐姐愚钝，有一事要相询于妹妹。"

我明知她不会说出什么好话来，然而只得耐心道："姐姐问便是。"

曹婕妤身上隐隐浮动蜜合香的气味，举手投足皆是温文雅致，她以轻缓的气息问道："姐姐真是为妹妹惋惜，皇上这么宠爱妹妹，妹妹所承的雨露自然最多，怎么今日还没有有孕的动静呢？"她低眉柔柔道，"恬贵人有孕，皇上今后怕是会多多在她身上留心，妹妹有空儿了也该调理一下自己身子。"

我胸中一凉，心中发恨，转眼瞥见立于曹婕妤身边的华妃面带讥讽冷笑，一时怔了一怔。本来以为华妃与曹婕妤之间因为温宜帝姬而有了嫌隙，如今瞧着却是半分嫌隙也没有的样子，倒叫我不得其解。

来不及好好理清她们之间的纠结，已经被刺伤自尊，冷冷道："皇上关怀恬贵人本是情理中事。妹妹有空儿自会调理身子，姐姐也要好好调理温宜帝姬的身子才是。帝姬千金之体可不能有什么闪失啊。"说着回视华妃，行了一礼恭敬道："曹婕妤刚才言语冒犯娘娘，嫔妾替姐姐向娘娘谢罪，娘娘别见怪才好啊。"

华妃一愣："什么？"

我微笑，郑重其事道："曹姐姐适才说嫔妾所承雨露最多却无身孕，这话不是借着妹妹的事有损娘娘么？多年来嫔妃之中，究竟还是娘娘雨露最多啊。是以向娘娘请罪。"

曹婕妤惊惶之下已觉失言，不由得惊恐地望一眼华妃，强自镇静微笑。华妃微微变色，却是忍耐不语，只呵呵冷笑两声，似乎是自问，又像是问我："本宫没有身孕么？"

曹婕妤听华妃语气不好，伸手去拉她的衣袖子，华妃用力将她的手一甩，大声道："有孕又怎样，无孕又怎样？天命若顾我，必将赐我一子。天命若不眷顾，不过也得一女罢了，聊胜于无而已。"说着目光凌厉地扫过曹婕妤面庞。

曹婕妤脸上一阵红一阵白，终究没有再说话。

我静静道："娘娘说得有理。有无子息，得宠终归是得宠，就算母凭子贵，也要看这孩子合不合皇上的心意。"说罢不欲再和她们多言，拂袖而去。

次日，欣喜的玄凌便下旨晋恬贵人杜氏为从五品良媛，并在宫中举行筵席庆贺。

杜良媛的身孕并未为宫廷带来多少祥瑞，初春时节，一场严重的时疫在宫中蔓延开来，此症由感不正之气而开始，最初始于服杂役的低等宫女、内监，开始只是头痛、发热，接着颈肿，发颐闭塞，一人之病，染及一室，一室之病，染及一宫。宫中开始遍燃艾叶驱疫，一时间人人自危。

時
疫　｜◇捌◇

太后与皇后、诸妃的焚香祷告并没有获得上天的怜悯，太医院的救治
也是杯水车薪，解不了燃眉之急，被时疫感染的人越来越多，死去的人也
越来越多。玄凌焦急之下，身子也渐渐瘦下去。

棠梨宫中焚烧的名贵香料一时绝迹，到处弥漫着艾叶和苍术焚烧时的
草药呛鼻的气味，宫门前永巷中遍洒浓烈的烧酒，再后来连食醋也被放置
在宫殿的各个角落煮沸驱疫。

然而，不幸的是，禁足于存菊堂的眉庄也感染了可怕的时疫。

当我赶到冯淑仪的昀昭殿时，冯淑仪已经十分焦急，拉着我的手坐下
道："昨日还好好的，今早芳若来报，说是吃下去的东西全呕了出来，人
也烧得厉害，到了午间就开始说胡话了。"

我惊问："太医呢？去请了太医没有？"

冯淑仪摇头道："沈常在被禁足本就受尽冷落，时疫又易感染，这个
节骨眼儿上哪个太医敢来救治？我已经命人去请了三四趟，竟然没有一个

人过来，你说如何是好？"

芳若急得不知怎么才好，声音已经带了哭腔："奴婢已经尽力了，本想去求皇上，可是他们说皇上有事，谁也不见；太后、皇后和几位娘娘都在通明殿祈福，连个能拿主意的人都没有。"

我转头便往存菊堂走，冯淑仪一见更慌了神，急忙拉我道："你疯了——万一染上时疫可怎么好！"

我道："不管是什么情形，总要去看了再说。"说着用力一挣便过去了。冯淑仪到底忌惮着时疫的厉害，也不敢再来拉我。

我一股风地闯进去，倒也没人再拦着我，到了内室门口，芳若死活不让我再进去，只许我隔着窗口望一眼，她哭道："常在已经是这个样子，小主可要保重自己才好，要不然连个能说话的人也没有了。"

我心头一震，道："好，我只看一会儿。"

室内光线昏暗，唯有一个炭盆冒着丝丝热气，昔年冬日她为我送炭驱寒，今年却是轮到我为她做这些事了。帘幕低垂，积了好些尘灰，总是灰扑扑的模糊的样子，只见帘幕后躺着的那个身影极是消瘦，不复昔日丰腴姿态。眉庄像是睡得极不安稳，反复咳嗽不已。

我心中焦灼，不忍再看，急急转身出去，撂下一句话道："劳烦姑姑照顾眉庄，我去求皇上的旨意。"

然而，我并没有见到玄凌，眼见着日影轮转苦候半日，出来的却是李长。他苦着脸赔笑道："小主您别见怪，时疫流传到民间，皇上急得不行，正和内阁大臣们商议呢，实在没空儿接见小主。"

我又问："皇上多久能见我？"

李长道："这个奴才也不清楚了。军国大事，奴才也不敢胡乱揣测。"

我情知也见不到玄凌，去求皇后也是要得玄凌同意的，这样贸贸然闯去也是无济于事。狠一狠心掉头就走，扶着流朱的手急急走出大段路，见朱影红墙下并无人来往，才惶然落下泪来——眉庄，眉庄，我竟不能来救你！难道你要受着冤枉屈死在存菊堂里么？

正无助间，闻得有脚步声渐渐靠近，忙拭去面上泪痕，如常慢慢行走。

那脚步声却是越来越近，忽地往我身后一跪，沉声道："微臣温实初向婕妤小主请安。"

我并不叫他起来，冷笑道："大人贵足踏贱地，如今我要见一见你可是难得很了。今日却不知道是吹了什么好风了。"

他低头，道："小主这样说，微臣实在不敢当。但无论发生什么事，还请小主放宽心为上。"

我别过脸，初春的风微有冷意，夹杂着草药的气味，吹得脸颊上一阵阵发紧地凉。我轻声道："温大人，是我伤心糊涂了，你别见怪。先起来吧。"

温实初抬头，恳切道："微臣不敢。"

我心头一转，道："温大人是不是还忙着时疫的事无暇分身？"

"是。"

我静一静道："如果我求温大人一件事，温大人可否在无暇分身时尽力分身助我？我可以先告诉大人，这件事做成了未必有功，或许被人发现还是大过，会连累大人的前程甚至是性命。可是做不成，恐怕我心里永远都是不安。大人可以自己选择帮不帮我。"

"那么敢问婕妤小主，若是微臣愿意去做，小主会不会安心一些？"

我点头："你若肯帮我，我自然能安心一些。成与不成皆在天命，可是人事不能不尽。"

他不假思索道："好。为求小主安心，微臣尽力去做便是。但请小主吩咐。"

我低低道："存菊堂中的沈常在身染时疫，恐怕就在旦夕之间。我请你去救她，只是她是被禁足的宫嫔……"

他点一点头，只淡淡道："无论她是谁，只要小主吩咐，微臣都会尽力而为。"说着躬身就要告退，我看他走远几步，终于还是忍不住，道："你自己也小心。"

他停步，回首看我，眼中浮起惊喜和感动的神色，久久不语。我怕他误会，迅速别过头去，道："大人慢走。"

眉庄感染时疫，戍守的侍卫、宫女唯恐避之不及，纷纷寻了理由躲懒，守卫也越发松懈，芳若便在夜深时偷偷安排了温实初去诊治。

然而温实初只能偷偷摸摸为眉庄诊治，药物不全，饮食又不好，眉庄的病并没有起色，正在我万分焦心的时候，小连子漏夜带了人来报，为我带来了一个好消息。

我连夜求见玄凌，当御书房紧闭的门扇在沉沉夜色里霍然而开的时候，那长长的尾音叫我心里没来由地一紧——此事成与不成，关系着眉庄能否活下去。

正要行下礼去，玄凌一把拉住我道："什么事？这样急着要见朕。"

我沉默片刻，眼光一扫四周，玄凌道："你们不用在这里伺候了，朕与婕妤说会儿话。"

李长立时带了人下去，玄凌见已无人，道："你说。"

我伸手击掌两下，须臾，候在门外的小连子带了一个人进来。这人满面尘霜，发鬓散乱，满脸胡楂儿，衣衫上多是尘土，只跪着浑身发抖。

我冷冷剜他一眼，道："皇上面前，还不抬头么？"

玄凌不解地看我一眼，我只不说话。那人激灵一抖，终于慢慢抬起头来，不是刘畚又是谁！

玄凌见是他，不由得一愣，转瞬目光冷凝，冷冰冰道："怎么是你？"

刘畚吓得立即伏地不敢多言。

我望住玄凌，慢慢道："臣妾始终不相信沈常在会为了争宠而假怀皇嗣，所以暗中命人追查失踪了的刘畚，终于不负辛苦，在永州边境找到了他，将他缉拿回京城。"我静静道，"当日或许知情的茯苓已经被杖杀。刘畚为沈常在安胎多时，内中究竟想必没有人比他更明白。"

玄凌静默一响，森冷地对刘畚道："朕不会对你严刑逼供，但是你今日说的话若将来有一日被朕晓得有半句不实，朕会教你比死还难受。"

刘奋的身子明显一颤，浑身瑟瑟不已。

我忽然温婉一笑，对刘奋道："刘大人自可什么都不说。只是现在不说，我会把你赶出宫去，想来你还没出京城就已经身首异处了吧。"

刘奋的脑袋俯着的地方留下一摊淡淡的汗迹，折射着殿内通明的烛光茨茨发亮。我不自觉地以手绢掩住口鼻，据说刘奋被发现时已经混迹乞丐以避追杀，可想其狼狈仓皇。如今他吓出一身淋漓大汗，那股令人不悦的气味越发刺鼻难闻。

我实在忍不住，随手添了一大勺香料焚在香炉里，方才觉得好过许多。

刘奋的嗓子发哑，颤颤道："沈常在是真的没有身孕。"

玄凌不耐烦："这朕知道。"

他狠命叩了两下头道："其实沈常在并不知道自己没有身孕。"他仰起头，眼中掠过一道暗红惊惧的光芒，"微臣为小主安胎时小主的确无月事，且有头晕呕吐的症状，但并不是喜脉，而是服用药物的结果。但是臣在为小主把脉之前已经奉命无论小主是什么脉象，都要回禀是喜脉。"

玄凌的目中有冰冷的寒意，凝声道："奉命？奉谁的命？"

刘奋犹豫再三，吞吞吐吐不敢说话。我冷笑两声，道："她既要杀你，你还要替她隐瞒多久？要咽在肚子里带到下面做鬼去么？"

刘奋惶急不堪，终于吐出两字："华——妃。"

玄凌面色人变，目光凝滞不动，盯着刘奋道："你若有半句虚言——"

刘奋拼命磕头道："微臣不敢，微臣不敢。微臣自知有罪。当日华妃娘娘赠臣银两，命臣离开京城避险，说是有人会在城外接应。哪知道才出城就有人一路追杀微臣，逼得微臣如丧家之犬啊。"

我与玄凌对视一眼，他的脸色隐隐发青，一双眼里，似燃着两簇幽暗火苗般的怒意。我晓得他动了大怒，轻轻挥一挥手，命小连子安置了刘奋下去，方捧了一盏茶到玄凌手中，轻声道："皇上息怒。"

玄凌道："刘奋的话会不会有不尽不实的地方？"

我上前道："皇上细想想，其实沈常在当日的事疑点颇多，只是苦无证据罢了。现在回想起来，如果沈常在真的几日前来红，那么那染血的衣裤什么时候不能扔，非要皇上与皇后、诸妃都在的时候才扔，未免太惹眼了。还有沈常在曾经提起江太医给的一张有助于怀孕的方子，为什么偏偏要找时就没了。若是没有这张方子，沈常在这样无端提起岂非愚蠢。"我一口气说出长久以来心中的疑惑，说得急了不免有些气促，我尽量放慢声息，"皇上恐怕不信，其实臣妾是见过那张方子的，臣妾看过，没什么不对劲的地方。"

他的声音里透着凉森森的寒意，道："华妃——很好！那张可以证明沈常在清白的方子大抵是被偷了，只怕和那个叫茯苓的宫女也脱不了干系。"他慢慢放低了声音，露出些许悔意，"朕当日一时气愤杀了她，若是细细审恐怕也不致今日。"

我低声道："皇上预备怎么办？"

他并不接话，只是叹："是朕冤枉了沈氏——放她出来吧，复她的位分。"

我凄惶道："只怕一时放不出来。"

他惊问："难道她……"

我摇头："眉姐姐并没有寻短见。只是禁足后忧思过度，身子孱弱，不幸感染了时疫，如今还不知道是什么样子。"说到最后，已禁不住悲凉之意呜咽不已。

他愣了片刻："朕只是禁足，她也未免太想不开了。"

我泣道："皇上以禁足降罪于眉姐姐并不是极大的惩罚，可是宫里哪一个人不是看着皇上您的脸色行事，皇上不喜欢姐姐，于是那些奴才更加一味地作践她。"

他微微吸一口凉气，道："朕即刻命太医去为沈容华诊治，朕要容华好好活下去。"说着就要唤李长进来。

我拉住玄凌的衣袖道："请皇上恕臣妾大不敬之罪。臣妾见沈容华病重，私下已经求了一位太医去救治了。"

玄凌回首顾我，问："真的？"

我点头："请皇上降罪于臣妾。"

他扶我起来："若不是你冒死行此举，恐怕朕就对不住沈容华了。"

我垂泪摆首："不干皇上的事，是奸人狡诈，遮蔽皇上慧眼。"我心中不悦玄凌当日的盛怒，然而他是君王，我怎能当面指责他。

他被"奸人"二字所打动，恨然道："华妃竟敢如此愚弄朕，实不可忍。"走至门前对殿外守候的李长道："去太医院传旨，杀江穆炀、江穆伊二人。责令华妃——降为嫔，褫夺封号。"然而想了一想，复道，"慢着——褫夺封号，降为贵嫔。"

李长一震，几乎以为是听错了，褫夺封号于后妃而言是极大的羞辱，远甚于降位的处分。李长不晓得玄凌为何动了这样大的怒气，又不敢露出惊惶的神色，只好拿眼睛偷偷觑着我，不敢挪步。

我原听得降华妃为嫔，褫夺封号，转眼又成贵嫔，正捺不住怒气，转念念及西南战事要紧，少不得生生将这口气咽下去。又听见玄凌道："先去畅安宫，说朕复沈氏容华位分，好好给她治病要紧。"

李长忙应了一声，利索地带了几个小内监一同去传旨。

及至无人，玄凌的目光在我脸上逗留了几转，几乎是迟疑着问："嬛嬛，刘畚不是你故意安排好的吧？"

我一时未解，"嗯"了一声，看着他问："什么？"

他却不再说下去，只是干涩笑笑："没什么。"

我忽地明白，脑中一片冷澈，几乎收不住唇际的一抹冷笑，直直注目于他："皇上以为是臣妾指使刘畚诬陷华妃娘娘？"我心中激愤，口气不免生硬，"皇上眼中的臣妾是为争宠不惜诬陷妃子的人么？臣妾不敢，也不屑为此。臣妾若是指使刘畚诬陷华妃营救沈容华，大可早早行此举，实在不必等到今日沈容华性命垂危的时候了。"我屈膝道，"皇上若不相信臣妾，李公公想来也未曾走远，皇上大可收回旨意。"

他的脸色随着我的话语急遽转变，动容道："嬛嬛，是朕多疑了。朕若不信你，就不会惩处华妃。"

我心头难过不已，脱口道："皇上若信臣妾，刚才就不会有此一问。"

他的脸色遽然一沉，低声喝道："嬛嬛！"

我一怵，蓦然抬头迎上他略有寒意的眼神。我凄楚一笑，仿佛嘴角酸楚再笑不出来，别过头去缓缓跪下道："臣妾失言……"

他的语气微微一滞："你知道就好，起来吧。"说着伸手来拉我。

我下意识地一避，将手笼于袖中，只恭敬道："谢皇上。"

他伸出的手有一瞬间的僵硬，叹息近乎无声："慕容贵嫔服侍朕已久，体贴入微。虽素来有些跋扈，可是今日，朕……真是失望。"

我默然低首，片刻道："臣妾明白。"

他只是不说话，抬头远远看天空星子。因为初春夜晚料峭的寒冷，他唇齿间顺着呼吸有蒙昧的白气逸出，淡若无物。

绢红的宫灯在风里轻轻摇晃，似淡漠寂静的鬼影，叫人心里寒浸浸地发凉，他终于说："外头冷，随朕进去吧。"

我沉默地跟随他身后，正要进西室书房，忽然有女人响亮的声音惊动静寂的夜。这样气势十足而骄纵威严的声音，只有她，华妃。

我与玄凌迅速对视一眼，他的眼底大有意外和厌烦之色。我亦意外，照理李长没有那么快去慕容世兰处传旨，她怎么那么快得了风声赶来了，难道是刘畚那里出了什么纰漏？正狐疑着，李长一溜小跑进来，道："回禀皇上，华……慕容贵嫔要求面圣。"

玄凌懒得多说，只问："怎么回事？"

李长低头道："奴才才到畅安宫宣了旨意，还没去太医院就见慕容贵嫔带了江穆炀、江穆伊两位太医过来，要求面圣。"他迟疑片刻，"慕容贵嫔似乎有急事。"

玄凌道："你对她讲了朕的旨意没有？"

李长道："还没有。慕容贵嫔来得匆忙，容不了奴才回话。"

玄凌看我一眼，对李长道："既还没有，就不要贵嫔、贵嫔地唤，你先去带他们进来。"

李长躬身去了，很快带了他们进来。华妃似乎尚不知所以然，满脸喜色，只是那喜色在我看来无比诡异。

玄凌嘱了他们起身，依旧翻阅着奏折，头也不抬，神色淡漠道："这么急着要见朕有什么事？"

华妃并没有在意玄凌的冷淡，兴冲冲道："皇上大喜。臣妾听闻江穆炀、江穆伊两位太医研制出治愈时疫的药方，所以特意带两位太医来回禀皇上。"

玄凌不听则已，一听之下大喜过望，忽地站起身，手中的奏折"嗒"地落在桌案上，道："真的么？"

华妃的笑容在满室烛光的照耀下越发明艳动人，笑吟吟道："是啊。不过医道臣妾不大通，还是请太医为皇上讲述吧。"

江穆伊出列道："夫四时阴阳者，万物之终始也，死生之本也。逆之则灾害生，从之则苛疾不起。风、寒、暑、湿、燥、火六淫从口鼻而入，邪气'未至而至''至而不至''至而不去''至而太过'均可产生疫气，侵犯上焦肺卫，与五内肺腑相冲相克，而为时疫。疫气升降反作，清浊相混。邪从热化，则湿热积聚于中，蕴伏熏蒸；邪从寒化，则寒湿骤生，脾胃受困而不运。脾阳先绝，继之元气耗散而致亡阳。若救治不及，可因津气耗损而致亡阴亡阳。"①

他啰唆了一堆，玄凌不耐，摆手道："不要掉书袋，拣要紧的来讲。"

江穆炀听江穆伊说得烦乱，遂道："时疫之邪，自口鼻而入，多由饮食不洁所致，而使脾、胃、肠等脏器受损。臣等翻阅无数书籍古方研制出一张药方，名时疫救急丸。以广藿香叶、香薷、檀香、木香、沉香、丁香、白芷、厚朴、木瓜、茯苓、红大戟、山慈菇、甘草、六神曲、冰片、薄荷、雄黄、千金子霜制成，性温去湿，温肝补肾，调养元气。"

---

① 摘自《黄帝内经素问》，略加改动。

玄凌"嗯"了一声，慢慢思索着道："方子太医院的各位太医都看过了？觉得可行么？"

江穆炀道："是。已经给了几个患病的内监吃过，证实有效。"

玄凌的脸上慢慢浮出喜色，连连击掌道："好！好！"

正说话间，华妃低声"哎哟"一句，身子一晃，摇摇欲坠。我站于她身后，少不得扶她一把。华妃见是我，眼中有厌恶之色闪过，不易察觉地推开我的手，强自行礼道："臣妾失仪。"

近旁的宫人搀扶着华妃要请她坐下，华妃犹自不肯。玄凌问道："好好的，哪里不舒服么？"

江穆伊见机道："娘娘听微臣等说起古书中或许有治疗时疫的方子，已经几日不睡查找典籍了，想是因此而身子发虚。"

此时华妃面色发白，眼下一层乌青，果然是没有好好休息。玄凌闻言微微一动，过来扶住华妃按着她坐下道："爱妃辛苦了。"

华妃牵住玄凌衣袖，美眸中隐现泪光："臣妾自知愚钝，不堪服侍皇上，只会惹皇上生气。"她的声音愈低愈柔，绵软软的十分动人，"所以只好想尽办法希望能为皇上解忧。"

她轻轻拿绢子擦拭眼角泪光，全不顾还有两位太医在。玄凌看着不像样子，唤了几个内监来，道："跟着江太医去，先把药送去沈容华的存菊堂，再遍发宫中感染时疫的宫人。"

江穆炀与江穆伊当此情境本就尴尬无比，听闻这句话简直如逢大赦，赶忙退下。

华妃一怔，问道："沈容华？"

玄凌淡然道："是。朕已经下旨复沈氏的位分，以前的事是朕错怪她了。"

华妃愕然的神色转瞬即逝，欠身道："那是委屈沈家妹妹了，皇上该好好补偿她才是。"说着向我笑道："也是甄婕妤大喜，姐妹一场终于可以放心了。"

我淡淡微笑，直直盯着她看似无神的双眸："多谢华妃娘娘关怀。"

华妃睥睨了我一眼，声音越发低柔妩媚，听得人骨子里发酥："臣妾不敢求皇上宽恕臣妾昔日鲁莽，但请皇上不要再为臣妾生气而伤了龙体。臣妾原是草芥之人，微末不入流的。可皇上的身子关系着西南战事，更关系着天下万民啊。"

玄凌叹气道："好啦。今日的事你有大功，若此方真能治愈时疫，乃是天下之福。朕不是赏罚不明的人。"华妃闻言哭得更厉害，几乎伏在了玄凌怀中。玄凌也一直低声抚慰她。

我几乎不能相信，人前盛势的华妃竟然如此婉媚。只觉得无比尴尬刺心，眼看着玄凌与华妃这样亲热，眼中一酸，生生地别过头去，不愿再看。

我默默施了一礼无声告退，玄凌见我要出去，嘴唇一动，终于没有再说什么，只是依旧怀抱着华妃，柔声安慰她。柔软厚密的地毯踩在足下绵软无声，我轻轻掩上殿门。外头候着的李长急得直搓手，见我出来如同逢了救星一样，忙道："小主，这……皇上要处置两位江太医和华妃娘娘的旨意要不要传啊？"见我面色不好，忙压低了声音道，"这话本该奴才去问皇上的，可是这里面……"他轻轻朝西室努了努嘴，"还请小主可怜奴才。"

我低声道："看这情形是不用你跑一趟了。若再要去，也只怕是要加封的旨意呢。"

我突然一阵胸闷，心头烦恶不堪，径自扶了流朱的手出去。夜风呼呼作响刮过耳边，耳垂上翡翠耳环的繁复流苏在风里泠泠作响，珠玉相碰时发出清脆悦耳的声音。有那么一刹那，我几乎只听见这样的声音，而不愿再听见周围的动静。

诚然他是对的，或者说，他从没有错。他必须顾虑他的天下与胜利。但即使他都是对的，我依然可以保持内心对他所为的不满，尽管我的面容这样顺从而沉默。

翌日玄凌来看我时只对我说了一句:"朕要顾全大局。"

我手捧着一盏燕窝,轻轻搅动着道:"是。臣妾明白。"

我看见他眼下同样一圈乌青,心里暗暗冷笑,据说华妃昨晚留宿在了仪元殿东室侍寝,想来他也没有睡好了。

后宫之中,女人的前程与恩宠是在男人的枕榻之上,而男人的大局也往往与床笫相关。两情缱绻间,或许消弭了硝烟;或许我不知该不该这样说,了结了一桩默契的交易。

果然,玄凌连着打了几个呵欠,最后他自己也不好意思了,道:"你放心。如今用人之际没有办法。沈容华的事朕没有忘记,亦不会轻易放过。"

我淡淡微笑道:"皇上龙体安康要紧,臣妾没有什么不放心的。"

连着好几日,玄凌再没有踏足我的棠梨宫。淳儿陪我在上林苑中慢慢踱步看着新开的杏花。那花开得正盛,艳华浓彩,红霞灿烂,衬得周围的廊庑亭阁皆隐隐一片彤色。我依旧是旧时的衣着,湖水绿的衣裳虽衬春天,而今看来却与这粉色有些格格不入了。

淳儿嘟着嘴道:"皇上好些日子没来了,不会是忘了姐姐和我吧。"说着摘了一朵杏花兀自比在鬓边,朝我笑嘻嘻道,"好不好看?"

我掐一掐她的脸,笑:"忘记了我也不会忘了你呀,小机灵鬼。"

淳儿到底把花插在了鬓边,走一步便踢一下那地上的落花,轻轻笑道:"皇上不来也好,来了再自在到底也有好多规矩束着,好没意思。"

我忙去捂她的嘴:"越发疯魔了,这话可是能乱说的么?小心被人听去治你个欺君之罪。"

淳儿忙四处乱看,看了一会儿发觉并没其他人,方拍着胸口笑道:"姐姐吓唬我呢。咱们去看杜良媛吧,她的肚子现在有些圆起来了呢。"

我点点头,与她同行而去。

其时风过,正吹得落英缤纷,乱红如雨,数点落花飘落在衣袂裙角间,更有落在肩头衣裳上的,微微颤动,终于坠下。

我仰头看着那满天杏花,暗暗想道,又是一年春来了。

　　心情不好，连着饮食也清减了不少，只是恹恹地没有胃口，那幅《春山图》没绣了几针就觉得腻烦无比，随手搁了就伏到榻上躺着。

　　听见夜半冷雨敲窗，淅淅沥沥地恼人，便没有睡好。早上起来益发难过，似有什么东西堵在了胸口一般。浣碧服侍我更衣时吓了一跳，道："小姐要不要去请太医来瞧瞧，这脸色不大好呢。"

　　我挣扎着起身道："不必，想是这两天忽冷忽热的着了凉，这时候去请太医来耽搁了给皇后请安不说，难免要给人闲话说我装腔作势。等给皇后请安回来喝一剂热热的姜汤就好了。"

　　浣碧有些担心地瞧着我道："那奴婢多叫两个人陪着小姐出去。"

　　起来便往皇后宫中请安，不料今日玄凌也在，请过安坐下，闲话了一晌，玄凌见众人俱已来齐，方指着华妃道："宫中疫情稍有遏止之象，华妃功不可没。着今日起复华妃协理后宫之权。"这话听在我耳中心口越发难过，只是紧紧握住手中茶盏，暗暗告诫自己绝对、绝对不能发作。

华妃盈盈起身道:"谢皇上。"

她的气色极好,很是润泽,仿佛是知道玄凌要复她权位,打扮得也异常雍容妩媚,艳光四射。玄凌道:"华妃,你要恪守妃子本分,好好协助皇后。"

一句话如石击心,几乎咬住了嘴唇,我不愿见到的,终于来了。前番诸多心血,竟是白费了。我强忍住心头气恼,随众人起身相贺华妃,皇后亦淡淡笑道:"恭喜华妃妹妹了。"

华妃甚是自得,顾盼间神采飞扬。然而,皇后话音未落,玄凌却已含笑看着冯淑仪道:"淑仪进宫也有五六年了吧?"顿一顿道,"淑仪冯氏性行温良,克娴内则,久侍宫闱,敬慎素著,册为正二品妃,赐号'敬'。"

突然之间被册妃,冯淑仪不由得愣了片刻,玄凌道:"怎么高兴傻了,连谢恩也忘了。"

冯淑仪这才省悟过来,忙屈膝谢恩。玄凌又道:"册妃的仪式定在这月二十六。敬妃,你与华妃是同一年入宫的,也是宫里的老人儿了,你要好好襄助华妃,与她一同协理后宫,为皇后分忧。"

冯淑仪向来所得宠爱不多,与华妃不可相提并论,如今乍然封妃,又得协理后宫的大权,这样的意外之喜自然是喜不自胜。然而,她向来矜持,也只是含蓄微笑,一一谢过。

如此一来,华妃的脸上便不大好看。我转念间已经明白,我入宫时间尚浅,自然不能封妃与华妃抗衡,玄凌为怕华妃势盛,故而以冯淑仪分华妃之权,制衡后宫。

我于是笑盈盈道:"恭贺敬妃娘娘大喜。"这句话,可比刚才对华妃说的要真心许多。

恭送了玄凌出去,众人也就散了。华妃重获权位,少不得众人都要让着她先走。

我坐于软轿之上,抬轿子的内监步履整齐,如出一人。我心头喜忧参半,喜的是冯淑仪封妃,忧的是华妃复位,来势汹汹,只怕冯淑仪不能抵挡。

心里这样百爪挠心地烦乱着，连春日里树梢黄莺的啼叫也觉得心烦，便道："去存菊堂看沈容华。"

小允子吓了一跳，忙打着千儿道："恕奴才多嘴，容华小主尚未痊愈，咱们还是不去的好。何况小主您早起就不大舒服，不如先回宫休息吧。"

我道："我没有事。再说怕什么呢，多多焚了艾草就是。那些宫人不也在服侍着么？"

小允子赔笑道："话是这么说，可小主千金之体……"见我冷着脸，终究不敢说下去，于是掉了头往存菊堂走。

冯淑仪封为敬妃，虽然圣旨还未正式下来，但是玄凌口谕已出，一时后宫诸人都在她的昀昭殿贺喜，一旁的存菊堂更显得冷清。我进去时里头倒也安静整齐，已收拾成旧日雅致的模样，颓唐之气一扫而空，几个小宫女在炉子上炖着药，浓浓的一股草药气，见我来了忙起身请安。

走进去却是芳若在里头服侍，白苓与采月陪在下首。我微笑道："听说皇上特意让姑姑在这里服侍到眉姐姐病愈，可辛苦姑姑了。"

芳若笑着答道："小主这样说奴婢可承受不起。"说着往床榻上一指，"容华小主今日好多了呢，小主来得可巧。"

我道："是么？"也不顾小允子使劲儿使眼色，便在床前坐下道："姐姐今儿好多了。"

眉庄气色比那日好了许多，半睁着眼勉强向我微笑。我怕她生气，故意略去了华妃复位的事不说，只拣了高兴的话逗她开心。

眉庄静静听了一晌，我微笑道："冯淑仪成了敬妃，你也好了，如今又是容华了。"

眉庄的笑容极度厌倦，用手指弹一弹枕上的花边道："是不是容华有什么要紧，和常在又有什么区别，不过一个称谓罢了。我真是累……"

我想着她病中灰心，又在禁足时受了百般的委屈，难免有伤感之语，故而宽慰道："姐姐的气色好多了，不如也起来走走吧。外头时气倒好，空气也新鲜。"

眉庄只是懒懒的："我也懒得去外头，见了人就烦。倒是这里清清静静的好。"

正说话间，温实初进来请脉问安，冷不防见我在，倒是有些尴尬，进退不是。我笑道："温太医生分了，从前见我可不是这个样子。我还没多谢你，眉姐姐的病全亏你的妙手回春。"

温实初道："小主的吩咐微臣本就该尽力尽心。何况微臣不敢居功，都是太医院各位贤能寻的好药方，微臣才能在两位小主面前略尽绵力。"

我微笑："温太医的好脉息太医院尽人皆知，大人又何必过于谦虚呢。"

他笑着谦过，坐下请了眉庄的手请脉。眉庄的五根指甲留得足有三寸长，尚有金凤花染过的浅红痕迹，芳若过来覆了一块丝帕在眉庄手腕上。

温实初的手才一搭上，眉庄的脸微微一红，落在略有病色的脸上又被绯红的床帐一映，竟像是昏迷时异样的潮红一般。眉庄抬起另一只手抚顺了鬓发道："你进来也不先通报一声，我这样蓬头垢面的真是失礼了。"

这一来连温实初也不好意思抬头了，不免轻轻咳嗽了两声掩饰过去，道："小主是病人，原不计较这个，何况皇上本就吩咐了让微臣随时进来候诊的。"他终究不安，"是微臣疏忽了。"

眉庄见他这样，便道："也罢了。前些日子病得那样重，什么丑样子你都见过了。"

我掩口笑道："姐姐纵然是病了，也是个病美人。西施有心痛病，可是人家东施也还巴巴儿地要效颦呢。可见美人不分病与不病都是美的。"

眉庄笑得直喘气，温实初也红了脸。我忙笑道："我这位容华姐姐最是端庄矜持注重仪容的了，按理说太医请脉咱们是要在帐幔后头的，只是一来这病是要望闻问切才好，二来到底温太医照顾姐姐这些日子了，也算是熟识的，咱们就不闹那些虚文了。"

温实初问了几句饮食冷暖的事，道："只吃清粥小菜虽然清淡落胃，终究也没什么滋养，况且小主你的肠胃不大好，更要好好调理才是。"

眉庄道："油腻腻的总是吃不下，也没什么胃口。"

温实初温言道："药本是伤胃的东西，但是胃口不好，这药吃下去效力也不大。"他想一想道，"微臣给小主拟几个药膳吧。"说着看着我道："婕妤小主的精神也不大好，不如拿参须滚了乌鸡吃，最滋阴养颜的，又补血气。"

眉庄倦容上有了一丝若有若无的笑意："这样小家子气，用棵山参就好了，又不是吃不起，巴巴儿的要那些参须做什么。"

温实初赔笑道："容华小主有所不知，婕妤小主一向血虚，山参补的是气虚，两者不同。如今又是春日里，比不得冬天，一棵山参下去，且不说坏了乌鸡的味道，小主的身子也受不了啊。但是'气为血之帅''血为气之母'，二者密不可分，用些参须反倒有调理之效。"

眉庄道："你说得倒是有理。那你瞧瞧我，该吃些什么？"

温实初道："枸杞子、薏苡仁、山药健脾益气，玫瑰花蕾熬了粳米粥可缓和肝气郁结和胃痛，小主是很适宜的。"

我道："多谢你费心了。"

眉庄婉转望我一眼，咳嗽了两声方淡淡笑道："你呀，总是让人肯为你费心的，温太医说是不是？"

温实初只说："微臣分内的事罢了。"说着告退了出去，方走至门外，伸手把半开的窗掩上了，对采月道："这几日风还是凉，早起晚间窗都别开着，你家小主禁不起，中午开上透透气就好了。"

采月笑着道："大人真是比咱们还细心。如今算过了明路了，皇上特指了您来替我们小姐诊治，前些日子可是不小的折腾呢。"

温实初亦笑，回头道："婕妤小主再三吩咐了要好好照顾的，敢不尽心么？"

我听着他们说话，回头见眉庄怔怔地倚在枕上不语，我以为她说了半天话累着了，伸手替她掩一掩被角想劝她睡下。眉庄看我道："你的气色却不好，是怎么了？"

我忙掩饰道："没有什么，夜里没睡好罢了。"

眉庄歪着身子道："没睡好的情由多了，你不肯说也算了。我虽在井里坐着，外边是什么样天气也不是全然不知，那一位这几日怕是风光无限呢。只是到底自己的身子你也该保重着点儿。"说着略顿一顿，"听说陵容身上也不大好？"

我不想她多着恼，于是说："风寒而已，也不是特别要紧。"

眉庄道："虽说时疫已经不那么要紧，可风寒也不能掉以轻心。她以歌喉得幸，伤了嗓子就不好了。"

我道："我叮嘱着她小心也就是了。只是送去的药不知有多少了，也不见好，只怕和她素日身子弱有关。"

我见她神情有些倦怠，也不便久坐，便要告辞。眉庄道："你去吧，没事也不必常来，过了病气就不好了。我也怕见人，心里头总是烦。"

我想一想笑道："也好，你好好养着。下次就是你来看我不必我再来看你了。"

我走至外院，见温实初正在指点宫女调配药材，见我出来，忙躬身行了一礼。我朝他使一使眼色，慢慢扶了流朱走了出去。果然没过多久，见他匆匆跟出来了，我微笑道："刚才说话不方便，有劳大人你这一趟了。"我慢慢收敛了笑容，正色道，"江穆炀、江穆伊两人擅长的是婴妇之科，怎么突然懂得了治疗时疫之术，且擅长如此，难免叫人疑惑。还说是华妃连夜帮忙翻的医书——华妃律例文章还懂些，若论医道只怕她要头疼死。"

温实初寻思片刻，慢慢道："若微臣说这治疗时疫的方子大半出自微臣的手笔，小主信么？"

我道："我信，你有这个能耐。只是这方子为何到了他们手中？"

他道："微臣只写出大半，因未想全所以不敢擅用，只收在了太医院的箱屉里，又忙着照看沈容华——只怕他们看见了顺手牵羊。他们想来也补了些药材进去，只是不擅长，这方子未免制得太凶了些，所以我给沈容华用的是温补一些的。"

我点头道："你没有错，这个时候他们有大功，想来你说出去也没人信，反而说你邀功心切。你放心，这事我自有理论。"我微微一笑，"既然方子大半出自你手就好办了。鸟尽弓藏，只怕大人你的好时候就要来了。"

壹拾 | 争春

　　过了几日去皇后宫里请安，凤仪宫庭院之中多种花木，因着时气暖和，牡丹、芍药争奇斗妍，开了满院的花团锦簇。尤其是那牡丹，开得团团簇簇，如锦似绣，多是"姚黄""魏紫""二乔"之类的名品。

　　众人陪着皇后在廊庑处赏花，春暖花开，鸟语花香，众嫔妃软语娇俏，莺声呖呖说得极是热闹。

　　华妃复起，敬妃被封，杜良媛有孕，三人自然风头大盛，非旁人可及。其中尤以杜良媛最为金贵。自然，人人都明白金贵的是她的肚子，然而日后母凭子贵，前途便是不可限量。

　　皇后独赐了杜良媛坐下，又吩咐拿鹅羽软垫垫上。皇后笑吟吟道："你有四个月的身孕了，要格外小心才好。"

　　杜良媛谢过了，便坐着与众人一同赏花。我站得与杜良媛近，隐约闻得她身上淡淡的脂粉香气甚是甜美甘馥，遂微笑向她道："这香气倒是好闻，似乎不是宫中平日用的。"

杜良媛轻笑，掩饰不住面上自得骄矜之色，道："婕妤姐姐的鼻子真灵，这是皇上月前赏赐给我的。太医说我有孕在身，忌用麝香等香料做成的脂粉，所以皇上特意让胭脂坊为我调制了新的。听说是用茉莉和磨夷花汁调了白米英粉制成的，名字也别致，叫作'媚花奴'，既不伤害胎儿又润泽肌肤，我很是喜欢呢。"

她洋洋说了这一篇话，多少有些炫耀的意思，我如何不懂，遂笑道："这样说来果真是难得的好东西呢，皇上对杜妹妹真是体贴。"

杜良媛道："姐姐若是喜欢，我便赠姐姐一些吧。"

我淡淡笑道："皇上独给了妹妹的东西，做姐姐的怎么好意思要呢？"

杜良媛丢了一个金橘给侍女去剥，口中道："那也是，到底是皇上一片心意，不能随意送了。姐姐如此客气，妹妹也就不勉强姐姐收下了。"

我心头不快，口中只是淡然应了一声，身边的欣贵嫔耐不住性子，冷笑了一声道："既然是皇上的心意，杜良媛你就好好收着吧，顶好拿个香案供起来，涂在了脸上风吹日晒的可不是要把皇上的心意都晒化了。"说着全不顾杜良媛气得发怔，扯了我就走，一边走一边口中嘟囔："谁没有怀过孩子，本宫就瞧不得她那轻狂样儿。"

我忙劝道："欣姐姐消一消气吧，如今人家正在风头上，姐姐何苦要跟她置气呢？"

皇后看见欣贵嫔嘟囔，问道："欣贵嫔在说什么呢？"

旁边恚妃听得我与欣贵嫔说话，忙岔开了道："日头好得很，不若请皇后把松子也抱出来晒晒太阳吧。"

皇后微笑道："恚妃你倒是喜欢松子那只猫，来了成日要抱着。甄婕妤向来是不敢抱一抱的。"说着命宫女绘春去把松子抱了出来。

我微笑道："臣妾实在胆小，让皇后娘娘见笑。不过松子在恚妃娘娘手里的确温驯呢。"

皇后也笑："是呢。想这狸猫也是认人的。"

恚妃赔笑道："娘娘说笑哪，是娘娘把猫调教得好才是，不怕人也不咬人。"

转眼绘春抱了松子出来，阳光底下松子的毛如油水抹过一样光滑，敬妃亦笑："皇后娘娘的确妙手，一只猫儿也被您调养得这样好，那毛似缎子一样。"

绘春把狸猫交到悫妃手中，敬妃道："我记得悫妃姐姐早年也养过一只猫叫'黑水'的，养得可好了，只是后来不知怎么就没了，姐姐很会养这些小东西。"说着奇道，"这猫儿怎么今天不安分似的，似乎很毛躁呢。"

悫妃伸手抚摩着松子扭动的背脊笑道："难怪它不安分，春天嘛。"说着也不好意思，忙道，"我原也是很喜欢的，后来有了皇长子，太医就叮嘱不能老养着了，于是放走了。"悫妃说话时手指动作，指甲上镏金的甲套镂空勾曲，多嵌翡翠，在明晃晃的阳光下十分好看。

我微笑道："别人养猫儿狗儿的，敬妃姐姐却爱养些与众不同的呢，前次我去敬妃姐姐的昀昭殿，一进去吓了一跳，敬妃姐姐的玻璃水缸里竟养了只老大的乌龟呢。"

敬妃笑着道："我不过是爱那玩意儿安静，又好养，不拘给它吃些什么罢了。我原也不能费心思养些什么，手脚粗笨的也养不好。"

我道："敬妃姐姐若说自己手脚粗笨的，那妹妹我可不知道说自己什么好了。敬妃姐姐把自己说得这样不堪，我是比姐姐粗笨十倍的人，想来就只有更多不是了。"众人说得热闹，闻言皆忍不住笑了起来。

华妃本在看着那些芍药正有趣，听得这边说话，朝我轻轻一哼道："冯淑仪还没有正式封妃呢，婕妤你便这样敬妃敬妃地不住口地唤，未免也太殷勤了。"她一笑，斜斜横一眼敬妃道："又不是以后没日子叫了，急什么？"说着掩口哧哧而笑。

庭院中只闻得她爽利得意的笑声落在花朵树叶上飒飒地响，我正要反驳，奈何胸口一闷，眼前一阵乌黑，金星乱转，少不得缓一口气休息。敬妃转脸不言，其余妃嫔也止了笑，讪讪地不好意思。

皇后折了一朵粉红牡丹花笑道："华妃你也太过较真儿了。有没有正式封妃有什么要紧——只要皇上心里头认定她是敬妃就可以了。你说是不是？"

华妃脸色一硬，仰头道："是便是，不是便不是。有福气的自然不怕等，只怕有些没福气的，差上一时半刻终究也是不成。"

皇后却也不生气，只笑吟吟对敬妃道："今日已经二十三了，不过两三日之间便要册封，你自己也好准备着了。"又对华妃道："敬妃哪里是没福的呢，她与华妃你同日进宫，如今不仅封妃，而且不日就要帮着妹妹你协理六宫事宜。妹妹有人协助那也是妹妹的福，本宫更是个有福的，乐得清闲。"话音刚落，众人连声赞皇后福泽深厚。

华妃也不接话，只冷冷一笑，盯着皇后手中那朵粉红牡丹道："这牡丹花开得倒好，只是粉红一色终究是次色，登不得大雅之堂。还不若芍药，虽非花王，却是嫣红夺目，才是大方的正色呢。"华妃此语一出，众人心里都是"咯噔"一下，又不好说什么。此时华妃头上正是一朵开得正盛的嫣红芍药压鬓，越发衬得她容色艳丽，娇波流盼。

众人皆知，粉红为妾所用，正红、嫣红为正室所用，此刻华妃用红花，皇后手中却是粉色花朵，尊卑颠倒，一时间鸦雀无声，没有人再敢随意说话。

皇后拿一朵花在手，扔也不是不扔也不是，大是为难，华妃却甚是自得。我淡淡道："臣妾幼时曾学过刘禹锡的一首诗，想着现在念来正是合时，就在皇后和各位姐姐面前献丑了。"

皇后正尴尬，见我解围，随口道："你念吧。"

我曼声道："庭前芍药妖无格，池上芙蕖净少情。唯有牡丹真国色，花开时节动京城。"①

诗未念完，皇后已经释然微笑，信手把手中牡丹别在衣襟上："好个'牡丹真国色'！尊卑本在人心，芍药花再红终究妖艳无格，不及牡丹国色天香。"见华妃脸上隐有怒气，遂笑道："今日本是赏花，华妃妹妹怎么好

①　出自唐代刘禹锡《赏牡丹》。

像不痛快似的，可别因为多心坏了兴致啊。"

华妃强忍怒气，施了一礼转身要走，不料走得太急，颈中一串珍珠项链在花枝上一钩，"哗啦"散了开来，如急雨落了满地。那珍珠颗颗如拇指一般大小，浑圆一致，几乎看不出有大小之别，足见名贵。

华妃犹不觉得，身后曹婕妤"哎呀"一声方才知觉了转过身来，正巧踏到起来为她让路的杜良媛的裙裾上。杜良媛站立不稳，脚下一滑正好踩上那些散落的珍珠，直直地滑了出去，口中没命地失声尖叫起来。敬妃一迭声喊："还不快去扶！"忙有机灵的内监扶住，自己却被撞得不轻。

眼看皇嗣无恙，幸好避过一劫，皇后与敬妃都松了一口气。我一颗心怦怦地跳个不止，一瞥眼望去，愿妃只自顾自站在一旁安静梳理松子的毛，仿佛刚才的一团慌乱根本没有发生一般。

我心下狐疑不安，皇后抚着心口道："阿弥陀佛！幸好杜良媛没有事。"话还未说完，忽然愿妃厉声一叫，手中的松子尖声嘶叫着远远扑了出去。众人还没弄清是怎么回事，已见松子直直地扑向杜良媛方向。那狸猫平日养得极高大肥壮，所以去势既凌厉力道又大，狰狞之态竟无人敢去拦截。

本来珍珠散落满地，早有几个嫔妃滑了跌倒，庭院中哭泣叫唤声不断，乱成一团，内监、宫女们搀了这个又扶那个，不知要怎么样才好。

松子蹿出得突然，众人一时都没反应过来，连杜良媛自己也是吓呆了。我只晓得不好，原本就站在一旁角落，此时更要避开几步。忽然身后被谁的手用力推了一把，整个人重重一扑向外跌去，冲着杜良媛的肚子和飞扑过来的面目狰狞的松子。我吓得几乎叫不出声来，杜良媛也是满脸惊恐。她微隆的腹部近看起来叫人没来由地觉得圣洁。我心底一软，忽然想那里面会是个怎样可爱的孩子。来不及细想，我一横心，身子一挣，斜斜地歪了过去，"砰"的一声重重落在地上，很快一个身子滚落在我手臂上。真重，痛……脸颊似被什么尖锐的东西刮到了，火辣辣地疼。我疼得几乎要落下泪来，只得死命咬牙忍住，与此同时，惊呼声盈满了我的耳朵……

压在我手臂上的身子很快被人扶了起来，无数人真心或是假意地关切着问杜良媛："怎么样？有伤着哪里没有？"急急忙忙又有人跑了出去请太医。一群人拥着她起来嘘寒问暖，几乎无人来问我是否受伤。我伏在地上，泥土和青草的气味充盈了我的鼻子，清楚看见微白的草根是润白的色泽，满地落花殷红如血。挣扎着想要起来，手臂疼得像要断了一般，实在起不来。敬妃和淳儿忙赶过来，一边一个小心翼翼扶了我起来坐下。淳儿急得眼泪落了下来，哭道："甄姐姐你没什么吧？"

我伸手一摸脸颊的痛处，竟有一缕血丝在手，猩红的颜色落在雪白指尖上有淡漠的一丝腥气，不由得也害怕了起来。我向来珍视自己容颜，如今受损，虽然不甚严重，却也不免心里焦痛。

敬妃亦难过，仔细看了一回悄声道："像是刚才被松子抓的。幸而伤得不深，应该不打紧。唉，你若是伤着半点儿那可怎么好？"

怎么好？我微微苦笑，如今的我在别人眼里，只是一个不自量力与华妃争宠而落败失宠的嫔妃，又会有什么要紧。

手臂上的痛楚疼得我冷汗直冒，明媚的春光让我眼前金星乱晃，好不容易才说出三个字："不碍事。"

淳儿吓得脸也白了，扯着我衣袖道："姐姐你别吓我。"

袖子一动，手臂立时牵着痛起来，敬妃见我脸色雪白，忙喝止了淳儿。淳儿吓得一动也不敢乱动，只哭丧着脸乖乖站在我身边。

皇后生了大气，一边安顿着杜良媛好生安慰，一边喝止诸妃不得喧哗。转身才见我也斜坐着，忙唤了人道："甄婕妤也不大好，与杜良媛一起扶进偏殿去歇息，叫太医进来看。"

好容易躺在了偏殿的榻上，才觉得好过些。进来请脉的是太医院提点章弥，皇后生怕杜良媛动了胎气，着急叫了他过去，略有点儿无奈和安抚地看我一眼。我立刻乖觉道："请先给良媛妹妹请脉吧，皇嗣要紧。"

皇后微露赞许之色。章弥静静请脉，杜良媛一脸担忧惶急的神色，神气却还好。周围寂静无声，不知是担忧着杜良媛的身孕还是各怀着不可告人的鬼胎。我强忍着手臂上的剧痛，听着铜漏的声音"滴答"微响，窗外春光明媚，我斜卧在榻上，眼前晕了一轮又一轮，只觉得那春光离我真远，那么遥远，伸手亦不可及。耳边响起章弥平板中略带欣喜的声音："良媛小主没有大碍，皇嗣也安然无恙。当真是万幸。只是小主受了惊吓，微臣开几服安神的药服下就好。"

皇后似乎是松了一口气，连念了几句佛，方道："这本宫就放心了，要不然岂非对不起皇上和列祖列宗，那就罪过了。"

旁边众人的神情复杂难言，须臾，惠妃才笑了道："到底杜良媛福气大，总算没事才好。"诸人这才笑着与杜良媛说话安慰。

皇后又道："那边甄婕妤也跌了一跤，怕是伤了哪里，太医去看下吧。"

章弥躬身领命，仔细看了道："小主脸上的是皮外伤，敷些膏药就好了。只是手臂扭伤了，得好好用药。"他又坐下请脉。阳光隔着窗棂的影子落在他微微花白的胡子上有奇异明昧的光影，他忽地起身含笑道："恭喜小主。"

淳儿急得嚷嚷道："你胡说些什么哪，甄姐姐的手伤着了你还恭喜！"

我怔了一怔，隐约明白了些什么，不自禁地从心底里弥漫出欢喜来，犹豫着不敢相信，问道："你是说——"

他一揖到底："恭喜小主，小主已经有了近两个月的身孕了。"我又惊又喜，一下子从榻上坐起来，手上抽地一疼，忍不住疼得唤了一声。皇后喜形于色地嗔怪我道："怎么有身子的人了反而这样毛毛躁躁的。"说着问太医："当真么？"

章弥道："微臣从医数十年，这几分把握还是有的。只是回禀皇后，婕妤小主身子虚弱，适才又跌了一跤受惊，胎象有些不稳。待微臣开几服安胎静养的方子让小主用着，再静静养着应该就无大碍了。"

皇后含笑道："那就请太医多费心了。本宫就把甄婕妤和她腹中孩儿全部交托于你了。"

章弥道："微臣必定尽心竭力。"

皇后温和地在我身边坐下："章太医的医术是极好的，你放心吧。"

我微笑道："皇后悉心照拂，臣妾感激不尽。"

敬妃含笑道："这就好了。今日虚惊一场，结果杜良媛无恙，甄妹妹又有了喜脉，实在是双喜临门。"

皇后连声道："对对对。敬妃，你明日就陪本宫去通明殿酬谢神恩。悫妃、华妃也去。"

悫妃静穆一笑算是答应了，华妃笑得十分勉强，道："臣妾这两日身子不爽快，就不过去了。"

皇后面露不悦，忽然听得一个虚弱的声音道："做姐姐的身子不好，华妃的身子怎么也不爽快了。"

华妃被人截了话头登时沉下脸回首去看，道："本宫以为是谁——端妃娘娘的步子倒是勤快。"

众人闻声纷纷转头，却见是端妃过来了。她并不理华妃的话。皇后笑道："真是稀客，你怎么也来了？今日果真是个好日子呢，瞧着你气色还不错。"

端妃勉强被侍女搀扶着行了一礼，道："都是托娘娘的洪福。太医嘱咐了要我春日里在太阳底下多走走，不想才走至上林苑里，就听见娘娘这里这样大动静。臣妾心里头不安，所以一定要过来看看。"

皇后道："没什么，不过虚惊一场。"

皇后顾忌着端妃是有病的人，虽与她说笑却并不让她走近我与杜良媛，端妃亦知趣，不过问候了两声，也就告辞了。

我向端妃欠身问好，她也只是淡淡应了。我留意着她虽与皇后说话并不看我，但侧身对着我的左手一直紧紧蜷握成拳，直到告辞方从袖中不易察觉地伸出一个手指朝我的方向一晃，随即以右手抚摸胸前月牙形的金项圈，似乎无意地深深看了我一眼。

我正觉得她奇怪，低头一思索旋即已经明白。

端妃前脚刚出去，后脚得了消息的玄凌几乎是衣袍间带了风一般冲了进来，直奔我榻前，紧紧拉住我的手仔细看了又看，目光渐渐停留在我的小腹。他这样怔怔看了我半天，顾不得在人前，忽然一把搂住我道："真好！嬛嬛——真好！"

我被他的举止骇了一跳，转眼瞥见皇后低头抚着衣角视若不见，华妃脸色铁青，其他人也是神色各异。我又窘又羞，急忙伸手推他道："皇上压着臣妾的手了。"

半月不见，玄凌有些瘦了。他急忙放开我，见我脸上两道血红抓痕，犹有血丝渗出，试探着伸手抚摩道："怎么伤着了？"

我心头一酸，侧头遮住脸上伤痕，道："臣妾陋颜，不堪面见皇上。"

他不说话，又见我手臂上敷着膏药，转头见杜良媛也是恹恹地躺着，皱了皱眉头道："这是怎么了？"

他的语气并不严厉，可是目光精锐，所到之处嫔妃莫不低头噤声。杜良媛受了好大一番惊吓，见玄凌进来并不先关怀于她，早积蓄了一大包委屈。现在听得玄凌这样问，自然是呜咽着哭诉了所有经过。

玄凌不听则已，一听便生了气。他还没发话，悫妃、华妃等人都已纷纷跪下。玄凌看也不看她们，对皇后道："皇后怎么说？"

皇后平静道："今日之事想来众位妹妹都是无心之失。"皇后略顿一顿，看着华妃出言似轻描淡写："华妃嘛，珍珠链子不牢也不能怪她。"

玄凌轩一轩眉毛，终于没有说什么，只是淡淡道："珍珠链子？去打发了做链子的工匠永远不许再进宫。再有断的，连脖子一起砍了。"

华妃并不觉得什么，跪在她身边的悫妃早吓得瑟瑟发抖，与刚才在庭院中镇静自若的样子判若两人。悫妃带着哭腔道："臣妾真的不是故意的，当时臣妾手指上的护甲不知怎的钩到了松子的毛，想是弄痛了它，才让它受惊起来差点儿伤了杜良媛。"悫妃呜咽不绝，"松子抓伤了臣妾的手背所以臣妾抱不住它，让它挣了出去，幸亏甄嬛好舍身相救，否则臣妾的罪过可就大了。"说着伸出手来，右手上赫然两道血红的爪印横过保养得雪白娇嫩的手背。

玄凌漠然道："松子那只畜生是谁养的？"

皇后一惊，忙跪下道："臣妾有罪。松子是臣妾养着玩儿的，一向温驯，今日竟如此发狂，实在是臣妾的过错。"说着转头向身边的宫人喝道："去把那只畜生找来狠狠打死，竟然闯下这样的弥天大祸，断断不能再留了！"

玄凌见皇后如此说，反倒不好说什么了，睨了悫妃一眼道："你虽然也受了伤，但今日之祸与你脱不了干系，罚半年俸禄，回去思过。"悫妃脸色煞白，含羞带愧，低头啜泣不已。

皇后叹气道："今日的事的确是迭番发生，令人应接不暇。可是甄嬛好你也太大意了，连自己有了身孕也不晓得，还这样扑出去救人。幸好没有伤着，若是有一点半点儿不妥，这可是关系到皇家命脉的大事啊。"

我羞愧低头，皇后责骂槿汐等人道："叫你们好生服侍小主，竟连小主有了身孕这样的大事都糊里糊涂。万一今天有什么差池，本宫就把你们全部打发去暴室服役。"

皇后甚少这样生气，我少不得分辩道："不关她们的事，是臣妾自己疏忽了。身子犯懒只以为是春困而已，月事推延了半月，臣妾向来身子不调，这也是常有的。何况如今宫中时疫未平，臣妾也不愿多叨扰了太医救治。"我赔笑道，"臣妾见各位姐姐有身孕都恶心呕吐，臣妾并未有此症状啊。"

曹婕妤笑吟吟向我道："人人都说妹妹聪明，到底也有不通的时候。害喜的症状是因个人体质而异的，我怀着温宜帝姬的时候，就是到了四五个月的时候才害喜害得厉害呢。"

华妃亦笑容满面对玄凌道："皇上膝下子嗣不多，杜良媛有孕不久，如今甄婕妤也怀上了，可见上天赐福与我大周啊。臣妾贺喜皇上。"

华妃说话正中玄凌心事，果然玄凌笑逐颜开。欣贵嫔亦道："臣妾怀淑和帝姬的时候太医曾经千叮万嘱，前三个月最要小心谨慎。如今婕妤该好好静养才是，身上还受着伤呢。"

众人七嘴八舌，诸多安慰，唯有悫妃站立一旁默默饮泣不止。皇后道："还是先送婕妤妹妹回宫吧，命太医好生伺候。"

玄凌对皇后道："今日是二十三了，二十六就是敬妃册封的日子。朕命礼部同日册婕妤甄氏为莞贵嫔，居棠梨宫主位，皇后也打点一下事宜吧。"

皇后微笑看着我道："这是应该的，虽然日子紧了些，但是臣妾一定会办妥，何况还有华妃在呢，皇上放心就是。"总算华妃涵养还好，在玄凌面前依旧保持淡淡微笑。

玄凌满意微笑，携了我的手扶起道："朕陪你回去。"

斜卧在榻上，看着玄凌嘱咐着槿汐他们忙东忙西，一会儿要流朱拿茶水来给我喝，一会儿要浣碧把枕头垫高两个让我靠着舒服，一会儿又要晶青去关了窗户不让风扑着我，一会儿又让小允子去换更松软的云丝被给我盖上。直闹得一屋子的人手忙脚乱，抿着嘴儿偷笑。

我推着他道："哪里就这样娇贵了？倒闹得人不安生。"

他拍一拍脑门儿道："朕果然糊涂了，你养胎最怕吵了。"便对槿汐、小允子等人道："你们都出去吧。"

我忙道："哎，你把他们都打发走了，那谁来服侍我呢？"

他握着我的手轻轻一吻，柔声道："朕服侍你好不好？"

我笑道："皇上这是什么样子呢，不知道的人还以为是臣妾轻狂呢。"我扶正他适才因奔跑而有些歪斜的金冠，道，"皇上也不是第一次听说妃嫔怀孕了，怎么还高兴成这样？现成还有个杜良媛呢。"

他抱着我的肩膀道："咱们的孩子，岂是旁人可以比的？"他轻轻揉着我受伤的手臂，"你这人也真是傻，即便你没孩子，这样扑去救杜良媛伤着了身子可怎么好？"

我远远望着桌上供着的一插瓶的桃花，花开如天，微笑道："臣妾并不是去救她，臣妾是救她腹中皇上的骨肉。"

他感动，紧紧抱我于怀中，他刺痒的胡楂儿轻轻摩挲着我的脸颊。他轻声道："傻子！她即使有着孩子，在朕心中也不能和你相较。"

我低下头，水红滑丝锦被上绣着捻金银丝线灿烂的凤栖梧桐的图样，凤栖梧桐，宫中的女子相信这是夫妻同心相依的图样。密密麻麻，耀目的颜色看得久了刺得眼睛发酸。杜良媛不能与我相较，那么，华妃呢？

玄凌靠得愈近，身上"天宫巧"的气味愈浓。我的房中素来熏香，却也遮不住他身上浓烈的香味。天宫巧，那是华妃最爱用的名贵脂粉，别无他人。

我静静屏息，尽量不去闻到他身上华妃的气味。

他浑然不觉，声音越发温柔："朕知道这些日子为了华妃的事叫你受委屈了。"

我散漫微笑："臣妾委屈什么呢，皇上晋冯淑仪为妃，臣妾是明白的。"

他道："你是聪明人，若昭是个明白人，她自然知道是因为什么，朕对她很放心。"

我道:"敬妃姐姐对我很好,她的性子又沉稳,臣妾也很安心。"

正说着,槿汐端了燕窝进来,玄凌亲自喂给我喝,道:"如今你是贵嫔了,按规制该把莹心堂改成莹心殿,只是你有着身孕,暂时是忌讳动土木的。"

我慢慢饮了几口,道:"这样住着就很好,只把堂名改成殿名就是了。如今国库不比平日,能俭省就俭省着吧。有用的地方多着呢,臣妾这里只是小事。"

"西南战事节节胜利,你兄长出力不少,杀敌悍勇,连破十军,连汝南王也畏他几分。等战事告捷,咱们的孩子也出世了,朕就晋你为莞妃,建一座新殿给你居住。"

我微笑摇头:"棠梨宫已经很好,臣妾也不稀罕什么妃位,只想这样平安过下去,和皇上,和孩子。"

"你和咱们的孩子,朕会保护你们。"他吻着我的额发,"你放心。朕已经调派西南大军的右翼兵马归你兄长所用,以保无虞。总算他还没有辜负朕的期望,能在汝南王和慕容氏羽翼下有此成就。"

我点点头:"臣妾哥哥的事臣妾也有所耳闻,这正是臣妾担心的。哥哥他……似乎一上战场就不要性命。"

他想了想道:"这也是朕欣赏他的地方。只是你甄家只有他一脉,朕着他早日回朝完婚吧。"他在我耳边低语,"你什么都不要怕,只要好好地养着,平平安安把孩子生下来。"

我轻轻用手抚摸着平坦的小腹,他的手大而温暖,覆盖在我的手上。我几乎不能相信,这样意外和突然,一个小小的生命就在我腹中了。

我慢慢闭上眼睛,终究,他是我腹中这个孩子的父亲,终究,他还是在意我的。我无奈而安慰地倚靠在他肩上,案几上一枝桃花开得秾天正艳。

他吻的气息越来越浓,耳畔一热,我推他道:"太医嘱咐了,前三个月要分外小心。"

他的脸有一点点红，我很少见他有这样单纯的神情，反而心下觉得舒畅安宁。他起身端起桌上的茶壶猛喝了一气，静了静神朝我笑道："是朕不好，朕忘了。"他忽然愣了一愣，声音里有一丝淡漠的欣慰和伤怀，"嬛嬛，这些日子，朕都没有见你这样笑过了。"

我抬头，终于还是低下，慢慢道："华妃娘娘明艳绝伦，皇上还记得臣妾的笑是什么样的么？"我再捺不住这些日子的委屈，眼中缓缓落下一滴泪来。

他静默片刻，亲手拭去我眼角泪痕，柔声坚定道："朕不会再让你伤心了。"我点点头，伤不伤心原也由不得他，只是，他有这样的心意也罢了。

我不好意思："这些日子臣妾不能服侍皇上了，皇上也不能老这样陪着臣妾，不如去别的娘娘那里留宿吧。"

他依旧抱着我道："朕再不扰你了，只静静陪着你好不好？"

我亦享受此刻的平静安宁，腻了一会儿，想起端妃临走前的暗示，终于笑了笑道："杜良媛今日也受了不小的惊吓，皇上也该去看看她才是。"

他想了想，道："好吧，朕明日再来看你。"

夜渐渐深了，傍晚下过了雨，晚上倒放了晴，后堂里没有点灯，淡淡月华透过半透明的烟霞色窗纱筛进来，漏下一地浅浅的影。庭院中几株初开的梨花在月光下清香满盈。果然三月春色，人间芳菲，连在深夜也不逊色。

槿汐在灯下静静陪着我道："娘娘，奴婢已经依照您的吩咐开了角门，只是端妃娘娘真的会过来么？"

我道："这个嘛，我也不知道，原本也只是我的揣度罢了。"我微笑看着槿汐，"她若不来，咱们看看月亮也是好的。"

槿汐笑："娘娘心情很好呢。"

我微笑："我晋为贵嫔，掌一宫事宜，你在我身边服侍，也要升任正五品温人，不是皆大欢喜么？"

槿汐道："奴婢是托娘娘与小皇子的福。"

我道："才一个多月大，哪里知道是帝姬还是皇子呢？"

槿汐伸手用挑子挑亮烛火："皇上嘴上虽不说，心里是巴不得想要个皇子的，如今的予漓皇长子又……"她不再说下去，看我道，"娘娘今日这样扑出去救杜良媛，奴婢的心都揪起来了，实在太险了，您与杜良媛又不交好。"我知道她话里的疑问。

我慢慢捋着衣襟上繁复的绣花，寻思良久道："如果我说是有人推我出去的，你信么？我猜着推我那人的本意是要让我去撞上杜良媛的肚子，杜良媛小产，那么罪魁祸首就是我。"我微微冷笑，"一箭双雕的毒计啊！"

槿汐闻言并不意外，似在意料之中地了然："后宫争斗，有孕的妃嫔往往成为众矢之的，今日是杜良媛，明日也许就是娘娘您。"

我抚摸着手腕上莹然生光的白玉手镯，淡淡自嘲道："只怕今晚，为了我的身孕会有很多人睡不着呢。"

槿汐恭顺道："没有娘娘的身孕，她们也会为了杜良媛的身孕睡不着呢。"

正说着话，忽然听到外头小允子小声道："娘娘，来了。"

我看了槿汐一眼，她起身便去开门，只听门"吱呀"一声微响，闪进来两个披着暗绿斗篷的女子，帷帽上淡墨色的面纱飘飘拂拂地轻软，乍一看以为是奉命夜行的宫女，其中一人鬓上一支金雀儿宝石押发缀细细一绺流苏，沙沙地打着面纱。我便微笑道："端妃娘娘果然守约。"

那人把面纱撩开，露出病恹恹一张脸来，淡淡笑道："本宫真是不中用，披香殿到这里的路并不远，却走了这样久。"

我忙让着她坐下，示意小允子在外面守着。她见我并不卸妆穿寝衣，点了点头，道："贵嫔聪慧，明白本宫的意思。"

我道："嫔妾也只是猜度罢了，娘娘以手指月，举手作一，所以嫔妾猜测娘娘是要在一更踏月来访，故而秉烛相候。"我待她饮过茶水休息片刻，方道，"娘娘深夜来访，不知可是为了白日的事。"

　　她抿嘴不语，我知道她在意槿汐在旁，遂道："此刻房中所在的人不是嫔妾的心腹，便是娘娘的心腹，娘娘直言就是。"

　　她微微沉思，拿出一根留着两颗珍珠的细细的雪白丝线放在我面前，道："请贵嫔仔细瞧一瞧。"

　　我不知道她想说什么，对着烛火拿了丝线反复看了几遍，疑惑道："似乎是华妃今日所戴的链子？"话一出口，心下陡然明白，穿珍珠项链的丝线多为八股或十六股，以确保能承受珠子的重量。华妃今日所戴的珠链尤其硕大圆润，至少也要十六股的丝线穿成才能稳固，可是眼前这根丝线只有四股。我心中暗暗吃惊，于是问："娘娘是在皇后宫中的庭院所得么？"

　　端妃似笑非笑道："不错，人人都忙着看顾杜良媛与你，这东西便被本宫拾了来。"她轻抿一口茶水，徐徐道，"华妃真是百密一疏了。"

　　我轩一轩眉，淡漠道："难怪华妃的珍珠链子被花枝一钩就断了。她果然是个有心人啊。"

　　丝线上所剩的两颗珍珠在烛光下散发着清冷的淡淡光泽，我想着今日皇后庭院中的凶险，如果杜良媛真的踩着这些散落的珍珠滑倒，后果真是不堪设想……我下意识地去抚摸自己的小腹，如今我的腹中亦有一个小生命在呼吸生长，以己度人，岂不胆战心惊……

　　我不由得感激端妃，恳切道："多谢娘娘提点。"

　　她的目光柔和地落在我腹部，神色变得温软，半晌，唏嘘道："本宫一来是提醒你，二来……你腹中稚子无辜，孩子是母亲的心血精华，本宫看着也不忍心，算是为这个孩子积福吧。"

　　我心中感动，端妃再避世冷淡，可是她对于孩子是真正地喜爱，哪怕是她所厌恶的曹婕好之流所生的温宜帝姬，也并无一丝迁怒。我端然起身，恭恭敬敬对她施了一礼："嫔妾多谢娘娘对腹中孩儿的垂怜。"

　　端妃眼眶微微一红，旋即以手绢遮掩，平静道："既然说了，本宫不怕再告诉你一件事，听闻此珠链是曹婕好赠予华妃的。"

我默然思索片刻，觉得连维持笑容也是一件为难的事。我轻轻钩着桌布上的花边，道："曹琴默是比华妃更难缠的人。此人蕴锋刃于无形，嫔妾数次与她交锋都险些吃了她的暗亏。"

端妃轻笑："华妃若是猛虎，曹琴默就是猛虎的利爪，可是在你身上她终究也没占到多少便宜不是？"端妃倏然收敛笑容，正色道，"只要知道锋刃在谁手中，有形与无形都能小心避开，只怕身受其害却连对手是谁都不知道，才是真正地可怖。"

话说得用力，端妃脸色苍白中泛起潮红，极力压抑着不咳嗽出声，气益发喘得厉害，端妃身边的侍女立即倒了丸药给她服下。

我问道："娘娘到底是什么病，怎么总是不见好？嫔妾认识一位太医，脉息极好，不如引荐了为娘娘医治。"

端妃稍微平服些，摆手道："不劳贵嫔费心。本宫是早年伤了身子，如今药石无效，只能多养息着了。"

见她如此说，我也不好再劝。送了端妃从角门出去，一时间我与槿汐都不再说话，沉默，只是因为我们明白所处的环境有多么险恶，刀光剑影无处不在。

槿汐服侍我更衣睡下，半跪在床前脚踏上道："娘娘不要想那么多，反而伤神，既知是华妃和曹婕妤，咱们多留心，兵来将挡也就是了。"

我靠在软枕上道："端妃当时不在庭院中，所以只知其一，难道我也可以不留心么？"

槿汐微微诧异，道："娘娘您的意思是……"

"华妃断了珠链差点儿让杜良媛滑倒，好容易没有摔倒，可是惢妃手中的松子又突然作乱扑了出来，难道不奇怪么？当然猫在春天难免烦躁些，可是松子是被调教过的，怎么到了她手上就随意伤人了呢？"

槿汐为我叠放衣裳的手微微一顿："娘娘的意思是……"

我垂下头，道："惢妃是后妃之中唯一有儿子的……"

槿汐道："可是素日来看，惢妃娘娘很是谨小慎微，只求自保。"

我叹一口气道:"但愿是我多虑吧。我只是觉得皇上膝下子嗣荒芜,若真是有人存心害之,那么绝不会是一人所为。"我想了一想,道,"你觉得端妃如何?其实她避世已久,实在不必蹚这浑水。"

槿汐把衣裳折起放好,慢慢道:"奴婢入宫已久,虽然不大与端妃娘娘接触,但是奴婢觉得端妃娘娘不像有害娘娘的心思,但是端妃娘娘也绝不是一个可以轻易招惹的人。"

我侧身睡下:"的确如此,所以我对她甚是恭敬,恪守礼节。我也知道,后宫中人行事都有自己的目的,端妃帮我大约也是与华妃不和的缘故吧。"

槿汐道:"是。"说着吹灭烛火,各自睡下,只余床前月华疏朗,花影摇曳。

次日一早刚给皇后请安，皇后便笑吟吟命人按住我道："皇上已经说了，不许你再行礼，好好坐着就是。"我只得坐下，皇后又道，"今早皇上亲自告诉了太后你有孕的事，太后高兴得很，等下你就随本宫一起去向太后请安。"

我低首依言答应。来到颐宁宫中，太后心情甚好，正亲自把了水壶在庭院中侍弄花草，见我与皇后同来益发高兴，浣了手一同进去。

我依礼侍立于太后身前，太后道："别人站着也就罢了，你是有身子的人，安坐着吧。"

我方告谢了坐下，太后问皇后道："后日就是册封的日子了，准备得怎么样了？"说着看着我对皇后道："贵嫔也算是个正经主子了，是要行册封礼的，只是日子太紧凑了些，未免有些仓促。"

我忙站起来道："臣妾不敢妄求些什么，一切全凭太后和皇后做主。"

太后道："你且坐着，哀家知道你是个懂事的，只是虽然仓促，体面是不能失的。"

皇后赔笑道:"母后放心,儿臣已经准备妥当。只是莞贵嫔册封当日的吉服和礼冠来不及赶制,儿臣便让礼部拿敬妃过去封淑仪时的吉服和礼冠改制了。"

"嗯。"太后颔首道,"皇后做得甚好,事从权宜又不失礼数。"说着示意身边服侍的宫女端了一个垫着大红彩绢的银盘来,上面安放着一支赤金和合如意簪,通体纹饰为荷花、双喜字、蝙蝠,簪首上为和合二仙,细看之下正是眉庄怀孕时太后所赐的那支。当日玄凌一怒之下掷了出去,砸坏了簪子一角,如今已用蓝宝石重新镶好。太后招手让我上前,笑吟吟道:"杜良媛有孕,哀家赐了她一对翡翠香珠的镯子,如今就把这赤金和合如意簪赐予你吧。"

我心中"咯噔"一下,立即想起眉庄因孕所生的种种事端,只觉得有些不祥。然而怔怔间,太后已把簪子稳稳插在我发间,笑道:"果然好看。"

我忙醒过神来谢恩,耳边皇后已笑着道:"母后果然心疼莞贵嫔。当年惢妃有孕,母后也只拿了玉佩赏她。"

如此寒暄了一番,太后又叮嘱了我许多安胎养生的话,方各自散了回宫。

回到莹心堂中,正要换了常服,见梳妆台上多了许多瓶瓶罐罐,尤以一个青玉小盒子最为夺目,我打开一看,却是一盒子清凉芬芳的透明药膏,不由得问道:"这是什么?"

槿汐含笑道:"这是玉露琼脂膏,皇上刚命人送来的,听说祛疤最好。"又指着一个粉彩小盒道,"这是复颜如玉霜,凝结血痕的。"说着又各色指点着说了一遍,多是治愈我脸上伤痕的药物,皆为玄凌所赐。

我对镜坐下,抚摩着脸上伤痕,幸而昨日松子并没有直接撞在我身上,减缓了力道,这一爪抓得并不深。只是两道血红伤痕横亘在左耳下方，触目惊心，如洁白霜雪上的两痕血污。

槿汐沉默良久，道："昨日的事奴婢现在想来还是后怕，娘娘有了身孕，以后万事都要小心才好。"

我"嗯"了一声，盯着她片刻，槿汐会意，道："娘娘的饮食奴婢会格外小心照看，昨天皇上已从御膳房拨了一个厨子过来专门照料娘娘的饮食了，绝不会经外人的手。娘娘服的药也由章太医一手打点，章太医是个老成的人，想来是不会有差错的。"

我这才放心，换了玉色烟萝的轻纱半袖，系一条盈盈袅娜的碧色罗裙，赏了一回花便觉得乏了，歪在香妃长榻上打盹儿。睡得蒙蒙眬眬间，觉得身前影影绰绰似有人坐着，展眸看去，那瘦削的身影竟是陵容。

她微笑道："看姐姐好睡，妹妹就不敢打扰了。"

春日的天气，陵容只穿了一袭素淡的暗绿色袍子。近看，才留意到衣上浮着极浅的青花旋纹。发式亦是最简单不过的螺髻，饰一枚镶暗绿山玉的平花银钗以及零星的银箔珠花，越发显得瘦弱似风中摇摆的柔柳，弱不禁风。

她的话甫一出口，我惊得几乎脸色一变。陵容素以歌声获宠，声音婉转如黄鹂轻啼，不料一场风寒竟如此厉害，使得她的嗓子破倒如此，粗嘎难听似漏了音的笛子。

陵容似乎看出我的惊异，神色一黯似有神伤之态，缓缓道："惊了姐姐了。陵容这个样子实在不应出门的。"

我忙拉着她的手道："怎么风寒竟这样厉害，太医也看不好么？"

她微微点头，眼圈儿一红，勉强笑道："太医说风寒阻滞所以用的药重了些，结果嗓子就倒了。"

我怒道："什么糊涂太医！你身子本来就弱，怎么可以用虎狼之药呢？如今可怎么好？我现在就去禀明皇后把那太医给打发了。"说着翻身起来找了鞋穿。

陵容忙阻止我道："姐姐别去了，是我自己急着要把病看好才让太医用重药的，不干太医的事。”

我叹气：“可是你的嗓子这样……皇上怎么说？”

陵容苦笑一下，拂着衣角淡淡道：“风寒刚好后两日，皇上曾召我到仪元殿歌唱，可惜我不能唱出声来，皇上便嘱咐了我好生休养，又这样反复两次，皇上就没有再召幸过我。”她的口气极淡漠平和，似乎这样娓娓说着的只是一个和自己不相干的人的事。

我惊道：“是什么时候的事？我竟都不知道。”

陵容平静道：“不是什么光彩的事，何必人人都知道呢？”

我不由得黯然：“可真是苦了你了。”

两人相对而坐良久，各怀心事。陵容忽然笑道：“尽顾着说我的事反倒让姐姐伤心了，竟忘了今日的来意了。”她起身福一福道，“听闻姐姐有身孕了，妹妹先向姐姐贺喜。”

我笑道：“你我之间客气什么呢？”

陵容又道：“昨日听说姐姐受伤了，吓得我魂也没了，不知怎么办才好。本来立即要赶来看姐姐的，可是我刚吃了药不能见风，只好挨到了现在才过来，姐姐别见怪。”又问，“姐姐可好些了？”

我正自对镜梳理如云长发，听她提起昨日的惊吓，心头恨恨，手中的梳子“嗒”一下重重敲在花梨木的梳妆台上，留下一声长长的余音。陵容忙劝解道：“姐姐别生气，松子那只畜生已经被打杀了。”

我搁下梳子，道：“我不是恨松子，我恨的是只怕有人使了松子来扑人。”

陵容思索片刻道：“妹妹打听到来龙去脉之后想了半宿，若不是意外的话必定是有人主使。只是我想不明白，众位娘娘小主们都在，怎么嬛妃手中的松子只扑杜良媛呢，可是杜良媛身上有什么异常么？”

我低头想了一想，恍然道：“我曾闻得杜良媛身上香味特殊，听说是皇上月前赐给她的脂粉，只她一人所有。”

陵容道：“这就是了。嬛妃娘娘擅长调弄猫儿，其他娘娘小主们一旦有了子嗣对皇长子的威胁最大，悫妃娘娘是皇长子生母，自然不会坐视不理。当然这只是妹妹的揣测，可是姐姐以后万万要小心。昨日是杜良媛，以后只怕她们的眼睛都盯在姐姐身上了。"

我见她话说得有条有理，不免感叹昔日的陵容如今心思也越发敏锐了，不由得深深看了她一眼，点头应允。

陵容见我这样看她，有些不好意思，窘道："妹妹的话也是自己的一点糊涂心思，姐姐有什么不明白的呢？倒像妹妹我班门弄斧了。"

我慢慢道："你若非和我亲近，自然也不会和我说这些话了，怎么是糊涂呢？"

陵容微一低头，再抬起头时已带了清淡笑容，靠近我反复查看伤口，道："已经在愈合了，只要不留下疤痕就没事了。"

我摸着脸颊上的伤口道："没什么要紧的，太医已经看过了，皇上也赐了药下来，想来抹几天药就没事了。"

陵容微微一愣，看了看玄凌赏下的药膏，道："皇上赏赐的药自然是好的，不过一来姐姐有孕不能随便是什么药都用，二来皇上赏的药有些是番邦进贡的，未必合咱们的体质，姐姐说是不是呢？"

我想了想也是，遂点头道："你说得也有理。"

她从袖中摸出一个小小的精致的描花圆钵，道："这盒舒痕胶是陵容家传的，据说当年吴主孙和的爱妃邓夫人被玉如意伤了脸就是以此复原的。按照古方以鱼骨胶、琥珀、珍珠粉、白獭髓、玉屑和蜂蜜兑了淘澄净了的桃花汁调制而成。"她如数家珍一一道来，"桃花和珍珠粉悦泽人面，令人好颜色；鱼骨胶、蜂蜜使肌肤光滑；玉屑、琥珀都能愈合伤口，平复疤痕；尤以白獭髓最为珍贵，使疤痕褪色，光复如新。"

画工精美的钵帽上所绘的，是四季花开的勾金图案。钵中盛的是乳白色半透明膏体，花草清香扑鼻。沾手之处，沁凉入肤。我不觉惊讶道："其他的也就罢了，白獭髓是极难得的，只怕宫里也难得。白獭只在富春江出产，生性胆小，见有人捉它就逃入水底石穴中，极难捕捉。只有每年獭祭鱼的时候，白獭们为争夺配偶时常发生厮杀格斗，有的白獭会在格斗中死去，或有碎骨藏于石穴之中，才能取出一点点骨髓。还得是趁新鲜的时候，要不然就只剩下骨粉了，虽然也有用，但是效力却远不及骨髓了。”

陵容含笑听了，赞道：“姐姐博闻广知，说得极是。”接着道，“本来还要加一些香料使气味甘甜的，只是我想着姐姐是有身子的人，忌用香料，所以多用了鲜花调解气味，这样姐姐就不会觉得有药气了。”说着递于我鼻下，“姐姐闻闻可喜欢？”

我轻轻嗅来，果然觉得香气馥郁浓烈，如置身于上林苑春日的无边花海之中，遂笑着道：“好是极好的，只是太名贵了，我怎么好收呢？”

陵容按住我的手，关切道：“我的东西本就是姐姐的东西，只要姐姐伤痕退去我也就心安了。难道姐姐要看着我这样心不安么？”陵容一急，说话的声音更加嘶哑，粗嘎中有咝咝的磨声，仿佛有风声在唇齿间流转。

我听着不忍，又见她如此情切，只好收了。

陵容又嘱咐道：“姐姐脸上有伤，如今春日里花粉多灰尘大，时疫未清，宫中多焚艾草，草灰飞得到处都是，若不当心沾上了反而不利于伤口凝结，再者这舒痕胶抹上之后也忌吹风。姐姐不若蒙上面纱也好。”

我感激她的情谊，笑着道：“这正是你细心的地方，太医也说我脸上的伤口忌讳沾了灰尘花粉的呢。”

陵容的目光有一瞬间的松弛，仿佛被拨开了重重云雾，有云淡风轻的清明，微笑道：“如此就最好了。姐姐好生养着，妹妹先告辞了。”

用了晚膳闲得发慌，才拿起针线绣了两针《春山图》，佩儿过来斟了茶水道：“娘娘现在还绣这个么？又伤眼睛又伤神的，交予奴婢来做吧。”

正巧浣碧进来更换案几上供着的鲜花，忙上来道：“小姐少喝些茶吧，槿汐姑姑吩咐过茶水易引起胎儿不安，少喝为妙。”又道，“不若做些滋养的汤饮，燕窝、蜂蜜，还是清露？”

佩儿脸一红，嘟囔着拍了一下脑袋道：“瞧奴婢糊涂忘记了，姑姑是叮嘱过的。姑姑还吩咐了小厨房做菜不许放茴香、花椒、桂皮、辣椒、五香粉这些香料，酒也不许多放，还忌油炸的。"

我微笑道："槿汐未免太过小心了，一点半点儿想来也无妨的。"

浣碧换了蜂蜜水，递与我道："小姐承幸快一年了才有孩子，不只皇上和太后宝贝得不得了，咱们自己宫里也是奉着多少的小心呢，只盼小姐能平平安安生下小皇子来。"浣碧又笑道，"小姐好好养神才是，左手又伤着了，这些针线就交予宫人们去做吧。何况绣这个也不当景呀。"我听她说得恳切，想起自我训诫以来她果然行事不再有二心，小连子暗中留意多时也未觉得她有不妥，于是我慢慢也放心交代她一些事去做，不再刻意防范。

绣《春山图》原本是为了历练心境力求心平气和，如今也没那个心境了，遂道："不绣这个也罢了，只是老躺着也嫌闷得慌。"

浣碧抿嘴一笑道："小姐若嫌无趣，不如裁些小衣裳绣些花样，小皇子落地了也可以穿呀。"

流朱在一旁也凑趣道："是呢，如今是该做起来了，等到小姐的肚子有六七个月大了身子就重了，行动也不方便了哪。"

我被她们说得心动，立刻命人去库房取了些质地柔软的料子来，看着几个人围坐灯下裁制起衣裳来。

起早闻得窗外莺啼呖呖，淳儿就过来看我，与她一同用了早膳，便对坐着闲话家常。

淳儿道："听说姐姐临盆的时候，娘家的母亲就可以进宫来陪着，是真的吗？"

我道："是呢。到八个月的时候皇上就有恩旨了。"

淳儿低低地叹了一口气，她素来没什么心眼，更不用说心事，整日里笑呵呵地玩闹像个半大的孩子，如今突然学会了叹气，倒叫我分外讶异。

淳儿掰着指头道："我已经好久没见到娘亲了，姐姐倒好，娃娃在肚子里大了就能见着娘亲了。"

我见她眼巴巴地可怜，不由得触动情肠，想起家中父母养育之恩，心里头也是发酸。淳儿比我小了两岁，在家又是幼女，十三岁进宫至今不得见家人一面，难怪是要伤心了。

槿汐见我与淳儿都有黯然之色，怕我难过，忙过来开解道："淳小主将来像我们娘娘一样有孕了不也能见到夫人了么？小主在宫里过得好，夫人在府里也能放心不是么？"槿汐微笑道，"而且宫里的吃食可是外头哪里也比不上的呢。"说着笑眯眯地命品儿端了热腾腾的牛乳菱粉香糕来。

淳儿没瞧见也就罢了，一见好吃的食指大动，哪里还顾得上叹气。其实我真羡慕淳儿这样单纯的性格，只要有好吃的，便什么烦恼都抛到九霄云外去了。书中常说心思恬纯，大抵就是说淳儿这样性子的人吧。想得多，总是先令自己烦扰。

我微笑对她道："听你那里的宫女翠雨说你喜欢吃菱粉香糕，我就让小厨房给你准备了，又兑了牛乳进去，格外松软一些，你吃吃看喜欢么？"

淳儿一迭声应了，风卷残云般吃了一盘下肚，犹自恋恋不舍舔着指头，道："可比我那里做得好吃多了。"

我怜惜地看着她，笑道："你若喜欢，我让小厨房天天给你预备着——只一样，不许吃撑肚子。"

淳儿笑眯眯答允了，盯着我的小腹呆呆地看了会儿，小心翼翼地摸着我的腹部问："甄姐姐，真的有个小孩子在你肚子里么？"

我笑道："是呀，还是个很小很小的孩子呢，牙齿和手都没有长出来呢。"

淳儿愣一愣："这样小啊！"忙不迭把手上的护甲摘了下来。

我笑："你这是做什么？"

淳儿托着腮道："这个小孩子还这样小，我怕护甲尖尖的伤了他呀。"

我笑得几乎要把水喷出来，好容易止住了笑，道："怎么会呢？你这样喜欢他，我把他给你做外甥好不好？"

淳儿长长的睫毛一扑扇，双眼灵动如珠，高兴道："真的吗？我可以做他姨娘吗？"说着忙掏出一块腻白无瑕的羊脂白玉佩来，道，"那我先把定礼放下啦，以后他就得叫我姨娘了！"

我道："是呢，礼都收下了，可不能赖了。"我摸着肚子道："孩儿你瞧你姨娘多疼你，你还没个影子呢，礼都送来了。"

淳儿伏在我肚子上道："宝贝呀宝贝，你可要快快长，等你长大了，姨娘把最好吃的点心都给你吃，翠玉豆糕、栗子糕、双色豆糕、豆沙卷、荔枝好郎君、珑缠桃条、酥胡桃、缠枣圈、缠梨肉，那可都是天底下最好吃的东西，姨娘全都让给你吃，绝不和你抢，你就吃成个胖宝贝吧。"

我接口道："还有呢，你姨娘以后还要生好多宝贝孩儿给你做伴呢，你高不高兴？"

淳儿一跺脚，笑骂道："姐姐不害羞，拿我当笑话呢。"说着一挑帘子便跑了。

我以为她跑得没影儿了，不想她又探了半个头进来，脸涨得通红，迟疑了半天才很小声地问："我生七八个小孩儿陪姐姐的孩儿躲猫猫，够么？"

我再也忍不住笑，一下子失手把盛着蜂蜜水的碗扣在了自己裙子上，一身一地地淋漓，槿汐素来端方，也含着笑上来替我换衣裙，小允子笑得蹲在了地上，流朱揉着肚子，其他人都转了身捂着嘴笑。我强忍着笑道："够了够了，再多咱们也管不了了。"

淳儿见我们如此情态，知道自己说的话不对，不由得脸上更红，一撒手又跑了。

晌午日头晴暖，遂斜倚在西暖阁窗前的榻上看书打发辰光，身上盖着一袭湖绿色华丝葛薄被，身下卧着寸许厚的虎斑软毯，洋洋生暖，湖水色秋罗销金帐子被银钩钩着，榻上堆了三四个月白缎子绣合欢花的鹅绒枕头，绵软舒服。看了半歇书半眯着眼睛就在床上睡了，一觉睡得香甜，醒来已是近晚时分，隐约听得外头小允子和人说话的声音，像是温实初的声音。此时阁中并无一人，窗户半掩半开，带了花香的晚风自窗外廊下徐徐朗朗吹来，吹得帐子隐隐波动如水面波澜，销金花纹绵帘如闪烁的日光。我懒得起来，依然斜卧在榻上，只是转身向窗而眠，听着外头的说话。

只听得小允子道："怠慢大人了，我家娘娘正在午睡，尚未醒来呢。不知大人有什么事。"

温实初道："不妨事，我且在廊下候着就是。本是听闻娘娘有喜，特意过来请安的。"

小允子道："那有劳大人在这里等候，奴才先告退了。"

窗外有片刻的安静，本来有昏黄天光照耀窗下，忽然听见有轻微的脚步声靠近，只觉得窗前一暗，我微微睁开双眸，见温实初的身影掩映窗前，隔着两重窗纱和纱帐无限倾神注目于我，默默无言。

如鸦翅的睫毛覆盖之下，恍惚我还是睡着，他也以为我犹在沉睡之中。须臾，他的手无声伸上窗纱，他并未靠近，也未掀起窗纱窥视我睡中容颜，只是依旧默默站立凝望于我，目光眷恋——其实隔着销金的帐子，他并不能清楚看见我。

我略觉尴尬，又不便起身开口呵斥，总要留下日后相见相处的余地。他待我其实也是很好。入宫年余来，若无他的悉心照拂，恐怕我的日子也没有这样惬意。

只是我不愿意于"情"字上欠人良多，他对我投以木瓜的情意我却不能，也不愿报之以琼琚。自然要设法以功名利禄报之，也算不枉费他对我的效力。

只是，他也应该明白，宫闱榴花如火虽然照耀了我的双眸也点燃了他的眼睛，但红墙内外，云泥有别，他再如何牵念，终究也是痴心妄想了。何况我的心意如何他在我入宫前就十分清楚了。冷人心肺的话实在无须我再说第二遍。

于是重新翻身转换睡姿，背对着他，装作无意将枕边用作安枕的一柄紫玉如意挥手撞落地下。"哐啷"一声玉石碎裂的声音，他似乎是一惊，忙远远退下。听得槿汐匆忙进入暖阁的声音，见我无碍安睡，于是收拾了地上的碎玉出去。

许久，听得外头再无动静，遂扬声道："是谁？"

进来却是浣碧回话，扶着我起身，在我身后塞了两个鹅绒枕头，道："小姐醒了。刚才温实初大人来过了。"

我假装诧异道："怎么不请进来？"

浣碧赔笑道："原要进来给小姐请安的，可是以为小姐还睡着，存菊堂那边又有人过来传话，说请平安脉的时候到了，请温大人过去呢。"

我道："这也是。皇上指了温太医给沈容华医治，他是担着责任的，不能轻易走开。"我又问，"他来有什么事？"

浣碧从怀中取出两张素笺道："温大人听说小姐脸上伤了，特意调了两张方子过来，说是万一留下了伤疤，按这个调配了脂粉可以遮住小主脸上的伤。"

我接过看了，一曰珍珠粉，乃是紫茉莉种子捣取其仁，蒸熟制粉；又一曰玉簪粉，是将玉簪花剪去花蒂成瓶状，灌入普通胡粉，再蒸熟制成玉簪粉；旁边又有一行小字特地注明，珍珠粉要在春天使用，玉簪粉则要在秋天使用，另外用早晨荷叶上的露珠与粉调和饰面，效果更佳云云。另一张写的是药丸的方子，采选端午时节健壮、旺盛的全棵益母草，草上不能有尘土。经过曝晒之后，研成细末过筛，加入适量的水和面粉，调和成团晒干。选用一个密封好的三层样式的黄泥炉子，以旺火煅烧半个时辰后，改用文火慢慢煨制，大约一日一夜之后，取出药丸待完全凉透，用瓷钵研成细末备用。研锤也很讲究，以玉锤最佳，鹿角锤次之——玉、鹿角都有滋润肌肤、祛疤除瘢之功效。

我又问："问沈容华安好了么？"

浣碧脆声道："问了。温大人说小主安好，只是还不能下床，需要静养。"复又笑，"小姐只说别人，自己也是一样呢。"

我一一看过方子，含笑道："劳他老这样记挂着，等晚间命小连子照样去抓药配了来。"

浣碧应允了"是",方才退下了。

三月二十六,历书上半年来最好的日子,我与敬妃同日受封。早晨,天色还没有亮,莹心殿里已经一片忙碌。宫女和内监们捧着礼盒和大典上专用的仪仗,来往穿梭着,殿前的石道,铺着长长的大红色氍毹,专为妃嫔册封所乘的翟凤玉路车,静静等候在棠梨宫门前。

我端坐在妆台前,刚刚梳洗完毕,玄凌身边的内监刘积寿亲自送来了册封礼上所穿戴的衣物和首饰。依照礼制,册封礼上皇后梳凌云髻,妃梳望仙九鬟髻,贵嫔梳参鸾髻,其余宫嫔梳如意高髻,宫人梳奉圣髻。我便梳成端庄谦和的参鸾髻。

奉旨为我梳髻的是宫里积年的老姑姑乔氏,她含笑道:"娘娘的额发生得真高,奴婢为那么多娘娘梳过头发,就数娘娘的高,如今又有了身孕,可见福泽深厚,是旁人不能比的。"

宫中的女子都相信,额发生得越高福气就越大。我本自心情舒畅,听她说得讨喜,越发欢喜,便让人拿了赏钱赏她。

所戴簪钗有六树,分别是金錾红珊瑚福字钗一对,天保馨宜簪一对,最出彩的是一对镏金掐丝点翠转珠凤步摇。步摇本是贵嫔及以上方能用,虽然玄凌早赏赐过我,可是今日方能正大光明地用。步摇满饰镂空金银花,以珍珠青金石蝙蝠点翠为华盖,镶着精琢玉串珠,长长垂下至耳垂。天保馨宜簪玲珑的翡翠珠须微微地晃。如此还不够,发髻间又点缀红宝石串米珠头花一对,点翠嵌珊瑚松石葫芦头花一对,方壶集瑞鬓花一对。

待得妆成,我轻轻侧首,不由得道:"好重。"

流朱在一旁笑嘻嘻道:"如今只是封贵嫔呢,小姐就嫌头上首饰重了,以后当了贵妃可怎么好呢?听说贵妃册封时光头上的钗子就有十六支呢。"

我回头嗔道:"胡说什么!"

乔姑姑笑着道:"姑娘说得极是呢!娘娘生下了皇子,难道还怕没有封贵妃那一日么?宫里头又有谁不知道皇上最疼的就是娘娘呢。"

我只是笑而不答，伸展双臂由她们为我换上礼服，真红绣刻丝瑞草云雁广袖双丝绫鸾衣拖摆至地，织金刺绣妆花的霞帔上垂下华丽的流苏，极长的七彩鸾鸟图案，自胸前越肩一直迤逦至裙尾散开如云。袖口亦有繁复的捻金刺绣，一寸来阔的堆绣花边，微微露出十指尖尖。腰间系华丽的绶带，又在臂上缠上银朱色的镜花绫披帛。

这样对镜自照，也有了端肃华贵的姿态。

册贵嫔与往日册封不同，以往册封不过是玄凌口谕或是发一道圣旨晓谕六宫即可。贵嫔及以上的妃子在宫中才算是正经的高贵位分，需祭告太庙，授金册、金印，而正一品四妃的金印则称之为"金宝"。只是太庙只在祭天、册后和重大的节庆才开启，平日妃嫔册封，只在宫中的太庙祠祭告略作象征即可。

吉时，我跪于敬妃冯氏身后，于庄严肃穆的太庙祠祭告，听司宫仪念过四六骈文的贺词，册封礼正副史户部尚书李廉箕和黄门侍郎陈希烈取朱漆镂金、龙凤纹的册匣，覆以红罗泥金夹帕，颁下四页金册，敬妃为八页金册，然后以锦绶小匣装金印颁下，金印为宝篆文，广四寸九分，厚一寸二分，金盘鸾纽。敬妃与我山呼万岁，复又至昭阳殿参拜帝后。

皇后朱氏穿着大袖的紫金百凤礼服正襟危坐于玄凌身边，袖口与生色领内微露一层黄红纱中衣滚边，杏黄金缕长裙下垂的线条平缓柔顺，无一丝多余的褶皱，白底杏黄宝相纹的纱质披帛静然委曳于地，愈加衬得她仪态端庄宁和。

皇后的神色严肃而端穆，口中朗声道："敬妃冯氏，莞贵嫔甄氏，得天所授，承兆内闱，望今后修德自持，和睦宫闱，勤谨奉上，绵延后嗣。"

我与敬妃低头三拜，恭谨答允："承教于皇后，不胜欣喜。"

抬头，见玄凌的明黄色缂金九龙缎袍，袍襟下端绣江牙海水纹，所谓"江山万里"，绵延不绝。再抬头，迎上他和暖如春风地凝望我的眼眸，心头一暖，不禁相视会心微笑。

梨
花　壹
叁

四月初本是海棠初开的时节，棠梨宫地气偏寒，这个时候堂后庭院的梨花恰恰盛开。因着脸颊伤口还未愈合不宜走动，又有了近两月的身孕，身体越发慵懒，成日憩于榻上，或坐或眠以打发漫长时光。玄凌时来和我做伴，不过是说些有趣的事博我一笑罢了，为着太医的叮嘱，并不在我宫里留宿。金玉绫罗各色玩器却是流水般不断地送来我宫中。小允子常常玩笑："皇上的东西再赏下来，别说咱们奴才搬得手软，就是宫里也放不下了。"于是拣出特别喜爱的几样留着赏玩，把赏赐按位分赠送皇后、妃嫔，余下的特意开了饮绿轩暂时作为储物的地方。

是日，天气晴朗明丽，新洗了头发还未干，随意绾一个松松的髻，只用一对小小巧巧的紫水晶新月发钗。用陵容所赠的舒痕胶轻拭伤疤，照旧用鲛绡轻纱蒙了面，鲛绡轻密软实，可挡风尘，又不妨碍视物清晰，用作面纱再好不过。

我命人把贵妃榻搬至堂后梨树下，斜坐着绣一件婴儿所穿的兜肚，赤石榴红线杏子黄的底色，绣出百子百福花样，一针一线尽是我初为人母的欢悦和对腹中孩子的殷殷之情。绣了几针，不自觉地嘴角噙一抹愉悦安心的微笑……

绣得乏了，举目见梨花盛开如绵白轻盈的云朵，深深浅浅，千妍百丽。

有了这个小小的未成形的孩子在腹中，内心欢悦柔软，连穿衣的色泽也选得鲜艳。从前的我喜欢清淡雅致的颜色，如今却喜欢纯粹的红色，那样不掩饰的快乐。质地轻柔的罗裙长长地曳地，自贵妃榻流于地下，似流霞轻盈的姿态。

酒能解愁，此时于我却是助兴，我唤槿汐："去拿酒来——"

槿汐端来"梨花白"，笑吟吟道："知道娘娘的酒瘾上来了，前几日手上带伤禁沾酒，如今好了松一松也不妨——这是去年摘的梨花酿的，埋在青花瓮里到前日正好一年，娘娘尝尝吧。"

对着满目冰清玉洁的梨花饮"梨花白"，实在是非常应景，我举杯一饮而尽。

槿汐含笑离去，余我一人自斟自饮，独得其乐。

宫院寂静，花开花落自无声，是浮生里难得的静好。几杯下肚，方才喝得又急，酒劲缓缓涌上身来。慵懒一个转身，闭目养神。

有轻浅的脚步声靠近我，是男子的脚步，不用想也知道是他，除了他，后宫还有哪个男子可以长驱直入我宫中。故意不起身迎接，依旧睡着，想看他如何。

他噤声槿汐的请安，挥手让她退下，独自坐于我身畔。清风徐来，吹落梨花阵阵如雨。恍惚间有梨花正落在眉心。听他轻轻"咦"了一声，温热的气息迎面而下，唇齿印在我眉心，轻吻时衔落花瓣无声。

他掀开我脸颊覆着的面纱，吻自眉心而下蜿蜒至唇，将花瓣吞吐入我口中，咀嚼后的梨花，是满口宜人的清甜芳香。他低头吻上裸露的锁骨，隔着花瓣的微凉，胡楂儿刺得脸上发痒。我再忍不住，睁开眼轻笑出声：

"四郎就爱欺负人家——"

玄凌满目皆是笑意，刮我的鼻子道："早知道你是装睡，装也装不像，眼睫毛一个劲儿地发抖。"

我娇嗔："知道我是个老实人罢了，四郎也只欺负老实人。"

他仔细瞧我脸上的伤疤，笑："好像淡了些了。"

我忙用手掩住，转头嗔道："如今变成无盐、东施之流了，四郎别看。"

玄凌笑道："朕赐你的药膏用了吗？等过些日子就完好如初了。嬛嬛绝世容光，不知这世上有谁堪相比。"

我心中顿起顽皮之意，笑说："嬛嬛有一妹妹名叫玉娆，堪称国色，绝不在臣妾之下。"

"哦？"玄凌流露出颇有兴趣的神色，问道，"还有能和嬛嬛不相上下的人？朕可要看看。"

我假装情急："那可不许，四郎见到妹妹姿色，肯定会迫不及待将她纳为妃子！到时心中便无嬛嬛了。"

他见我着急，脸上玩味之色更浓："能让你有如此醋意，一定是绝代佳人，看来朕真的要纳新妃了。嗯，你说封你妹妹做什么好呢？婕妤？贵嫔？还是立刻封妃吧！"

我实在忍不住，笑得前仰后合，好不容易才止住笑说："嬛嬛的妹妹今年芳龄七岁，望陛下也能笑纳。"

玄凌做出一副恍然大悟的样子，一把把我抱在膝上，咬着我的耳垂说："你这个促狭的小东西！"

我笑着蜷成一团躲他："别闹，太医说要养着，不许随意动呢。"

他把我横放在贵妃榻上，俯下身将脸贴在我的小腹，流露出认真倾听的神气。这样家常而温暖的情景，他只像是一个爱护妻儿的夫君。我情不自禁抚摩他露在衣裳外的一截脖颈。花开静绵，我想，岁月静好，大抵就是这个样子的吧。

我的嘴角不觉含了轻快的微笑，轻轻道："现在哪里能听出什么呢？"

他忽地起身，打横将我抱起连转了几个圈，直旋得我头晕，他放声大笑："嬛嬛，嬛嬛！你有了咱们的孩子，你晓不晓得朕有多高兴！"

我"咯咯"而笑，笑声震落花朵如雪纷飞，一壁芬芳。我紧紧挽住他脖子："好啦，我也很高兴呢。"

他随手拾起落于枕榻上的梨花花瓣，比在我眉心道："梨花白透可堪与雪相较，花落眉间恍若无色，可见嬛嬛肤光胜雪。"

我微笑倚在他胸前，抓了一把梨花握在手心，果然莹淡若无物，遂微笑道："南朝宋武帝的女儿寿阳公主日闲卧于含章殿，庭中红梅正盛开，其中一朵飘落而下附在她眉心正中，五片花瓣伸展平伏，形状甚美，宫人拂拭不去，三日之后才随水洗掉。由此宫中女子见后都觉得美丽，遂纷纷效仿，在额间做梅花状图案妆饰，名为'梅花妆'。只是梨花色淡不宜成妆，真是遗憾了。"

玄凌道："若要成妆其实也不难。"说着牵我的手进后堂，坐于铜镜前，比一朵完整的梨花于眉心，取毛笔蘸饱殷红胭脂勾勒出形状，又取银粉点缀成花蕊，含笑道："嬛嬛以为如何？"

我对镜相照，果然颜色鲜美，绰约多姿，胜于花钿的生硬，反而添柔美妩媚的姿态，遂笑道："好是好，只是梨花色白，以胭脂勾勒，却像是不真了。"

他端详片刻，道："那朕也无法了，只得如此。只是若真为白色，又无法成妆，可见难以两全。"

我微笑："世事难两全，独占一美已是难得了。"

玄凌亦道："既然美丽就好，妆容本就拟态而非求真。这个妆，就叫'姣梨妆'如何？"

我顾盼生色，笑容亦欢愉："四郎画就，四郎取名，很风雅呢。"

他也是欢喜自得之色，道："那就命你念一句带梨花的诗来助兴。"

午后宫门深闭，我凝视窗外梨花，未及多想，信口念来一句："寂寞空庭春欲晚，梨花满地不开门。"①

　　言甫出口，我立时惊觉，难免有些不自在，暗暗自悔失言，君王面前怎能谈论这样自怨自艾的诗句，何况是失宠嫔妃的伤情自况，这样突兀念来，实在是有些不吉的。

　　然而玄凌并未觉得，只是道："是春日的季节，宫门紧闭，梨花又开得多，只是朕与你相伴而坐，怎能说是寂寞呢？虽然应景却不应时，该罚。"他转头见窗前案几上有一壶未喝完的"梨花白"，遂取来道，"罚你饮酒一杯。"

　　我信手接过，笑吟吟饮下一口，看着他双目道："宜言饮酒……"

　　他立刻接口："与子偕老。"说着挽手伸过，与我交手一同饮下。

　　他脸上带笑，问我："是喝交杯酒的姿势。"

　　深宫寂寂，原也不全是寂寞，这寂寞里还有这样恬静欢好的时光。我满心恬美，适才的酒劲未退，现又饮下，不觉脸颊发烫，映在镜中如飞霞晕浓，桃花始开。

　　我半伏在案上，笑着向他道："臣妾已经念过诗句，该四郎了。切记要有'梨花'二字啊。"

　　他想了一想，脸上浮起不怀好意似的笑容，慢慢道："鸳鸯被里成双夜，一树梨花压海棠。"②

　　我一听羞得脸上滚烫，笑着啐他道："好没正经的一个人！"

　　他强忍着笑道："怎么？"

　　"十八新娘八十郎，苍苍白发对红妆。方算是'一树梨花压海棠'啊。"

---

① 　出自唐代刘方平《春怨》，全诗为："纱窗日落渐黄昏，金屋无人见泪痕。寂寞空庭春欲晚，梨花满地不开门。"这是一首十分出新的宫怨诗。意指女子虽被宠爱过，却落得万般凄凉。

② 　出自宋代苏东坡对好友词人张先的调侃之作。据说张先在八十岁时娶了一个十八岁的小妾，东坡就调侃道："十八新娘八十郎，苍苍白发对红妆。鸳鸯被里成双夜，一树梨花压海棠。"梨花指白头新郎，海棠指红妆新娘。之后，"一树梨花压海棠"成为老夫少妻的委婉说法。

他道:"朕愿与子偕老,嬛嬛容颜不改,朕鹤发童颜,不正是'苍苍白发对红妆'么?"他一把把我高高抱起,轻轻放于床上。我明了他的意图,摇开他的手道:"不许使坏!"

他低头,笑意越浓:"才刚拿你妹妹来玩笑朕,现在看朕怎么收拾你这个小坏东西……"

我边笑边躲着他道:"哎哎!四郎你怎么这样记仇啊?"

他捉住我的双手拥我入怀:"君子报仇,十年不晚啊。"

锦帘绡幕半垂半卷,正对着窗外洁白月光一般的梨花。我模糊地记得梨花花蕊的样子,花瓣中间的淡淡红晕花心的模样,如冰玉般清爽宜人的姿态,其实和那一日我与玄凌相遇时的杏花是很像的。

浅金的阳光自花树枝丫间和缓流过,洁白的花朵开得惊心动魄。窗外风过无声,梨花飞落无声,窗内亦是无声,他的动作轻柔而和缓,生怕伤到腹中幼弱却蓬勃的生命。暖暖的阳光寂静洒落,习习清风,花瓣静放,我在拥抱他身体的一刻几乎想安然睡去,睡在这春深似海、梨花若雪里。

是日,玄凌下了早朝又过来,我刚服了安胎药正窝在被窝里犯懒,房中夜晚点的安息香的甘甜气味还未退去,帐上垂着宫样帐楣,密密的团蝠如意万字不到头的绣花,配着茜红的流苏绡丝帐,怎么看都是香艳慵散的味道。

玄凌独自踱了进来,刚下了朝换过衣裳,只穿一件填金刺绣薄罗长袍,越发显得目如点漆,器宇轩昂。他见我披头散发睡着,笑道:"越发懒了,日上三竿还躺着。"

我道:"人家遵皇上和太后的旨意好好安养,却编派起我的不是来了。我还嫌成日躺着闷得慌呢。"说着作势起身就要行礼,他忙拦着笑道:"算了,还是安静躺着吧。"

我忍俊不禁:"这可是皇上金口说的,回头可别说臣妾的不是了。"

他捏一捏我的鼻子,踢掉足上的靴子,露出蓝缎平金绣金龙夹袜,掀开被子笑嘻嘻道："朕也陪你窝一会儿。"

我把一个用各色玫瑰、芍药花瓣装的新荷色夹纱新枕头垫在他颈下，顺势躺在他腋下，看着那袜子道："这袜子好精细的功夫，像是安妹妹的手艺。"

他低头仔细看了一会儿，方道："朕也不记得了，好像是吧。她的针线功夫是不错的。"

我无言，于是问："皇上方才从哪里来？"

他随口道："去看了沈容华。"

我微笑："听说姐姐身子好些，能起床了，一日两趟打发人来看我。"

他有些诧异："是吗？朕去的时候她还不能起身迎驾呢。"

我心下狐疑不定，昨日采月来问安的时候已说眉庄能够下床走动了，只是不能出门而已。想来为了禁足一事还是有些怨恨玄凌，遂道："姐姐病情反复也是有的，时疫本也不易好。"

他"唔"了一声也不作他言，半晌才道："说起时疫，朕就想起一件恼人事来。"

我轻声道："皇上先别生气，不知可否说与臣妾一听。"

他拇指与食指反复捻着锦被一角，慢慢道："朕日前听敬妃说江穆炀、江穆伊两人医治时疫虽然颇有成效，但私下收受不少宫女、内监的贿赂，有钱者先治，无钱者不屑一顾，任其自生自灭。委实下作！"

我沉思片刻，道："医者父母心，如此举动实在是有医术而无医品，臣妾十分瞧不起。"我静一静，道，"皇上还记得昔日他们陷害沈容华之事吗？"

玄凌双眉暗蹙，却又无可奈何："朕没有忘。只是如今时疫未清，还杀不得。"

我微微仰起身，道："臣妾向皇上举荐一人——太医温实初。"

他"哦"了一声，饶有兴味道："你说下去。"

"温太医为姐姐治疗时疫颇有见效，而且臣妾听闻，江穆炀、江穆伊两人的方子本出自温太医之手。"我轻声道，"皇上细想，江穆炀、江穆伊两人所擅长的是婴妇之科，怎么突然懂得治疗疫症，虽说学医之人触类旁通，可是现学起来也只能入门而不能精通啊。而温太医本是擅长瘟疫体热一症的。"

玄凌静静思索良久，道："朕要见一见这个温实初，果然如你所言，江穆炀、江穆伊二人是断断不能留了。"

我伏在他胸前，轻声道："皇上说得极是。只是一样，如今宫中时疫有好转之象，宫人皆以为是二江的功劳。若此时以受贿而杀此二人，不仅六宫之人会非议皇上因小失大不顾大局，只怕外头的言官也会风闻，于清议很不好。皇上以为呢？"

"他们俩到底是华妃的人，朕也不能不顾忌华妃和她身后的人。"他微微冷笑，"若真要杀，法子多得是，必定不会落人口实。"

身为君王，容忍克制越多，爆发将愈加强大，因为他们的自负与自尊远远胜过常人。我目的已达，浅浅一笑，用手遮了耳朵摇头嗔道："什么杀不杀的，臣妾听了害怕。皇上不许再说了。"

他拍拍我的肩膀："好啦，咱们不说这个，四月十二是你十七岁的生日，西南战事连连告捷，你又有了身孕，朕叫礼部好好给你热闹一番好不好？"

我婉转回眸睇他一眼，软语道："皇上拿主意就是。"

他又沉思，慢慢吐出两字："华妃……"却又不再说下去。

我心思忽然一转，道："皇上这些日子老在华妃处，怎么她的肚子一点动静也没有呢？"

他只沉浸在自己的思索里，随口道："她不会有孩子的。"

我诧异，道："臣妾听闻华妃曾经小产，可是为此伤了身子么？"

他似乎发觉自己的失言，对我的问询不置可否，只一笑了之，问了我一些起居饮食的琐事。

玄凌静静陪了我一晌，又去看杜良媛。我目送他走了，方趿了鞋子披衣起身。槿汐服侍我喝了一盏青梅汁醒神，方轻轻道："娘娘这个时候挑动皇上杀二江，是不是太急了些？"

我冷笑："不急了。我已经对你说过，上次在皇后宫中就有人想推我去撞杜良媛，虽不晓得是谁，可见其心之毒。如今我有身孕，更是她们的眼中钉、肉中刺，时疫一事这姓江的两人捞了不少好处，在太医院一味坐大。温大人又在沈容华那里，章弥是个老实的，万一被这姓江的在药里做什么手脚，咱们岂不是坐以待毙，不如早早了结了好。"我寻思着慢慢道，"其实皇上也忍耐了许久，要不是为着用人之际，早把他们杀了。"

槿汐嘴角蕴一抹淡淡的笑："敬妃娘娘对皇上的进言正是时候。不过也要江穆炀、江穆伊二人肯中圈套。"

我微笑："这个自然，像这种贪财之人只要有人稍加金帛使其动心即可。皇上只是暂时忍着他们，这样得意忘形，实在是自寻死路。"

两日后，宫外传来消息，江穆炀、江穆伊两人在出宫回家途中被强盗杀害，连头颅也被割去不知所终，皇帝念其二人在时疫中的劳苦，为表嘉恤特意赐了白银百两为其置办丧事，又命太医温实初接管时疫治疗之事。一时间宫内外皆传当今圣上体恤臣子，仁厚有加。

消息传来时，我正在窗下修剪一枝旁枝过多的杏花，闻言不过淡然一笑。于此，温实初在这场时疫中功成名就。

壹肆 | 芳辰

四月十二是我的生辰，自玄凌要为我庆生的消息传出，棠梨宫的门槛几乎都要被踏破，尊贵如皇后，卑微至最末等的更衣，无一不亲自来贺并送上厚礼。华妃固然与我不和，这点儿面子上的往来也是做得功夫十足，连宫中服侍的尚宫、内监，也辗转通过我宫中宫人来逢迎。后宫之人最擅长捧高踩低，趋奉得宠之人，况我刚封贵嫔，又有孕在身，自然风光无限。

春风得意马蹄疾，一日看尽长安花。我的得意，大抵如是。

这样迎来送往，含笑应对，不免觉得乏闷劳累，几次三番想去太液池泛舟散心，流朱与浣碧都拦住了不让，口口声声说湖上风大，受了风寒可不好。想想也是，四月池中不见荷花，唯有雕栏玉砌起自芳池，再精美也失了天然神色。这样几次，我也懒得再出去了。

生辰前一日，玄凌特意亲自领了贺礼来，金屑组文茵一铺，五色同心大结一盘，鸳鸯万金锦一匹，枕前不夜珠一枚，含香绿毛狸席一铺，龙香握鱼二首，精金弧环四指，若亡绛绡单衣一袭，香文罗手籍三幅，碧玉膏奁一盒，各色时新宫缎各八匹，各色异域进贡小玩意儿一箱。

我到底年轻，君王所给的荣宠尤隆，生活在金堆玉砌中，触目繁华，虚荣亦不会比别的女子少几分，这样从未见过的珍贵之物照耀得我的宫室莹亮如白昼，心里自然是欣喜的。而更让我欣喜的是玄凌的用心。他欣喜道："朕很久前读《飞燕外传》，很好奇成帝是否真赐给飞燕这些宝物，朕想成帝给得起飞燕的，朕必定也给得起你。所以命人去搜罗了来，只为博卿一笑。"

我笑靥甜美如花，俏然道："这些东西的名字臣妾也只在史书上见过，只以为是讹传罢了，不想世间真有此物。"

他把绛绡单衣披在我身上，含情道："明日就穿这个，必然倾倒众生。"

银紫色凤尾图案的轻绡单衣，一尾一尾的翎毛，在烛光下幽幽闪烁着光泽。光泽幽暗，然而在日光下，必也夺目。我轻笑出声："何必倾倒众生，嬛嬛不贪心，只愿倾倒四郎一人而已。"

他佯装绝倒之状，大笑道："朕已为你倾倒。"

到了夜间清点各宫各府送来的贺礼，槿汐道："独清河王府没有送来贺礼。"

很久以来，我并未再听到这个名字，也不曾刻意想起。如今乍然听到，已是和我的生辰有关。我不以为意，继续临帖写字，口中道："六王洒脱不拘，自然不会在意这些俗礼。"

槿汐亦笑："奴婢听闻王爷行事独树一帜，不做则已，一做便一鸣惊人，大出人意料。"

我取笔蘸墨，回想前事果觉如此，不觉微笑，道："是吗？"于是也不过一笑了之。

生辰的筵席开在上林苑的重华殿，此处殿阁辉煌，风景宜人，一边饮酒欢会一边赏如画美景，是何等的赏心乐事。唯一不足的是重华殿离太液池甚远，无水景可看。

这一日，简直是我的舞台，周旋于后妃、命妇之间，飞舞如蝶。满殿人影幢幢，对着我的都只是一种表情，漫溢的笑脸。我无心去理会这笑脸背后有多少是真心还是诅咒。真心的必能和我一同分享这欢乐，而诅咒的，我的荣光与得意只会让她们更难受，这于我，已经是对她们一种极好的报复。

冠冕堂皇的祝语说完，便是琴瑟清逸奏起，舞姬翩然起舞，众人享受佳肴美酒。歌舞美姬，巧笑倩兮，美目盼兮，笙歌燕舞间，白臂婀娜，身姿妖娆。七彩绢衣在殿内四处飘动如娇柔的波縠，缤纷荡漾。

这是眉庄病愈后第一次出席这样盛大的宴会，她的身体恢复得甚好，只是人略微消瘦了一些，容色也更沉静，如波澜不惊的一湖静水，默默坐于席间独自饮酒。

如今的眉庄，已不是当年意气风发的得意光景。荣宠侥幸，亦是三十年河东三十年河西般时事迁移，并无稳固之说。想来她亦明白，所以纵使复起，性子也越发内敛低调，想是不愿再引人注目。

只有我知道，她内心那股愤懑抑郁的怒火是如何在熊熊燃烧。

酒至半酣，歌舞也觉得发腻。见过众人，独不见清河王玄清在座，亦无人知晓他的去向。玄凌也只是付之一笑："这个六弟又不晓得去哪里了。"

我亦不愿意去留心，他于我，不过是叔嫂之分，纵然唯独他目睹开解我隐藏的心伤，纵然他有一星半点儿的不可言说的情意于我，我亦只能装作无知无觉，如同对待温实初一般。

山中人兮芳杜若。我并非山中幽谷间寂寞开放的杜若，而是帝王瑶池天边一枝被折在手中的海棠。名花有主，何况人哉！都是不可改变的，亦无力、无须去改变。

只是在宫闱纷飞的伤心和失落处，总会辗转忆起桐花台一角皎洁的夕颜和夏夜湖中最后一季的荷花，那种盛放得太过热烈而即将颓败的甜香，仿佛依旧在鼻尖凝固。

神思恍惚间，在众人的热闹间，只见汝南王的正妃贺氏偏坐一隅，神色郁郁却一言不发。我迎上前低声相问："王妃身子不适么？"

她见是我，微显尴尬，极力压低声音道："妾身失仪，心口疼的毛病又犯了。"

我点头会意，借口更衣拉了她的手至偏殿无人处扶她歇下。贺妃歉然道："娘娘芳诞，妾身扫娘娘的兴了。"

我含笑，温和道："王妃勿要这样说，谁没有三灾六病呢，吃了药好了就是了。"又问，"王妃平日是吃天王保心丹么？"她点头称是。我旋即招手命流朱回去取药，道："王妃稍耐片刻，药马上就拿来。"说着亲自倒了温水与她服下。

她半是感激半是惶惑："劳动娘娘玉手，实在不敢当。"

我道："在外本宫与王妃是君臣，在内却是至亲，哪里说得上劳动不劳动这样见外的话呢。王爷征战在外，王妃应该善自珍重才是。"

我忽然被她眉心吸引，葳蕤一点浅红，正是与我眉心如出一辙的"姣梨妆"，不由得好奇："宫外也盛行此妆么？"

她和静微笑："如今宫中与各地都风行以'姣梨妆'为美，不仅可效仿娘娘美貌，亦以此求夫妻和顺，可是一段佳话呢。"

我纵然自矜，听得这样的话，自然也高兴自得的。

很快药就拿来了，贺氏服下后果然脸色好转。她微笑道："常听说娘娘最得皇上宠幸，不想竟是这样随和，难怪皇上这样喜欢。"汝南王生性狷介阴冷，王妃却是极和善温柔的一个人，倒叫我刮目相看。

就这样絮絮说起，贺妃身子原本壮健，只是生下世子时落下了心口疼的病根儿，所以缠绵反复久不得愈。我也是有身孕的人，说起子嗣一事，不由得谈得兴起，呖呖说了许久，两人十分投缘。

汝南王是华妃身后最强大的势力，我一向十分忌惮，不料今日机缘巧合得了贺妃的人缘，竟也投趣。然而再投缘，她终究是汝南王的正妃，我的亲近便也悄然无声地隐匿了几分真情。直到玄凌派人来请，又约定了时常来我宫中闲坐说话，这才散去。

再度入席，有宫人来请："六王爷在太液池边备下庆贺贵嫔娘娘芳诞的贺礼，请皇上与娘娘一同观赏。"

玄凌笑："老六最心思百出，这次不知又打什么主意。咱们就同去看看。"

于是众人众星拱月往太液池边行走。远远见太液池边围了高高的锦绣帷幕，随风轻舞，十分好看。只是帷幕遮住了太液池的景观，只是华丽而已，实在也瞧不出什么。

四周异样地宁静，我疑惑着看玄凌一眼，他也是十分不解的样子，只是笑吟吟观望。忽然天空中多了成百上千只风筝，福字、寿字、鹞鹰、蝴蝶、蜻蜓、蜈蚣、大雁、燕子、灯笼，绢制的、纸质的、金箔银箔的，单只的、联并的、连串的、发声的、闪光的，漫天飞舞，琳琅满目，令人眼花缭乱，周围惊叹声、啧啧赞叹之声此起彼伏，不绝于耳。

我正自目不暇接地观赏，忽然槿汐上来请安，盈盈道："娘娘大喜，请放风筝祈福。"说着把线递到我手中——不过是做个样子罢了，自然有内监早早扎好了线，我只消牵上一牵即可。笑吟吟一牵，风筝遥遥飞上天去，竟是一个极大的色彩斑斓的翟凤，文彩辉煌，锦绣耀目。合着我身上银紫色凤尾图案的绛绡单衣，相映生辉。欢声喝彩盈满双耳，我也不觉含笑。

忽而一声清脆的哨声，围在太液池周围的锦绣帷幕"呼啦"一声齐齐落地。眼前的景象太过出人意料，原本被风筝所惊动，现在所有人齐齐都没有了声息。如斯美景，大抵是叫人倾心屏息的。

四月的时节，原本连莲叶也是少见，往日的太液池不过是一潭空旷碧水而已。而此时此刻，碧水间已浮起了满湖雪白皎洁的白莲，朝日辉辉，清露盈盈。风荷曲卷，绿叶田田，美好至不可思议。

远远举目，玄清缓缓走来，手中别无器乐，只是以手为扣抵于唇间，吹奏一曲《凤凰于飞》。凤凰于飞，和鸣锵锵①，大约是世间所有女子的

① 凤凰于飞，和鸣锵锵：形容夫妻情深意笃。

梦想。他的吹奏与曲调也是简单清澈，仿佛自湖上徐徐而来的清风，在寂静的惊叹里一转一转扣入人心。凤凰于飞，于他，那是简单而执着追求的事，于我，那只是一个少女时代绮丽的梦，不适宜在深宫中继续沉迷下去。在眉庄身上，我已经看到破灭的一角。

他的哨音吹奏渐渐回环低落，音止时已徐缓踱至我与玄凌身前，朝我的微笑也是清淡无虞，花费的心思已经足够多，所以贺我的只是再平淡不过的施施然一句："清以满湖莲花恭贺莞贵嫔芳诞。"

我见他如此隆重为我庆生，回转想起那一日他衿缨中的小像，心下早自不安，然而终究在人前，神色亦是客气得体："王爷费心了，本宫很是感谢。"

话音甫落，玄凌爽朗大笑："朕只是嘱托你想新奇点子为莞贵嫔贺生，不想你办得这样好，连朕也大为吃惊。"如是他言，我才放心。

玄清的笑甚是温和，眼中却是一片疏落："臣弟不过是个富贵闲人罢了，也只通晓这些。皇兄是知道的，否则也不嘱托臣弟去做了。"

玄凌自然笑得得意，我不觉动容，玄清这样不拘，其实内心也是在意的吧，玉厄夫人的儿子征战沙场，而自己作为先皇最疼爱的儿子只是寄情于政务之外，于兄长宠妃的生辰上用心，不是不悲凉的。

我的容颜遮蔽在轻薄的鲛绡之后，嘴角噙一抹清浅而懂得的微笑："只是不知如何在这天气里使莲花开放。"

他望向我，目中泛着一星不易察觉的淡淡温情："莲藕早就埋下，引宫闱外最近的温泉水至太液池，花可尽开。"

我的眼光拂过他的身影，落在玄凌身上，我说："多谢皇上。"声音是欢悦的，笑靥亦是妩媚。此刻，仿佛我的人生，一切遂意。

谢的是玄凌。自然，我也明白，玄凌不过是一句嘱咐，而玄清才是真正用了心思的那个人。今日的风筝也就罢了，而莲花……蓦地记起去年八月末的时候，那一拢开到最末的荷花。

他自然是记得的。

　　而我不能多说什么，亦不能做什么。在旁人眼中，他不过是一个和我只在宫廷宴会时见过的天潢贵胄，种种用心，也不过是因为玄凌。而我所明白和懂得的，别人绝不可以知晓和明白。于是我只是在目光如风的影子一样掠过他时，浅浅点头，他亦回望着我，对着满湖莲花微笑。

　　我们毫不相干。

　　其实我的心底，也是害怕的。我无时无刻不牢记自己的身份，因为牢记，因为在无意间窥破了玄清若有似无的秘密，因为明白我所难以期望的情意是他可以轻易付与他的未知的妻子的，所以悲悯自己，刻意与他隔阂。

　　玄清不同于温实初，对于温实初的感情，因为一直了然，一直不放在心上，于我而言不过是如同树上普通的一片树叶，知道在哪里就是了。何时叶落叶生都不甚关心，哪怕有一天他不见了呢。所以无谓害怕，只是不想他浮想太多，于人于己都无好处。

　　而玄清，他是我夫君的弟弟，日后相见的余地和机会太多。更因为他懂得我，也懂得不给我困扰。只于我伤怀难禁时，开解一二。如此而已。

　　他这样自制与了然，反叫我有些惺惺相惜。

　　今日的玄凌志得意满，朗朗道："西南战事告捷，大军已经班师回朝。朕自然要论功行赏，大封诸将。"他回头看我，笑容满面道："你兄长甄珩回朝之日朕便封他为奉国将军，赐他与薛氏成婚，如何？"这样的殊荣，我自然是要谢恩。玄凌说得极大声，在场人人听见，只是我眼风一转，已然看见坐于刘慎嫔身边的陵容神色一震，旋即亦只是无声无息地木然。

　　也许陵容是能够明白的吧，她与哥哥之间那些微妙的连我也不可探知的少年情愫终究是要了断在后宫的四面红墙之内的。凄凄复凄凄，各自嫁娶，不须哀啼。

　　心中大是不忍，然而皇后含笑说下去："你已是贵嫔，父亲又是朝中大员，家中女眷自然也要有封诰。本宫已下了凤谕，封你母亲为正三品平昌郡夫人。"说话间目光横扫过华妃精心妆饰的脸庞。

华妃的母亲亦是正三品河内郡夫人，华妃曾恃宠向玄凌邀封，请封自己母亲为正二品府夫人，那是四妃家眷才有的殊荣，因此皇后极力反对，终究也未能成封。为此华妃大失颜面，才与皇后格格不入。如今我母亲这样轻易得了封诰，她自然更是要怨怼于我了吧。

而于我，这一日的风光与荣耀已经达到极点。

扬首望去，一池满满的莲花，莲叶接天无穷碧，芙蕖映日别样洁。水波轻软荡漾间，折出万千靡丽光彩，映出流光千转百回。

于此，我的人生姹紫嫣红，锦绣无双。

鲜花着锦，烈火烹油，好日子大抵就是这样的。

自从有了这个孩子在腹中，生命的新奇与蓬勃总是叫我欢喜而惊奇，静日无事，总爱把手放在小腹上，轻轻地，小心翼翼地，生怕手的重量也会压迫到他。渐渐养成这样习惯的姿势，半是疼惜半是保护。

春日的阳光自明亮的冰绡窗纱透进屋里，此绡明透如冰，最宜阳光明照的日子用。莹心殿中因这透亮显得格外窗明几净，连瓶中几枝新折的淡红花儿也格外娇妍。

我用过桌上的几色糕点，随手捡了卷书看。

淳儿扒在窗台上勾着手探头看窗外无边春景。她看了半日，忽然嘟嘴嘟哝了一句："四面都是墙，真没什么好看的。"

她见我也闷坐着，兴致勃勃道："今天日头这样好，姐姐陪我去放风筝吧？前两天姐姐生辰时的风筝我留了两个好看的呢。"

我把书一搁，笑道："你的性子总静不下来，没一天安分的。听说昨儿在你自己那里'捉七'①，还砸碎了一个皇上赏的青玉花瓶。"

淳儿吐一吐舌头："皇上才不会怪我呢。"嬉笑着扭股儿糖似的缠上来道，"姐姐出去散散心也好，老待着人也犯懒，将来可不知我的小外甥下地是不是个懒汉呢。"

我忍俊不禁，瞧着窗外的确是春和景明，便道："也好，我成日也是闷着。"春色如画，我何尝不想漫步其中，只是伤口怕沾染尘灰，加之杜良媛一事叫我心有余悸，于是多叫了人跟着，取了面纱覆脸，才一同出去。

在上林苑中选了个空旷的所在，淳儿的风筝放得极好，几乎不需要小内监们帮忙，便飞得极高，想来幼时在家中也是惯于此技的。芳草萋萋之上，只听得她清脆的笑声咯咯如风铃在檐间轻晃。她见风筝飞得高，又笑又嚷，十分得意。

她自然是得意的，得宠的妃嫔中她是最年轻的一个，玄凌对她一向纵容，加之我有孕不宜经常服侍玄凌，为着就近的缘故，玄凌也时常在她那里逗留。近日玄凌还说起，待淳儿满十六岁时就要册她为嫔。

我仰首看着晴空中已经如乌黑一点的风筝，想起幼年时春天的午后，在家中练习女红无聊得几乎要打瞌睡，脑袋像小鸡啄米一样一下一下地晃，哥哥忽然从闺房的轩窗外探进半个脑袋来，笑嘻嘻道："妹妹，咱们溜出府去放风筝吧？"

春风拂绿了杨柳一年又一年，孩提的时光飞逝，似乎只是随哥哥放了一场风筝，在庭院里拿凤仙花染了几个指甲，在西席夫子眼皮下偷偷打了个盹儿，葡萄架下眼巴巴数着喜鹊看牛郎织女过了七夕，这无忧无虑的岁月便悄然过去了。

而今，我也即将为人母。我含笑看向淳儿，后宫的妃嫔之中，唯有她是这样明快，如春日明媚灿烂的一道阳光，而我，逐渐隐忍成一弯明月，纵然清亮，也是属于黑夜的，也是隐晦。

---

① 捉七：一种闺阁游戏。

我低手抚摩自己微微有隆起之状的小腹，其实还是很不明显的，如果我的孩子有淳儿这样的活泼明朗也是很好的，只是不要太天真。帝姬也就罢了，若是皇子，天真是绝对不适合的。

这样含笑沉思着，忽然听见淳儿惊呼一声，手里的风筝线已经断了，风筝遥遥挣了出去。淳儿发急，忙要去寻，我忙对小利子道："快跟上你家小主，帮她把风筝寻回来。"

小利子答应了个"是"，忙要跟上，淳儿一跺脚，噘嘴喝道："一个也不许跟着！姐姐，他们去了只会碍手碍脚。"淳儿不过是小孩心性，发起脾气来却也是了得，所以几个宫人只得止步，看着我迟疑。我远远看着风筝落下的地方并不很远，也拗不过她，只得随了她去，见她拔脚走了，嘱咐几个小内监远远跟在后头去了。

细柳轻斜，随风挑拨无澜的湖面，一株碧桃花如火如荼倒影池边。我看了一会儿觉得眼晕，便在碧桃树下的长石上坐着歇息。

春光如斯醉人，却不知这醉人里有几多惊心动魄。我陡地忆起那一日皇后宫中赏花的险境，在我背后推我出去的那双手。

事后明察暗访，竟查不出那人的痕迹。也难怪，当时一团慌乱，谁会去注意我的身后是哪双手一把把我推入危险之中。

然而我并非真的不晓得是谁，事后几度忆及，衣带间的香风是我所熟悉的，她却忘却了这样的细节。我如此隐忍不发，一则是没有确凿证据；二则此人将来恐怕于我颇有用处。

我的余光忽然触到一抹银红色的浮影，还未出声，身边的槿汐已经恭敬请安："曹婕好安好。"目光微转，正好迎面对上那双幽深狭长的眸子。

曹琴默只着了件银白勾勒宝相花纹的里服，外披一层半透明的浅樱红绉纱，只手持着一条月白的手绢，盈盈含笑朝我请下安去："莞贵嫔金安。"

我伸手虚扶她一把："曹姐姐起来吧，何须这样客气。"

她笑意款款，眉目灈灈，其实她的姿色不过是中上之姿，只是笑意平添了温柔之色，这样素净而不失艳丽的服色也使得她别有一番动人心处。

她微笑道："不想在这里遇见贵嫔娘娘。"

我与她一同坐下，示意槿汐等人远远守候，不许听见我们说话。我笑道："姐姐与我生疏了呢，还是唤我妹妹吧。"

她见我撇开众人与她独坐，笑容若有似无："妹妹自怀胎以来似乎不大出门，格外小心，现在怎么放心把人都撇开了呢？"

我双眸微睐，轻轻笑道："曹姐姐说笑呢，我怎么会不放心呢？姐姐与我在一起我要是有什么闪失自然是姐姐的不是啊，姐姐当然会全力照顾妹妹的。何况……"我微微一笑，目光似无意扫过她，"这里又不会有人来推我一把。"

曹婕妤微微一愣，竟是毫不变色，笑靥如花道："妹妹真会说笑，谁敢来推你一把呢？怕是伸一指头也不敢啊。"她惊奇道，"难道妹妹什么时候被人推了一把吗？"她把手抚在胸口，做受惊状道，"做姐姐的竟不知道，妹妹告诉皇上了吗？"

她这样滴水不漏，有一刹那我竟然以为自己是怀疑错了人。然而转念还是肯定，玄凌赏我的东西我私自送给了她，她怎敢再送与别人，蜜合香的味道我是不会闻错的。

念及此我也不置可否，只如闲话家常一般，闲闲道："温宜帝姬近来身体可好？"

她立刻警觉，如护雏的母鸟，道："贵嫔妹妹费心，温宜只是有些小咳嗽，不碍事的。"

我恍若无意般道："是啊。只要不再遇上弄错了木薯粉之类的事，帝姬千金之体必然无恙。"

她的神情猛地一凛，不复刚才的镇静，讪讪道："皇上已经处置了弄错木薯粉的小唐，想来不会再有这样的事了吧。"

我宁和微笑道："但愿如此吧。如今我也即将为人母，特别能体会身为人母的心情。曹姐姐抚育帝姬也是万般不易啊，听说姐姐生帝姬的时候还是难产，惊险万分呢。"

她微微动容："为人母的确十分不易，时时事事都要为她操心，她若有一点半点儿不适，我便如剜心一样难受，情愿为她承担苦楚。"

我点头，平视她双目："曹姐姐是个极聪明的人，自然知道怎么养育帝姬。这个不需要妹妹多言。只是妹妹叮嘱姐姐一句，得人庇佑是好，也要看是什么人是不是？否则身受其害反倒有苦说不出了。"

她怔一怔，脸色有些不悦，道："姐姐愚钝，贵嫔妹妹说的我竟十分不懂。"

我用手绢拂落身上的落花，慢慢笑道："姐姐既然不懂，妹妹就更不懂了。只是妹妹懂得一样，华妃娘娘当日搜存菊堂而不得是有人顺水推舟，虽不是为了帮我，我却也领她这一份情。"见她脸色大变，我笑得更轻松，"妹妹还懂得一件事，为虎作伥没有好下场，而弃暗投明则是保全自己和别人最好的法子——姐姐自然懂得良禽择木而栖。"

她的神色阴晴不定，几番变化，终于还是如常："是明是暗到底还是未知之数。"她沉默片刻，似是有迟疑之色，终于吐露几字道，"你快去看看吧。"说着匆匆离开了。

我听得莫名其妙，眼见金乌西斜，蓦地想起过了这么久，去陪淳儿捡风筝的人却还一个也没回来。其时夕阳如火，映照在碧桃树上如一树鲜血喷薄一般，心里隐隐觉得不祥，立刻吩咐了人四处去寻找。

淳儿很快就被找到了。

入夜时分，槿汐回来禀报时满脸是掩饰不住的哀伤与震惊，我听得她沉重的脚步声已是心惊，却并未有最坏的打算——顶多是犯了什么错被哪个妃子责打了。

然而槿汐在沉默之后依旧是悲凉的沉默，而旁边淳儿所居住的偏殿，已经响起宫人压抑的哭声和悲号。

我重重跌落在椅上。

槿汐只说了一句："方良媛是溺毙在太液池中的。找到时手里还攥着一个破了的风筝。"

我几乎是呆了，面颊上不断有温热的液体滚落，酸涩难言。教我怎么能够相信，下午还欢蹦乱跳的淳儿，已经成为溺毙在太液池中的一具冰凉的没有生命的尸体。淳儿，她才十五岁！教我怎能够相信？怎能够接受？

不久之前，她还在上林苑放风筝，还闹着"捉七"玩，打碎了花瓶，还等着满十六岁那天欢天喜地地被册封为嫔，还吃着我为她准备的精巧糕点说着笑话，她还对我说要做我腹中孩儿的姨娘，作为定礼的玉佩还在，她却这样突然不在了……

槿汐见我脸色不对，慌得忙来推我。我犹自不肯相信，直到外头说淳儿的遗体被奉入延年殿了，我直如刺心一般，"哇"地哭出声来，推开人便往外头奔去。

槿汐眼见拦我不住，急忙唤人。我直奔到殿门外，小允子横跪在我面前拦住去路，急得脸色发白道："娘娘！娘娘！去不得！皇上说您是有身子的人，见不得这个才奉去了延年殿！娘娘！"

说话间槿汐已经追了出来，死命抱住我双腿喊道："娘娘三思，这样去了只会惊驾，请娘娘顾念腹中骨肉，实在不能见这个！"

夜风刮痛了我的双眼，我泪流满面，被他们架着回了寝殿，我再不出声，只是紧紧握着淳儿所赠的那枚羊脂玉佩沉默流泪。玄凌得到消息赶忙来抚慰我，不许我出去。他也是伤心，感叹不已。我反复不能成眠，痛悔不该与她一起出去放风筝，更不该纵了她一人去捡风筝，只让内监远远跟着。玄凌无法，只好命太医给我灌了安睡的药才算了事。

玄凌允诺极尽哀荣，追封淳儿为嫔，又吩咐按贵嫔仪制治丧。

勉强镇定下心神，不顾玄凌的劝阻去延年殿为淳儿守灵。昏黄的大殿内雪白灵幡飞扑飘舞，香烛的气味沉寂寂地熏人，烛火再明也多了阴森之气。淳儿宫中的宫人哀哀哭着伏在地上为她烧纸钱，几个位分比淳儿低的宫嫔有一声没一声地干哭着。

我一见雪白灵帐帷幕，心中一酸，眼泪早已汩汩地下来。含悲接了香烛供上，挥手对几个宫嫔道："你们也累了，先下去吧。"

她们与淳儿本就不熟络，见她少年得宠难免嫉恨腹诽，只是不得已奉命守着灵位罢了，早巴不得走了，听我如此说，行了礼便作鸟兽散。

灵帐中供着淳儿的遗体，因为浸水后的浮肿，她脸上倒看不出什么痛苦的表情，像是平日睡着了似的宁静安详。

我心内大悲，咬着绢子呜咽哭了出来。夜深，四周除了哭泣之外静静无声，忽然有个人影膝行到我跟前，抱着我的袍角含悲叩头："请娘娘为我家小姐做主。"

我定睛一看，不是淳儿带入宫的侍女翠雨又是谁？忙拉起她道："怎么回事？你慢慢说！"

翠雨不肯起来，四顾左右无人方大胆道："回娘娘的话，我家小姐是被人害死的！"

淳儿死得突然，我心中早存了极大的疑惑，对翠雨道："这话可不是胡乱说的。"

翠雨双目圆睁，强忍悲愤，狠命磕了两个头道："我家小姐自幼在湖边长大，水性极熟的，断不会溺死。奴婢实在觉得小姐死得蹊跷！"

原本只一味伤心淳儿的猝死，哭得发昏，渐渐安定下来神志也清明些，始觉得中间有太多不对的地方，召了那日去跟着淳儿的内监来问，都说淳儿捡了风筝后跑得太快，过了知春亭就不见了踪影，遍寻不着，直到后来才在太液池里发现了她。

人人都道她是失足落水，如今看来实在大有可疑。我陡然想起曹婕好那句类似提醒的话，眼前的白蜡烛火虚虚一晃，心里激灵灵打了个冷战——她是知道什么的！

更或许，她在上林苑的出现只是为了拖住我的脚步不让我那么快发现淳儿的迟迟未归。

我心头大恨——调虎离山，然而也心知责问曹婕好也是问不出什么来的。

强按住狂热的恨意，问翠雨："你有什么证据没有？"

翠雨瞬间双眼通红，终究不甘心，愤愤切齿道："没有。"

我黯然，黯然之下是为淳儿委屈和不甘。她才十五岁，如花蕾那样幼小的年纪，原本是该在父母膝下无忧无虑承欢嬉笑的。

我静默半晌，努力压制心中翻涌的悲与恨，扶起翠雨，缓缓吸一口气道："现在无凭无据，一切都不可妄言。你先到我宫中伺候，咱们静待时机。"翠雨含泪不语，终究也是无可奈何。

殿外是深夜无尽的黑暗，连月半的一轮明月也不能照亮这浓重的黑夜与伤逝之悲。巨大的后宫像坟墓一样安静，带着噬骨的寒意，是无数冤魂积聚起来的寒意。连延年殿外两盏不灭的宫灯也像是磷火一样，是鬼魂不瞑的眼睛。我眼中泛起雪亮的恨意，望着淳儿的遗体一字一字道："你家小姐若真是为人所害，本宫一定替她报仇，绝不让她枉死！"

发丧那日，皇后及各宫妃嫔都来到延年殿。我强忍悲痛取过早已备好的礼服为死去的淳儿换装。

皇后见我为淳儿换好衣裳，站在我身边不住掉泪，感叹着轻轻说："方良媛髫龄入宫，如今正当好年华又得皇上怜惜，怎么不能多多服侍皇上就骤然去了？真叫人痛惜啊！"

华妃亦叹息："这样年轻，真是可惜！"

华妃、悫妃、敬妃和曹婕妤等人都在抹眼泪。我已经停止了哭泣，冷冷看着远远站在殿门一边抹泪啜泣的华妃，只觉得说不出地厌烦和憎恶。

这时，玄凌的谕旨到了，那是谕礼部、抄送六宫的："良媛方氏赋性温良，恪共内职，虔恭苹藻之训，式彰珩璜之容。今一朝遘疾，遽尔薨逝，予心轸惜，典礼宜崇。特晋名封，以昭淑德，追封为淳嫔……一切丧仪如贵嫔礼。"又命七日后将棺椁移往泰妃陵与先前的德妃、贤妃和早殁的几个妃嫔同葬。

斯人已逝，玄凌能做的也只有这些了。不断有位分低微的宫嫔们窃窃

144

私语，为淳儿庆幸：死后哀荣如此之盛，也不枉了！而于我，宁愿淳儿没有这些虚名位分，只要她好好活着。

一个恍惚，好似她依然在我宫中，忽然指着那一树海棠，歪着头笑嘻嘻道："姐姐，我去折一枝花好不好？"那样鲜活可亲。

我知道是她，转眸逼视华妃，握紧手指，这是我身边死去的活生生的生命，如果真有任何手脚使淳儿殒命，我一定、一定要全部讨回来！

西南的战事终于以大周的胜利告终，收复失去已久的疆土于一个王朝和帝王而言都是极大的荣耀。班师回朝之日，玄凌大行封赏，即是哥哥功成名扬的时候。武将一战名扬，哥哥被封为奉国将军，又予赐婚之荣，也算得少年得志。自然，更是汝南王玄济和慕容一族声势最煊赫的时候。

玄济享亲王双俸，紫奥城骑马，华妃之父慕容迥加封一等嘉毅侯，长子慕容世松为靖平伯、二子慕容世柏为绥平伯。而华妃生母黄氏也被格外眷顾，得到正二品平原府夫人的封诰，例比四妃之母。而后宫之中华妃亦被册封为从一品皙华夫人，尊荣安享，如日中天。娘家军功显赫，手掌协理六宫的大权，又得玄凌宠爱，这样事事圆满，唯一所憾的只是膝下无子而已。

自身体复原以后，眉庄渐渐变得不太爱出门，对于玄凌的宠爱亦是可有可无的样子，非召幸不见。如今情势这样逼人，眉庄再克制隐忍，终于也沉不住气了。

那日眉庄来我宫中，来得突兀。门外的内监才禀报完她已径直走了进来，连宫女也没扶着。我见她脸色青白不定，大异往常，心知她必有话说，遂命所有人出去。

眉庄紧咬下唇，胸口起伏不定，脸色因愤怒和不甘而涨得血红。

我斟了一盏碧螺春在她面前，柔声道："姐姐怎么委屈了？"

眉庄捧了茶盏并不饮，茶香袅袅里她的容色有些朦胧，半晌方恨恨道："华妃——"

我婉转看她一眼示意，轻声道："姐姐，是皙华夫人——"

眉庄再忍不住，手中的茶碗重重一震，茶水四溅。眉庄银牙紧咬，狠狠唾了一口道："皙华夫人？只恨我没有一个好爹爹好兄弟去征战沙场，白白便宜了贱人！"

我悠悠起身，逗弄金架子上一只毛色雪白的鹦鹉，微微含笑道："姐姐无须太动气。皙华夫人这样炙手可热，我怎么倒觉得是先皇玉厄夫人的样子呢？"

眉庄不解，皱眉沉吟："玉厄夫人？"

我为鹦鹉添上食水，扶一扶鬓角珠花，慢慢道："玉厄夫人是汝南王的生母，博陵侯幼妹，隆庆十年博陵侯谋反，玉厄夫人深受牵连，无宠郁郁而死。"我淡淡一笑，"为了这个缘故，玉厄夫人连太妃的封号也没有，至今仍不得入太庙受香火。"

眉庄苦笑："慕容家怎么会去谋反？"

我微微冷笑："何须谋反呢？功高震主就够了。何况他们不会，保不齐汝南王也不会。"

眉庄这才有了笑容，道："我也有所耳闻，近几年来汝南王渐有跋扈之势，曾当朝责辱文官，王府又穷奢极欲。朝野非议，言官纷纷上奏，皇上却只是一笑了之，越发厚待。"

我微笑不答，小时候念《左传》，读到《郑伯克段于鄢》，姜夫人偏爱幼子叔段，欲取庄公而代之，庄公屡屡纵容，臣子进言，只说"多行不义必自毙，子姑待之"。等叔段引起公愤，恶贯满盈，才一举杀之。虽然后人很是鄙薄庄公这样对同母弟弟的行径，然而，于帝王之策上，这是十分不错的。

日前玄凌只作戏言，于汝南王狷狂一事问我意下如何，我只拿了一卷《左传》将庄公故事朗朗念于他听，玄凌含笑道："卿意正中朕怀。"

如今一切烈火浇油，亦只为一句"子姑待之"。

我含笑低首："溃疡烂到了一定的程度，才好动刀除去。由着它发作好了，烂得越深，挖得越干净。"见眉庄微微沉思，于是顾左右而言他，"姐姐近来仿佛对皇上很冷淡的样子。"

眉庄淡漠一笑："要我怎样婉媚承欢呢？皇上对我不过是招之即来，挥之则去而已。"

我慢慢沉静下笑容，只说了一句："没有皇上的恩宠，姐姐怎么扳倒皙华夫人？越无宠幸，越容易被人轻贱。姐姐是经历过的人，难道还要妹妹反复言说么？"

她妙目微睁，蕴了一缕似笑非笑的影子，道："你很希望我得宠？"

四月末的天气风有些热，连花香也是过分地甜腻，一株雪白的荼蘼花枝斜逸在窗纱上。开到荼蘼花事了，春天就这样要过去了。屋中有些静，只闻得鹦鹉脚上的金链子轻微地响。眉庄盏中碧绿的茶汤盈盈生翠，我心下微凉，片刻才道："我难道希望看你备受冷落么？"我静一静，"姐姐近日似乎和我生分了不少，是因为我有身孕让姐姐伤心了么？"

眉庄摇头："我并没有，你不要多心。"她说，"我和你还是从前的样子。你说的话我记在心上就是。"

我送了眉庄至仪门外，春光晴好，赤色宫墙长影横亘，四处的芍药、杜鹃开得如锦如霞，织锦一般光辉锦簇。眉庄穿着胭脂色刻丝桃叶的锦衣走在繁丽的景色中，微风从四面扑来，我无端觉得她的背影平添了萧索之姿，在渐老的春光中让人伤感几多。

历年五月间都要去太平行宫避暑，至中秋前才回宫。今年为着民间时疫并未清除殆尽恐生滋扰，而战事结束后仍有大量政务要办，便留在紫奥城中，也免了我和杜良媛怀胎之中的车马劳顿。

淳儿的死让我许久郁郁寡欢，眉庄除了奉诏之外不太出门，陵容倒了嗓子更是不愿见人，鲜少来我这里，唯有敬妃，还时常来坐坐。

玄凌怕我这样郁郁伤了身子和腹中孩儿，千方百计要博我一笑，送了好多新鲜玩意儿来，又命内务府寻了一只白鹦鹉给我解闷，并允了我三日后让新婚的哥哥带了嫂嫂来宫中相见。

三日之期很快到了。

这日一早哥哥见过了驾，便带了嫂嫂薛茜桃来我宫中。

哥哥与嫂嫂知我新晋了莞贵嫔，所以一见面便插烛似的请下安去："贵嫔娘娘金安。"

我眼中一热，迅速别过脸去拿手绢拭了，满面笑容，亲手搀了他们起来，道："难得来一回，再这样拘束见外岂不是叫我难过。"接着又命人赐座，我问，"爹爹和娘亲都还好吗？"

哥哥道："爹与娘都安好，今日进宫来，还特意嘱咐为兄替两位老人家向娘娘问安。"

我眼圈儿一红，点点头："我在宫中什么都好，爹娘身子骨硬朗我就放心了。哥哥回去定要嘱咐爹娘好生保重，我也心安。"

嫂嫂又请了个安："都是托娘娘洪福。爹娘听说娘娘有了身孕，又新封了主子，高兴得不知怎么才好，娘在家中日夜为娘娘祝祷，愿娘娘一举得男。"

我仔细打量这位嫂嫂，因是新婚，穿一色镂金百蝶穿花桃红云缎裙，人如其名，恰如一枝红艳艳的桃花。并不是出奇地美艳，只是长得一团喜气，宜喜宜嗔，十分可亲。

我暗暗点头，陵容的性情隐婉如水，我这位嫂嫂却是爽朗的性子，顾盼间也得体大方，颇有大家闺秀的风范，想来可以主持甄府事宜为娘分忧。心下很是可意，遂道："嫂嫂的父亲薛从简大人为官很有清名，我虽在深宫中，也素有耳闻。皇上时常说若人人为官都如薛大人，朝廷可以无恙了。"

嫂嫂忙谦道："皇上高恩体恤，父亲必当尽心效力朝廷。"

我呵呵一笑，看着哥哥道："哥哥如今在朝为官，可要好好学一学你的岳父大人啊。"

哥哥略略一笑，犹不怎样，嫂嫂却是回头朝他粲然一笑，露出皓齿。如斯情态，哥哥反却脸红了。

哥哥来之前，我尚且有些不放心，嫂嫂是他从未见过面的，只怕夫妻间不谐，将来失了和睦。我当时于众人之中择了她，一是她父亲颇有清名，二是在闺中时也听过一些嫂嫂的事，知道是易相处的人。但这样未曾谋面而择了人选终究是有些轻率的，如今看来，却是我白白担心了。这样一个爱笑又会言谈的女子，纵使起初无什么情意，长久下来终是和谐的。

哥哥指着桌上食盒道："娘说妹妹有了身孕只怕没胃口，这些菜是家里做了带来的，都是妹妹在家时喜欢吃的。"

我含笑受了，命流朱拿去厨房。

正说着，陵容遣了菊青过来，说是赠些礼物给我兄嫂做新婚贺仪，是八匹上用的宫缎素雪绢和云霏缎，连上用的鹅黄签都未拆去。这些宫缎俱是金银丝妆花，光彩耀目。陵容如今失宠，这些表礼想是她倾囊所出，我心里很是感慰。

菊青道："我家小主本要亲自过来的，可是身子实在不济，只好遣了奴婢过来。小主说要奴婢代为祝贺甄少爷和甄少夫人百年好合，早得贵子，又请两位问甄老大人和老夫人安。"

哥哥、嫂嫂俱知能送贺仪来的均是妃嫔面前得脸的人，又这样客气，忙扶起了菊青道："不敢受姑娘的礼。"

我心中微感慨，陵容似乎一直对哥哥有意，如今要说出这"百年好合、早得贵子"八字来，是如何不堪。

哥哥似乎一怔，问："安美人身子不好么？"

菊青含笑道："小主风寒未愈……"菊青原是我宫里出去的人，见我静静微笑注目于她，如何不懂，忙道，"没有什么妨碍的，劳大人记挂。"

哥哥只道："请小主安心养病。"

嫂嫂见礼物厚重，微露疑惑之色，我忙道："这位安美人与我一同进宫，入宫前曾在我家小住，所以格外亲厚些。"

少顷，眉庄也遣人送了表礼来，皆是绸缎之物，物饰精美。

留哥哥与嫂嫂一同用了午膳，又留嫂嫂说了不少体己话，将哥哥素日爱吃爱用的喜好与习惯一样样说与她听，但求他们夫妇恩爱。我又道："哥哥如今公务繁忙，但求嫂嫂能够体谅，多加体贴。"

半日下来，我与嫂嫂已经十分亲厚，亲自开妆匣取了一对夜明珠耳珰，耳珰不过是宫中时新的样子，无甚特别，唯夜明珠价值千金。我道："嫂嫂新到我家，这明珠耳珰勉强还能入眼，就为嫂嫂润色妆奁吧。"又吩咐取了珠玉绸缎作为表礼，让兄嫂一同带回家去。

入夜卸妆，把流朱与浣碧唤了进来，把白日兄嫂家中带来的各色物事分送给她们，余者平分给众人。又独独留下浣碧，摸出一个羊脂白玉的戒指，道："那些你和流朱都有，这个是爹爹让哥哥带来，特意嘱咐给你的。爹爹说怕你将来出宫私蓄不够丰厚。"我亲自套在她指上，微笑，"其实爹爹也多虑了。只是爹爹抱憾不能接你娘的牌位入家庙，又不能公开认你，你也多多体谅爹爹。"

浣碧双眼微红，眼中泪光闪烁："我从不怪爹爹。"

我叹口气："我日后必为你筹谋，了却你的心事。"浣碧轻轻点头。

我念及宫中诸事，又想到淳儿死后屋宇空置，心下愀然不乐。推窗，夜色如水，梨花纷纷扬扬如一场大雪，积得庭院中雪白一片。春风轻柔拂面，落英悠然飘坠。

我轻声叹息，原来这花开之日，亦是花落之时。花开花落，不过在于春神东君浅薄而无意的照拂而已。

日子这样悠游地过去，时光忽忽一转，已经到了乾元十四年五月的辰光。宫中的生活依旧保持着表面的风平浪静，眉庄渐渐收敛了对玄凌的冷淡，颇得了些宠爱，只是终究有皙华夫人的盛势，加之我与杜良媛的身孕，宠爱也不那么分明了。

我静心安胎，陵容静心养病，眉庄一点一滴地复宠，敬妃也只安心照管她该照管的六宫事宜，任凭皙华夫人占尽风头，百般承恩，谁也不愿在这个时候去招惹她。后宫在皙华夫人的独占春色下，维持着小心翼翼的平静。

而在这平静里，终于有一石，激起轩然大波。

杜良媛是个很会撒娇撒痴的女子，何况如今又有龙裔可以倚仗。依例嫔妃有身孕可擢升一次，产后可依生子或生女再度擢升，而五月中的时候，玄凌突然下了一道旨意，再度晋杜氏为恬嫔。因有孕而连续晋封两次，这在乾元一朝是前所未有的事，难免使众人议论纷纷。私下揣测恬嫔怀孕已有四月，难道已经断出腹中孩子是皇子，而玄凌膝下子息微薄，是而加以恩典。

这样的恩遇，皙华夫人自然是不忿的。然而她膝下空空，出言也就不那么理直气壮。又因着玄凌对恬嫔的娇纵，她也只能私下埋怨罢了。

后宫诸人本就眼红恬嫔的身孕，如此一来更是嫉妒，谨慎如惠妃也颇有微词："才四个月怎能知道是男是女，臣妾怀皇长子时到六月间太医断出是男胎，皇上也只是按礼制在臣妾初有喜脉时加以封赏晋为贵嫔，并未有其他破例。"

而皇后伸手拈了一枚樱桃吃了，方慢慢道："恬嫔几次三番说有胎动不安的症状，皇上也只是为了安抚她才这样做。为皇家子嗣计，本宫是不会有异议的。"

皇后这样说，别人自然不好再说什么。而皙华夫人的抱怨，皇后也作充耳不闻。等听得不耐烦时，皇后只笑吟吟说了一句："皙华夫人如今恩宠这样深厚，也该适时为皇上添一个小皇子才是。怎么倒叫新来的两位妹妹占了先了呢？"皙华夫人瞬间变色神伤，哑口无言。

而恬嫔晋封之后更加得意，益发爱撒娇撒痴。

是夜，我微觉头晕，玄凌就在我的莹心殿陪我过夜。刚要更衣歇息，外头忽然有人来通报，说是恬嫔宫里的内监有要事来回禀，回话的人声音很急，在深夜里听来尤为尖锐："恬嫔小主才要睡下就觉得胎动不适，很想见皇上，请皇上过去看看吧。"

玄凌的寝衣已经套了一个袖子，闻言停止动作，回头看我。我本已半躺在床上，见他略有迟疑之色，忙含笑道："皇上去吧，臣妾这里不要紧。"

他想一想，还是摇头："你也不舒服呢，让太医去照顾她吧。"

我微笑："恬妹妹比我早有身孕，最近又老觉得胎动不安，她第一次怀孕想来也很害怕，皇上多陪陪她也是应该的。"

他的眼中微有歉意，笑道："难为你肯这样体谅。"

我捋一捋鬓边碎发，低眉道："这是臣妾应该的。"

他嘱咐槿汐："好好照顾你家娘娘，有什么不舒服的要赶快回报给朕。"

槿汐送了玄凌出去，回来见我已经起身，道："娘娘不舒服么？"

我道："没什么，只是有些胸闷罢了。"

槿汐端了盏鲜奶燕窝来，劝道："娘娘别为恬小主这样的人生气，不值得。"她把燕窝递到我手上，"这是太后娘娘上回赏的燕窝，兑了鲜奶特别容易安睡，娘娘喝了吧。"

我舀了一勺燕窝，微笑摇头："皇上破格晋封，她已经遭人嫉妒。如今还这样不知眼色，真不知教人笑她愚蠢还是无知，可见是个扶不上墙的阿斗。我自然不会为了这样没用的人生气。"

槿汐笑言："娘娘说得是。只是奴婢想，自恬小主有孕以来，已经是第三次这样把皇上请走，也太过分。"

我整整衣衫，打了个呵欠道："她一而再再而三只会用这招儿，用多了皇上自然会心烦，不用咱们费什么事。不说她了，咱们睡吧。"

第二天玄凌过来，我见他面有倦色，不免心疼，便问："恬妹妹胎动得很厉害么？皇上是不是陪她太晚没有好好睡，连眼圈也黑了。"

他苦笑："哪里是什么事，左不过是耍小性子，怨朕去得晚了，又嚷恶心，闹得朕头疼。"

我心中有数，只是劝慰道："有了身孕难免烦躁，臣妾也爱使小性子，皇上不也都体谅了么。那么太医有没有说恬妹妹是怎么不适呢？"

他皱眉："太医说有些胎动也是正常，只是她晚膳贪吃才会恶心。"

又这样三番五次，玄凌再好的心性终于也生了不耐烦。

后宫人多口杂，恬嫔连着几次从我宫中把玄凌请走，宫人妃嫔见她张狂如斯，背后诋毁也越发多，连皇后也不免开口："恬嫔就算身子不适，也不该如此不识大体，即便不顾莞贵嫔也要养胎休息，也该顾着皇上要早起早朝，不能夜深还这么赶来赶去。"

皇后想了想道："找个人去教教她道理吧，皙华夫人和敬妃要协理六宫事宜自然是不得空儿了。这样吧，悫妃你性子温和，就你去慢慢说给她听吧。"又嘱咐悫妃，"她是有身子的人，经不得重话。本宫知道你是个温和的人，就好好跟她说吧，就说是本宫的意思。"

悫妃本不愿意，然而皇后开了口，自然不能推托，只好应允了。于是众人也就散去。

玄凌对恬嫔生了嫌隙，无事自然不愿意往她宫里去。这日夜里便在我宫里睡下，睡至半夜，忽然有人来敲殿门，起先不过是轻轻几下，逐渐急促。

我惊得醒转，忙披衣坐起身，问："什么事？"

槿汐进来，蹙眉低声道："是恬小主宫里的人来禀报，说小主入夜后就一直腹痛难忍，急着请皇上去瞧一瞧。"

佩儿跟在槿汐身后，撇一撇嘴不屑道："又来这个？她不烦咱们也烦了，回回这么闹腾还让不让人睡了！"

槿汐无声瞥她一眼，佩儿立刻噤声不敢多说。

我睡眼蒙眬，原也想打发了算了，忽然觉着不对，今日下午皇后才命悫妃去教导她，就算恬嫔再无知，也不至于今晚又明知故犯，难道真有什么不妥？虽然玄凌叮嘱过我不要再理会，若我知情不报，恬嫔真有什么事，我也难辞其咎了。

于是推醒玄凌，细细说了。他梦中被人吵醒，十分不耐烦，翻了个身冲着殿外来禀报的内监怒道："怎么回回朕歇下了她就不舒服，命太医好生照看着就是！"

那内监在门外为难，答应着："是……"又道，"小主真的十分难受，因今日悫妃娘娘来过，所以一直忍着不敢来禀告……"

玄凌动怒，随手把手边靠枕抓起来用力一扬，喝道："滚！"那内监吓得不轻，慌慌张张退了下去。

我见玄凌这样生气，也吓了一跳，忙斟了茶水给他。玄凌犹未息怒，道："她若是少动些歪心思，自然也少些腹痛恶心。"

我不敢深劝，重又在香炉里焚了一把安息香，道："皇上睡吧，明日还有早朝呢。"

我也一同睡下，不知怎的心中总是有不安的感觉，很久没有下雨，空气也是干燥难耐的，我辗转反侧良久，才迷迷糊糊地想要入睡。

正蒙眬间，隐约有一声极凄厉的尖叫刺破长夜。

我猛地一震，几乎疑心是自己听错了，翻身抱住玄凌。他犹自好睡，呼吸沉沉。

然而安静不过一晌，急促凌乱的脚步已经在殿外响起，拍门声后传来的不是内监特殊的尖嗓，却是一个女子慌乱的声音。

这下连玄凌也惊醒了。

来人是恬嫔宫里的主位陆昭仪，那是一个失宠许久的女子，我几乎不曾与她打过交道。她搅着夜凉的风扑进来，脸色因为害怕而苍白，带来的消息更是令人惊惶——她带着哭腔道："恬嫔小产了！"

玄凌近乎怔住，不能置信般回头看我一眼，又看着陆昭仪，呆了片刻几乎是喊了起来："好好的怎么会小产？不是命太医看顾着吗？"

我心中陡地一震，复又一惊。一震一惊间不由自主地害怕起来，下意识地抚住自己的肚子。陆昭仪被玄凌的神态吓住，愣愣地不敢再哭，道："臣妾也不晓得，恬嫔白天还好好的，到了入夜就开始腹痛……现在出血不止，人也昏过去了。"她抬眼偷偷看一眼玄凌充满怒意与焦灼的脸，声音渐渐微弱，"恬嫔那里曾经派人来回禀过皇上的……"

玄凌胸口微有起伏，我不敢多言，忙亲自服侍他穿上衣裳，轻声道："现在不是生气的时候，皇上赶紧过去看看吧。"

玄凌也不答我，更不说话，低呼一声"佩筠"，头也不回地冲了出去，慌得一干内监宫女忙不迭地追了出去。

我怔怔站在门边，心中沉沉地有痛楚蔓延，恍然不觉微凉的夜风袭人。槿汐默默把披风披在我身上，轻轻劝道："夜来风凉，请娘娘进殿吧。"

我静静站住，声音哀凉如夜色，缓缓道："你瞧，皇上这样紧张恬嫔……"

槿汐的声音平板而温暖，她掩上殿门，一字一句说："皇上紧张的是子嗣，并不是恬嫔小主。娘娘这样说，实在是太抬举恬嫔小主了。"

我瞬间醒神，不觉黯然失笑："瞧我糊涂了，见皇上这样紧张我也胡思乱想了。"

槿汐扶我到床上坐下，道："那边那种场面，娘娘有身孕的人是见不得的，会有冲撞。不如让奴婢服侍娘娘睡下吧。"

我苦笑："哪里还能睡，前前后后闹腾了一夜，如今都四更了，天也快亮了。只怕那边已经天翻地覆了，皇后她们应该都赶去了吧。"我复又奇怪，感叹道，"好好的恬嫔怎么会小产了呢？她也是，来来回回闹了那么多次不适，皇上这一次没去，倒真出了事。"

槿汐见我睡意全无，沉思片刻，慢慢道："娘娘入宫以来第一次有别的娘娘、小主小产的事发生在身边吧，可是咱们做奴婢的，看见的听见的却多了，也不以为奇了。"她见我神色惊异，便放慢了语速，徐徐道，"如今的恬嫔小主，从前的贤妃娘娘、华妃娘娘、芳嫔都小产过；皇后娘娘的皇子生下来没活到三岁，纯元皇后的小皇子产下就夭折了；曹婕妤生温宜帝姬的时候也是千辛万苦；欣贵嫔生淑和帝姬的时候倒是顺利，悫妃娘娘也是，可是谁晓得皇长子生下来资质这样平庸。"她叹气，"奴婢们是见得惯了。"

我听她历历数说，不由得心惊肉跳，身上一阵阵发冷，拿被子紧紧团住身体。门窗紧闭，可是还有风一丝一丝吹进来，吹得烛火飘摇不定。我脱口而出："为什么那么多人生不下孩子？"

槿汐微微出神，望着殿顶梁上描金的图案，道："宫里女人多，阴气重，孩子自然不容易生下来。"

我听她答得古怪，心里又如何不明白，亦抱膝愣愣坐着，双膝屈起，不自觉地围成保护小腹的姿势。

她静静陪着我，我亦静静坐着。我呆了一晌，忽然问："槿汐，你以前是服侍哪个主子的？"

她道："奴婢是伺候钦仁太妃的。"

"那再以前呢？"

"奴婢不记得了，左不过是服侍主子们的，只是这个宫那个宫的区别。"

我不再言语，环顾周遭锦被华衣，幽幽长叹了一声。

槿汐道："娘娘不要难过。"

我神情悲凉如夜雾迷茫，低叹："你以为我只是为自己难过么？恬嫔这一小产，我只觉得唇亡齿寒，兔死狐悲啊！"

这样秉烛长谈，不觉东方已微露鱼肚白的亮色。我方才觉得倦了，躺下睡着，醒来已经是中午了。我乍一醒来，忽见玄凌斜靠在我床头，整个人都是吃力疲惫的样子，不由得一惊，心疼之下忙扶住他手臂道："皇上。"他只是不觉，我再度唤他，"四郎——"

他朝我微笑，笑容满是沉重的疲倦，说："你醒了？"

我"嗯"了一声，正要问他恬嫔的事，他的语气却哀伤而清冷地贯入。他说："恬嫔的孩子没有了。"玄凌把脸埋入我的手掌，他的脸很烫，胡楂儿细碎地扎着我的手，声音有些含糊，"太医说近五个月的孩子手脚都已经成形了。孩子……"他无声，身体有些发抖，再度响起时有兽般沉重的伤痛，这一刻，他不是万人之上的帝王，而是一个失去了孩子了的父亲，"朕又失去了一个孩子，为什么朕的孩子都不能好好活下来？难道上天对朕的惩罚还不够么？"

我想他是难过得糊涂了，我无比难过，心酸落泪。无声地软下身子，靠在他胸前，轻轻环住他的身体。我贴着他的脸颊，轻声温言道："四郎一夜没有睡，在臣妾这里好好睡会儿吧。"

他"唔"一声，由着我扶他睡下。他沉沉睡去，睡之前紧紧拉住我的手，目光灼热迫切，他道："嬛嬛，你一定要把孩子好好生下来，朕会好好疼他爱他。嬛嬛！"

我温柔凝望着他憔悴的脸庞，伏在他胸口，道："好。嬛嬛一定把孩子生下来。四郎，你好好睡吧，嬛嬛在这里陪你。"

他攥着我的手睡去。我看着他，心中温柔与伤感之情反复交叠。我忽然想起，他自始至终没有一字半句提起恬嫔，这个同样失去了孩子的女子的安危。

我心底感叹，玄凌，他终究是凉薄的。

过了两日，玄凌精神好了些，依旧去上朝。他的神情很平静，看上去已经没有事了。前朝的事那样多，繁冗杂陈，千头万绪，容不得他多分心去为一个刚成形的孩子伤心。况且，毕竟他还年轻，失去了这一个孩子，还有我腹中那一个。再不然，后宫那么多女子，总有再怀孕，再为他产子的。

本以为事情就这样过去了，恬嫔也自昏迷中醒来。然而，她醒来后一直哭闹不休，说是自己的孩儿是被人陷害才没了的。直闹得她宫里沸反盈天，鸡犬不宁。

皇后本以为她是伤心过度，着人安慰也就是了。然而，这日下午敬妃在我殿中闲坐，谈论了一会儿我养胎的情形，又说及恬嫔小产的事。

她见四周并无闲人，压低了声音道："恬嫔这次小产很是奇怪呢。"

敬妃从不是饶舌的人，她这般说，自是有些把握的了。我本就疑心，听她如此说，心里"咯噔"一跳，面上只作若无其事，依旧含笑："怎么会呢？恬嫔不是一直说胎动不安么，小产也不算意外了。"

敬妃的缂丝繁叶衣袖宽广，微微举起便遮住了半边脸颊，她淡淡一哂，不以为意道："她说胎动不安，其实咱们都清楚，不过是向皇上争宠撒娇罢了。我常见她在宫里能吃能睡，哪里有半分不适呢？"敬妃再度压低声音，"听为恬嫔医治的太医说，她一直是好好的，直到小产那日，服下的药也没有事，只是在吃剩的如意糕里发现了不少夹竹桃的花粉。"

我不懂，疑心着问："夹竹桃？"

　　敬妃点头："太医诊了半天才说这夹竹桃花粉是有毒的，想来恬嫔吃了不少才至于当晚就小产了。"敬妃叹气，"宫中不少地方都种了夹竹桃，谁晓得这是有毒的呢？还拿来害人，真真是想不到啊。"

　　我的心一度跳得厉害，迟疑片刻，方问："那……如意糕是御膳房里做的么？"

　　敬妃微微迟疑，摇了摇头："是悫妃送去的。"

　　我抬头，对上她同样不太相信的目光。敬妃的声音有些暗哑，慢慢述说她所知晓的事："本来恬嫔有孕，外头送进去的东西依例都要让人尝一尝才能送上去。可是一来是悫妃亲自做了带去的，二来悫妃的位分比恬嫔高出一大截，且是皇后要她去教导恬嫔的，她这人又是出了名地老实谨慎，谁会想到这一层呢。而且听那日在恬嫔身边服侍的宫女说，是悫妃先吃了一块如意糕，恬嫔再吃的。"敬妃顿一顿，道，"宫中种植夹竹桃的地方不少，而悫妃自己宫苑外不远处就有一片。若说不是她做的，恐怕也无人相信。"

　　我依照她说的细细设想当时情景，以此看来在当时的确是无人会怀疑悫妃会加害恬嫔的。然而我疑惑："就算悫妃下了夹竹桃的花粉，她又何必非要自己也吃上一块？恬嫔爱吃如意糕人人皆知，就算她不吃，恬嫔也会吃下许多，这样做岂不矫情？悫妃动了杀机，可是因为皇长子的缘故么？母亲爱子之心，难道真是这样可怖？"

　　敬妃道："究竟如何我们也只是揣测，皇上自然会查。也不能全怪悫妃，恬嫔因孕连封两次本就已经遭人非议，她还这样不知检点，半夜从你宫里把皇上请去了好几次。妹妹你可知道，不止你这里，连悫妃、曹婕妤那里她都让人去请过。你是大度不说什么，可是难保外面的人不把她视作眼中钉——你也知道，皇上本来就少去悫妃那里，难得去一次就让她请走了，能不恼她么？加之皇上现在膝下只有悫妃的这一个皇子……"敬妃不再说下去，只是用手指捋着团扇上垂下的樱红流苏。

　　敬妃所说也在情理之中，何况后宫众人大概也都是这样看的。我本还有些怀疑，蓦地想起那一日在皇后宫中，扑出伤人的松子即是来自惢妃怀中，不由得也信了八分。

我低头默默，道："恬嫔也是太张狂了。兔子急了还咬人呢，别说惢妃了。如今她的孩子还没生下来就这样目中无人，万一生下皇子，惢妃与皇长子还有好日子过么？可见为人还是平和些好。"

敬妃深以为然："何况她这次能晋封为嫔，听陆昭仪说是恬嫔自己向皇上求来的，说的是怀着男胎所以胎动才如此厉害。"

我微微吃惊："果真么？那也太……"

敬妃杏眼微合，长长的睫毛微微覆下，她的语气低沉中有些轻松："说实话，其实恬嫔这一胎，除了上面没有人真心盼她生下来。惢妃使她小产，不知道多少人暗地里拍手称愿呢，也是她为人太轻狂了。"

敬妃很少说这样露骨的话，她没有孩子，恬嫔也不会与她有直接的利害冲突，今朝这样说，大抵也是因为平日里不满恬嫔为人的缘故。

然而她的话在耳中却是极其刺耳。仿佛在她眼中，我也是盼着恬嫔小产的那一个。可是暗地里扪心自问，听到恬嫔小产的那一刻，我竟也是有一丝快意的。我甚至没有去关心她的生死，只为玄凌关切她而醋意萌发。或许我的潜意识中，也是和敬妃她们一样厌恶着她，甚至提防着她的孩子降生后会和我的孩子争宠。

我黯然苦笑，难道我的心，竟已变得这样冷漠和恶毒？

半日我才醒过神来，道："皇上已经知道了么？"

"晌午才知道的，皇上气得不得了，已经让皙华夫人和我去查了。皙华夫人最是雷厉风行的，想来不出三日就会有结果了。"

敬妃依旧叹息："那如意糕上撒了许多糖霜，颜色和夹竹桃的花粉几乎一样，以致混了许多进去也无人发现。这样机巧的心思，真难想象会是惢妃做的。她平日里连蚂蚁也不会踩一只，可见是知人知面不知心哪。"

正说话间，小允子进来，见敬妃也在，忙擦了擦额头的汗，规规矩矩请了个安，这才说话："惢妃娘娘殁了！"

我一愣，与敬妃飞快对视一眼，几乎是异口同声："什么？"

小允子答："刚刚外头得的消息，晳华夫人奉旨去惢妃宫中问恬嫔小产的事，谁想一进内殿竟发现惢妃娘娘一脖子吊在梁上直晃荡，救下来时已经没气儿了。听说可吓人呢，连舌头都吐出来了……"

小允子描述得绘声绘色，话音还未落下，敬妃已经出声阻止："不许瞎说，你主子怀着身孕呢，怎么能听这些东西？拣要紧的来说。"

小允子咋了咋舌，继续道："听惢妃身边的宫女说，惢妃娘娘半个时辰前就打发她们出去了，一个人在内殿。如今晳华夫人回禀了皇上，已经当畏罪自裁论处了。"

我心下微凉，叹了口气道："可怜了皇长子，这样小就没有了母亲。"

敬妃看着从窗外漏进地上的点点日光，道："当真是可怜！幸好虽然没有了生母，总还有嫡母和各位庶母，再不然也还有太后的照拂。"

我微微颔首，略有疑惑："只是虽然件件事情都指向她，惢妃又何必急着自裁。若向皇上申辩或是求情，未必不能保住性命。"敬妃明白我的疑惑。这事虽在情理之中，然而终究太突兀了些。

她道："即便皇上肯饶恕她，但是必定要贬黜名位，连皇长子也不能留在身边抚养。"她的语调微微一沉，"这样的母亲，是会连累儿子的前程的。"

我的心微微一颤："你是说——或许惢妃的死可以保全皇长子的前程？"

敬妃点头，不无感叹："其实自从上次在皇后宫中松子伤了人，惢妃被皇上申饬之后回去一直郁郁寡欢。惢妃娘家早已家道中落，只剩了一个二等子爵的空衔。真是可怜！为着这个缘故她难免要强些，可惜皇长子又不争气，惢妃爱子心切，见皇上管教得严，私下难免娇纵了些，竟与皇上起了争执，这才失了宠。现在竟落得自缢这种地步，真叫人不知该说什么好。"

我团着手中的绢子，慢慢饮着茶水不说话，心头总是模糊一团，疑惑挥之不去，仿佛在哪里听过想起过，却总是不分明。敬妃见我一味沉默，便叮嘱我："恬嫔的事是个教训，妹妹你以后在饮食上万万要多留一个心眼儿。"

我想了半晌，终于有些蒙昧的分明，于是悄声道："姐姐曾经跟我说晳华夫人也曾小产，还是个成了形的男胎，是么？"

敬妃静静思索片刻，道："是。"

"是因为保养不慎么？"

敬妃的目光飞快在我面上一扫，不意我会突然问起这些旧事，道："当时她虽然还是贵嫔，却也是万千宠爱在一身，又怎么会保养不慎呢？"她的声音细若蚊蚋，"宫中传言是吃了端妃所赠的安胎药所致。"

我的睫毛一颤，耳边忽一冷，脱口道："我不信。"后宫这样的杀戮之地，什么事都可能发生，我凭什么不信，我自己也不知道。只是想起昔日与端妃仅有的几次交往，她那种怜爱孩子的神情，我便不能相信。

敬妃的神情依旧平和，说的是别人的事，自然不会触动自己的心肠。她不疾不缓道："别说你不信，当时皇上与皇后也不怎么信，终究还是不了了之。只是此事过后，端妃便抱病至今，不大见人了。"

这其中的疑窦关窍甚多，我不曾亲身经历，亦无关眼下的利益，自然不会多揣度。只觉得前尘今事，许多事一再发生，如轮回纠结，昨日是她，今日便是你，人人受害，人人害人，如同颠扑不破的一个怪圈，实在可怖可畏！

悫妃的丧事办得很是潦草，草草殓葬了就送去了妃陵。皇后为此倒很是叹息，那日去请安，玄凌也在。

说起悫妃死后哀荣的事，玄凌只道："汤氏是畏罪自裁，不能追封，只能以'悫'为号按妃礼下葬，也算是朕不去追究她了。她入宫九载，竟然糊涂至此，当真是不堪。"

皇后用绢子拭了拭眼角，轻声纠正道："皇上，悫妃入宫已经十一载了。"

玄凌轻轻一哼，并不以为意，也不愿意多提悫妃，只是说："汤氏已死，皇长子不能没有人照拂。"

皇后立刻接口："臣妾为后宫之主，后宫所出之子如同臣妾所出。臣妾会好好教养皇长子，恪尽人母之责。"

玄凌很是满意，微笑道："皇后如此说朕就放心了。太后年事已高，身体又多病痛，皇长子交与皇后抚养是最妥当不过了。"

如此，众人便贺皇后得子之喜。皇长子有人照顾，皇后亦有了子嗣，也算是皆大欢喜了。

玄凌走后，众人依旧陪皇后闲话。

皇后含泪道："恚妃入宫十一年，本宫看着她以良娣的身份进宫，历迁顺仪、容华、贵嫔，生子之后册为昭仪，再晋为妃。就算如今犯下大错，但终究为皇家留下血脉，也是大功一件。现在她下场凄凉，虽然皇上不乐意，但是咱们同为后宫姐妹，也不可太过凉薄，何况她到底也是皇长子的生母，服侍皇上多年，没有功劳也有苦劳。本宫会叫人料理好她身后事，希望恚妃在地下好好忏悔自己的过错，得以安宁。"

皇后的宫女剪秋在一旁劝道："娘娘不要太伤心了。为了恚妃娘娘的缘故，您已经伤心好几日了，现在皇长子有了您的照顾，恚妃娘娘也可以安息了。娘娘这样伤心只会让生者更难过呀。话说回来，到底也是恚妃娘娘自己的过失。"

皇后拭泪道："话虽这样说，可是本宫与她一起服侍皇上多年，她这样骤然去了，教本宫心里怎么好受呢。唉！恚妃也当真是糊涂啊！"

皇后如此伤心，众人少不得陪着落泪劝说。过了半日，皇后才渐渐止了悲伤，有说有笑起来。

壹捌　子嗣

　　我的身子渐渐不再那么轻盈，毕竟是快四个月的身孕了。别人并没有觉出我的身段有什么异样，我自己到底是明白，一个小小的生命不断汲取着力量，在肚子里越长越大。

　　已经是初夏的时节，我伏在朱红窗台上独自遥望，看大团大团的金灿阳光像这个季节盛开的凤凰花一般在天空中烈烈绽放，偶有几缕漏过青翠树叶的枝丫缝隙，在光滑的鹅卵石上投下一片斑斑驳驳的支离破碎。

　　连日来发生的事情太多，桩桩件件都关系生命的消逝。淳儿、恬嫔的孩子以及悫妃。这样急促而连绵不断的死亡叫我害怕，连空气中都隐约可以闻到血腥的气息和焚烧纸钱时那股凄怆的窒息气味。

　　她们的死亡都太过自然而寻常，而在这貌似自然的死亡里，我无端觉得紧张，仿佛那重重死亡的阴影，已经渐渐向我迫来。

　　寂静的午后，门外忽然有孩童欢快清脆的嗓音惊起，扑棱棱像鸟翅飞翔的声音，划破安宁的天空。

　　自然有内监开门去看，迎进来的竟是皇长子予漓。

　　我见他只身一人，并无乳母侍卫跟随，不免吃惊，忙拉了他的手进来道："皇子，你怎么来了这里？"

　　他笑嘻嘻站着，咬着手指头。头上的小金冠也半歪着，脸上尽是汗水的痕迹，天水蓝的锦袍上沾满了尘土。看上去他的确是个顽皮的孩子，活脱脱的一个小泥猴。

　　他这样歪着脸看了我半晌，并不向我行礼，也不认得我。也难怪，我和他并不常见，与他的生母悫妃也不熟络，小孩儿家的记忆里，是没有我这号陌生人存在的。

　　小允子在一旁告诉他："这是棠梨宫的莞贵嫔。"

　　不知是否我腹中有一个小生命的缘故，我特别喜爱孩子，喜爱和他们亲近。尽管我眼前不过是一个脏脏的幼童，是一个不得父亲宠爱又失去了生母的幼童，并且在传闻中他资质平庸，可我依然喜爱他。

　　我微笑牵他的手："皇子，我是你的庶母。你可以唤我'母妃'，好不好？"

　　他这才醒神，姿势笨拙地向我问好："莞母妃好。"

　　我笑着扶起他，流朱已端了银盒过来，盛了几样精巧的吃食。我示意予漓可以随意取食，他很欢喜，满满地抓了一手，眼睛却一直打量着我。

　　他忽然盯着那个银盒，问："为什么你用银盒装吃的呢？母后宫里都用金盘金盒的。"

　　我微微愕然。怎么能告诉他我用银器是害怕有人在我的吃食中下毒呢？这样晦密的心思，该如何让一个本应童稚的孩子知晓。于是我温和道："母妃身份不如皇后尊贵，当然是不能用金器的呀。"他似懂非懂地点点头，并不在乎我如何回答，只是专心咬着手里的松花饼。

　　我待予漓吃过东西，心思渐定，方问："你怎么跑了出来，这个时候不要午睡么？"

　　予漓把玩着手里的吃食，答："母后和乳母都睡了，我才偷偷跑出来的。"他突然噘了嘴委屈道，"我背不出《论语》，父皇不高兴，他们都不许我抓蛐蛐儿要我睡觉。"他说的条理并不清楚，然而我也知道大概。

我失笑："所以你一个人偷偷溜出来抓蛐蛐儿了是么？"

他用力点点头，忽然瞪大眼睛看我："你别告诉母后呀。"

我点头答应他："好。"

他失望地踢着地上的鹅卵石："《论语》真难背呀，为什么要背《论语》呢？"他吐吐舌头，十分苦恼的样子，"孔圣人为什么不去抓蛐蛐儿，写什么《论语》，他不写，我便不用背了。"

周遭的官人听得他的话都笑了，他见别人笑便恼了，很生气的样子。转头看见花架上攀着的凌霄花，他又被吸引，声音稚气而任性，叉腰指着小连子道："你，替我去折那枝花来。"

我却柔和微笑："母妃为你去折好不好？"我伸手折下，他满手夺去，把那橘黄的花朵别在自己衣带上，欢快地笑起来，一笑，露出带着黑点点的牙。

我命人打了水来，拭尽他脸上的脏物，拍去他衣上的尘土，细心为他扶正衣冠。他嘻嘻笑："母亲也是这样为我擦脸的。"

我一愣，很快回过神，勉强笑："是么？"

他认真地说："是呀。可是母后说母亲病了，等她病好了我才能见她，和她住一起，我就又能跑出去抓蛐蛐儿了，母亲是不会说我的。"言及此，他的笑容得意而亲切。

伤感迅速席卷了我，我不敢告诉这只有六七岁的孩童，他的母亲在哪里。我只是越发细心温柔地为他整理。

他看着我，指了指自己："我叫予漓。"

我点头："我知道。"

他牵着我的衣角，笑容多了些亲近："莞母妃可以叫我'漓儿'。"

我轻轻抱一抱他，柔声说："好，漓儿。"

他其实并不像传闻中那样资质平庸，不过是个没长大的孩子，一样地贪玩爱吃。或许是他的父皇对他的期许太高，所以才会这样失望吧。

槿汐在一旁提醒："娘娘不如着人送皇子回去吧，只怕皇后宫中已经为了找皇子而天翻地覆了呢。"

我想了想也是。回头却见予漓有一丝胆怯的样子，不由得心下一软，道："我送你回宫，好不好？"

他的笑容瞬间松软，我亦微笑。

回到皇后宫中，果然那边已经在忙忙乱乱地找人。乳母见我送人来，大大地松了一口气，满嘴念着"阿弥陀佛"。皇后闻声从帐后匆匆出来，想来是午睡时被人惊醒了起来寻找予漓，因而只是在寝衣外加了一件外衣，头发亦是松松的。予漓一见她，飞快松了我的手，一头扑进皇后怀里，扭股儿糖似的在皇后裙上乱蹭。

皇后一喜，道："我的儿，你去了哪里，倒叫母后好找。"

我微觉奇怪，孩子都认娘，皇后抚养予漓不过三五日的光景，从前因有生母在，嫡母自然是不会和皇子太亲近的，何以两人感情这样厚密？略想想也就撇开了，大约也是皇后为人和善的缘故吧。

然而，皇后脸微微一肃，道："怎的不好好午睡，一人跑去了哪里？"说话间不时拿眼瞧我。

予漓仿佛吓了一跳，又答不上来，忙乖乖站在地上，双手恭敬垂着。

我忙替他打圆场："皇子说上午看过的《论语》有些忘了，又找不到师傅，就跑出来想找人问，谁知就遇上了臣妾，倒叫皇后担心了，是臣妾的不是。"

皇后听予漓这样好学，微微一笑，抚着予漓的头发道："莞贵嫔学问好，你能问她是最好不过了。只是一样，好学是好，但身子也要休息好，没了好身子怎能求学呢？"

予漓规规矩矩答了"是"，偷笑看了我一眼。

皇后更衣后再度出来，坐着慢慢抿了一盏茶，方对我说："还好漓儿刚才是去了你那里，可把本宫吓了一跳。如今宫中频频出事，若漓儿再有什么不妥，本宫可真不知怎么好了。"

我赔笑道："皇子福泽深厚，有万佛庇佑，自然事事顺利。"

皇后点头道："你说得也是。可是为人父母的，哪里有个放心的时候呢。本宫自己的孩儿没有长成，如今皇上膝下只有漓儿一个皇子，本宫怎能不加倍当心。"皇后叹了口气，揉着太阳穴继续说，"今年不同往常，也不知伤了什么阴骘，时疫才清，淳嫔就无端失足溺死，恬嫔的孩子没有保住，憨妃也自缢死了，如今连太后也凤体违和。听皇上说宫外也旱灾连连，两个月没有下过一滴雨了，这可是关系到社稷农桑的大事啊。"

她说一句，我便仔细听着，天灾人祸，后宫与前朝都是这样动荡不安。

有一瞬间的走神，恍惚间外头明亮灼目的日光远远落在宫殿华丽的琉璃瓦上，耀目的金光如水四处流淌。这样晴好的天气，连续的死亡带来的阴霾之气并没有因为炎热而减少半分。

我见皇后头疼，忙递过袖中的天竺脑油给她。皇后命侍女揉在额角，脸色好了许多，道："皇上和本宫都有打算至天坛祈雨，再去甘露寺小住几日为社稷和后宫祈福。"皇后意味深长地看我一眼，"后宫的事会悉数交于皙华夫人打理，敬妃也会从旁协助。"

我自然明白皇后的意思，低头道："臣妾会安居宫中养胎，无事不会出门。"

皇后微微点头："这样最好。皙华夫人的性子你也知道，能忍就忍着，等皇上和本宫回来为你做主。"她略沉一沉，宽慰我道，"不过你有孕在身，她也不敢拿你怎样的，你且放宽心就是。皇上与本宫来去也不过十日左右，很快就会回宫。"

我宁和微笑，保持应有的谦卑："多谢皇后关怀，臣妾一定好生保重自己。"

皇后含笑注目我面颊上曾被松子抓破的伤痕，道："你脸上的伤似乎好了许多。"

我轻轻伸手抚摩，道："安妹妹赠给臣妾一种舒痕胶，臣妾用到如今，果然好了不少。"

皇后双眸微睐，含笑道："既然是好东西，就继续用着吧。伤口要全好了才好，别留下什么疤，那就太可惜了。"皇后似有感触，"咱们宫里的女人啊，有一张好脸蛋儿比什么都重要。"

我恭谨听过，方才告退。

六月初七，炎热的天气，玄凌与皇后出宫祈雨，众人送行至宫门外，眼见大队迤逦而去。皙华夫人忽然轻笑出声："这次祈福后宫只有皇后娘娘一个人陪着皇上，只怕不只求得老天下雨，恐怕还能求来一个皇子，皇后才称心如意呢。"

众目睽睽之下，皙华夫人说出这样大不敬的话来，众人皆不敢多说一句。白晃晃的日头底下，皆是寂寂无声。

她忽然转过头来看我，精致的容颜在烈日下依旧没有半分瑕疵。她果然是美的，并且足够强势。她似笑非笑看我，继续刚才的话题："莞贵嫔，你说呢？"

我的神思有一丝凝滞，很快不卑不亢道："皇后若真有身孕自然是大周的喜事，夫人也会高兴的，不是么？"

她微笑："当然。本宫想贵嫔也会高兴。"

我平稳注目于她："皇后娘娘母仪天下，除了居心叵测的人自然不会有人为此不快。"

她举袖遮一遮阳光，双眼微睐，似乎是自言自语："你的口齿越发好了。"她没有再说下去，只是目光无声而犀利地从我面颊上刮过，有尖锐而细微的疼痛。最后，她的目光落在我微隆起的小腹上，神情复杂迷离。

玄凌和皇后离宫后的第一次挑衅，就这样无声无息地消退了。

而皙华夫人对我的敌意，尽人皆知。

以为可以这样势均力敌下去，谁知风雨竟来得这样快。

那日晨起对镜梳妆，忽然觉得小腹隐隐酸胀，腰间也是酸软不堪，回望镜中见自己脸色青白难看，不觉大大一怔。

浣碧有些着慌，忙过来扶我躺下，道："小姐这是怎么了？"

我怕她担心，虽然心里也颇为慌张，仍是勉强笑着道："也不妨事，大概是连着几日要应付皙华夫人，用心太过了才会这样吧。"

浣碧到底年轻不经事，神色发慌，槿汐忙过来道："娘娘这几日总道身上酸软疲累，不如先喝口热水歇着，奴婢马上就去请章太医来。"

我勉力点一点头。

槿汐前脚刚出门，后脚皙华夫人身边的一个执事内监已经过来通传。他礼数周到，脸上却无半分表情，木然道："传皙华夫人的话，请莞贵嫔去宓秀宫共听事宜。"

我惊诧转眸："什么共听事宜？"

他皮笑肉不笑一般："如今皙华夫人替皇后代管六宫大小事宜，有什么吩咐，各位娘娘、小主都得去听的。"

流朱在一旁怒目道："没见我家主子身子不适么？前些日子皇后娘娘还说了，我家主子有孕在身，连每日的请安都能免则免，这会子皙华夫人的什么事宜想来更不用去听了！"

流朱话音未落，外头又转进一个人来，正是皙华夫人身边最得力的内监周宁海。他一个安请到底，再起来时口中已经在低声呵斥刚才来的那个小内监："糊涂东西！让你来请莞贵嫔也那么磨蹭，只会耽误工夫，还不去自己领三十个嘴巴子！"

我何尝不明白，他明着骂的是小内监，暗里却是在对我指桑骂槐。不由得蓄了一把怒火在胸口，只碍着胸口气闷难言，瞟一眼流朱。

流朱正要开口，周宁海却满脸堆笑对着我毕恭毕敬道："咱们夫人知道贵嫔娘娘您贵人体虚，特别让奴才来请您，免得那些不懂事的奴才冲撞了您。再说您不去也不成哪，虽然按着位分您只排在欣贵嫔后头，可是只怕几位妃子娘娘都没有您尊贵，您不去，那皙华夫人怎样整顿后宫之事呢？晳华夫人代管六宫是皇后娘娘的意思，您可不能违了皇后娘娘啊！"

他虽然油腔滑调，话却在理。我一时也反驳不得，正踌躇间，他很快又补充："恬嫔小主和端妃娘娘身子坏成那样自然去不了，其他妃嫔都已到了，连安美人都在，只等着娘娘您一个呢。"

如此，我自然不能再推托，明知少不了要受她一番排揎，但礼亦不能废。何况皇后临走亦说过，叫我这几日无论如何也要担待。挣扎起身更衣完毕，又整了妆容撑出好气色，自然不能让病态流露在她面前半分，我怎肯示弱呢？

这样去了，终究还是迟了。

晳华夫人的宓秀宫富丽堂皇，一重重金色的兽脊，梁柱皆绘成青鸾翔天的吉庆图案，那青鸾绘制得栩栩如生，彩秀辉煌，气势姿容并不在凤凰之下。

我在槿汐的搀扶下拾级而上，依礼跪拜在晳华夫人的面前。

殿中供着极大的冰雕，清凉如水。正殿一旁的紫金百合大鼎里焚着不知名的香料，香气甜滑绵软，中人欲醉，只叫人骨子里软酥酥的，说不出地舒服。

晳华夫人端坐座上，长长的珠络垂在面颊两侧，手中泥金芍药五彩纨扇有一下没一下地摇着，一双眼睛似睁非睁，那精心描绘的远山眉却异常耀目。我的来迟使原本有些凝滞的气氛更加僵硬，听我陈述完缘由，她也并不为难我，让我按位坐下。这样轻易放过，我竟是有些疑心不定。

说了几句，到了上点心的时候，众人也松弛一点，陵容忽然出声问道："夫人宫中好香，不知用的是什么香料。"

晳华夫人眉梢眼角皆是飞扬的得意，道："安美人的鼻子倒好！这是皇上命人为本宫精心调制的香料，叫作'欢宜香'，后宫中唯有本宫一人在用，想来你们是没有见过的。"

这样的话当众说来，众人多少是有点儿尴尬和嫉妒的，然而地位尊贵如她，自然是不会理会的。

陵容微微轻笑,低头道:"嫔妾见识浅薄,不如夫人见多识广。"

于是闲话几句,六宫妃嫔重又肃然无声,静静听她详述宫中事宜。

我身体的酸软逐渐好转,她的话也讲到了整治宫闱一事:"恬嫔小月的事惠妃已经畏罪自裁,本宫也不愿旧事重提。但是由此事可见,这宫里心术不正的人有的是。而且近日宫女、内监拌嘴斗殴的不少,一个个无法无天了。宫里也该好好整治整治了。"

虽然敬妃亦有协理六宫之权,可是皙华夫人一人滔滔不绝地说下来,她竟插不上半句嘴。众人这样诺诺听着,皙华夫人也只是抚摩着自己水葱样光滑修长的指甲,淡淡转了话锋道:"有孕在身果然可以恃宠而骄些。"说着斜斜瞟我一眼,声音陡地拔高,变得锐利而尖刻,"莞贵嫔你可知罪?"

我本也无心听她说话,忽然这样一声疾言厉色,不免错愕,起身垂首道:"夫人这样生气,嫔妾不知错在何处?但请夫人告知。"

她的眉眼间阴戾之色顿现,喝道:"今日宫嫔妃子集聚于宓秀宫听事,莞贵嫔甄氏无故来迟,目无本宫,还不跪下!"

这样说,不过是要给我一个下马威,以便震慑六宫。其实又何必,皇后在与不在,众人都知道眼下谁是最得宠的,她又有丰厚家世,实在无须多此一举,反而失了人心。

我不过是有身孕而已,短时之内都不能经常服侍玄凌,她何必争这朝夕长短。

然而皇后和玄凌的叮嘱我都记得,少不得忍这一时之气,徐徐跪下。

她的怒气并未消去,越发严厉:"如今就这样目无尊卑,如果真生下皇嗣又要怎样呢?岂非后宫都要跟着你姓甄!"

我也并不是不能哑忍,而是一味忍让,只会让她更加骄狂,何况还有淳儿,她实在死得不白。一念及此,我又如何能退避三舍?

我微微垂头,保持谦逊的姿势:"夫人虽然生气,但嫔妾却不得不说。惠妃有孕时想必皇上和皇后都加以照拂,这不是为了惠妃,而是为了宗庙社稷。嫔妾今日也并非无故来迟，就算嫔妾今日有所冒犯，但上有太后和皇上，皇后为皇嗣嫡母，夫人所说的后宫随甄姓实在叫嫔妾惶恐。"

云鬓高髻下她精心修饰的容颜紧绷，眉毛如远山含黛，越发衬得一双凤眼盛势凌人，不怒自威。她的呼吸微微一促，手中纨扇"啪嗒"一声重重敲在座椅的扶手上，吓得众人面面相觑，赶紧端正身子坐好。

敬妃赶忙打圆场："夫人说了半日也渴了，不如喝一盏茶歇歇再说。莞贵嫔呢，也让她起来说话吧。"

眉庄极力注目于我，回视晳华夫人的目光暗藏幽蓝的恨意，隐如刀锋。晳华夫人只是丝毫未觉，一味逼视着我，终于一字一顿道："女子以妇德为上，莞贵嫔甄氏巧言令色、以下犯上、不敬本宫……"她微薄艳红的双唇紧紧一抿，怒道，"罚于宓秀宫外跪诵《女诫》，以示教训。"

敬妃忙道："夫人，外头烈日甚大，花岗岩坚硬，怎能让贵嫔跪在那儿呢？"

远远身后陵容亦求情道："夫人息怒，请看在贵嫔姐姐身怀皇嗣的分儿上饶过姐姐吧，若有什么闪失的话，皇上与皇后归来只怕会要怪责夫人的。"陵容嗓子损毁，这样哀哀乞求更是显得凄苦哀怜。然而，晳华夫人勃然大怒："宫规不严自然要加以整顿，哪怕皇上皇后在也是一样，惢妃就是最好的例子，难不成你是拿皇上和皇后来要挟本宫么？"

陵容吓得满脸是泪，不敢再开口，只得"砰砰"叩首不已。

晳华夫人盯着我道："你是自己走出去还是我让人扶你一把？"

小腹有间歇的轻微酸痛，我蹙眉，昂然道："不须劳动娘娘。"

周宁海微微一笑，垂下眼皮朝我道："贵嫔请吧！"

我端然走至宓秀宫门外，直直跪下，道："嫔妾领罚，是因为娘娘是从一品夫人，位分仅在皇后之下，奉帝后之命代执六宫事。"我不顾敬妃使劲向我使眼色，也不愿顾及周围那些或同情或幸灾乐祸的目光，微微抬头，"并非嫔妾对娘娘的斥责心悦诚服，公道自在人心，而非刑罚可定。"

她怒极反笑："很好，本宫就让你知道，公道是在我慕容世兰手里，还是在你所谓的人心!"她把书抛到我膝前,"自己慢慢诵读吧! 读到本宫满意为止。"

眉庄再顾不得避讳与尊严,膝行至皙华夫人面前,道:"莞贵嫔有身孕,实在不适宜——"

皙华夫人双眉一挑,打断眉庄的话:"本宫看你也是好了伤疤忘了疼!既然你要为她求情,去跪在旁边,一同听训。"

我不想此事搭上眉庄,她身子才好,又怎能在日头下陪我长跪,不由得看一眼眉庄示意她不要再说,向皙华夫人软言道:"沈容华并非为嫔妾求情,请夫人不要迁怒于她。"

她妆容浓艳地笑,满是戏谑之色:"如果本宫一定要迁怒于她,你又能怎样?"她忽地收敛笑容,对眉庄道:"不是情同姐妹么?你就捧着书跪在莞贵嫔对面,让她好好诵读,长点儿规矩吧!"

眉庄已知求情无望,再求只会有更羞辱的境遇。她一言不发拾起书,极快极轻声地在我耳边道:"我陪你。"

我满心说不出的感激与感动,飞快点点头,头轻轻一扬,再一扬,生生把眼眶中的泪水逼回去。

时近正午,日光灼烈逼人,骤然从清凉宜人的宓秀宫中出来,只觉热浪滚滚一扫,向全身所有的毛孔裏挟而来。

我这才明白皙华夫人为什么一早没有发作非要挨到这个时候,清早天凉,在她眼中,可不是太便宜我了。

轻薄绵软的裙子贴在腿上,透着地砖滚烫的热气传上心头,只觉得膝下至脚尖一片又硬又烫,十分难受。

皙华夫人自己安坐在殿口,座椅旁置满了冰雕,她犹觉得热,命了四个侍女在身后为她扇风,却对身边的内监道:"把娘娘、小主们的座椅挪到廊前去,让她们好好瞧着,不守宫规、藐视本宫是个什么好处!"

宫中女子最爱惜皮肤,让烈日晒到一星半点儿保养得雪白娇嫩的肌肤,直如要了她们的性命一般。况且她们又最是养尊处优,怎能坐于烈日下陪我曝晒。然而皙华夫人的严命又怎么敢违，不然只怕就要和我跪在一起。如此一来，众人皆为哭丧着脸困苦不堪，敢怒不敢言。

我不觉内心苦笑，皙华夫人也算得上用心良苦。如此得宠还嫌不够，让那些娇滴滴的美人晒得乌黑，唯独自己娇养得雪白。玄凌回来，眼中自然只有她一个白如玉的美人了。

四处渐渐静下来，太阳白花花地照着殿前的花岗岩地面，那地砖本来乌黑锃亮、光可鉴人，犹如一板板凝固的乌墨，烈日下晒得泛起一层刺眼的白光。

已知是无法，我和眉庄面对面跪在那一团白光里。她把书举到我面前让我一字一字诵读。反光强烈，书又残旧，一字一字读得十分吃力。

敬妃不忍还想再劝，皙华夫人回头狠狠瞥她一眼："跪半个时辰诵读《女诫》是死不了人的！你再多嘴，本宫就让你也去跪着。"敬妃无奈，只得不再作声。

一遍诵完，皙华夫人还是不肯罢休，阴恻恻吐出两字："再念。"

我只好从头再读，担心眉庄的身子和腹中孩儿的安危，我几度想快些念过去，然而皙华夫人怎么肯呢，我略略念快一两字，眉庄身上便挨了重重一下戒尺——那原是西席先生责打顽童的，到了皙华夫人宫里，竟已成为刑具。那击打的"噼啪"声敲落在皮肉上格外清脆利落，一下便是一条深红的印记。眉庄死死忍住，一言不发地挨住那痛楚，她的汗涔涔下来。我知道，一出汗，那伤口会更疼。

皙华夫人到底是不敢动手打我的，但是看着眉庄这样代我受过，心中焦苦难言，更比我自己受责还要难过。我只能这样眼睁睁看着，只能一字一字慢慢读着，熬着时间。

不知过了多久，腿已经麻木了，只觉得刺刺的汗水涔涔地从脸庞流下，腻住了鬓发。背心和袖口的衣裳湿了又干，有白花花的印子出来。

我一遍又一遍诵读：

鄙人愚暗，受性不敏，蒙先君之余宠，赖母师之典训。……
圣恩横加，猥赐金紫，实非鄙人庶几所望也。男能自谋矣，吾不
复以为忧也。但伤诸女方当适人，而不渐训诲，不闻妇礼，惧失
容它门，取耻宗族。……

卑弱第一。古者生女三日，卧之床下，弄之瓦砖，而斋告
焉。卧之床下，明其卑弱，主下人也。……夫妇第二。夫妇之道，
参配阴阳，通达神明，信天地之弘义，人伦之大节也。……

是蝉鸣的声音还是陵容依旧在叩头的声音，我的脑子发昏，那样吵，
耳朵里嗡嗡乱响。

敬慎第三。阴阳殊性，男女异行。阳以刚为德，阴以柔为
用，男以强为贵，女以弱为美。……

似乎是太阳太大了，看出来的字一个个忽大忽小悠悠地晃，像蚂蚁般
一团团蠕动着。

妇行第四。女有四行，一曰妇德，二曰妇言，三曰妇容，四
曰妇功。……

小腹沉沉地往下坠，口干舌燥，身体又酸又软，仿佛力气随着身体里
的水分都渐渐蒸发了。
眉庄担忧地看着我，敬妃焦急的声音在提醒："已经半个时辰了。"

专心第五。《礼》，夫有再娶之义，妇无二适之文，故曰夫者
天也。……曲从第六。夫得意一人，是谓永毕；失意一人，是谓
永讫。……

皙华夫人碗盏中的碎冰丁零作响，像是檐间叮当作响的风铃，一直在诱惑我。她含一块冰在口，含糊着淡漠道："不忙，再念一刻钟再说。"

"万一出了什么事可怎么好？只怕夫人也承担不起呀。哎呀，莞妹妹的脸都白了！夫人！"

皙华夫人不屑："她这样装模作样是做给本宫看么？本宫瞧她还好得很！"

> 和叔妹第七。妇人之得意于夫主，由舅姑之爱己也；舅姑之爱己，由叔妹之誉己也。……谦则德之柄，顺则妇之行。凡斯二者，足以和矣。《诗》云："在彼无恶，在此无射。"其斯之谓也。

身体很酸很酸，有抽搐一样的疼痛如蛇一样开始蔓延，像有什么东西一点一点在体内流失。日头那么大，我为什么觉得冷，那白色的明亮的光，竟像是雪光一般寒冷彻骨。

我好想靠一靠，是眉庄在叫我么？

"嬛儿？嬛儿？你怎么了？"

对不起，眉庄，不是我不想回答你，我实在没有力气。

为什么有男子的衣角在我身边出现？啊？幺凌，是你回来了么？四郎！四郎！快救救我！——不对，他身上并没有明黄一色，那服制也不是帝王的服制。我吃力地抬头，绛纱平蛟单袍，白玉鱼龙扣带围——是，是亲王的常服。是他，玄清！我想起来了，太后日前卧病，他是住在太液池上的镂月开云馆以方便日夜问疾的，也是为了他尚未成婚的缘故，要和后宫妃嫔避嫌，所以居住在湖上。然而去太后宫中，皙华夫人的宓秀宫是必经之所。

他的突然出现，慌得妃嫔们如鸟兽散，纷纷避入内殿。

清河王，你是在和皙华夫人争执？傻子，那么多女眷在，你不晓得要避嫌么？你一定是疯了，擅闯宫闱。皙华夫人身后是汝南王的强势，而诸兄弟中，汝南王最厌恶的就是你，你又何必？

唉！我是顾不得了！腹中好疼，是谁的手爪在搅动我的五内，一丝丝剥离我身体的温热，那样温热的流水样的感觉，汩汩而出。

我的眼睛看出来像是隔了雪白的大雾，眼睫毛成了层层模糊的纱帐。玄清，你的表情那样愤怒和急切，你在和她生气？唉！你一向是温和的。

眉庄，陵容？你们又为什么这样害怕？眉庄，你哭了。为什么？我只是累而已，有一点点疼，你别怕。四郎、四郎快回来了！

你瞧，四郎抱着我了，他的衣衫紧紧贴在我脸上，他把我横抱起来，是那一日，满天杏花如雨飘零，他抱着我走在长长的永巷。他的手那么有力气，带我离开宓秀宫。皙华夫人气得冷笑，可是她的脸色为什么也这样惶恐？啊！是四郎责骂她了……眉庄你在哭，你要追来么？我好倦，我好想睡一下。

可是……可是……四郎，你今天的脸怎么长得那么像玄清？我笑不出来……一定是我眼花了。

"贵嫔！"最后的知觉失去前，四郎，我只听见你这么叫我，你的声音这样深情、急痛而隐忍。有灼热的液体落在我的面颊上，那是你的泪么？这是你第一次为我落泪。抑或，这只是我无知的错觉……

莲心 壹玖

　　仿佛是堕入无尽的迷梦，妙音娘子在我的面前，丽贵嫔、曹婕好、皙华夫人她们都在。挣扎、纠缠、剥离、辗转其中不得脱身。娘……我想回家。娘，我很累，我不想醒过来，怎么那么疼呢？有苦涩温热的液体从我口中灌入，逼迫我从迷梦中苏醒过来。

　　费了极大的力气才睁开眼睛。红罗复斗帐，皆绣着多子多福的吉祥花纹，是在我宫中的寝殿。身体有一瞬间的松软，终于在自己宫里了。

　　眼风稍稍一斜，瞥见一带明黄灼灼如日，心头一松，不争气地落下泪来。

　　他见我醒来，也是惊喜，握住我的手，切切道："嬛嬛，你终于醒了！"

　　皇后在他身后，也长长地松了一口气："老天保佑！醒了就好！你可晕了三日了。"

　　呼吸，带着清冷锋利的割裂般的疼痛，像有细小的刀刃在割，那疼痛逐渐唤回了我的清醒。似乎有几百年没有说话，开口十分艰难："四郎——你回来了……"未语泪先流，仿佛要诉尽离别以来受的委屈和身体上的痛楚。

他慌了神，手忙脚乱来揩我的泪："嬛嬛，不要哭。朕已经对不住你了！"他的眼神满是深深痛惜和忧伤。无端之下，这眼神叫我害怕和惊惶。

心里一时间转过千百个恐惧的念头，我不敢，终于还是伸出了手，小心翼翼地抚到我的小腹上，那里面，是我珍爱的宝贝。

然而，几乎是一夜之间，那原本的微微隆起又变回了平坦的样子。

我惶恐地转眸，每个人的脸上都是那样哀伤的表情。确切地，我已经闻到了空气中那一丝挥之不去的汹涌着的暗红色的血腥气味，连浓重的草药气也遮掩不住。

手指僵硬地蜷缩起来——我不信！不信！他没有了！不在我的身体里了！

不知道哪里来的力气，我几乎是翻身直挺挺地坐起来。众人着了慌，手忙脚乱地来按住我，只怕我做出什么傻事来。

满心满肺尽是狂热的伤心欲绝。我几乎是号啕大哭，狠狠抓着他前胸的襟裳。玄凌紧紧揽住我，只是沉默。几日不见，他的眼里尽是血丝，发青的胡楂儿更显得憔悴。敬妃在一旁抹着泪，极力劝说道："妹妹你别这样伤心！皇上也伤心。御驾才到沧州就出了这样大的事，皇上连夜就赶回来了。"

玄凌的眼里是无尽的怜惜，绞着难以言喻的痛楚。他从来没有那样望过我，抱过我。那样深重的悲哀和绝望，就像失去的不是一个未出世的孩子，而是这世间他最珍视和爱惜的一切。接二连三地失去子嗣，这一刻他的伤心，似乎更甚于我。玄凌紧紧抱住我，神情似乎苍茫难顾，他迫视着皇后，几乎是沮丧到了极处，软弱亦到了极处："是上苍在惩罚朕吗？"

皇后闻得此言，深深一震。不过片刻，她的目光变得坚定而强韧。皇后很快拭干泪痕，稳稳走到玄凌面前，半跪在榻上，把玄凌的手握在自己的双手之间。皇后镇定地看着玄凌，一字一字郑重道："皇上是上苍的儿子，上苍是不会惩罚您和您的子嗣的。何况，皇上从来没有错，又何来'惩罚'二字。"她顿一顿，如安慰和肯定一般对玄凌道，"如果真有惩罚，那也全是臣妾的罪过，与皇上无半点干系。"

这话我听得糊涂，然而无暇顾及，也不想去明白。玄凌仿佛受了极大的安慰，脸色稍稍好转。我哭得声堵气噎，发丝根里全是黏腻的汗水，身体剧烈地发抖。

皇后道："皇上，如今不是伤心的时候。莞贵嫔失子，并非天灾，而是人祸。"

皇后一提醒，我骤然醒神，宓秀宫中的情景历历如在眼前。我悲愤难抑，恨声道："皇上——天灾不可违，难道人祸也不能阻止么？"

玄凌面色阴沉如铁，环顾四周，冷冷道："贱人何在？"

李长忙趋前道："晳华夫人跪候在棠梨宫门外，脱簪待罪①。"

玄凌神情凝重如冰，道："传她！"

我一见她，便再无泪水。我冷冷瞧着她，恨得咬牙切齿，眼中如要喷出火来，杀意腾腾奔涌上心头。若有箭在手，必然要一箭射穿她头颅方能泄恨！然而，终是不能，只紧紧攥着被角不放手。

晳华夫人亦是满脸憔悴，泪痕斑驳，不复往日娇媚容颜。她看也不敢看我，一进来便下跪呜咽不止。玄凌还未开口，她已经哭诉道："臣妾有罪。可是那日莞贵嫔顶撞臣妾，臣妾只是想略施小惩以作告诫，并非有心害莞贵嫔小产的。臣妾也不晓得会这样啊！请皇上饶恕臣妾无知之罪！"

玄凌倒抽一口冷气，额头的青筋根根暴起，道："你无知——嬛嬛有孕已经四个月你不知道吗？"

晳华夫人从未见过玄凌这样暴怒，吓得低头垂泪不语。敬妃终于捺不住，出言道："夫人正是说贵嫔妹妹已经有四个月身孕，胎象稳固，才不

---

① 脱簪待罪：古代后妃犯下重大过错请罪时的礼节。一般是摘去簪珥珠饰，散开头发，脱去华贵衣物换着素服，下跪求恕。最严重的还要赤足，因为古代女子重视自己的双足不能随意裸露，所以是一种侮辱性惩罚。相当于"负荆请罪"。

怕跪。"

晳华夫人无比惊恐，膝行两步伏在玄凌足下抱着他的腿泣涕满面："臣妾无知。臣妾那日也是气昏了头，又想着跪半个时辰应该不要紧……"她忽然惊起，指着一旁侍立的章弥厉声道："你这个太医是怎么当的？她已有四个月身孕，怎么跪上半个时辰就会小月？一定是你们给她吃错了什么东西，还赖在本宫身上！"

章弥被她的声势吓住，抖颤着道："贵嫔是有胎动不安的迹象，那是母体孱弱的缘故，但是也属正常。唯一不妥的只是贵嫔用心太过，所以脉象不稳。这本是没有大碍的，只要好好休息便可。"

玄凌暴喝一声朝晳华夫人道："住口！她用心太过还不是你处处压制所致。但凡你能容人，又何至于此！"

晳华夫人的声音低弱下去："臣妾听闻当年贤妃是跪了两个时辰才小月的，以为半个时辰不打紧。"

那是多么遥远以前的事情，玄凌无暇去回忆，皇后却是愣了愣，旋即抿嘴沉默。玄凌只道："贤妃当日对先皇后大不敬，先皇后才罚她下跪认错，何况先皇后从不知贤妃有孕，也是事后才知。而你明知莞贵嫔身怀龙裔！"他顿一顿，口气愈重，"贱妇如何敢和先皇后相提并论？"晳华夫人深知失言，吓得不敢多语。

玄凌越发愤怒，厌恶地瞪她一眼："朕瞧着你不是无知，倒是十分狠毒！莞贵嫔若真有错，你怎么不一早罚了她，非要挨到正午日头最毒的时候！可见你心思毒害如蛇蝎！朕身边怎能容得你这样的人！"

晳华夫人惊得瘫软在地上，面如土色，半晌才大哭起来，死死抓着玄凌的袍角不放，哭喊道："皇上！臣妾承认是不喜欢莞贵嫔，自她进宫以来，皇上您就不像从前那样宠爱臣妾了。并且听闻朝中甄氏一族常常与我父兄分庭抗礼，诸多龃龉，臣妾父兄乃是于社稷有功之人，怎可受小辈的气！便是臣妾也不能忍耐！"她愈说愈是激愤，双眼牢牢迫视住我。

皇后又是怒又是叹息："你真是糊涂！朝廷之中有再多争议，咱们身处后宫又怎能涉及？何况你的父兄与贵嫔父兄有所龃龉，你们更要和睦才是。你怎好还推波助澜，因私情为难莞贵嫔呢？枉费皇上这样信任你，让你代管六宫事宜。"

皇后说一句，玄凌的脸色便阴一层。说到最后，玄凌几乎是脸色铁青欲迸了。

皙华夫人一向霸道惯了，何曾把皇后放入眼中，遂看也不看皇后，只向玄凌哭诉道："臣妾是不满莞贵嫔处事嚣张，可是臣妾真的没有要害莞贵嫔的孩子啊！"她哭得伤心欲绝，"臣妾也是失去过孩子的人，怎么会如此狠心呢！"

闻得此言，玄凌本来厌恶鄙弃的眼神骤然一软，伤痛、愧疚、同情、怜惜、戒备，复杂难言。良久，他悲慨道："己所不欲，勿施于人。你自己也是受过丧子之痛的人，又怎么忍心再加诸莞贵嫔身上……"玄凌连连摆手，语气哀伤道，"就算你无心害莞贵嫔腹中之子，这孩子还是因为你没了的。你难辞其咎。你这样蛇蝎心肠的人朕断断不能一再容忍了！"他唤皇后："去晓谕六宫，废慕容氏夫人之分，褫夺封号，去协理六宫之权，降为妃。非诏不得再见。"

皇后答应了"是"，略一迟疑："那么太后那边可要去告诉一声？"

玄凌疲倦挥手："恬嫔的孩子没了，太后本就伤心，如今又病着，为免雪上加霜，先压下别提吧。"

皇后轻声应了，道："太后那边臣妾自会打点好一切，皇上放心。"

皙华夫人如遭雷击，双手仍死死抱住玄凌的小腿。待要哭泣再求，玄凌一脚踢开她的手，连连冷笑道："莞贵嫔何辜？六宫妃嫔又何辜，要陪着莞贵嫔一同曝晒在烈日下？从今日起，你也去自己宫门外的砖地上跪上两个时辰吧。"转身再不看她一眼，直到她被人拖了出去。

玄凌道："你们先出去吧，朕陪陪贵嫔。"

皇后点点头："也好。"又劝我："你好生养着，到底自己身子要紧。来日方长啊。"于是携着众人出去，殿内登时清静下来。

他轻轻抱住我，柔声叹道："这次若非六弟把你救出宓秀宫，又遣了人及时来禀报朕，事情还不知道要糟到什么地步！"

我怔怔一愣，想起那一日带我离开宓秀宫的坚定怀抱，心底蓦地一动，不意真的是他。然而，我很快回过神来，凝视玄凌流泪不止，愤愤悲慨道："已经坏到了这般田地，还能怎么样呢！"

玄凌温柔劝慰道："也别难过了，你还年轻呢，等养好了身子咱们再生一个就是了。"

我默默不语，半晌方道："敢问皇上，臣妾的孩子就白白死了么？"我停一停，骨子里透出生硬的恨意，"怎么不杀了贱妇以泄此恨？"

他目中尽是阴郁，许久叹息："朝政艰难，目下朕不能不顾及汝南王和慕容家族。"

心里一凉，仿佛不可置信一般，失望之情直逼喉头，不及思虑便脱口而出："她杀了皇上亲生的孩子！"我静坐如石，唯有眼泪汩汩地滑落下来，连绵成珠。

我的眼泪几乎要淹没了他，他只是用双臂紧紧拥着我，悲伤到喉头哽咽，一句话也说不出来。良久，他捧过我的脸与他四目相对。我看得分明，他目中尽是悲伤，几乎化作不见底的深潭。他道："我是一个无用的父亲，护不住你，留不住咱们的孩子——我……对不住你。"

我第一次听他用这样颓败伤感的口气和我说话。他是天下最尊贵的人，可是此刻，他不过是一个普通的人父，失去了自己的孩子，悲伤到忘记了自己的身份。那样痴惘深情的眼神，那样深刻入骨的哀伤与痛惜，瞬间勾起了我的悲痛。我不忍再说，伏在他怀中搜肠抖肺地痛哭。那是我的眼泪，亦是我无尽的恨与痛……

玄凌抚着我的背脊道："当日你又何必那么听她的话，叫你跪便跪、罚便罚。"他顿一顿，颇有些怨怼敬妃的意思，"敬妃那时也在场，你何不求助于她？"

"皇上是知道慕容妃的性子的，敬妃如何劝得下？又岂是臣妾一己之力可以对抗的。何况当日的情形，忤逆不如顺从，否则更给她借口逼迫臣妾。"我悲涩无力，"那么皇上，您又为何要给她这样大的权力让她协理后宫？您明知她心思狠毒，当日眉姐姐便是最好的例子！"

玄凌被我的问势迫得颓然，片刻道："你是怨责朕么？"

我摇头："臣妾岂敢。"哭得累了，筋疲力尽。玄凌一泪未落，然而亦是疲惫。

寝殿中死气沉沉地安静。他肃然起誓："朕发誓，咱们的孩子不会白白死去！朕一定还你一个公道。"

我端然凝望他："那么要什么时候？请皇上给臣妾一个准信。"

他默默不语，道："总有那么一天的。"

我怆然低首："失子之痛或许会随时间淡去，但慕容妃日日在眼前，臣妾安能食之下咽？而皇上，未必会不念昔日情谊！"

他无言以对，只说："嬛嬛，你为了朕再多忍耐一些时候——别为难朕。"

满腹失望。我不再看他，轻轻转过身子，热泪不觉滑落，枕上一片温热潮湿。我，枕泪而卧。

乾元十四年的夏天，我几乎这样一直沉浸在悲伤里，无力自拔。那种逼灼的暑气和着草药苦涩的气味牢牢印在我的皮肤和记忆里，挥之不去。

我的棠梨宫是死寂的沉静，不复往日的生气，所有象征多子多福的纹饰全部被撤去，以免我触景伤情。宫女、内监走路保持着小心翼翼的动作和声音，生怕惊扰了我思子的情思。

后宫也是寂静。皇后独自处理着繁重的后宫事务，偶尔敬妃也会协助一二，但是这样的机会并不多，太后在病中，敬妃主持着通明殿祈福的全部事宜，还要打理悫妃和淳儿的后事以及平日的祝祷。华妃，不，现在应该是慕容妃，她的位分由曾经的妃位之首成为后宫唯一屈居于皇后之下的从一品夫人，如今却要排在敬妃之后，居妃位之末，甚至连封号也无，这令她颜面大失，除了每日烈日下的罚跪，深居内宫很少再见她身影，一如避世的端妃。十天后，她终于挨不住越来越烈的日光，中暑晕倒在宓秀宫外。听闻她晕倒前，一直在喃喃一句话："为什么恬嫔有了，莞贵嫔也有了，唯独本宫没有？"也许是她的凄苦使玄凌动容，因而玄凌虽然不理她，却也不再处置她，依旧锦衣玉食相待。我小产一事，就这样被轻轻一笔带过。

我每一日都在痛悔，那一日在宓秀宫中为何不能奴颜婢膝，向慕容妃卑躬屈膝求饶，只要能保住我的孩子。我为何要如此强硬，不肯服输？我甚至痛悔自己为何要得宠，若我只是普通的一介宫嫔，默默无闻，她又怎会这样嫉恨我，欲置我于死地？这样的痛悔加速了我对自己的失望和厌弃。

最初的时候，玄凌还日日来看我。而我的一蹶不振、以泪洗面使他不忍卒睹。这样相对伤情，困苦不堪。终于，他长叹一声，拂袖而去。

槿汐曾经再三劝我："娘娘这样哭泣伤心对自己实在无益，要不然将来身子好了，也会落下见风流泪的毛病的。听宫里的老姑姑说，当年太后就是这样落下的病根。"

我中气虚弱，勉强道："太后福泽深厚，哪里是我可以比的。"说着又是无声落泪。

槿汐替我拭去泪迹，婉转温言说出真意："娘娘这样哭泣，皇上来了只会勾起彼此的伤心事。这样下去，只怕皇上都不愿再踏足棠梨宫了。于娘娘又有什么好处呢？"

我喃喃道："我失去这孩子不过一月，百日尚未过去，难道我这做娘亲的就能涂脂抹粉、穿红着绿地去婉转承恩么？"

槿汐闻言不由得愣住："娘娘这样年轻，只要皇上还宠爱您，咱们不怕没有孩子。娘娘万万要放宽心才是，这日后长远着呢。娘娘千万不要自苦如此。"

我手里团着一件婴儿的兜肚，那是我原本欢欢喜喜绣了要给我的孩子穿的。赤石榴红线杏子黄的底色，绣出百子百福花样，一针一线尽是我初为人母的欢悦和对腹中孩子的殷殷之情……而今，兜肚犹在，而我的孩子却再不能来这世间了。

我怔怔看着这精心绣作的兜肚，唯有两行清泪，无声无息地滑落下来，不由得十分争强好胜的心也化作了灰。

这样缠绵反复的忧郁和悲愤，使我的身体越发衰弱。

我小产一事后，章弥以年老衰迈之由辞了太医院的职位，这次来请脉的是温实初，他一番望闻问切后，瞬间静默，神色微有惊异。

我挥手命侍奉的宫女下去，淡淡道："莫不是本宫的身子还有什么更不妥的地方？"

他蹙眉深思片刻，小心翼翼道："娘娘是不是用过麝香？"

"麝香？"我愕然，"章太医说本宫孕中禁忌此物，本宫又怎么会用？即便如今，本宫又哪里还有心思用香料。"

他紧紧抿嘴，似乎在思量如何表述才好："可是娘娘的贵体的确有用过麝香的症状，只是分量很少，不易察觉而已。"他蓦然抬头，目光炯炯，"娘娘？"

我心里一阵阵发紧，思索良久，摇头道："本宫并没有。"然而说起香料，我骤然想起一事，这些日子来，我只在一处闻到过香料的气息，于是低低唤了流朱道："你去内务府，想法子弄些慕容妃平时用的'欢宜香'来。"

流朱一去，温实初又问："娘娘是否长久失眠？"我静静点头，他沉默叹气道，"贵嫔娘娘这番病全是因为伤心太过，五内郁结，肝火虚旺所致。恕微臣直言，这是心病。"

我默然。他眼中是悲悯的温情和关怀："喝太多的药也不好。不如，饮莲心茶吧。"他为我细细道来，"莲心味苦性寒，能治心热，有降热、消暑气、清心、安抚烦躁和祛火气的效用，可补脾益肾、养心安神、治目红肿。"

我恍然抬头，涩涩微笑："莲心，很苦的东西啊。"

他凝视我片刻，道："是。希望莲心的苦，可以抚平你心中的苦。"

我转头，心中凄楚难言。

温实初低声呢喃道："'问莲根，有丝多少？莲心为谁苦？双花脉脉相问，只是旧时儿女。'你可还记得这首曲子？"我点头，他继续说，"小时甄兄带着你去湖里荡舟，你梳着垂鬓双鬟站在船头，怀里抱满了莲蓬，唱的就是这支歌。"他的声音渐渐低迷柔惑，似乎沉浸在久远美好的回忆中，"那个时候我就想，长大后一定要娶你为妻。可是你有着凤凰的翅膀，怎是我一个小小太医可以束缚住的？"他转眸盯着我，疼惜之意流露，"可是看着你如今这个样子，我宁愿当初自己可以死死束缚住你，也不愿见你今日的样子。"

我原本静静听着，然而他越说越过分，忘了我与他的身份。心中有莫名的怒火翻腾，忽然伸手一挥，床前搁着的一个丝缎靠枕被我挥在了地上。

落地无声，他却被我震住了，我喘一口气，道："温太医今日说得太多了。今时今日，你以什么身份来和本宫说这样大逆不道的话！你是太医，本宫是皇上的妃嫔，永远只是如此而已。本宫感激温太医的情意，但是温太医若再让本宫听到这样的话，就别怪本宫不顾多年相交的情分了！"

一口气说得多，我伏在床边连连喘息不止。温实初又是心痛又是羞愧。我抬头，忽然停住不言。锦帷边，不知何时，眉庄已经亭亭玉立在那里，面孔的颜色如她手上的白玉手镯一般雪白。

我见是她，不由得又急又愧，眼前一阵阵发晕。温实初对我的情意我从来不说与人知，何况今时此地的我已是皇帝的宫妃，这样的话更是忌讳。这样贸贸然被眉庄听去，虽然我素来与她亲厚，也是尴尬窘迫之事，不觉脱口唤道："眉姐姐——"

眉庄微微咳嗽一声掩饰面上神色，然而，她脸色还是不大好看，想来也不愿撞见这样的情景，道："你好生歇息养着才是要紧。"说完转身便走。

我晓得眉庄要避嫌疑，回头见温实初垂头丧气站立一旁，越发气恼，勉强平静了声色道："你若是想害死本宫，这样的浑话大可日日拿出来说，等着拿本宫把柄的人多着呢。温大人，你与本宫自幼相交，本宫竟不晓得你是要帮本宫还是害本宫。"

他又痛又愧，急忙告退道："你……娘娘别生气，娘娘现在的身子禁不住气恼，微臣不再说就是了。"

我本就病着，又经了气恼，脑中如塞了棉花一般，不久便昏昏沉沉地睡过去了。

醒来已是晦暗近晚的天色，流朱也已经回来了。她服侍我吃了药，又为我拿水漱了口，道："姜公公听说是咱们要才给的，还说皇上嘱咐了这香只许给宓秀宫里，别的宫里都不能用。"说着拿了装着"欢宜香"的小盒子给我瞧。

我听了这话，心中更有计较。遂打开盒子瞧了一眼，复又合上，道："去请安美人来，就说我身子好些了，想请她过来说说话。"

流朱很快回来，却不见陵容身影，流朱道："菊青说安美人去皇后宫中请安了，等下便过来。"

我微微诧异，随口道："她身体好些了么？难得肯出去走动。"

夜来静寂，连绵聒噪的蛙声在夜里听来尤为刺耳闹心。陵容坐于我面前，用指甲挑一点香料出来，轻轻一嗅，闭目极力分辨："有青藿香、甘松香、苜宿香、煎香……白檀香、丁子香、鸡骨香……"她细细再嗅，不再说下去，忽然美目一瞬，神色惊怵不定。

我忙问："怎么？"

她微有迟疑，很快说："还有一味麝香。"

果然，我一颗心重重放下。慕容妃承宠多年，久久不孕，这才是真正的关窍。看来玄凌打压慕容一族与汝南王的势力是早就志在必得的了，也难为他这样苦心筹谋。

然而，心底的凄楚与怨恨越加弥漫，起初不过是薄雾愁云，渐渐浓翳，自困其中。一颗心不住地抖索，我为何会在慕容妃宫中骤然胎动不安，为何会跪了半个时辰便小产。固然我身体本就不好，可安知没有玄凌赏赐的这味"欢宜香"的缘故？

玄凌啊玄凌，你要防她，岂知亦是伤了我的孩子！

陵容小心瞧我的神情，又道："姐姐这个东西是从慕容妃宫里得来的么？当日在她宫中我就觉得不对，然而，当时只是疑心，未能仔细分辨出来。何况妹妹人微言轻，又怎敢随便提起。麝香本就名贵，以妹妹看来，这个应该是马麝身上的麝香，而且是当门子①。这马麝唯有西北大雪山才有，十分金贵，药力也较普通的麝香更强……"

陵容没有再说下去，然而我是明白的，女子不能常用麝香，久用此物，不能受孕，即便有孕也多小产死胎。所以我虽然生性喜欢焚香，麝香却是绝对敬而远之，一点也不敢碰的。

我静默良久，方告诉她："太医说我身上似有用过麝香的症状，而我自有身孕以后便不再用香料，所以奇怪。"

陵容略一思索，道："这种麝香力道十分强，在人身上无孔不入，姐姐那日在宓秀宫待了半日，估计由此而来，如此便会有用过麝香的迹象。总之有心也好，无心也罢，千错万错自然都是慕容妃的错。事情已经发生，姐姐无谓再多想了，养好身子要紧。"

我点一点头，不作他论。随兴闲聊了几句，陵容道："姐姐面颊的伤痕差不多复原了，那一小盒舒痕胶也差不多快用完了吧？"

我微微笑道："只剩下一点了。看来妹妹的舒痕胶的确有效。"

陵容笑容恬美："姐姐如花容颜怎好轻易损伤呢？妹妹也是略尽绵力罢了。"

我听得她嗓音比往日好了许多，也不觉微笑："你的嗓子好了许多，皇上可有再召幸你么？"

---

① 当门子：麝香的一种，可入药，尤其以腺体上凝结的颗粒最为上品。

陵容低了眉，两片樱唇虽尽力翘成了优美的弧度，神色却依旧黯淡下来："姐姐一向甚得君恩，如今病中皇上也不大来了。妹妹蒲柳之姿，皇上又怎还会记得呢？"

这话她本是无心，而我听来无异于锥心之语。我病中悲愁，相对垂泪，见面也只是徒惹伤心。后宫笑脸迎玄凌的人如过江之鲫，又何必频频登我这伤心门第呢？

陵容见我脸色大变，不由得慌了神："妹妹信口胡说的，姐姐千万别往心里去。"我自然不肯惹她自愧，笑着含糊了过去。

她又道："今日在皇后处请安，娘娘也很是感叹，说皇上其实很喜欢姐姐。只是姐姐骤然失子，皇上怕相见反而伤心，所以才不愿多来见姐姐。"见我怅然不语，又劝，"姐姐想开些吧。姐姐只要笑一笑，依旧是皇上最爱的如花容颜。"

我颔首："看来难以忘怀的，也只是美貌而已。"

心的底色，终究是忧伤阴晦了。

贰拾　菱歌起

七月间，暑热更盛，而期盼已久的甘霖终于在帝后共同祝祷下姗姗来临。一场暴雨浇散了难言的苦热和干旱，给黎民苍生无量福气，亦冲淡了宫中连失两子的愁云惨雾。

于是，沉寂许久的丝竹管乐再度在宫廷的紫顶黄梁间响起。这一日大雨甫过，空气中清新水汽尚未散尽，玄凌便晓谕后宫诸人，于太液池长芳洲上的菊湖云影殿开宴欢庆。也许宫中也的确需要这样的欢宴来化解连连丧子亡命的阴诡。

菊湖云影殿筑于十里荷花之间，以新罗特产的白木筑出四面临风的倚香水榭，水晶帘动微风起，湘妃细竹青帘半垂半卷，临着碧水白荷，极是雅洁。殿外唯有九曲廊桥可通向湖岸，九曲回转的廊桥皆用堆雪玉石砌成，四畔雕镂阑干，雅致莹澈。殿外天朗气清，水波初兴，天光水影徘徊成一碧之色；水岸边芳芷汀兰，郁郁青青，把酒临风，喜乐洋洋。

在座的嫔妃皆是宫中有位分又有宠的，失宠的慕容妃自然是不在其列。自我和恬嫔小产之后，为免触景伤情，玄凌便不大来我们这里，对我的宠爱也大不如前。因此，宠妃空悬的情境下，在位的嫔妃们无不使出浑身解数，为博玄凌欢心而争奇斗艳。而我心底，纵然明白他是为什么宽待慕容妃，然而到底，也不是没有一点怨恨的。而在这怨恨之外，多少也有几许自怜与感伤。

满座花红柳绿间，皇后气质高远宁庄；敬妃丰柔颐和；欣贵嫔明眸善睐，谈笑风生，令人观之可亲；眉庄是宁静幽雅，含羞微笑，令人见之意远；曹婕好苗条纤弱，令人一见心醉；刘慎嫔的点额妆，眉心微蹙，令人油然而生怜香之意；恬嫔的醉颜妆，双颊胭红，不觉令人又起惜玉之情。此外诸女，或以姿色胜，或以神态胜，各有动人心意之处。

心境如我，一时间是无法融入这艳景中去的。而如此苍白的心境，连择衣都是素淡的吹絮纶衣裙，只绾一个扁平简单的圆翻髻，横贯一支镶珠银簪，择一个偏僻的座位，泯然于众。玄凌瞧见我时，目光有含蓄的怜悯，然而我还是惊觉了，忆及我那未能来到这世间的孩子，心底凄苦，转首悄悄拭去泪痕。

如此莺莺燕燕，满殿香风，玄凌也只是心意寥寥，并未有十分动心之态。皇后见他意兴阑珊，遂进言道："虽然定例三年选秀一次，但宫中近日连遭变故，若皇上首肯，也不是不能改动，不如风月常新，再选些新人入宫陪伴皇上吧。"

玄凌不置可否，但还是感念皇后的盛情："皇后大度朕是明白的，可是眼下朕并没有心情。"他的目光微微沉寂注视，"何况新人虽好，但佳人不可多得啊。"

皇后会意，很快微笑道："内廷新排了一支歌曲，还请皇上一观。"

玄凌客气微笑："今日饮酒过多，不如改天吧。"

然而皇后坚持："歌女排练许久也是想为皇上助兴。"皇后一向温顺，不逆玄凌的意思，今天这样坚持已见倒是少有。玄凌向来对皇后颇尊重，此刻也不愿违拂她的心意，便道："好。"

殿中静悄悄的，凉风偶尔吹起殿中半卷的竹帘，隐隐约约裹来一阵荷花、菱叶的清香。远处数声微弱的蝉音，愈加衬得殿中宁静。过不一会儿，却听到殿前湖面上吹来的风中隐约传来低婉的歌声，声音很小，若不仔细听很容易恍惚过去，细听之下这歌声轻柔婉转，如清晨在树梢和露轻啼的黄莺，带着一种奇特的韵味，动人心魄。

歌声渐渐而近，却是一叶小舟，舟上有一身影窈窕的女子，缓缓荡舟而来。而那女子以粉色轻纱覆面，亦是一色浅粉的衣衫，袅袅出于碧水白荷之上，如初春枝头最娇艳的一色樱花，呵气能化，让人怦然而生心疼呵护之心。然而，她究竟是谁，众人皆是面面相觑，满腹狐疑，惴惴不定。

此女一出，虽只闻其声而不见其容，但众人心中俱是了然，如此歌声动人的女子，远在当日的妙音娘子与安美人之上，众人如何能与之比拟，此女将是争宠的莫大劲敌。然而，她歌声如此可人，那怨怼嫉恨之语，却是无论如何也说不出口了。

她愈近，歌声愈清晰，唱的正是一首江南女子人人会唱的古曲——《莲叶何田田》。

"江南可采莲，莲叶何田田。中有双鲤鱼，相戏碧波间。鱼戏莲叶东，鱼戏莲叶南。莲叶深处谁家女，隔水笑抛一枝莲。江南可采莲，莲叶何田田。水覆空翠色，花开冷红颜。路人一何幸，相逢在此间。蒙君赠莲藕，藕心千丝繁。蒙君赠莲实，其心苦如煎。"[1]

此曲是江南少女于夏中采莲时时常歌唱的，亦是表达与情郎的相思爱慕之意。然而，曲子愈是普通，我愈是惊异此女的聪慧。从来简单的物事方最显出功底深厚，如同顶级的厨师，若要真正一展厨艺，必不会选繁复的菜式，而是择最简单的白菜、豆腐来做，方能显出真章。宫中善歌的女子不少，唯独此女才真正引我注目。我不禁感喟：这是何等绝妙的佳人！

果然，歌出自她口中，如怨如慕，如泣如诉，余音袅袅，不绝如缕。

---

[1] 出自南华帝子《采莲诗赠友看朱成碧》。

一湖莲开如雪，风凉似玉，美人歌喉如珠徐徐唱来，但觉芙蓉泣泪，香兰带笑，风露清寒，春愁无尽，令人顿起相思之情，萦绕于心，温软又惆怅。

她的粉色衣衫被湖风吹动，衣袂翩翩如举，波光天影激滟之间，倒映她纤弱的身影于水中，如菡萏初开，轻盈似蕊，凌波恍若水中仙，大有飘飘不胜清风之态，风致清丽难言。

玄凌远远观望早就痴了，口中讷讷难言，转眸一瞬不瞬盯住皇后。皇后柔和注目玄凌，极轻声道："歌喉虽然还有所不及，但也可比六七分像了。"

玄凌微微黯然，很快转脸专注看着那女子，似乎自言自语："已经是难能可贵了。这世间终究没有人能及得上她。"

皇后目光一黯，唇边依旧凝固着笑容，只是不再说话。我与他们隔得极远，零星听得这几句，也不作深想。

待得舟近，早有人下去问是谁。那粉衫女子只是不答，随手折下身畔一朵盛开的白莲，遥遥抛向玄凌，口中只反复唱着那一句"莲叶深处谁家女，隔水笑抛一枝莲"，如此风光旖旎，款款直欲摄人心魂。玄凌哪还能细细思量，快走两步上前接在手中，那白莲犹沾着清凉的水珠，举动间濡湿他的衣袖，他却全然不顾。

众人见这般，不由得脸色大变，唯独皇后唇边含一缕柔和的笑，静观不语。

玄凌接了莲花在手，含笑反复把玩，目光只缠绵在那窈窕女子身上。此时舟已靠岸，虽看不见容貌，我却清楚看见她身形，竟是十分熟悉，心底勃然一惊，转瞬想到她嗓音毁损并未完全复原，又怎能在此出现，不免又惊又疑，回顾眉庄容色，两人目光交错，她亦是与我一般惊讶。

她遥遥伸出雪白的一只纤手，玄凌情不自禁伸手去扶。双手交会间那女子手中已多了一枝莲藕。那女子轻声微笑："多谢皇上。"

这一句话音如燕语，娇柔清脆。玄凌满面春风："美人若如斯，何不早入怀？今日一见，美人投朕以木瓜，朕自然是要报之以琼瑶了。"

话音未落，皇后已经含笑起身，"皇上可知她是谁么？"随即转头看向那女子："让皇上见一见你的真容吧。"

那女子矜持行礼，柔荑轻挥间面纱已被掀起，眉如翠羽扫，肌如白雪光，腰若束素，齿似含贝，纤柔有飞燕临风之姿。我微微屏息，心头大震，复又一凉，刹那五味杂陈——不是安陵容又是谁！

玄凌也是十分意外："你的嗓子不是坏了吗？"

陵容微笑清甜如泉，略有羞色："皇后命太医细心治疗，如今已经好了。"

玄凌惊喜而叹："不仅好了，而且更胜从前。"他十分喜悦，转头对皇后道："皇后一番苦心。朕有如此贤后，是朕的福气。"

皇后端庄的眼眸中有瞬间的感动与深情，几乎泪盈于睫，但很快只是淑慎微笑，并无半分得意："臣妾只是见皇上终日苦闷，所以才出了这个下策，只希望可以使皇上略有安慰。皇上喜欢安美人就好，臣妾只求皇上能日日舒心，福寿安康。"

这样情意深重的话，玄凌听了也是动容。我心头亦是感触，我竟从未发觉，皇后对玄凌竟有如斯深情，这深情之下竟能将他人拱手奉于玄凌怀中，只求他能欢悦便可。爱人之心，难道能宽容大度至此么？

未及我细想，玄凌已道："容儿的美人还是去年此时封的。"玄凌执起陵容的手，含笑凝睇她含羞绯红的容颜，柔声道，"就晋封为从五品小媛吧。"

陵容的目光飞快扫过我脸庞，饱含歉意。很快别过脸，恭谨行礼如仪："多谢皇上厚爱。"

玄凌开怀大笑："容儿向来娇羞温柔，今日再见，一如当初为新人时，并无半分差别。"

陵容微垂螓首，娇羞似水莲花不胜凉风。唯见发间一支红珊瑚的双结如意钗，钗头珍珠颤颤而动，愈加楚楚动人。听得她道："臣妾哪里还是新人，不过是旧酒装新壶，皇上不厌弃臣妾愚鲁罢了。"

玄凌手掌抚上她小巧圆润的下巴，怜爱道："有爱卿在此，自然是酒不醉人人自醉。今日重入朕怀，应当长歌以贺。"

陵容微微侧首，极天真柔顺的样子，微笑唱道："劝君莫惜金缕衣，劝君惜取少年时。花开堪折直须折，莫待无花空折枝。"

一曲绵落，玄凌抚掌久久回味，待回过神来，笑意更浓："花开堪折直须折，朕便折你在手，不让你再枝头空寂寞。"旋即对李长道："取金缕衣来赐安小媛。"李长微微一愣，躬身领命而去。

金缕衣，那是先皇隆庆帝特意为舒贵妃所制，当世只得三件。一件遗留宫中，一件为舒贵妃出宫时带走，另一件则在清河王手中。

这样隆重的礼遇和恩宠，几乎令人人都瞠目结舌，大出意料。

欣贵嫔忽而浅笑，转过头不无酸意道："越女新妆出镜心。安妹妹果然是一曲菱歌敌万金！①"

我蓦然想起，这一首歌，正是安陵容去年得幸时所唱的，凭此一曲，她成为了玄凌的宠妃。那时的她羞涩紧张，远不如今日的从容悠逸，轻歌曼声。而时至今日，这首《金缕衣》成就的不仅是她的宠爱和荣光。

昔日种种的潦倒和窘迫，安陵容，终于一朝扬眉吐气。

我说不出此时的心情到底是喜是悲，只觉茫茫然一片白雾荡涤心中。悄然转首，抿嘴不语，在菊湖云影殿极目望去，远远的莲花之外，便是清河王所暂居的镂月开云馆。听闻馆外遍植合欢，花开如雾，落亦如雨缤纷。

也许在我和眉庄都是这样萧条的景况下，陵容的骤然获宠于人于己都是一件好事。然而，我的唇际泛起若有似无的笑。惠风漫卷，吹起满殿丝竹之声，这样的歌舞升平会让人暂时忘记一切哀愁。我举杯痛饮，只愿长醉。我想，我不愿再想，也不愿再记得。

---

① 出自唐代张籍《酬朱庆馀》。全诗为："越女新妆出镜心，自知明艳更沉吟。齐纨未是人间贵，一曲菱歌敌万金。"

贰壹　長門

一个月后翻阅彤史的记录。整整一月内，玄凌召幸我一次，敬妃两次，眉庄两次，曹婕妤一次，慎嫔与欣贵嫔各一次，与皇后的情分却是好了很多，除了定例的每月十五外，也有七八日在皇后宫中留宿，再除去有数的几天独自歇息，其他的夜晚，几乎都是陵容的名字。

朝廷分寒门、豪门，后宫亦如是，需要门第来增加自己背后的力量。陵容这样的出身自然算不得和宫女出身一般卑微，但也确实是不够体面。玄凌这样宠爱她，后宫中几乎满是风言风语，酸雾醋云。

然而，陵容这样和婉谦卑的性子，是最适合在这个时候安抚玄凌连连失子的悲痛的。女人的温柔，是舔平男人伤口的药。

我静静与众妃坐在下首听皇后说着这些话。也许，皇后是对的。她是玄凌的皇后，亦在他身边多年，自然晓得要怎样的人去安慰服侍他。

皇后面朝南，端然坐，只着一袭水红色刻丝泥金银如意云纹的缎裳，那绣花繁复精致的立领，衬得她的脸无比端庄，连水红这样娇媚的颜色也失了它的本意。皇后眉目肃然，语气中隐有严厉："安小嫒出身是不够荣耀，也难怪你们不服气。但是如今皇上喜欢她，也就等于本宫喜欢她。平时你们争风吃醋的伎俩，本宫都睁一眼闭一眼，只当不晓得算了。可眼下她是皇上心尖儿上的人，你们要是敢和她过不去，便是和本宫与皇上过不去。"突然声音一重，"晓得了么？"

众人再有怨气，也不敢在皇后面前泄露，少不得强咽下一口气，只得唯唯诺诺答应了。

皇后见众人如此，放缓了神色，推心置腹道："本宫也是没有办法。若你们一个个都济事，人人都能讨皇上喜欢，本宫又何必费这个心思呢？"她慨叹，"如今悫妃、淳嫔都没了，慕容妃失了皇上的欢心，莞贵嫔身子也没有好全。妃嫔凋零，难道真要破例选秀么？既劳师动众，又一时添了许多新人，你们心里是更不肯了。皇上本就喜欢安小嫒，那时不过是她嗓子坏了才命去休养的。她的性子又好，你们也知道。有她在皇上身边，也不算太坏了。"

皇后这样说着，陵容只是安分坐在自己的位子上，默默低头，浑然不理旁人的言语。阔大的红木椅中，只见她华丽衣裳下清瘦纤弱得让人生怜的身影和簪在乌黑青丝中密密闪烁的珠光浑圆。

皇后这样说，众人各怀着心思，自然是被堵得哑口无言。人人都有自己的主意，也都明白，一个没有显赫家山的安氏，自然比新来的如花美眷好相与些。更何况，谁知她哪天嗓子一倒，君恩又落到自己头上呢。遂喜笑颜开，屡屡允诺绝不与陵容为难。

皇后松一口气，目光落在我身上，和言道："安小嫒的事你也别往心里去，皇上总要有人陪伴的，难得安氏又和你亲厚。本宫也只是瞧着她还能以歌为皇上解忧罢了。本宫做一切事，都是为了皇上着想。"

我惶恐起身，恭敬道："娘娘言重了。只要是为了皇上，臣妾怎么会委屈呢。"

皇后的神色柔和一些："你最识大体，皇上一直喜欢你，本宫也放心。

可是如今瞧着你这样思念那孩子，身子也不好——皇上身边是不能缺了服侍的人的，你还是好好调养好了身子再服侍皇上也不迟。"

我如何不懂皇后话中的深意，陵容的风光得自她的安排，她自然是要多怜惜些的，怎好教人夺了陵容如今的风头呢。遂恭身领命，道："皇后的安排一定是不错的。"

临走，皇后道："慕容氏的事叫你委屈了。太后已经知道你小月的事了，还惋惜了很久。听说今日太后精神好些，你去问安吧。"

我本一心听着皇后说陵容的事，骤然听她提及我失子一事，心头猛地一酸，勾起伤心事。然而面上却流露不得，只用力低头掩饰自己的哀戚之色，低声应了"是"。

方走至凤仪宫外庭园中，只觉得凉意拂面瑟瑟而来。这才惊觉已经是初秋时节了，凤仪宫庭院中满目名贵繁花已落。那森绿的树叶都已悄然染上了一层薄薄的金色雾霭，连带着把那落花清泉都染上了一层浅金的萧索。不过数月前，满园牡丹、芍药姹紫嫣红，我便在这颇含凌厉惊险的园中得知我获得了生命中的第一个孩子。短短数月间，那时一同赏花斗艳的人如同落花，不知已经凋零几何了。忽闻得身后有人唤："贵嫔娘娘留步。"回头却见是恬嫔，迈着细碎的貌似优雅的步子行到我面前。听闻她失子后为再度博得玄凌欢心，特意学这种据说是先秦淑女最中意的步伐来行走，据说行走时如弱柳扶风，十分袅娜。只可惜玄凌的心思欢娱皆在陵容身上，看过后不过一笑了之。本来也是，恬嫔是北方女子的骨架，并不适合这样柔美的步子，反有些东施效颦。

我暗自转念，或许陵容来走这样的步子，更适合也更美吧。

我其实与恬嫔并不熟络，碰见了也不过点头示意而已。她今日这样亲热呼唤，倒叫我有些意外。

遂驻步待她上前，她只行了半个礼，道："贵嫔好啊。"

我懒得与她计较礼数，只问："杜姐姐有什么事么？"

她却只是笑，片刻道："贵嫔的气色好多了呀。可见安小媛与妹妹姐妹情深，她那边一得宠，你的气色也好看了。可不是么，姐妹可是要互相提携提携的呀。"

我心头厌烦，不愿和她多费口舌，遂别过头道："本宫还要去向太后问安，先走一步了。"

她却不依不饶："贵嫔真是贵人事忙，没见着皇上，见一见太后也是好的。可真是孝顺呢，嫔妾可就比不上了啊！"

她这样出言讥讽，我已是十分恼怒。我与她本可算同病相怜，她不过是瞧着玄凌对我不过尔尔，又兼着失子，与失宠再无分别了，瞅着这个机会来排揎我罢了。

我强忍怒气，只管往前走。她的话，刻薄而娇媚，声线细高且尖锐，似一根锋利的针，一直刺进我心里去，轻轻地，却又狠又快。她上前扯住我的衣袖道："贵嫔与安小媛交好人人都知道，这回这么费尽心思请皇后出面安排她亲近皇上，贵嫔可真是足智多谋。"她用绢子掩了口笑，"不过也是，贵嫔这么帮安小媛。她将来若有了孩子，自然也是你的孩子啊。贵嫔又何必愁保不住眼前这一个呢！"

我再不能忍耐。她说旁的我都能忍，只是孩子，那是我心头的大痛，怎容她随意拿来诋毁。

我重重拨开她的手，冷冷道："恬嫔自己也有孩子，都是无福来到人世的孩子，怎么恬嫔就可以口口声声说到保住和保不住，也不怕自己的孩子夜半在九泉底下啼哭，惹得恬嫔伤心么？"她几乎是瞬间勃然变色。我哪里能容得她说话，一把摁住她手臂，微微一笑道，"恬嫔何苦学那些先秦淑女的步子，年代久远，怎能学得像呢？不如回宫好好想着，怎么告慰孩子亡灵，而不是整日用心在口舌是非上。"

她脸上一阵红一阵白地难看。或许也是碍着我位分终究在她之上，悻悻难言。良久脸色一变，有恼羞成怒之状，正要向我发作，身后却是一个极清丽的声音，款款道："杜姐姐可是疯魔了吗？连贵嫔娘娘也要顶撞了，可知皇后娘娘知道了定是要怪罪的呢。"恬嫔颇忌惮她，更忌惮皇后，只得悻悻走了。

陵容握住我的手道："姐姐为我受委屈，陵容来迟了。"

我不易察觉地轻轻推开她的手，道："没什么委屈，我本不该和她一般见识。"我淡淡一笑，"从前都是我为你解围的，如今也换过来了。"

陵容眼圈微微一红，楚楚道："姐姐这是怪我，要和我生分了么？"

我道："并没有，你别多心。"

陵容垂泪道："姐姐是怪我事前没有告诉你么？这事本仓促，皇后娘娘又嘱咐了要让皇上惊喜，绝不能走漏了风声。陵容卑微，怎么敢违抗呢？何况我私心想着，若我得皇上喜欢，也能帮上姐姐一把了，姐姐就不用那样辛苦。"

我叹息道："陵容啊，你的嗓子好了该告诉我一声。这样叫我担心，也这样叫我意外。"

陵容凄楚一笑，似风雨中不能蔽体的小鸟："姐姐不是不明白身不由己的事。何况陵容身似蒲柳，所有这一切，不过是成也歌喉，败也歌喉而已。"

我无法再言语和质疑，她这般自伤，我也是十分不忍。她是成也歌喉，败也歌喉。那么我呢？成败只是为了子嗣和我的伤心么？

我能明白，亦不忍再责怪。后宫中，人人有自己的不得已。

于是强颜欢笑安慰道："恬嫔惹我生气，我反倒招得你伤心了。这样两个人哭哭啼啼成什么样子呢，叫别人笑话去了。"陵容这才止住了哭泣。

到了太后宫中请安，太后倒心疼我，叫人看了座让我坐在她床前说话。提及我的小产，太后也是难过，只嘱咐了我要养好身子。

太后抚着胸口，慨道："世兰那孩子哀家本瞧着还不错，很利落的一个孩子，样貌又好，不过是脾气骄纵了点儿，那也难免，世家出来的孩子嘛，如今看来倒是十分狠毒了！"太后又道，"哀家是老了，精力不济，所有的事一窝蜂地全叫皇后去管着，历练些也好。若年轻时，必不能容下这样的人在宫里头！也是皇后无用，才生出这许多事端来。"

我听太后罪及皇后，少不得赔笑道："宫中的事千头万绪，娘娘也顾不过来的。还请太后不要怪及皇后娘娘。"

太后的精神也不大好，花白的头发长长地披散在枕上，脸色也苍白，被雪白的寝衣一衬，更显得蜡黄了，脖子上更是显出了青筋数条。红颜凋落得这样快，太后当年虽不及舒贵妃风华绝代，却也如玉容颜。女人啊，真是禁不得老。一老，再好的容颜也全没了样子。可是在宫里，能这样平安富贵活到老才是最难得的福气啊。多少红颜，还没有老，便早早香消玉殒了。

太后见我有些发愣，哪里晓得我在转这样的心思，以为我累了，便叫我回去。我见太后也是疲惫的神态，便告辞了。

方走到垂花仪门外，一摸系在金手钏上的绢子不知落在了哪里。一方绢子本也不甚要紧，只是那绢子是生辰时流朱绣了给我的，倒不比平常的。细细想想，进太后寝殿前还拿来用过，必定是落在太后寝殿门口了。于是不要浣碧陪着，想取了便走。

太后病中好静，寝殿中唯有孙姑姑一人陪着。殿外也无人守候，皆是守在宫门口的。我也不欲打扰人，便沿着殿角悄悄进去。此时正是初秋，风凉影动，珊珊可爱。太后寝殿的长窗下皆种满了一人多高的桂花树，枝叶广茂，香风细细，倒是把我的身影掩隐其间。

才要走近，冷不防听见里面孙姑姑苍老温和的声音道："奴婢扶太后起来吃药吧。"说着便是碗盏轻触的声响。待太后服完药，孙姑姑迟疑道："太后昨晚睡得不安稳呢，奴婢听见您叫摄政老王爷的名字了。"

我的心悚然一惊，飞快捂住自己的嘴。不知是我的心惊得安息了片刻，还是里头真是静默了片刻，只听太后肃然道："乱臣贼子，死有余辜！我已经不记得了，你也不许再提。"

孙姑姑应了，太后倒是叹了一声，极缠绵悱恻的一叹。孙姑姑道："太后？"

太后道:"没什么。我不过是为了甄氏那孩子的事有些难过。"

孙姑姑道:"莞娘娘的确是命苦。这样骤然没了肚里的孩子,皇上也不怎么待见她,奴婢见了也心疼。"又道,"太后若喜欢莞娘娘,不如让她多来陪陪您吧。"

我本欲走,然而听得言语间涉及我,不自觉地便停住了。太后感喟道:"我也不忍得老叫她在我眼前……"太后的声音愈来愈轻,"阿柔那孩子……我最近老梦见她了……虽不是十分像,但性子却是有几分相似的,我反而难过。"渐渐声音更低,似乎两人在喁喁低语,终于也无声了。我不敢再多逗留,也不要那绢子了,见四周无人,忙匆匆出去了。

回到宫中,便倚在长窗下独自立着沉思。快到中秋,月亮晶莹一轮如白玉盘一般,照得庭院天井中如清水一般,很是通明。

我的思绪依然在日间。陵容的确是楚楚可怜,而帮我那一句话,终究是虚空的。我自然不愿这个时候太接近玄凌,但是眉庄呢,也从未听闻她有一字一句的助益。或许她也有她的道理,毕竟是新宠,自己的立足之地尚未站稳呢。

而太后,我是惊闻了如何一个秘密。多年前摄政王掌权,国中有流言说太后与摄政王颇有暧昧。直到太后手刃摄政王,雷厉风行夺回政权,又一鼓作气诛尽摄政王所有党羽,流言便不攻自破,人人赞太后为女中豪杰,巾帼之姿远远弃世间须眉于足下。而今日看来,只怕太后和摄政王之间终究是有些牵连瓜葛的。

而阿柔,那又是怎样的一个女子,能让太后这样怜惜,念念不忘呢?阿柔,从名字来看,倒是有些像已故纯元皇后的名字。不知太后是否私下这样唤她——阿柔,亲厚而疼爱。太后现在病中,难免也是要感怀逝者的吧。

"娘娘,月亮出来了。您瞧多好看哪。"佩儿抛开玉色冰纹帘子,试探地唤着独立窗前的我。这丫头,八成是以为我又为我的孩子伤心了,怕我伤心太过，极力找这些话来引我高兴。也难为了她这片心思。

月光透过绮窗铺到案几上，明瑟居的丝竹声已随着柔缓的风穿过高大厚重的宫墙。现在的明瑟居里，有国中最好的乐师和歌者，齐聚一堂。转眸见门边流朱已经迅速掩上了门。我暗道，在这世上，哪有那么多是可以阻挡的。一己之力又怎可以阻挡这样无形的歌乐。何况陵容的歌声，又岂是一扇门可以掩住的。

明瑟居的丝竹歌声是一条细又亮的蚕丝，光滑而绵密，静悄悄地延伸着，伸长了，又伸长了——就这样柔滑婉郁，过了永巷，过了上林苑，过了太液池诸岛，过了每一座妃嫔居住的亭台楼阁，无孔不入，更是钻入人心。我遥望窗外，这样美妙的歌声里，会有多少人的诅咒，多少人的眼泪，多少人的哀怨，多少人的夜不成眠。

摊开了澄心堂纸，蘸饱了一笔浓墨，只想静静写一会儿字。我的心并不静吧，所以那么渴望自己能平静，平静如一潭死水。

太后说，写字可以静心。皇后亦是日日挥毫，只为宁静神气。

我想好好写一写字，好好静一静心思。

挥笔写就的，是徐惠[①]的《长门怨》：

> 旧爱柏梁台，新宠昭阳殿。守分辞芳辇，含情泣团扇。一朝
> 歌舞荣，夙昔诗书贱。颓恩诚已矣，覆水难重荐。

"颓恩诚已矣，覆水难重荐"于我到底是矫情了一些。而触动了心肠的，是那一句"一朝歌舞荣，夙昔诗书贱"。曾几何时，我与玄凌在这西窗下，披衣共剪一支烨烨明烛，谈诗论史；曾几何时，他在这殿中为我抄录梅花诗，而我，则静静为他亲手裁剪一件贴身的衣裳；曾几何时，我为他读《郑伯克段于鄢》，明白他潜藏的心事。

---

① 徐惠：湖州长城人，唐太宗李世民的妃子。四岁通《论语》及诗，八岁已善属文，以才著称，为太宗所闻，乃纳为才人，又晋充容。太宗死后绝食殉情，追赠贤妃。

曾几何时呢？都是往日之时了。歌舞娱情，自然不比诗书的乏味。再好的书，读熟了也会撂在一边。

新宠旧爱，我并没有那样的本事，可以如班婕妤，得到太后的庇护居住长信宫；也不及徐惠，可以长得君恩眷顾。而她，自然也不是飞燕的步步相逼。写下这首《长门怨》，哀的是班婕妤的团扇之情。常恐秋节至，凉风夺炎热。如今不正是该收起团扇的凉秋了吗？

陵容的嗓音好得这样快，这样适时，我并不是不疑心的。然而又能如何呢？她的盛年，难道也要如我一般默默凋零么？寂寞宫花红，有我和眉庄，已经足够了。

纵然我了然陵容所说的无奈，也体谅皇后口中玄凌的寂寞和苦衷。然而，当他和她的笑声欢愉这样硬生生迫进我的耳朵时，不得不提醒着我刚刚失去一个视如生命的孩子，还有夫君适时的安慰和怜惜。

没有责怪，也不恨。可当着我如此寂寥的心境，于寂寥中惊起我的思子之恸，不是不怨的。我自嘲，原来我不过也是这深宫中的一个寂寞怨妇啊。

笔尖一颤，一滴浓黑的乌墨直直落在雪白的纸上，似一朵极大的泪痕。柔软薄脆的宣纸被浓墨一层层濡湿，一点点化开，心也是潮湿的。

九月的凉风，浓了桂子香，红了枫叶霜，亦吹散了些许我浓烈的思子的哀伤，身子也渐渐好了些许。有时候空闲着，想想或许也该去见见玄凌，毕竟失去了孩子，他的心里也是不高兴的。何况眼下得宠的那一位，终究也是我的姐妹。

于是遣了流朱去探玄凌是否在仪元殿中，流朱回来却道："李公公说皇上在御书房看奏章呢。奴婢已经让小厨房准备好了点心，小姐也和从前一样去给皇上送些吃食去吧。"

不知为何，流朱才要开口答我时，我心里忽然有些紧张，只盼望着流朱说玄凌不能见我，似乎是有了近乡情怯之感，倒不愿见了。如今听流朱这样亲口说了出来，反而松了口气。想着若这样去了，若是见面尴尬，或在他殿中嗅到了或是见到了属于别的女子的气味与私物，该是如何地情何以堪。若真如此，还是不见罢了。

于是道："准备了点心也好，让晶青送去给眉庄小主吧。"

流朱急道："小姐不去看望皇上了吗？"

我淡淡道："皇上忙于国事，我怎好去打扰。"

流朱道："可是从前……小姐是可以出入御书房的呀……"

心下微微凄涩，截断她的话头道："如今可还是从前么？"

流朱一愣，神色也随之黯淡了，遂不再言语。

抬头见窗外秋光晴好，于是携了槿汐一同去散心。初秋的上林苑堆满了开得正盛的清秋菊花，色色都是极名贵的品种。我微微一笑，宫中培植的菊花，再名贵，再艳丽，到底是失了陶渊明所植菊花的清冷傲骨。而菊花之美，更在于其气韵而非颜色。所谓好菊，白菊最佳，黄菊次之，红紫一流终究是失了风骨的。

沿着太液池一路行走，贪看那美好秋色，渐渐走得远了。四周草木萧疏，很是冷清，更有无名秋虫唧唧作声，令人倍觉秋意渐浓。只见孤零零一座宫苑，远离了太液池畔宠妃们居住的殿宇，但红墙金脊，疏桐槐影，亦是十分高大，并非普通嫔妃可以居住。我不由得心下好奇，问槿汐道："这是什么地方？"

槿汐道："那是端妃娘娘所居的披香殿。"

我默然颔首。我与端妃虽然私下有些往来，却从未踏足她的宫室拜访，一为避嫌，二来她也不喜欢。

我有身孕时她也十分热络，甚至不顾病体强自挣扎着为我未出世的孩子制了两双小鞋。我甚是感激她的心意，端妃却不喜欢我去拜访。我小产之前，她又病倒了，听闻病得不轻，然而病中仍不忘嘱咐我好生养息。再后来我遇上种种繁难，也顾不得她了。

现在这样经过，加之她又病着，自然不能过门而不入的。遂向槿汐道："你去叩门吧。"虽是午间，宫门却深闭不开，更有些斑驳的样子。叩了良久的铜锁，方听得"吱嘎"一声，门重重开启。出来的是吉祥，见是我，也有几分惊讶，道："娘娘金安。"

我心下有些狐疑。吉祥、如意是端妃身边的贴身宫女，很有体面，又是寸步不离的，怎么会是她来开门。于是问道："你们娘娘呢？"

吉祥眼圈儿一红，含泪道："娘娘来了就好。"

我心中一惊，匆匆跟着吉祥往里头寝殿走。殿宇开阔，却冷冷清清的，没见到一个服侍的宫人的身影，不由得问："人都去哪里了？"

吉祥答非所问："自从几年前咱们娘娘病了，皇后娘娘为了让娘娘静心养病，就把同住着的几位小主迁了出去，所以没有人在。"

我看着她："那么服侍的宫人呢，也一同迁了出去么？"

她微有迟疑："娘娘打发他们出去了，还有如意在殿外煎药呢。"

我不方便再问，于是径自踏进殿内，宫中有一股浓烈苦涩的药味还未散去。殿外墙上爬满了爬山虎，遮住大片日光。殿内锦幔重重，光线愈加晦暗，更显得殿中过于岑寂静谧。端妃睡在床上，似乎睡得很熟。一个年长些的宫女在外头风炉的小银吊子上"咕噜咕噜"地熬着药，正是如意。如意陡然见着我，又惊又喜，叫了声"娘娘"，便要落泪。

我见端妃昏然睡着，脸色苍白如纸，问道："你们娘娘这个样子，太医怎么说？"如意哽咽道："娘娘说就吃着从前那几味药，宫中多有事端，不许再去请太医这样打扰了。"

我叹息一声："端妃娘娘也太小心了，请医问病本是应该的啊。"复道，"我看这个样子是不成的。如意熬着药，吉祥去太医院请温太医来瞧，不诊治怎能行呢？既然端妃娘娘遣了自己宫里的人出去，身边没人服侍也不行。槿汐，你去咱们宫里选几个稳妥的人来这里伺候。"吉祥、如意听我说完，已经喜笑颜开。我便打发了她们去办，独自守在端妃身边陪伴。

顺手又折了几枝菊花进去插瓶，殿中便有了些生机。须臾，端妃呻吟一声醒过来，见我陪在床边，道："你来了。"

我在她颈下垫一个软枕道："偶然经过娘娘的居处，听闻娘娘不大好。"

她微微苦笑："老毛病了，每到秋冬就要发作，不碍事的。"

我道："病向浅中医，娘娘也该好生保养才是。"

她微微睁目："长久不见，你也消瘦成这样子。身子好些了么？"

我听她这样开口，乍然之下很是惊异，转念想到她宫中并非无服侍的人，很快明白，道："娘娘耳聪目明，不出门而尽知宫中事。"

她淡淡笑："能知道的只是表面的事，譬如人心变化，岂是探听能够得知的。这些雕虫小技又算什么。"

闻得"人心"二字，心中触动，遂默默不语。端妃病中说话有些吃力，慢慢道："孩子是娘的命根子，即便未出娘胎，也是心肝宝贝似的疼爱。你这样骤然失子，当然更伤心了。"端妃说这些话时，似乎很伤感，而她的话，又在"骤然"二字上着重了力道。

我自然晓得她的意思，但"欢宜香"一事关系重大，我又怎么能说出口，只好道："我小时吃坏过药，怕是伤了身子也未可知。"

端妃点了点头："那也罢了。"她用力吸一口气，"只怕你更伤心的是皇上对慕容世兰的处置吧。"

我想起此事，瞬间勾起心头的新仇旧恨，不由得又悲又怒，转过头冷冷不语。端妃亦连连冷笑："我瞧着她是要学先皇后惩治贤妃的样子呢！她的命还真不是一般地好。我原以为皇上会因为你杀了她，至少也要废了她位分打发进冷宫。"

两度听闻贤妃的事，我不觉问："从前的贤妃也是久跪才落胎的么？"

端妃轻轻"嗯"一声，道："先皇后在时贤妃常有不恭，有一日不知为了什么缘故冲撞了先皇后，当时先皇后怀着身孕性子难免急躁些，便让贤妃去殿外跪着，谁晓得跪了两个时辰贤妃就见红了，这才晓得贤妃已经有了快两个月的身孕。只可惜贤妃自己也不知有了身孕才跪着的。先皇后德行出众，后宫少有不服的，为了这件事她可懊恼愧疚了许久。"她又道，"这也难怪先皇后。贤妃自己疏忽旁人又怎么能知，两个月的胎象本就不稳，哪经得起跪上两个时辰呢？"端妃回忆往事，带了不少唏嘘的意味。

片刻后，端妃已经语气冷静："不过，以我看来，慕容世兰还没那么蠢，要在她掌管后宫的时候让你出事，以她骄横的性子不过是想压你立威而已。"她轻轻一哼，"恐怕知道你小产，她比谁都害怕，可知这回是弄巧成拙了。"

我蕴着森冷的怒气，慢慢道："弄巧成拙也好，有意为之也罢，我的丧子之仇眼下是不能得报了。"

又说了片刻，见吉祥引了温实初进来，我与他目视一眼，便起身告辞。端妃与我说了这一席话，早已累了，只略点了点头，便依旧闭目养神。

徐徐走至披香殿外，寻了一方石椅坐下，久久回味端妃所说的话。我的骤然失子，一直以为是在欢宜香的作用下才致跪了半个时辰就小产，而此物重用麝香，对我身体必然有所损害。可是我在慕容世兰的宫中不过三四个时辰，药力之大竟至于如此么？

细细想来，在去她宫中前几日，便已有轻微的不适症状，这又从何说起？真是因为对她的种种忌惮而导致的心力交瘁么？但我饮食皆用银器，自然是不可能在饮食上有差错的，那么我的不适又由何而来？

不过多久，温实初已经出来，我也不与他寒暄，开门见山问："端妃这样重病是什么缘故？"

他也不答，只问："娘娘可听说过红花这味药？"

我心头悚然一惊，脱口道："那不是堕胎的药物吗？"

他点头道："是。红花可以活血化瘀，用于经闭、痛经、恶露不行、症瘕痞块、跌打损伤。孕妇服用的确会落胎。"他抬头，眸中微微一亮，闪过一丝悲悯，"可是若无身孕也无病痛而大量服食此物，会损伤肌理血脉，甚至不能生育。"

我矍然耸动，眉目间尽是难言的惊诧，半晌才问："那端妃娘娘的病交到你手上能否痊愈？"

他低头看着自己的鞋尖，道："恐怕不能，微臣只能保证端妃娘娘活下去。"他顿一顿，又道，"即便有国手在此，端妃娘娘也是不能再有所出了。"

难怪她这样喜爱孩子！温实初受我之托必然会尽心竭力救治端妃，而他说出这样的话，可见端妃身体受损之深，已是他力所不能及的。

端妃身体损害的种种缘由是我所不能知晓的，而我感念她多次对我的提点，所能做的也唯有这些，于是道："本宫只希望你能让她活着，不要受太多病痛的折磨。"

他点头："微臣会竭尽全力。"

我想起自己的疑问，道："当年本宫避宠，你给本宫服食的药物可会对身体有损？"微一踌躇，直接道，"会不会使身体虚弱，容易滑胎？"

他有些震惊，仔细思量了半晌，道："微臣当时对药的分量很是斟酌谨慎，娘娘服用后也无异常或不适。至于滑胎一说，大致是无可能的。只是……个人的体质不同也很难说。"

我心境苍凉。无论如何，这孩子已经是没了，再对过往的事诸多纠缠又有何益呢？他的父皇，亦早已忘了他了吧。

温实初的眼深深地望着我，我颇有些不自在，便不欲和他多说，径自走了。

槿汐还没有回来，回到宫中亦是百无聊赖，随意走走，倒也可以少挂怀一些苦恼事。这样迷花倚石，转入假山间小溪上，听莺鸣啾啾，溪水潺潺，兜了几转，自太湖石屏嶂后出来，才发觉已经到了仪元殿后的一带树林了。

玄凌一向在仪元殿的御书房批阅奏折，考虑国事。然而长久地看着如山的奏折和死板的陈议会让他头疼，也益发贪恋单纯而清澈的空气和鸟鸣。于是他在仪元殿后修葺了这样一片树林，总有十余年了，树长得很茂盛，有风的时候会发出浪涛一样的声音，放养其间的鸟儿有呖呖婉转的鸣声。

我曾经陪伴他批阅奏折，有时两人兴致都好，他会和我漫步在丛林间，和我携手并肩，喁喁密语，温言柔声。侍从和宫女们不会来打扰，这样静好和美的时光，仿佛这天地间，从来只有我和他，亦不是君和臣，夫和妾。

如今，我有多久没有踏足仪元殿了呢？他也几乎不来我的棠梨宫，最后一次见面，是什么时候呢？

好像是那一日黄昏——不，似乎是清晨，我精神还好，对镜自照，发觉了自己因伤心而来的落魄和消瘦。

他从外面进来，坐着喝茶，闲闲看我镜子里的容颜，起身反复摩挲我的脸颊，道："你脸颊上的伤疤已经看不出来了。还好没有伤得严重。"我本自伤心自己的憔悴，亦想起这憔悴的缘故，心下难过。又听他说："若真留了痕迹该如何是好，真是白璧微瑕了。"

不由得腻烦起来，别过头笑道："皇上真是爱惜臣妾的容颜啊。"

玄凌笑："嬛嬛美貌岂可辜负？"

我心中冷笑，原来他这样在意我的容貌，"啪"的一声挥掉他的手，兀自走开，面壁睡下不再理他。

他也不似往常来哄我，似含了怒气，只说："贵嫔，你的性子太倔强了。朕念你失子不久不来和你计较，你自己好好静一静吧。"说罢拂袖而去，再不登门。

事后我问槿汐："皇上是否只爱惜我的容貌？"

槿汐答得谨慎："娘娘的容貌让人见之忘俗，想必无人能视若无睹。"

一旁的浣碧苦笑："原来女子的容貌当真是比心性更讨男子喜欢。可见男子都是爱美貌的。"

我摇头："其实也不尽然。容貌在外，心性在内，自然是比心性更显而易见。没有容貌，恐怕甚少能有男子愿意了解你的心性。但是若没有心性，如何能长久与人相处愉悦。天下的确有许多男子爱恋美色，可是诸葛孔明与丑妻黄氏举案齐眉，可见世间也有脱俗的男子。"

浣碧道："可是世间有几个诸葛孔明呢？"

这回轮到我苦笑。的确，这世间终究是以色取人的男子多。而女子，以色事他人，能得几时好？我总以为他对我终究是有些情意的，亦有对我的欣赏。但他偶然来了，举目关注的，却是我的容颜是否依旧好。

这样想着，心底是有些凄然的。何况当着这样的旧时景色，那些欢乐历历如在眼前，于是也不愿再停留，转身欲走。

然而正要走，忽然听得有人说话，心下一动，下意识地便闪在一棵树后。眼前走来的人正是玄凌与陵容，陵容虽然与他保持着一步的距离，却是语笑晏晏，十分亲密。此情此景，正如我当初，唯一不同的，只是我与玄凌是并肩而行的。

陵容，她总是这样谦卑的样子。因着这谦卑，更叫人心生怜爱。

此刻的陵容，着一身蜜合色细碎洒金缕桃花纹锦长衣，下面是银白闪珠的缎裙，头上绾一支长长的缀珠流苏金钗，娇怯中别有一番华丽风致，更衬得神色如醉。她言语温婉："皇上方才看书入神，臣妾端茶递水，不曾扰了皇上吧？"

玄凌道："这些功夫，叫下人做便罢了。"

陵容低首："臣妾喜欢做这些事，能让皇上舒坦些，臣妾高兴。"

玄凌望着御苑秋色，一时兴起，朗声读道："袅袅兮秋风，洞庭波兮木叶下。如果这个时候可以看看屈原所说的洞庭秋色，一定很美。容儿，你说是不是？"

陵容默默微笑，接不上口。

玄凌的声音略略失望："如果嬛嬛在，她便能和朕谈说许多。"

她柔婉道："皇上已经有好些日子没去甄姐姐那里了，今晚可要去姐姐那里么？"

玄凌神色间颇有些踌躇，慨道："并非是朕不想去瞧她。她没了孩子朕也伤心，可是她的性情实在是太倔强了。女子有这样倔强的性子，终归不好。"说着微微一笑，"她若有你一半的和顺便好了。"

这话落在耳中，几乎是一愣，目中似被什么东西重重刺了一下，酸得难受，眼前白蒙蒙地模糊，看出来笔直的树干也是扭曲的。他竟是嫌我性子倔强不能婉转柔顺了，这样突兀地听得他对我的不满，本自不好过。更何况，他是在他的宠妃面前这样指摘我的不是。

陵容想了想，低声道："皇上思虑周全，臣妾不及。不过姐姐若有让皇上不满的地方，请皇上体谅她的丧子之痛吧。姐姐其实也很辛苦。"

玄凌有些不满："她辛苦，朕也辛苦。她怎不为朕想想，朕连失两子，宫中的是非又这样多，连看她一个笑脸也难。到底是朕从前把她惯坏了。"

我无声地笑起来，我的失子之痛竟然成了他宠坏我的过失。

陵容惶恐，忙道："臣妾不是这个意思。不过方才皇上读书时念道'人恒过，然后能改'，臣妾懂得这一句。臣妾在皇上面前屡屡有不足之处，臣妾一定改正，只盼皇上高兴。"

玄凌微微叹气："你知道这句话，聪慧如嬛嬛，却不明白。"

陵容轻声细语，温柔婉转："姐姐不明白不要紧，只要姐姐和臣妾一样，知道皇上是天子，皇上永远是对的就是了。"

玄凌唏嘘："其实嬛嬛笑起来是很好看的。其实朕也有些想她，什么时候有空儿了再去看她吧。"想一想又道，"你和嬛嬛情同姐妹，她的性子你也知道。如今她又伤心，朕其实为难，也有些不忍去见她。"

陵容曼声细语道："是。姐姐家世好，才学也好，臣妾是很仰慕姐姐的，也希望皇上还是像过去一样喜欢姐姐。可是臣妾又想，姐姐现在没有想明白，所以一直伤心，也不能好好服侍皇上。日后姐姐若想通了，自然能回转过来。不如皇上眼下先别去看姐姐，以免言语上又有些冲撞反而不好。等臣妾去劝过姐姐，姐姐想明白了时再见，不是皆大欢喜么？"说着小心觑着玄凌的神色道，"这只是臣妾的一点愚见，皇上不要厌恶臣妾多嘴。"

玄凌道："你这样体贴朕和莞贵嫔的心思，朕哪里还能说不好呢。"

陵容眉心微低，略带愁容道："皇上过奖了。臣妾只喜欢皇上能一直高高兴兴。其实臣妾无德无能，不及姐姐能时时为皇上分忧解难。"

玄凌道："容儿何须这样妄自菲薄，你与莞贵嫔正如春花秋月，各有千秋。"

陵容这才展颜，她的笑轻快而娇嫩："那么皇上是喜欢我多一些呢，还是喜欢姐姐多一些？"

玄凌略一迟疑，半带轻笑道："此时此刻，自然是喜欢容儿你多一些。"

喉头一紧，仿佛有些透不过气来。这样的言语，生生将我欲落泪的伤心酿成了欲哭无泪的痛心与失望。像有一双手狠狠抓住了我的心，揉搓着，拧捏着。风一阵热，一阵凉，扑得脸上似有小虫爬过的酥痒。只是觉得从前的千般用心和情意，皆是不值得！不值得！却是怔怔地站着，迈不开一步逃开。

玄凌待要再说，连连咳嗽了两三声。陵容忙去抚他的胸，关切道："皇上操劳国事辛苦了，臣妾亲自摘了枇杷叶已经叫人拿冰糖炖了，皇上等下喝下便能镇咳止痰，而且味道也不苦呢。"

玄凌含笑道："难为你要亲自做这些事，可话说回来，若不是你的缘故，朕怎会咳嗽？"

陵容讶异，也带了几分委屈："是，是臣妾的过错。还请皇上告诉臣妾错在何处。"

玄凌露一丝坏笑，捏一捏她的耳垂道："朕昨晚不过想你改个样子，你怎么那样扭扭捏捏地不肯，若不是这个，朕怎么受了风寒的？"

陵容大窘，脸色红得如要沁血一般，忙环顾四周，见无人方低声娇嗔道："皇上非礼勿言呢。"这样的娇羞是直逼人心的，玄凌朗声笑了起来，笑声惊起了林梢的鸟雀，亦惊起了我的心。只觉得，是这样麻木……

良久，玄凌和陵容已经去得远了。一带斜晖脉脉挂于林梢，如浸如染，绚红如血，周围只是寂寂地无声寥落。偶尔有鸟雀飞起，很快便怪叫着"嗖"的一声飞得远了。

我麻木地走着，茫茫然眼边已经无泪，心搜肠抖肺地疼着，空落落地难受。手足一阵阵发冷，也不知自己要去哪里。这个样子回宫去，流朱她们自然是要为我担心的。可是不回去，深宫偌大如斯，我又能往何处去栖身。

脚下虚浮无力，似乎是踩在厚重的棉花堆上，慢慢走了好半晌，才踏上永巷平滑坚硬的青石板。迎面正碰上槿汐满面焦灼地迎上来，见了我才大大松了一口气，忙不迭把手中的锦绣披风披在我身上，道："都是奴婢不好，来去耽搁了时间，叫娘娘苦等。"她见我失魂落魄一般，手碰到我的手又颤抖又冷，更是发急害怕，"娘娘怎么了？才刚去了哪里，可把奴婢急坏了。"

我用力拭一拭眼角早已干涩的泪痕，勉强开口道："没什么，风迷了眼睛。"

槿汐哪里还敢耽搁，担心道："娘娘怕是被冷风扑了热身子了，奴婢服侍娘娘回去歇息吧。"

回到宫中，浣碧和流朱见我这个样子也是吓了一跳，又不敢多问，我更不让请太医，只打发了她们一个个出去。天色向晚，殿中尚未点上烛火，暗沉沉地深远寂静。心，亦是这样的颜色。

我蒙上被子，忍了半日的泪方才落下来，一点点濡湿在厚实柔软的棉被上，湿而热，一片。

　　我的心神，在这样冷了心、灰了意中终于支持不下去。身子越发软弱，兼着旧病也未痊愈，终究是在新患旧疾的夹击下病倒了。这病来得并不凶，只是恹恹地缠绵病榻间。

　　这病，除了亲近的人之外并没有人晓得。这些日子里，玄凌没有再召幸我，也没有再踏入棠梨宫一步。我便这样渐渐无人问津，在后宫的尘嚣中沉寂了下来。

　　起初，宫中许多人对陵容的深获恩宠抱有一种冷眼旁观的态度。在她们眼中，陵容没有高贵的出身，富贵的家世，为人怯弱，容貌亦只是中上之姿，算不得十分美艳，所能凭借的，不过是一副出众的嗓子，与当日因歌获宠的余氏并没有太多的差别。于是她们算定玄凌对她的兴趣不会超过两个月便会渐渐冷淡下来。可是，陵容的怯弱羞涩和独有的小家碧玉的温婉使得玄凌对她益发迷恋。慕容妃与我沉寂，一时间，陵容在宫中可称得上是一枝独秀。

棠梨宫是真正"冷落清秋节"似的宫门冷寂，除了温实初，再没有别的太医肯轻易来为我诊治。往日趋炎附势的宫女、内监们也是避之不及。昔日慕容世兰的宓秀宫和我的棠梨宫是宫中最热闹的两处所在，如今一同冷清了下来，倒像极了是一损俱损的样子。

我的棠梨宫愈加寂寞起来。庭院寂寂，朱红宫门常常在白天也是紧闭的。从前的门庭若市早已转去了现在陵容居住的明瑟居。我的庭中，来得最多的便是从枝头飞落的麻雀了。妃嫔间依旧还来往的，不过是敬妃与眉庄罢了。宫人们渐渐也习惯了这样的寂寥，长日无事，便拿了一把小米撒在庭中，引那些鸟雀来啄食，以此取乐。时日一久，鸟雀的胆子也大了，敢跳到人手心上来啄食吃。终日有这些叽喳的鸟雀鸣叫，倒也算不得十分寂静了。

心肠的冷散自那一日偶然闻得陵容与玄凌的话起，渐渐也灭了那一点思念与期盼之心。陵容自然忙碌，忙着侍驾，忙着夜宴，忙着以自己的歌声点缀这歌舞升平的夜，自然不会如那日对玄凌所说，有劝解我的话语，只是偶尔，命菊青送一些吃食点心来，表示还记得我这病中的姐姐。

眉庄来看我时总是静默不言，常常静静地陪伴我大半日，以一种难言的目光看着我，神色复杂。

终于有一日，我问："姐姐为什么总是这样看我？"

她微微一笑："我只是在想，若你真正对皇上灰心绝望，该是什么样子？"

我反问："姐姐以为我对皇上还没有灰心绝望么？"

她淡淡道："你以为呢？若你对皇上死心，怎还会缠绵在病中不能自拔？"

我无言，片刻道："我真希望可以不再见他。"

眉庄轻轻一笑，沉默后摇头："你和我不一样。我与皇上的情分本就浅，所以他将我禁足不闻不问，我可以更明白他的凉薄和不可依靠，所以我即使复宠后他对我也不过是可有可无，而我也无须十分在意。"眉庄盯住我的眼睛，"你和我是不一样的。"

我低声问她，亦是自问："是因为我对皇上的心意比你更多么？"

"你若对皇上已无心意，便如今日的我，根本不会因为他的话、他的事而伤心。"她停一停，轻声道，"其实你也明白，皇上对你并非是了无心意。"

我轻轻一哂，举目看着窗外："只是他的心思，除了国事，几乎都在陵容身上。"我低头看着自己素白无饰的指甲，在光线下有一种透明的苍白。帘外细雨潺潺，秋意阑珊。绵绵寒雨滴落在阔大枯黄的梧桐叶上，有钝钝的急促的轻响。我道："怎么说陵容也曾与我们相交，纵然她行事言语不一，难道真要我去和她争宠？何况皇上，终究喜欢她更多。"

眉庄眸中带了淡漠的笑意："你得意时帮过陵容得宠，她得意时有没有帮你？若她帮你，你又何须争宠？若她不帮你，你可要寂寂老死宫中么？"她轻轻一哼，"何况皇上的心意，今日喜欢你更多，明日喜欢她更多，从来没有定心的时候。我们这些女人所要争的，不就是那一点点比别人多的喜欢么？你若不争，那喜欢便越来越少了，最后他便忘了还有你这个人在。"

我只静静看着窗下被雨浇得颓败发黑的菊花，晚来风急，满地黄花堆积，憔悴损的，不只是她李易安，亦是我甄嬛。何况，易安有赵明诚可以思念。我呢，若思及曾经过往的美好，随之而来的，便是对他的失望和伤怀。

或许，的确如眉庄所说，我对玄凌是没有完全死心的吧。若完全死了心，那失望和伤怀也就不那么伤人了吧。

眉庄道："你对皇上有思慕之心，有情的渴望，所以这样难过，这样对他喜欢谁更多耿耿于怀；若你对皇上无心，那么你便不会伤心，而是一心去谋夺他更多的喜欢。无心的人是不会在那里浪费时间难过的。"

我惘然一笑："姐姐，我很傻是不是？竟然期望在宫中有一些纯粹的温情和爱意，并且是向我们至高无上的君王期望。"

眉庄有一瞬间的沉思，双唇抿成好看的弧度，许久缓缓道："如果我也和你一样傻呢？"她转头，哀伤如水散开，漫然笑道，"或许我比你更傻呢。这个世间有一个比你还傻的人，就是我。"我惊异地望着眉庄，或许这一刻的眉庄，已经不是我所熟悉和知道的眉庄了。或许在某一刻，她有了她的变化，而我，却没有察觉。

我上前握住她的手，轻轻道："姐姐？"

她说："嬛儿，你可以伤心，但不要伤心太久，这个宫里的伤心人太多了，不要再多你一个。"她起身，迤逦的裙角在光洁的地面上似开得不完整的花瓣，最后她转头说，"若你还是这样伤心，那么你便永远只能是一个伤心人了。"

日日卧病在床，更兼着连绵的寒雨，也懒得起来，反正宫中也不太有人来。那一日正百无聊赖卧在床上，却听见外头说是汝南王王妃贺氏来了。

心下意外，和她不过一面之缘而已，她的夫君汝南王又是慕容妃身后的人，如今我又这样被冷落着，她何必要来看望一个失宠又生病的嫔妃？于是正要派人去推诿掉，贺妃却自己进来了。

她只是温和地笑，择了一个位子坐近我道："今日原是来给太后请安的，又去拜见了皇后，不想听说娘娘身子不适，所以特意过来拜访娘娘。"

我草草抚一下脸，病中没有好好梳洗，自然是气色颓唐的，索性不起来，只是歪着道："叫王妃见笑了，病中本不该见人的。不想王妃突然来了，真是失仪。"

她倒也没说什么，只是瞧一眼素绒被下我平坦的腰身，别过身微微叹了一口气。她这样体贴的一个动作，叫我心里似刺了一下。她道："不过是三四个月没见贵嫔娘娘，就……"

我勉强笑一笑："多谢王妃关心了。"

我心里实在是避忌她的，毕竟她的夫君与慕容妃同气连声，于是对她也只是流于表面的客套。她也不多坐，只说："娘娘也请好好保养身子吧。"临走往桌上一指，"这盒百年人参是妾身的一点心意，希望娘娘可以收下补养身体。"

我看一眼，道："多谢美意了。"

贺妃微微一笑，回头道："若是娘娘心里有忌讳，想要扔掉也无妨的。"

这样我却不好说什么了，只得道："怎么会？王妃多心了。"然而待她走，我也只把东西束之高阁了。

过了两日，淅淅沥沥下了半月的雨在黄昏时分终于停了。雨后清淡的水珠自叶间滑落，空气中亦是久违的甜净气息。

月自东边的柳树上升起，只是银白一钩，纤细如女子姣好的眉。我的兴致尚好，便命人取了"长相思"在庭院中，当月弹琴，亦是风雅之事。

我自病中很少再有这样的心思，这样的念头一起，浣碧、流朱她们哪有不凑趣的。低眉信手续续弹，指走无心，流露的却是自己隐藏的心事。

> 日色欲尽花含烟，月明如素愁不眠。赵瑟初停凤凰柱，蜀琴欲奏鸳鸯弦。此曲有意无人传，愿随春风寄燕然。忆君迢迢隔青天，昔日横波目，今作流泪泉。不信妾肠断，归来看取明镜前。

李白洒脱不羁如此，也会在诗词里写下这样长相思的情怀么？他所思慕的，是否如我，也是这般苦涩中带一些甜蜜的记忆。正如那一日的上林杏花，那一日的相遇。纵使我伤心到底，亦是不能忘的吧。毕竟那一日，他自漫天杏花中来，是我第一次，对一个男子这样怦然心动。

昔日横波目，今作流泪泉。这泪落与不落之间，是我两难的心。

舒贵妃的琴名"长相思"。我不禁怀想，昔日宫中，春明之夜，花好月圆，她的琴与先帝的"长相守"笛相互和应，该是如何情思旖旎。这样的相思也会如我今日这般破碎又不忍思忆的相思吧。只可惜，从来这宫中，只有一个舒贵妃，只有一个先帝。

心思低迷，指间在如丝琴弦上低回徘徊，续续间也只弹了上阕。下阕却是无力为继了。

正待停弦收音，远远隐隐传来一阵笛声，吹的正是另半阕的《长相思》。

长相思，在长安。络纬秋啼金井阑，微霜凄凄簟色寒。孤灯不明思欲绝，卷帷望月空长叹。美人如花隔云端。上有青冥之长天，下有渌水之波澜。天长路远魂飞苦，梦魂不到关山难。长相思，摧心肝。

隔得远了，这样轻微渺茫的笛声有一种似有若无的缠绵，咽咽隐隐，分外动人。我问身畔的人，可曾听见有笛声，她们却是一脸茫然的神情。我几乎是疑心自己听错了，转眸却见浣碧一脸入神的样子，心下一喜，问道："你也听见了么?"

浣碧显然专注，片刻才反应过来，"啊"了一声，道："似乎跟小姐刚才弹的曲子很像呢。"

我弹的《长相思》到底是过于凄婉了，反无了那种刻骨的相思之情。此刻听那人吹来，笛中情思却是十倍于我了。

我不觉起身，站在门边听了一会儿。那笛音悠远清朗，袅袅摇曳，三回九转，在静夜里如一色春日和煦，觉得心里的滞郁便舒畅许多。我复又端正坐下，双手熟稔一挥，清亮圆润的音色便从指下滑出，那曲中便有了三分真切的思念。

那边的笛声似乎亦近了些，我听起来也清晰许多。我按着它的拍子转弦跟上曲调，这样琴笛合奏，心思也只专心在如何和谐上，便暂时忘却了积日的不快。琴声缠绵婉转，笛声清空悠长，两缕清音遥遥应和，叶间花上，一时夜莺止了欢鸣，连月光都立足驻步。

一曲绵落，槿汐笑道："好久没有听得娘娘弹这样好的琴了。"

我问："你们还是没有听见笛音么？"

槿汐侧耳道："刚才似乎听见一些，却是很模糊，并不真切的。"

我不疑有他，道："不知宫中哪位娘娘、小主能吹这样好的笛子。"于是一推琴起身。浣碧早取了披风在手，满眼期盼之色，我晓得她的意思，道："你被那笛声打动了是不是？"

浣碧不觉含笑，道："小姐要不要出去走走？"

月色一直照到曲折的九转回廊间。古人踏雪寻梅闻梅香而去，我凭声去寻吹笛人，所凭的亦只是那清旷得如同幽泉一缕般断续的声音，也只是那样轻微的一缕罢了。我与浣碧踏着一地浅浅的清辉，渐行渐远。

回廊深处，一位着素衣的男子手持一支紫笛，微微仰首看月，轻缓吹奏。他眉心舒展，神态安闲，扶栏凭风，怡然自得。

待看清那人是谁，我一怔，已知是不妥，转眼看浣碧，她也是意外的样子。本想驻步不前，转念一想，他于我，也是在危难中有恩义的。遂徐步上前，与他相互点头致意。浣碧见他，亦是含了笑，上前端正福了一福。我却微有诧异，浣碧行的，只是一个常礼而已。不及我多想，浣碧已经知趣退了下去。

玄清的目光在我面上停留一瞬，很快转开，只道："你瘦了许多。"

我笑一笑："这时节帘卷西风，自然是要人比黄花瘦的。"

他的目光带着怜惜，轻轻拂来。此时的我，是不堪也不能接受这样的目光的。于是退开两步，整衣敛袂，端正道："那日王爷大义救本宫于危难之中，本宫铭记于心，感激不尽。"

他听我这样说，不觉一愣，眼中有几分寥落，道："贵嫔一定要和清这样生疏么？可惜当日之事依旧不能保住贵嫔的孩子。"

人人都道，清河王这样闯入宓秀宫救我，不过是因为我是玄凌的宠妃，救我不过是逢迎玄凌罢了。所以才肯费心为我的生辰锦上添花，彼时又来雪中送炭。说得好听些，也只是为我腹中皇嗣而已。唯有我明白，他的闯宫，并不仅仅是如此而已。但无论如何，这样的仗义援手，宫中也只得他一个。

我坦然一笑："虽然本宫今日落魄，但绝不是忘恩负义的人，他日王爷若有不便，本宫也自当全力相助。"

他失笑："这样听你自称'本宫'，当真是别扭得紧。"他很快正色，"清助贵嫔并非是为交换。"

我略点了点头："或许交换对我来说比较安全。"

他道："但愿清不在其列。清也希望贵嫔安好。因为……清视贵嫔为知己。"他停一停，又道，"此地荒凉，贵嫔怎么会来？"

我方微笑，指一指他手中的紫笛道："王爷以为方才弹琴的人是谁？"

他了然地笑："清私心猜测或许是贵嫔。"

我淡淡一笑，道："王爷可相信这世间有心有灵犀一事？"话问得十分温婉，却暗藏了凌厉的机锋。

他的身影萧萧立于清冷洁白的月色中，颀长的轮廓更添了几分温润的宁和。他并未察觉我的用意，认真道："清相信。"

他这样认真诚恳，我反而有些愧疚，何必一定要他说呢。然而话已出口，不得不继续："所以王爷能适时知道我被困宓秀宫，才能赶来相救？"

话有些尖锐，他默然相对："其实……"

我别过头，轻声道："我知道王爷这样是为我好，可是与我的近身侍女私相来往得频繁，若传出去，对王爷自身无益。"

他的目中掠过一丝清凉的喜悦，道："多谢贵嫔关心。"

我心下感念他的明白，仿佛一只手从心上极快极温柔地拂过，口中却戏谑道："其实也没什么。若真被旁人知晓了，我便做个顺水人情把她送给王爷做妾侍吧。"

他咳嗽一声，注目我道："贵嫔若是玩笑就罢了，若当真那清只好不解风情了。"

我举袖微笑，想了一想道："王爷今晚如何会出现在此处？"

他道："皇兄有夜宴，亲王贵胄皆在。"

我不觉轻笑："王爷又逃席了么？"

他也笑："这是惯常之事啊。"他微一迟疑，问道，"坐于皇上身边的那位安小媛，仿佛似曾相识。"

我轻轻道："就是从前的安美人。"

他的手随意扶在红漆斑驳的栏杆上："是么？那么安小媛的歌声进益许多了，只是不足的是已经缺了她自己的味道。"

我反问："皇上喜欢才是最要紧的，不是么？"

他似乎在回味着我的话，转而看着我，静静道："刚才的琴声泄露了你的心事。"

我垂首，夜来风过，冉冉在衣。我的确消瘦了许多，阔大的蝶袖被风带起飘飘若流风回雪之态。我低声辩解道："不过是曲子罢了。"

他道："曲通人心，于你是，于我也是。"

我心中一恸，想起《长相思》的意味，眼中不觉一酸。然而，我不愿在他面前落泪。明知道我一落泪伤心便止不住，于是，扬一扬头，再扬一扬，生生把泪水逼回眼眶中去，方才维持出一个淡淡的勉强的笑容。

他凝神瞧着我，眸中流光滑溢，大有伤神之态，手不自觉地抬起，似要抚上我的鬓发。我大怔，心底是茫然的害怕。只觉得周遭那样静，身边一株桂花，偶尔风吹过，几乎可以很清楚地听见细碎的桂花落地的声音。月光并不怎么明亮，然而这淡薄的光线落在我鬓角的垂发上，闪烁出黑亮而森冷的光泽，隔绝住他对我的温情。我矍然一惊，我这一生一世，身体发肤，早已随着我的名分全部归属了玄凌。这样一想，神情便凝滞了。

他亦懂得，手停在我鬓边一寸，凝固成了一个僵硬的姿势。

我迅速转身不去看他。气氛终究有些涩了。我随口寻个话题道："这里是什么地方？竟然这样荒凉。"

他离我有些远，声音听来有些含糊："这是从前昭宪太后的佛堂。"略一顿，又道，"我母妃从前便在此处罚跪。"

昭宪太后是先帝隆庆帝的嫡母，先帝生母昭慧太后早逝，先帝自小就由昭宪太后抚养，一向感情不错，后来为舒贵妃入宫一事母子几乎反目。不久又查知昭慧太后之死乃昭宪太后授意，只为可以夺先帝保住其太后之位。昭宪太后薨逝后，先帝严令只予太后之号，灵位不许入太庙飨用香火祭祀，棺椁不得入皇陵，只许葬入妃陵，不系帝谥，后世也不许累上尊号。昭宪太后所居之地也冷落荒凉再无人打理了。

夜渐凉，有栖在树上的寒鸦偶然怪叫一声，惊破这寂静。秋深霜露重，不觉已浸凉了衣襟长袖。我回身离去，道："皇上有宴，王爷不方便出来太久，终归于礼不合。"

他颔首，只缓缓拣了一首明快的小曲来吹了送我。曲调是欢悦的，而听在耳中，却觉得寂寞非常，裙角拖曳开积于廊上的轻薄尘灰，亦仿佛扫开了一些别的什么东西。脸上骤然感觉温热，就像那一日昏寐中，他的泪落在我面颊上的温度和湿润，依稀而明白的触觉。远远走至最后一个转角，瞥见他依旧站在原处，只以笛声送我离开，而他眼底淡淡的怅然，我终不信是自己看错。

永巷的路长而冷清，两侧高高的宫墙阻挡，依稀可以听见凉风送来前殿歌舞欢宴的声音。我和浣碧走得不快，两个人长长的影子映在永巷的青石板上几乎交叠在一起，如同一个人一般。

我在心中择着如何启齿的言语，想了想还是直接问她："你与六工来往，是从什么时候开始的？"

浣碧一惊，一时语塞，慌忙就要跪下去。我忙扶住她道："现在是长姐和你说话，你愿意说便是，不愿意也就罢了。"

她低头道："我并不是存心要瞒着长姐的。"

我道："可是从我生辰那时开始的么？"见她默认，又道，"难怪你当时总不让我去太液池泛舟，也是他嘱咐你要给我惊喜吧。"我看住她，"那么当日我困于宓秀宫一事，也是你去向六王求救的吧？"

浣碧点头："槿汐姑姑陪长姐在宓秀宫中自然不能寻机脱身。当时太后病重，宫中没有可以为长姐做主的人，我只好斗胆去寻王爷。"

"那么后来你们又来往过几次？"

"只有两次。王爷并没说别的，只嘱咐我好好照顾长姐。"

我低叹一声："他也算是有心了。"

浣碧道："长姐今日怎么突然问起，可是王爷告诉长姐的？"

我微微摇头："并不是。只是你刚才见到六王时行的是常礼，若非平日私下见过，你乍然见到他，怎会是行常礼而不是大礼呢？"

浣碧脸色一红，道："是我疏忽了呢。"

我低声嘱咐道："我如今身份地位都很尴尬，若你和王爷来往频繁，于王爷于我们都没有益处，不要私下再见了。"

浣碧沉吟片刻，道："好。"

永巷中十分寂静，微闻得行走时裙褶触碰的轻细声响。前殿的歌声被风吹来，柔婉而清亮，那是陵容在歌唱。我驻足听了片刻，惘然一笑，依旧携了浣碧的手一同回去。

这样宫中的深夜，是谁的热闹，挑动了所有不敢言说的寂寥。

冷月　贰肆

　　一场霜降之后，空气中便有了寒冷的意味，尤其是晨起晚落时分，薄棉锦衣也可以上身了。一层秋雨一层凉，真正是深秋了啊。

　　这样的萧条的秋，兼着时断时续的雨，日子便在这绵长的阴雨天中静静滑过了。

　　这一日雨过初晴，太阳只是蒙昧的微薄的光，像枯黄的叶子，一片一片落在人身上。眉庄见我这样避世，时时劝我几句，而我能回应的，只是沉默。

　　这日眉庄来我宫中，二话不说，起身扯了我的手便走。她的步子很快，拉着我匆匆奔走在永巷的石道上，风扑起披风坠坠的衣角，似小儿顽皮的手在那里拨动。

　　我不晓得她要带我去哪里，路很长，走了许久还没有到她要去的地方。我留神周遭景物，仿佛是从前在哪里见过的，用心一想，不觉倒吸了一口冷气。这条路，便是通往冷宫的道路。数年前，我在冷宫下令杀死了宫中第一个威胁我性命的女子。那是我第一次蓄意杀戮，以致我在后来很多个夜里常常会梦见死去的余氏被勒杀的情景，叫我心有余悸。

走了很久才到冷宫，推开门，一股阴沉腐朽之气迎面扑来。在我眼里，它们更像是无数女子积蓄已久的怨气，积聚了太多的痛苦和诅咒，像一个黑暗无底的深渊一样，让人不寒而栗。阳光在这里都是停滞的，破旧的屋檐下滴答着残留的雨水，空气中有淡淡的却挥之不去的腐臭和潮湿的霉味。

那些曾经容颜如花的女子或哭泣呼喊，或木然蜷缩在地上半睡半醒，或形如疯癫跳跃大笑，而大多人贪恋这久违的日光，纷纷选了靠近阳光的地方享受这难得的片刻温暖。

她们对我和眉庄的到来漠不关心，几乎视若无睹。照看冷宫的老宫女和老内监们根本无意照顾这些被历朝皇帝所遗弃的女人，只是定期分一些腐坏的食物给她们，让她们能继续活下去，或者在她们过分吵闹时挥舞着棍棒和鞭子叱责她们安静下来。而他们做得最多的事，就是面无表情地将这些因为忍受不了折磨而自杀的女子的尸体拖到城外的乱葬岗焚化。

人人都晒在太阳底下。我无意转头，阴暗没有日光照耀的角落里，只剩下两个女子一坐一卧在霉烂潮湿的稻草堆上，连日阴雨，那些稻草已经乌黑烂污。那两个女子衣衫褴褛，蓬头垢面。坐着的那个女子手边有一盘尚未舔净汤汁的鱼骨，苍蝇嗡嗡地飞旋着。她的面前竖了一块破了一角的镜子，她仔细用零星的面粉小心翼翼地敷着脸和脖子，一点也不敢疏忽，仿佛那是上好的胭脂水粉。敷完面粉后双手在稻草中摸索了片刻，如获至宝一样取出了一支用火烧过的细木棒，一端烧成了乌黑的炭，正是她用来描眉的法宝。

眉庄在我耳边轻声道："你猜猜她是谁？"她污秽的侧脸因为沉重雪白的粉妆和格外突出的黑色长眉而显得阴森可怖，我摇头，实在认不出她是谁。

那女子一边认真地画着自己的眉毛，一边嘴里絮叨着："那一年选秀，本宫是最漂亮的一个，皇上一眼就看见了本宫，想都不想就留了本宫的牌子。整个宫里，本宫只比华妃娘娘的样貌差那么一点。那时候皇上可喜欢本宫了……"她哧哧地笑，"皇上他一个晚上宠幸了本宫三回呢，还把'丽'字赐给本宫做封号，不就是说本宫长得好看么？"她沉溺在回忆里的语气是快乐而骄傲的，浑忘了此刻不堪的际遇。她描完眉，兴冲冲地去推身边躺着的那个女子，连连问道："本宫的妆好不好看？"

那女子不耐烦地翻了个身，正眼也不瞧她一眼，厌烦道："好看好看！整天念叨那些破事儿，老娘听得耳朵都长茧子了。"说着也不顾忌有人在，毫不羞耻地慢条斯理地一件件解开自己肮脏破旧的裙袄，露出一对干瘪松垂、积着汗垢的乳房。她一只手悠闲地在身上游走搔痒，另一只手迅速而准确地在衣物上搜寻到虱子，稳稳当当地丢进嘴里，"啪"的一声咀嚼的轻响，露出津津有味的满意表情。我胸口一阵恶心，升起强烈的想要呕吐的感觉。

描眉的女子也不生气她的敷衍，继续化着她的妆，道："只要本宫天天这样好看，皇上总有一天还会喜欢本宫的。"说着用脚尖轻轻踢一踢身边的女子，"你怎么不去晒太阳，身上一股子霉味儿。"

躺着的女子粗鲁道："混账，太阳会把我的皮肤晒坏的。你自己怎么不去？"

描眉的女子得意："本宫是宫里最好看的'丽贵嫔'呀，怎么能被太阳晒着呢。"她诡秘地一笑，"皇上最喜欢本宫身上这样白了。"

我闻言一惊，竟然是丽贵嫔！转眼去看眉庄，她脸上一点表情也无，只是冷眼旁观。

她的笑极其快活，一笑手中的木炭便落在了我脚边。她发现丢了自己的爱物，回身来寻，骤然见了我，一时呆在那里。她脸上的面粉扑得极厚，雪白似鬼魅，我看不出她脸上究竟是何神情。她的眼中却是交杂着恐惧、震惊和混乱，忙不迭地起身，伏到我脚边语无伦次地哭喊道："婉仪小主，当日是本宫，不，是我糊涂……不，不，我其实知道的不多，全是华妃她主使的呀！"她极力哀求道，"婉仪为我向皇上求情吧，我情愿做奴婢做牛马服侍小主，再不想在这个鬼地方待下去了。"

她还称呼我"婉仪"，婉仪，那是多久以前的事了？她一直被囚禁在冷宫中与世隔绝，她并不知道，我已不是婉仪。如同我也不知道，她在冷宫如此潦倒。或许当初她意气风发入宫那一日，并不晓得今后自己会狼狈至此吧。

旁边的女子对她的哀求和我的存在完全无动于衷，偶尔抬头看我一眼，又冷冷低头咀嚼她那美味的虮子。泪水冲开丽贵嫔脸上厚重的面粉，一道道像沟渠一般，暴露出她苍老而衰败的容颜。其实她比我只不过大了四五岁，二十一二岁的年龄，风华正茂的年纪。曾经，她是这个后宫里仅次于华妃的美人，承受帝王雨露之恩。

她的哀求字字似戳在我心上，我不愿再听，也不愿再看，用力挣脱了丽贵嫔的手跑了出去。

冷宫外的空气此刻闻来是难得地新鲜，我强行压制下胃中翻腾踊跃的恶心感觉，似乎从一个噩梦里苏醒过来。这是我从未见过的后宫的另一幕，这样的场景让我害怕并且厌恶。

眉庄追出来轻拍我的背，温和道："还好吧？"

我点点头，道："姐姐带我来冷宫，不是专程让我来看丽贵嫔的吧？"

她微微一笑，道："留意到丽贵嫔身边那个女子了么？"

我蹙一蹙眉，只是不语。眉庄晓得我厌恶那种恶心，曼声道："她是皇上以前的芳嫔啊。"

这个名字我是熟悉的，棠梨宫的旧主人，便在此地了此残生了么？

眉庄意味深长地看着我，慢慢道："芳嫔比我们早三年入宫，初封才人，晋芳贵人、良娣，一直住在你的棠梨宫，承恩半年后有身孕晋封芳嫔，也很得了一段时间的风光，可惜失足小产，她因为太过伤心而失意于皇上，后来又口出怨言污蔑华妃杀害她腹中子，所以被打入冷宫。"

我凝眸于她，轻声道："姐姐怕我步她的后尘？"

眉庄道："她是否真的污蔑华妃并无人知道，只是皇上信了她是污蔑。俗话说'见面三分情'，芳嫔一味沉溺于自己失子之痛而不顾皇上，连见面分辩的机会也没有，只怕就算是冤枉也只能冤枉了。"眉庄说完，右手猛地一指冷宫，手腕上的金镯相互碰触发出"哗啦"一声脆响，话音一重颇含了几分厉色和痛心，道，"这就是前车之鉴！你若一味消沉下去，她们俩的现状就会是你日后的下场！"

我静默不言，肃杀的风从耳边呼啸而去，干枯发黄的树叶被风卷在尘灰中不由自主地打着卷儿。冷宫前空旷的场地上零星栖息着几只乌鸦，沉默地啄着自己的羽毛，偶尔发出"嘎"的一声嘶哑的鸣叫声，当真是无限凄凉。

我轻声道："姐姐怎么会来冷宫发现丽贵嫔和芳嫔？"

眉庄神色急剧一冷，眼中掠过一丝雪亮的恨意："芳嫔的事我不过是凑巧得知。至于丽贵嫔——当日推我下水之事她亦有份。只要一见到她，我便会永远牢记慕容氏如何坑害我。我必要让慕容贱人也来尝尝冷宫里那种生不如死的滋味。"

眉庄的爱与恨向来比我分明。

我抬手轻轻拂去她肩头薄薄的灰尘，道："从小姐姐就知道自己想要什么，若一心想要，必然能得到。"我停一停，看着眉庄道，"恕我多言，如今皇上对姐姐这样可有可无——多半也是姐姐自己不肯要这恩宠吧？"

眉庄凛然转眸："我心中唯一牵念的，只有怎样杀了贱人。皇上的恩宠固然重要，却不可靠，难道我能依靠他为我报仇么？"

我默然片刻，伸出手，道："天凉了，姐姐和我先回去吧。"

许是怀着惊动的心事，这一路迢迢走得越发慢。眉庄的话言尽于此，再没有多说一句，只是一路上都紧紧握住我的手，以她手心的温度，温暖我沉思中冰凉的手。

走至上林苑的偏门，眉庄道："我先回宫去了，你——仔细思量吧。"

我点点头，自永巷择了近路往自己宫中去。永巷无尽的穿堂风在秋冬尤为凛冽，两侧更是四通八达，无处不有风来，吹得锦兜披风上的风毛软软拂在面上，隐约遮住了视线。

斜刺里横出一个人来，我躲避不及，迎面撞在那人身上。只闻得"哎哟"一声，抬头看去，正是恬嫔宫中的主位陆昭仪。

陆昭仪本是九嫔之首，在宫中的资历远远在我之上。我见撞着了她，忙站立一边请安告罪。陆昭仪失宠多年，在宫中一直安分守己，遇事也是躲避的时候多，甚少惹是生非。她见撞着了人，倒先生出了一种避让不安的情态，本不欲多言，然而待看清了是我，忽然神色一变，生了几分怒意和威严出来。

我晓得不好，也不愿在这个时候招惹是非，于是神色愈加谦卑恭谨。陆昭仪的怒气却并没有下去，道："莞贵嫔走路怎么没有规矩，几月不见皇上而已，难道宫中的礼节都忘记了么？"

我忙道："是我不好，冲撞了陆姐姐。"

她身边闪出一阵娇媚而轻狂的轻笑，我想亦不用想，便知道是恬嫔在了。恬嫔见了我作势行了半个礼，掩嘴轻笑着，拖长了尾音道："嫔妾道是谁呢？原来是皇上从前最喜欢的贵嫔娘娘呀，难怪啊难怪，贵人走路多横行嘛。"

她刻意在"从前"二字上说得腔调十足，讽刺我如今的失宠。这次是我无心冲撞在前，少不得忍气吞声道："请陆姐姐见谅。"

陆昭仪尚未开口，恬嫔故作奇怪地上上下下打量着我，道："哟！贵嫔娘娘这喊的是哪门子姐姐呀？"我心头萌发怒意，纵然我今日落魄，你又何须这般苦苦相逼，想我昔日得意时，也并未有半分踩低你，怎的我一失宠，你却次次来招惹不休。然而陆昭仪在，我终究还是屏住了心头的恼怒。

恬嫔见我不说话，越发得意，道："贵嫔娘娘不是一向最讲究规矩尊卑的么，怎么见了嫔妾与娘娘不称呼一声'娘娘'，也不自称'嫔妾'了呢？"

我微微举目，正迎上她得意的脸庞，陆昭仪只沉着脸一言不发。我们三人说到底都已是没有皇恩眷顾的女子了，同是天涯沦落人，又何必这样彼此苦苦为难。

恬嫔自然不会想到这一层，今日有陆昭仪为她撑腰，又是我先理亏，她自然是视作了千载难逢的机会，怎肯轻轻放过。

于是我端正行了一礼，只对着陆昭仪道："嫔妾失礼，请昭仪娘娘恕罪。"

陆昭仪点了点头算是谅解，道："罢了，你走吧。"

我正欲起身，恬嫔忙道："娘娘，她无理在先，你怎么就让她这么走了？"

陆昭仪微有惊讶，望着恬嫔道："算了，本宫哪有心思站在冷风口和她折腾。让她走便是了。"

"娘娘糊涂了！如今慕容妃不得皇上宠爱，敬妃庸庸碌碌，端妃药罐子一个，妃位之下就是以您为尊了。娘娘若是现在不拿出九嫔之首的款来服众立威，以后宫里谁还记得您这个昭仪娘娘哪。"她微微一笑，凑近了陆昭仪道，"过去皇上最喜欢慕容妃雷厉风行的样子，说不定娘娘这一立威，皇上又喜欢娘娘了呢。"她又恨恨追上一句，"娘娘，要不是莞贵嫔狐媚，皇上怎么会冷落咱们，我的孩子怎么会被她的孩子克死？如果我的孩子还在，皇上常来宫中，也一定会多眷顾娘娘的。"

陆昭仪明显被说动，脸上微露喜色，瞬间又冷怒，道："你说得不错！都是贱人害的我们！"

我闻言苦笑，玄凌喜欢慕容妃，未必真是因为她果决的性子。陆昭仪没有慕容妃的身世容貌，却欲仿慕容妃之行，真的愚蠢可笑至极。

我气结："恬嫔说我克死了你的孩子，那我的孩子又是被谁克死了呢？"

恬嫔恨声道："我的孩子没了，那时你的孩子还在。我最痛苦伤心的时候也是你最得意风光的时候，为了你，连我失去孩子皇上都少来看我，不是你的孩子克死我的孩子，还会是谁？你没了孩子，自然是你的报应！"

我终于失望："恬嫔执意于此，我也无话可说。"

陆昭仪端正神色，刹那间威风凛凛道："你就给本宫跪在这风口里好好思过。"她回头唤一个宫女："燕儿，给本宫盯着她跪足半个时辰才许起身。"

半个时辰！又是跪半个时辰！我的恼与恨瞬间涌上心头，她真把自己当作了当日的晳华夫人么？

陆昭仪见我含怒的面孔，笑吟吟道："你冲撞了本宫，还想不受罚？闹到皇后娘娘那里，没你的好儿。"

陆昭仪施施然离开，恬嫔跟随两步，转头道："贵嫔如今没有身孕，是跪不坏身子的，想来无妨。"她的话如芒刺直扎我心扉之中，猛然又回忆起那一日在宓秀宫难言的伤痛，顿时神色僵在了那里。恬嫔说着媚然一笑，做出了一个让我震惊又痛恨无比的行为，她轻启樱桃红唇，"噗"的一声将一口口水唾在我面上。

奇耻大辱！我瞬间紧紧闭上双目，迅速转开的脸并不能避开她蓄意的唾面之辱，那一口口水落在了我的耳侧。她愉快地笑了，笑得得意而放肆，一边笑一边道："贵嫔娘娘可不要生气啊，嫔妾是受昭仪娘娘的命教训娘娘的，这一点口水就请娘娘笑纳吧。"

我冷冷转过脸，用力盯着她带笑的脸。即便当初对丽贵嫔，我也没有如此憎恶。她被我的目光震慑，不免有些害怕，一时讷讷，很快又嗤笑着弯下腰来道："娘娘别瞪着嫔妾呀！难道你还以为你是过去的莞贵嫔么？"

她笑着走了，笑声在空洞的风声呜咽的永巷里格外刺耳。口水的温热在冷风里很快变得冰凉而干涩，慢慢滑落、慢慢被风干的感觉使耳侧的皮肤有僵硬的麻木。偶尔有三三两两的下等宫人经过，用冷漠、好奇而轻蔑的目光扫视过。

看守我的宫女燕儿局促不安，小声道："娘娘，要不起来吧？奴婢不会说出去的。"我摇头，也没有用手去擦拭耳边的口水，只是依旧跪在风口，保持着腰身笔直的姿势，头脑中是近乎残酷的冷静。

是，我是一个没有子嗣也没有夫君疼惜的女子。我是这个深宫里的女子，一个已经失去了君王宠爱的女子。我什么也没有，唯一有的，就是我腔子里这一口热气和我的头脑，再没有别的可以依靠，人人自危，人人朝不保夕，人人拜高踩低。

因为我没有君王的宠爱，因为我在君王身上奢求少女时代梦想的爱情，因为我的心还柔弱且不够防备，因为我天真并且幼稚，所以我不能为我的孩子和姐妹报仇；所以我被压制，甚至被位分低于我的女子唾面羞辱；所以我的境遇，离冷宫只剩下几步之遥。

够了，已经足够了。我不能被人踩到尘土的底处，冷宫的景象让我触目惊心，而芳嫔的凄凉悲惨，更不能成为我的未来。

我的视线缓缓移出，定格在远处慕容妃的宫殿。她还活着，活得好好的，说不定哪天又会翻身而起再度获宠。我的孩子，不能这样白白死去。冷宫，亦不能成为我甄嬛老死的归宿。即便我要死，也要看着我所憎恨的人死在我的面前，祭告我无辜早亡的孩子和姐妹。

半个时辰已经到了，腿脚已经酸疼，我坚持自己站起，整理衣裙，端正仪容。燕儿扶住我，低声歉意道："娘娘受苦了，我们娘娘平日里并不这样的。"

我神色平静，看着这个其实与我年龄相仿的宫女，漠然一笑："你会因为你现在的善心得到好报。"她听不懂，脸上只是一种单纯的不安和局促。

我独自离开。

我的伤心和消沉已经足够了。对着陆昭仪跪下去的那个避世隐忍的甄嬛已经死了，站起来的，是另一个甄嬛。

我不会再为男人的薄幸哭泣，也不会为少女梦中的情爱伤神，更不会对她所痛恨的人容忍不发。这样的我，将更适合活在冷漠而残忍的后宫里。

耳边的口水我没有擦去，让它留着便了。让我牢记这一刻屈辱的感觉，来日，他们会因为羞辱我的快感而付出沉重的代价。

回到宫中，我吩咐槿汐搬离了棠梨宫的正殿，把旁边的饮绿轩打扫了出来暂时居住。

浣碧劝我道："饮绿轩地方窄小，况且又阴凉，夏日乘凉是最好的，这个时候住进去怕不太合时宜吧？"

我用柔软的棉布仔细擦拭"长相思"的每一根琴弦，微微一笑道："我本来就是个不合时宜的人啊。"浣碧无言，也不敢再深劝。

几日后，我吩咐了小允子和小连子帮我去捕捉这个时节已经很少有的蝴蝶，他们对我怪异的决定有些意外和吃惊，道："蝴蝶不是秋天这个时节的东西啊。"

我俯在妆台前，细心描摹远山黛的眉形。如今的我，已经用不上螺子黛这样昂贵的画眉物事了。远山眉，那是去年，玄凌为我亲手画就的，何等情意绵绵。其实我并不怎么喜欢，我的眉毛适合的是柳叶眉。只是如今，我一笔一笔画得无比工整和精心。还是要依靠他的宠爱的，是不是？我自嘲。如果没有爱，我就要许许多多的宠，多得足以让我在这个后宫里好好存活下去。

懒懒把眉笔一抛，头也不回对他们道："蝴蝶，也是不合如今时宜的吧？但是我一定要，并且，必须足够漂亮。"他们是不会拂逆我的想法的，尽管我的想法看起来这样心血来潮，不合情理。

我微微一笑，就让我这个不合时宜的人来演一场不合时宜的戏吧。

回首，雕阑玉砌之外。天边，一弯冷月如钩。

蝶幸　贰伍

　　小允子和小连子竭尽全力才在冬寒到来前找到了为数不多的二十几只蝴蝶，那全是些色泽艳丽悦目的蝴蝶。我自然是满意的，道："天冷了，内务府这两日就要送来冬日里要用的炭。你去告诉姜忠敏，一应的绸缎衣料咱们都不要，全换了炭火和炭盆来，再让他多送水仙和梅花。"

　　幸好当日我在内务府提拔了姜忠敏，即便今日门庭冷落，皇恩稀薄，却不至于如刚入宫时一应的分例都有人敢克扣，以致到了冬日若非眉庄接济，用的全都是有刺鼻浓烟的黑炭。也总算他还晓得要知恩图报，我宫里要些什么，但凡他能做主的，都会送来。

　　我吩咐了小允子去，又对槿汐道："莹心殿现如今空着，把捕来的蝴蝶全放到暖阁的大玻璃罩子里去养着，暖阁里要多用炭火，务必使之温暖如春，每日三次你亲自送鲜花入暖阁供蝴蝶采食花粉。"我嘱咐完，又加了一句，"你定要亲力亲为，别人我都不放心。"

　　槿汐见我面色郑重，又受我如此重托，虽不明白我的用意，却也是加倍细心照料那些蝴蝶。

眉庄有一日来，见我饶有兴致地命人为自己裁制新装，不由得面露些微喜色。因我自再度病倒，便再无了调脂弄粉的闲情，终日素面朝天，种种华丽贵重的颜色衣裳和珠钗明环，一并收入了衣柜，既无"悦己者"可使我为之容，也算是为我胎死腹中的孩子服丧，尽一尽我为娘的心意。眉庄半含了笑意试探着道："可是想通了么？"

我拿着天水碧的云雁细锦在身上比一比，微微一笑，道："多谢姐姐教导，今日之我已非昨日。"眉庄眸光明亮，只笑吟吟瞧着我，道："既有此心，事不宜迟啊。"

我卷起袖子，亲自取了剪刀裁制新衣的腰身，低着头道："姐姐别急，来日方长。"

我并没有闲着。

对镜自照。长久的抑郁和病痛使我瘦得与从前判若两人，睡前换寝衣时，抬眼瞥见镜子里自己的锁骨，突兀地横亘着，自己几乎也惊骇。心里还不信，举起右手臂，臂上的镶碎祖母绿银钏几乎能套至手肘。这副银钏做的时候便是小巧而合身，不过数月前，只能塞进一条手绢，现在看着倒是空荡荡的样子了。很久没有注视自己，没想到瘦成这样，仿佛秋风里一朵在枝头打着寒战的花，形销骨立。虽然瘦下来，也是憔悴，皮肤倒显出隐隐的青玉色，半透明的青玉，只是没有了玉的润洁光泽。两颊越发窄了，显得过去一双娇滴滴神采妖然的清水眼似燃尽了火的余灰，失了灵动之气。这样的我，即使愿意出现在玄凌面前，不过是得他几分同情，见他多了，反叫他厌恶，又有多少胜算呢？

当日怀孕时温实初给我的几张美容方子重又找了出来，去太医院择选出端午时节折下的健壮、旺盛的全棵益母草，须得干净，草上不能有尘土的。经过曝晒之后，温实初亲自动手研成细末过筛，加入适量的水和面粉，调和成团晒干。选用一个密封好的三层样式的黄泥炉子，最底下的一层铺炭，中间的一层放晒干的药丸，上面的一层再盖一层炭，点上火慢慢煨制，大约一日一夜之后，取出药丸待完全凉透，只有药丸颜色洁白细腻的才是上佳之作。再以玉锤在瓷钵将药丸研成细末，最后用上好的瓷瓶装好备用。研锤也很讲究，以玉锤最佳，鹿角锤次之——玉、鹿角都有滋润肌肤、祛皱除瘢之功效，研磨时自然入药，正好起辅助作用。这种药丸磨成的细粉，每六十钱加入滑石六钱、胭脂六钱后调匀，每天早晚适量擦洗脸面和双手，可令人皮肤光泽如玉。温实初事后见我容色焕发，颇为自得道："这张方子相传为唐朝则天女皇所创，号神仙玉女粉，女皇以此物虽八十而面若十八。"

这话听来是有些夸张的，而是否为则天女皇所用也是传说，只是我的面容的确因此而娇嫩白皙。

有次眉庄正好进来探我，见温实初尽心尽力为我煨制药物，于是坐在一旁默默观看。我对她道："这个神仙玉女粉效用很好，我正想命人送去给姐姐呢。"

眉庄神情淡淡的，似乎是夜间没睡好的样子，道："不用了。此物对你日后之事大有助益，我有天成之貌，不用再妆饰了。"她忽然粲然一笑，"何况我修饰成美丽面容，又要给谁去看呢？"

眉庄的话有些像和谁赌气，她的性子渐渐有些古怪了，有些时候我并不明白她在想什么，她也不和我说，偶然一次去她宫里，竟瞧她一人卧在床上，睡梦之中愁眉未展，脸颊上犹带晶莹泪珠。

那一句话，不知怎的，我便记在了心上。她笑得粲然，语气却是萧索失意，似是自问，又似问我："何况我修饰成美丽面容，又要给谁去看呢？"

槿汐取了珍珠粉灌入玉簪花中蒸熟，又和了露水为我敷面，我忽然想起眉庄那句话，心里不耐烦起来。在我心底，已是了然玄凌并非我的"良人"，而"女为悦己者容"，他这样冷心绝情，何曾又是我的"悦己者"？这样费心使自己的容颜美好，又有何意义？

况且，明明知道他对我不过是爱重容色，我却只能以容色吸引他，何其悲凉！

这样躁乱着，宫外忽然闻得整齐而急促的脚步声，我看一眼小允子，他出去了一会儿，进来回禀道："咳！奴才还当是什么要紧事——原来是安小媛前些日子说想起幼时跟随姨娘养植蚕桑的事，皇上便命人去南地取了新鲜桑叶来给小媛小主，听说快马加鞭送来，桑叶都还没有枯萎哪。"

流朱嘴快，插口道："皇上如今可真宠爱安小媛啊。"

浣碧皱了皱眉头，觑着我的神色轻声道："这个情形，倒让奴婢想起唐明皇给杨贵妃送荔枝的故事来了。"

我寥落一笑，在意的并非是玄凌对陵容有多么宠爱，只是辗转忆起《诗经》中的一篇："桑之未落，其叶沃若。于嗟鸠兮，无食桑葚。于嗟女兮，无与士耽。士之耽兮，犹可说也；女之耽兮，不可说也。"①

我微微叹息，前人之言，原来也是有感而发的，是多么惨痛的经历，才让这个女子发出"无与士耽"的呼唤。平民男子的爱情尚且不能依靠，何况是君王呢。我惘然一笑，从前种种，不过是我天真的一点痴心而已。罢了！罢了！皆去了吧！

于是，依旧振作了精神，让小厨房炖了赤枣乌鸡来滋养补气。

亏得年轻，又是一意图强，身体很快复原过来。待得容貌如前，已经是立冬时分了。

听说前几日，慕容妃再度上表请罪，言辞恳切。玄凌看后颇为动容，只是暂时未置可否。我暗暗心焦，前朝汝南王权势似有再盛之势，若长此下去，慕容世兰有重回君侧那一日也未可知，那可就棘手了。

我抬头看看铅云密布欲压城的阴沉天色，深深吸一口气，安抚自己略慌乱的心。万事俱备，只欠一场大雪了。

眼角斜斜扫过，侧头见铜镜昏黄而冰冷的光泽中，我的如水眼波已经带上了一抹从未有过的凌厉机锋。

---

① 出自《诗经·卫风·氓》，写男子负心的诗篇。本句是劝诫女子不要沉溺于男子虚幻的爱情中。

　　这一天很快来了。十二月十二，大雪初停。整整三日的大雪，整个后宫都成了白茫茫一片，真干净。玄凌与众妃嫔在上林苑饮酒赏雪，我早早告了身体不适没有前去。

　　新制的衣裳是天水碧的云雁细锦，极清冷的浅绿色，似露水染就。刻意选这样的颜色，最简单的款式，只是做得合身，略显身量纤瘦。绣黄蕊白花的梅花和水仙，和真花一般大小颜色，再拿真花蒸了暖气熏一夜，披在身上，花香侵骨，仿若自己也成了那千百朵花中的一朵。

　　画的是他所中意的远山黛，先薄施胭脂，再抹一层雪白英粉修面，做"飞霞妆"，淡淡姿容，惹人爱怜，恰到好处地点缀我的轻愁，宜喜宜嗔。

　　这样去了，怀一点决绝的心意，有悲亦有愁。然而行至半路，觉得那悲与愁都是不必要的了，既然决意要去，又何必带了情绪拘束自己。

　　去的是曾经的旧地，便于行事，更重要的，是当年的初次相对之地，更易勾起彼此情肠心动。

　　行入倚梅园中，园内静静，脚落时积雪略发出"吱嘎"的轻微细响，仿佛是先惊了自己的心绪。

　　太安静，空气的清冷逼得我头脑中的记忆清醒而深刻，旧景依稀，红梅欺香吐蕊，开得如云蒸霞蔚。深深吸一口气，似乎连空气中的清甜冷冽也是过去的气味，不曾有丝毫改变。脚下略虚浮，很快找到当年祈福时挂了小像的那棵梅树，自己也怅惘地笑了。仿佛还是初入宫那一年的除夕，也是这样寒冷的雪天，暗夜的倚梅园中，我隔着重重梅影，第一次和他说话。命运的纠缠，是这样无法逃离。即便是有了李代桃僵的余更衣，该遇上的，终究还是遇上了。

　　当日许下的三个心愿依旧在心中，这么些年，祈求的不过只有这些：一愿父母安康，兄妹平安；二愿能在宫中平安一世；三愿便是"愿得一心人，白头不相离"。

　　我曾经那样期盼"愿得一心人，白头不相离"，可是"闻君有两意"，却做不到"故来相决绝"……其实细细思量来，我对玄凌也未真正要求过"一心"。他是帝王，我何尝不明白他的处境，只是心底总是有些期盼，后宫佳丽如云，我只是他心中稍稍特别一些的便好。这样的执念，而今终究是真真切切地成了镜花水月，痴心妄想。而平安，更是如后宫中的情爱一样短暂而虚幻。我没有别的路走，也没有别的法子，唯有心机，唯有斗争，这样无休无止，才能换来片刻的平安。我还能有力可及的，只有父母兄妹的平安康泰。即便不为了自己，也要为了他们。何况我的孩子，仇人尚在，他不能这样白白死去。

心智清明如水，长吸一口气，只等玄凌的到来。

天气很冷，略显单薄的衣衫不足以让我取暖，手足皆冰冷，凛冽的空气吸入鼻中要过片刻才觉得暖。

我不怕冷，冷宫的悲惨已经见过，唾面之辱也已承受，没有什么可以让我害怕的了。

远远身后传来积雪松动的声音，我晓得他来了，不只他，怕是今日雪宴之上的嫔妃宫人们都已经到了。李长做得很好，终于引了玄凌来，不枉我从前私下厚待他。

梅林后的小连子早已听见动静打开养着蝴蝶的玻璃大瓶，不过片刻，便见有蝴蝶抖索着飞来。我适时打开笼在披风中的小小平金手炉，热气微扬，身上熏过的花香越加浓和暖。蝴蝶寻着热源，遥遥便向我飞来。

脚步声越来越近，我双手合十，声音放得平缓且清柔，一字一字道："信女后宫甄氏，无才无德，不足以保养皇嗣、侍奉君王，心怀感愧，无颜面圣，在此诚心祝祷吾皇得上天庇佑，平安喜乐，福寿绵长。若得所愿，信女愿一生茹素吃斋，清心拜佛，再不承恩宠。"

我不晓得这个冰雪寒天里身上环绕艳丽翩翩蝴蝶是怎样夺目摄魄的情景，但我知道在这样奇异的情景之下，我的话更易字字刻入他心上。何况白雪红梅的分明间，我独一身青衣萧萧。

这样的祝祷我虽并不诚心，只是拼尽了我对他残余的情意来一字一字说出，多少也有几分真意。

片刻的静默，真是静，仿佛倚梅园中静无一人一般，天地间唯有那红梅朵朵，自开自落。

心跳得厉害，明明知道他在身后，龙涎香久违的香气幽幽传来，只消一转身，便是他。

有悠长的叹息，一缕稔熟的嗓音，道："嬛嬛，是你么？"

这样熟悉而亲昵的称呼，叫人一不留意，以为自己还身在往日，椒房盛宠，欢颜密爱。喉咙口便有些哽咽，鼻翼微动，似被什么堵住了，一丝哭音连自己也难压抑，只是背对着他，极轻声道："臣妾失德，不宜面君。"

嫔妃们的唏嘘和讶异再难掩抑，他抢到我身边，自背后环住我："嬛嬛，你做什么不看朕一眼，你不愿再见朕了么？"

我轻轻挣扎一下，眼中已含了泪："皇上别过来——臣妾的鞋袜湿了……"答他的话，正是当年在倚梅园应他的话，如今说来，已无了当时那份含羞避人的少女心态——我不过是在一心算计他罢了。

身子硬生生被他扳过来，眼中的泪盈盈于睫，将落未落。曾经对镜研习，这样含泪的情态是最惹人心生怜爱的。

我迅速低头不肯再抬起来，他握住我的手，语气心疼道："手这么冷，不怕再冻坏了身子。"

我低语："臣妾一心想为皇上祈福……让皇上担心，是臣妾的罪过，臣妾告退。"我转身欲走，却被他一把拉回怀里。他一拉，身上附着的早已冻僵了的蝴蝶纷纷跌落在地，周遭的嫔妃宫人不由得发出阵阵惊讶的低呼，玄凌亦是又惊又奇，道："嬛嬛，这时候竟然有蝴蝶，蝴蝶亦为你倾倒！"

我微露意外而迷茫的神色，道："臣妾并不晓得……"说话间唇齿因寒冷而微微颤抖，风翻起衣角如蝶展翅，天水碧的颜色高贵中更显身姿清逸，温柔楚楚。

他的明黄镶边银针水獭大裘阔大而暖和，把我裹在其间，久违而熟悉的龙涎香的气味兜头转脸席卷而来。他的手臂微微用力，叫我不得逃离。

他唤我："嬛嬛，你若为朕祈福再冻坏了身子，岂不叫朕更加心疼。"他的呼吸流连在我衣上，不觉惊而复笑，"你身上好香，难怪冬日里也能引得蝴蝶来倾倒于此，连朕也要心醉了。"

我的声音极轻微柔和："臣妾日夜为皇上祝福，沐浴熏香，不敢有一丝疏忽。"

他动容，这一拥，意味昭然。皇后含笑道："如此可好了。莞贵嫔小产后身子一直不大好，不能出门，本宫可是担了好几个月的心啊。"

陵容越众上前，柔柔道："臣妾日夜为皇上与姐姐祝祷，希望姐姐与皇上和好如初，再无嫌隙，如今果然得偿所愿了。"

玄凌笑吟吟望着我，似看不够一般，道："朕与爱妃有过嫌隙么？"

我的笑坦然而妩媚，婉声道："从来没有。是臣妾在病中不方便服侍皇上罢了。"

陵容脸色微微尴尬，很快笑道："正是呢。瞧臣妾一时高兴得糊涂，话都不会说了呢。"

玄凌十分快活，我伏在他肩上，注视他身后各人表情百态，不由得心底感叹，世态炎凉反复，如今重又是我居上了，后宫众人的脸色自然不会再是风刀霜剑，面对我的笑脸，又将是温暖如春了。

然而目光扫视至人群最后，不觉愣了一愣。玄清遥遥立于人后，目光懂得而了然，温润中亦含了一丝悲悯，停留在我身上，久久不去。

与玄凌一同用过晚膳又观赏了歌舞杂技，显然玄凌的注意力并不在陵容高亢清悦的歌声和艺人的奇巧百技中，时时把目光投向坐于敬妃身边的我。

敬妃微笑着低声对我道："皇上一直看你呢。"

我笑着道："怎知不是在看姐姐呢？"

敬妃呵呵一笑："妹妹今日骤然出现在倚梅园，其实众人都已心知肚明，皇上是不肯再疏远妹妹的了。"她停一停，道，"只是我这个做姐姐的好奇，为何蝴蝶会停落在你身上，难道真如人所说，妹妹你会异术？"

我失笑："姐姐真会笑话，只不过是小玩意儿罢了。"

抬首见玄凌向我招手道："你来朕身边坐。"

我恭敬起身，道："皇后娘娘为六宫之首，理应在皇上身边，臣妾不敢有所逾越。"

他无奈，好容易挨到宴会草草结束，他自然是要留宿我宫中，我婉转道："并非臣妾不想侍奉皇上，只是风寒尚未痊愈不宜陪伴皇上，请皇上见谅。"说着温婉一笑，又道，"皇上不如去曹婕妤宫中歇息吧，想来温宜帝姬也很想见一见父皇呢。"

话音未落，曹婕妤已经面带惊讶瞧着我。很快，她收敛了神色，只是温和静默地笑。慕容妃失宠，曹琴默必然受到牵连，又有陵容的恩宠，听说玄凌也有许久不曾踏入她的居所了。玄凌拗不过我的含笑请求，便带了曹婕妤走了。

浣碧不解，轻声急道："小姐……"我举手示意她无须多言，只一路回去。

回到宫中，已是夜深时分。方用了燕窝，却并无一分要睡下的意思。晶青道："娘娘今日劳累，不如早些歇息吧。"

我摆手道："不必了。"说着微笑，"只怕还没得安稳睡呢。"正巧小允子满面喜色进来，兴冲冲道："娘娘，皇上过来了。"

我淡淡"哦"了一声，随口道："把饮绿轩的门关上吧。"

小允子一脸不可置信，以为是自己听错了，道："娘娘说什么？"

我道："把门关上，不用请皇上进来。"我见他踌躇着不敢去，复道，"你放心去就是了，告诉皇上我已经睡下了。"

小允子这才去了。片刻，闻得有人敲门的声音，我听了一会儿方道："是谁？"

轩外是玄凌的声音，他道："嬛嬛，你可睡下了？"

我故作意外道："皇上不是在曹婕妤处么，怎么这个时候过来了？臣妾已经睡下了呢。"说着作势咳嗽了几声。

他的语气便有些着急："嬛嬛，你身子可好，朕要进来瞧瞧你才放心。"

我忙道："臣妾正因风寒未愈所以不能出来迎驾，也不能陪伴皇上。此刻皇上若进来，皇上万金之体，臣妾承担不起罪名。请皇上为臣妾着想。"

他无可奈何之下只能应允，妥协道："那么嬛嬛，让朕瞧你一眼好不好？只瞧一眼，你若安好，朕也就放心了。"

他顶着夜霜风露而来，是有些诚意的。然而我怎么肯，正色婉言道："皇上明日还要早朝，实在不宜晚睡，臣妾已经歇下，反复起来只会让病势缠绵更不能早日侍奉皇上，请皇上见谅。"

如此一番推托，玄凌自然不好说什么，只得悻悻回去。

流朱大急："好不容易皇上来了，小姐怎么连面也不让见一次呢？"

我微笑更衣，道："若他明日来，我还是不见。"

第二日晚宴，我依旧遥遥只坐在玄凌下首，和他维持恰到好处的距离，偶尔也说笑几句。果然晚上他又来，我还是闭门不见，只一味劝说他去别的嫔妃处歇息。他却不肯，甚至有些恼了。众人担心不已，怕我有了回转之势却将他拒之门外，更怕玄凌一怒之下责罚于我。这一晚，玄凌不愿再召幸别的嫔妃，未能见我的面离去后，独自在仪元殿睡了。

如此到了第三日，我才肯在门缝间与他相见片刻。烛光朦胧，其实并不能看得清楚，而他却是欢悦的。

第五日，我留玄凌饮了一杯茶，送客。

第八日，弹曲一首，送客。

第十二日，手谈一局，送客。

我迟迟不肯搬回莹心殿居住，只在狭小的饮绿轩招待玄凌片刻。而玄凌夜夜不在我处留宿，却在众人的议论和好奇中，对我的宠爱一日复一日地浓厚起来了。

荣华 | 贰陆

这一切的心思，不过得益于汉武帝李夫人的临死之言。李夫人以倾国之貌得幸于武帝，死前武帝想见她最后一面，她却以纱巾覆面，至死不肯再见。只因色衰而爱弛，是每个后宫女子永远的噩梦，只有永远失去的，才会在记忆里美好。

到我手中，心思改动，却是觉得不能轻易得到的才会更好。于是费尽心机日日婉拒，只为"欲擒故纵"四字。所谓"欲擒故纵"，最终的目的还是在"擒"字上，"纵"不过是手段而已，因而"纵"的功夫要好，不可纵过了头。而"擒"更要擒得得当，否则依旧是前功尽弃。就如同蜘蛛织网，网织得大，亦要收得好，才能将想要的尽收囊中。

终于过去半个多月，除夕那一晚为着第二日的祭祀和阖宫觐见，他自然是不能来，挨到初一正午祭祀完毕，他早早便到了我的饮绿轩中坐着。

阳光很好，照着积雪折起晶莹剔透的光芒。日光和着雪光相互照映，反在明纸上映得轩内越发透亮。彼时我正斜坐在窗下绣一个香囊，身上穿一身浅紫色连珠弹花暗纹的锦服，因是暗纹，远看只如浅紫一色，配以月白底色绣星星点点鹅黄迎春小花朵的百褶长裙。为着怕颜色太素净，遂搭了一条玫瑰紫妆缎狐肷褙子大氅在肩上作陪衬。淡淡施了胭脂，头上只插一支紫玉镶明珠的流苏簪子，家常的随意打扮，也有一点待客的庄重，雅致却丝毫不张扬，连眉眼间的笑意也是恬静如珠辉，只见温润不见锋芒。

他进来站在一旁，也不作声。我明知他来了，只作不知道，一心一意只挽着丝线绣那香囊。片刻他咳嗽了一声，我方含了三分喜色，起身迎接道："皇上来了。"随即嗔怪，"来了也不说一声，显得臣妾失礼。"

他微笑："大正月里，咱们还拘着这个礼做什么？朕瞧着你低着头绣得认真，舍不得吵你。"

我命槿汐奉了茶上来，笑道："臣妾只是闲来无事做些小玩意儿打发辰光罢了。皇上这是从哪里来呢？"

"才从皇后那里过来，碰见小媛也在，略说了几句就过来了。"又道，"你才刚在绣些什么呢？"

我盈盈笑着，取过了香囊道："本想绣一个香囊送给皇上的。可惜臣妾手脚慢，只绣了上头的龙，祥云还没想好绣什么颜色呢。"

他道："不拘什么颜色都可以，你的心意才是最可贵的。"

我侧头道："皇上身上的一事一物、一针一线都是马虎不得的，何况如皇上所言，香囊是臣妾的一番心意，臣妾更是不愿意有半分不妥。"

他闻言也笑了，凝神片刻，目光落在我衣上，含了笑意道："你身上的浅紫色就很好，绣成祥云和金龙的颜色也配。"

我道了"是"，笑语清脆道："紫气东来，金龙盘飞，果然是极好的祥瑞之兆。"

于是闲闲说着话，手中飞针走线把香囊绣好了。玄凌啧啧称赞了一回，却不收下，径自摘下我簪上的明珠收入香囊中，道："这明珠是你日日戴在鬓边的，往后朕便把这香囊日日带在身上，片刻也不离，好不好？"

我低低啐了一口，脸一红，不再理他。

玄凌仔细环顾饮绿轩，道："朕在你这里坐了这些时候，这屋子里点了三四个炭盆也不如原来的正殿里暖和——朕正想问你，怎么不在莹心殿住着了？"

我微微垂首，轻声道："臣妾喜欢饮绿轩的清静。"

他"唔"了一声道："那晚朕和你下棋，轩后种了片竹子，不是雪压断了竹子的声音，就是风过竹叶响的声音，怎么能说是清静呢？这样晚上怎么睡得踏实，风寒越发难好了。"

眼中微蓄了一点泪光，勉强道："臣妾……臣妾无法保住皇嗣，实在无颜再见皇上。莹心殿是皇上和臣妾曾经一同居住的，如今臣妾失德，怎还能独居高殿？臣妾情愿居住饮绿轩这苦寒之地，日日静心为皇上祈求能广有子嗣。"言毕，自己也动了心肠。说这些话并非是十足的真心真意，只是"子嗣"二字让我想起了我未出世的孩子和失去孩子后那些凉苦的日子。

如此情态话语，他自然是动心动情的，双手抚在我肩上，道："嬛嬛，你这样自苦，岂不叫朕更加心疼？"他的神色有些茫然的痛楚，"因为朕不在而不愿独居和朕一起生活过的宫殿。嬛嬛，你对朕的心意放眼后宫没有一个人能及你三分啊。"他抚着我脸颊的泪痕，轻声软语道，"朕已经回来，还是陪着你住回莹心殿好不好？就和从前一样。"

他刻意咬重了"从前"二字，我仰起脸含了泪水和笑容点头，心底却是怆然的。纵然他还是从前那个人，居住着从前的宫殿，而我的心，却是再不能如从前一般无二了。

这一晚，我没有再婉言请他离开。他积蓄了许久的热情和期待爆发了很久，有少年人一样的急迫和冲动，而我只是缓缓地承受，承受他浪潮一样的爱抚和烈火一样的耸动。

醒来已是如斯深夜。子正方过，夜阑人静。

莹心殿的红罗斗帐、绡金卷羽一如从前般华贵艳丽，濯然生辉。西窗下依旧一对红烛高烧，窗外一丝风声也无，天地的静默间，唯听见有雪化时簌簌滴落的声音，轻而生脆。

殿中暖得有些生汗。我静静躺在宽阔的床上，他睡得沉，双手紧紧搂住我的肩，令我不能动弹。他手臂的肌肉和我胸前裸露的肌肤因着未干的汗水黏而热地贴在一起，潮潮的，让人心底生腻。

欲望是他的，欢好如水在身体上流过去，只觉得身和心都是疲累的。仿佛还是他方才刚进入身体的感觉，赤裸相对下，我身体的反应生疏而干涩。他的唇是干热的，急促地吻着，身体也急迫，这样贸然进入，让我有无言而粗糙的疼痛。

面上还是微笑着，心却开始游离了。

不知道女子的身体和心是否是一起的，心疏远了，身体也成了一个空洞的容器，茫然而寂寞地承受着他的激情，却无法给出真心的悦纳，像是置身事外一般。只是这样含笑承受着，没有交融，也没有欢悦。

眼前的樱桃色绸罗帐幔安静垂下如巨大的翼，忽然想起，这样初一的夜晚，是连月色也几乎不能见的。风脉脉，雪簌簌，天罗地网，一切尽笼罩在漫天冰雪之中。

我的人生，只能是这样了吧！

初二的家宴，我已经盈然坐在玄凌右侧，把酒言欢。人人都晓得玄凌夜宿我宫中，直至午时方与我一同来家宴。这一夜之后，我再不是当日那个意气消沉的莞贵嫔了。因这一日是家宴，又为阖宫之庆，只要宫中有位分的，无论得宠或是失宠，都济济一堂地到了。宫闱大殿中嫔妃满满，娇声软语，应接不暇。我含了一缕淡薄的笑坐于玄凌身侧，看着座下的娇娥美娘，忽觉世事的难以预料，不过是去年的春天，我曾经荣华得意，耀目宫廷，而夏雨的崩落带走了我的孩子，也带来了我的失意，长秋冷寂，整个宫廷的人都以为我失宠到底，甚至连地位比我卑微的宫嫔也敢对我大加羞辱，而冬雪还未消去，我复又坐在玄凌身侧，欢笑如前了。

　　久不见慕容妃，她的容色沉寂了不少，听闻她多次向玄凌上表请疏，自辩其罪，言辞十分恳切动容，玄凌看后叹息不已，却不下诏恕罪。她难免也多了些抑郁气，只是她衣饰华贵、姿势挺拔地坐在位上，那股傲然气势和艳丽美态依然未曾散去。这也难怪，她的父兄仍然掌握朝中权势，而她父兄家族背后，是更加声势赫赫的汝南王。玄凌虽未宽宥她，但也不曾加以重罚，可见她若起势，终究还是有机会的。

　　我仰头喝尽杯中的葡萄美酒，冰凉的酒液滑过温热的喉咙时有冷冽而清醒的触感。经失子一事，我已经更清楚地明白，只要汝南王不倒，慕容氏族不倒，那么无论慕容世兰在宫中犯下多大的过失，玄凌都是不会、不能也不敢杀她泄愤的。

　　我微微看一眼玄凌，王权盛于皇权，身为一国之君，想必他也是隐忍而悲愤的。

　　我很快转头，目光自皇后之下一个个扫过去。敬妃一向与我同气连枝，我的复起她自然是高兴的，彼此也可以加以援手，眉庄更是真心为我高兴。陵容一味是温和谦卑的，脸上亦是淡淡的羞涩的笑容，拉着我的手，双眼无辜而明亮："姐姐总算苦尽甘来了，可叫妹妹担心呢。"

　　我应对的笑是从容的："安妹妹言重了。"言重的是我的苦还是她的担心，心内自然分明。她的笑便有些讪讪的，仪态依旧恭谨谦卑。

　　那一日在仪元殿后听见的话如鲠在喉，话中的欲退还进的意思我不是不明白，哪怕她是为了自保，为了固宠，我与她，在内心到底是生疏了。世态炎凉，人心历久方能见。只是见到何种地步，就不是我和她所能够预料的了。

　　目光与陆昭仪触碰时，她极度不自然，很快躲避开我的目光。我泰然地微微一笑，恬嫔更是坐立不安，如坐针毡。我微笑注目着她的不自然，并不打算将她羞辱我一事告诉玄凌。她亦不晓得我重新得势后会如何对付她，越发不安。我也不理，只是对着她的惶恐，露出一个极明媚而友好的笑容。而她只顾低头，怕得不敢再看我一眼。

十数日后便是元宵，嫔妃们都在皇后宫中请安，恰好玄凌亦在，众人便更是热闹。

皇后微笑看我道："莞贵嫔的身子果然是好了，能重新侍奉皇上，本宫也心中安慰。"

我正起身相谢，李长进来道："皇上，慕容妃在外求见，希望能在元宵佳节向皇上请安。"

玄凌的目光触上我的面庞，淡淡道："叫她回去吧。外头天寒，就不必来请安了。"

李长斟酌着道："慕容妃说，知道皇上不愿见，所以只求进来远远向皇上叩头请安。"

玄凌迟疑片刻，看向皇后。皇后和善道："皇上，让她进来磕个头请安吧。大节下的，来了这一趟也算了了心事，不必再来了。"

玄凌微微颔首，李长便去传召。慕容妃衣饰华贵，神色间殊无失宠嫔妃的气馁之色，盈盈请安："臣妾久未面圣，特来向皇上请安。"

玄凌示意她起来后也不多言，慕容妃只道："臣妾不敢求皇上宽待，独居宫中之时，抄录数十卷经书，今日都已交去通明殿请大师诵读，希望可以为皇上祈福。"

玄凌笑意浅淡："你的心意朕知道了。你回去吧。"他见慕容妃略有失神，便道，"天寒手冷，等春来再抄经书吧。"

慕容妃眼中有惊喜之色，还欲再说，玄凌别过头对我道："朕昨日看你穿紫色衣衫好看，不如让内务府多做几身。"

慕容妃登时神色黯然，缓缓吸一口气，默然退下。

失去孩子，于我，于玄凌，都是难解的心结。慕容世兰的处境，怕一时也难脱困了。只是以后，谁知道以后呢？

自上林苑回棠梨宫，雪天路滑，我并没有乘坐轿辇，只是抱了手炉，慢慢携了槿汐的手走回去。冬日冰雪琉璃世界的上林苑并不荒芜凋谢，除了树树红梅、腊梅、白梅点缀其间，手巧的宫人们用鲜艳的绸绢制作成花朵树叶的样子，粘在干枯的枝干上，一如春色未曾离开。

我行走几步，转入路旁的岁寒阁悠闲观赏太液池雪景。那是自皇后宫中出来，曹婕好和恬嫔各自回宫的必经之地。

果然她们俩先后乘着轿辇经过，见我在侧，不得不停下脚步向我问安。

阁中三面有窗，一面是门，亦有顶可以遮蔽风雪。只是阁子狭小，我和槿汐站立其中，又进来了曹、杜二人，便有些拥挤不堪了。

她们的宫人都守在阁外，槿汐拿了鹅羽软垫请我坐下，我又命她们二人坐。我低头用长长的护甲盖拨着画着珐琅开光花鸟手炉的小盖子，手炉里焚了一块松果，窄小的空间里，便有了清逸的香。

曹婕好神色从容，若无其事地和我叙话家常，恬嫔却是神色不宁的样子。我故意不去理会她，对曹婕好道："前阵子本宫抱恙，好久没和两位姐姐见了，今日不如一起赏雪说话可好？"

曹婕好笑吟吟道："本要回去陪帝姬的，可是许久不见娘娘，理应问安奉陪的。"

恬嫔无奈，只好道："娘娘有命，嫔妾不敢不从。"

我唇角微扬，笑道："这话说得像是本宫勉强你了。"她一惊，忙要分辩，我又道，"其实咱们姐妹多见见、说说闲话多好，情谊深了，误会嫌隙自然也就没有了。"

曹婕好略有不解，却也不问，恬嫔只得唯唯诺诺答应了。

从阁子中望出去，整座后宫都已是银装素裹，白雪苍茫之间，却是青松愈青，红梅愈红，色泽欲滴。

我遥遥注视一苑的银白，缓缓道："岁寒大雪，禽鸟俱绝，虽不比春日热闹，却也别有一番味道。这季节里，倒叫本宫想起一个冬天的故事了呢。"

曹婕好道："娘娘博学广知，嫔妾愿闻其详。"

我道："仿佛是人彘的故事吧。人彘，也是发生在这样的冬天呢。"

曹婕妤的笑容一凝，略有些不自在，她显然是知道这个故事的。恬嫔却是一脸茫然，她出身地方粮官之家，教养不多，且是只好戏文不爱史书的，自然是不知道。

我笑笑道："哪里还博学广知呢，其实本宫也不太记得清了，只记得是汉高祖时戚夫人得宠，冒犯吕后。后来吕后成为太后，遂断戚夫人手足，去眼，削耳，饮哑药，关在厕中，称为人彘。戚夫人一代美人沦落至此，真是太可惜了！"

我妩媚微笑，对着恬嫔道："虽然吕后手段残酷，不过戚夫人妄想凭一时之势羞辱皇后，便是咎由自取了。亦可见身为女子，吕后记仇也是很深啊。杜姐姐，你说是不是呢？"

她听得痴呆，猛然听见我问，双手一抖，整个人已经不由自主地委顿在地上。我示意槿汐挽一挽她坐好，曹婕妤在旁道："好端端地说故事听呢，杜姐姐这是怎么了？"

我亦道："正是呢，恬嫔又不是这样犯上无知的人，好端端地多什么心呢。"我的笑越发柔和，"慕容妃虽然跋扈专断，可是有一点本宫却很敬服，便是杀伐决断，毫不留情。当年有人不过得罪慕容妃一句，便被迁居别宫。若是慕容妃受人唾面之辱，不知会如何报复。"

曹婕妤道："以慕容妃的性子，若真如此，即便不让此人受人彘之刑，也要她生不如死。"

我点头道："是了。我若早有慕容妃的性子，当年入宫也不会任人欺凌了。"

曹婕妤含笑："妹妹有皇上宠爱，又有什么不能的？"

恬嫔满面惧色，凄惶地看着我哀求道："贵嫔娘娘恕罪！嫔妾知道错了，再也不敢了。"

恬嫔被硬扶着颤巍巍坐起，身子栗栗作颤。阁中静得只听见她急促不匀的呼吸，脸色苍白如一张上好的宣纸。

我淡淡道："这事儿就奇了。恬嫔向来理直气壮，何尝有什么罪了，况且，本宫不过是想讲个故事而已。"我随手摘下鬓上斜簪的一朵紫瑛色绢花，目光盈盈看着她，手中随意撕着那朵绢花。绢帛破裂的声音是一种嘶哑的拉扯，在这样骤然的静默中听来格外刺耳。

她满面惊恐地望着我，道："嫔妾……嫔妾只是听从陆昭仪的差遣而已啊！娘娘……"

我似笑非笑，头也不抬，只道："是么？无论什么事以后再说，本宫现在只想听听这'人彘'的故事。只是司马迁虽然下笔如神，却不知真正的'人彘'是什么样子呢。本宫倒是很好奇。"

槿汐道："其实人彘也还不算厉害，听说唐代便有把妃嫔做成人彘后浸入酒缸中，称之为骨醉。"

我仿佛深以为然："手法是狠毒了些，但凡事有因才有果，也是意料中之事。"

我的眼风在恬嫔脸上厉厉剜过，吓得她整个人倚在阁中的柱子上，绵软抖颤，忽然听得"啊"的一声惨叫，恬嫔整个人昏了过去，歪在了地上。

我漠然瞧她一眼，道："原来胆子这样小，本宫以为她多大的胆子呢，不过就是个色厉内荏的草包！"我用绢子拭一拭鼻翼两侧的粉，随手把手中破碎的绢花掷在她身上，淡然道，"恬嫔身子不适晕了，把她抬回去吧。"

宫人们都远远守在阁外，听得呼唤，也不知发生了什么事，慌忙把恬嫔带走了。槿汐也趁势告辞出去。

曹婕妤见众人走了，只余我和她两个，方笑意深深道："杀鸡儆猴——鸡已经杀完了，娘娘要对嫔妾这个旁观的人说些什么呢？"

我唇角轻柔扬起："和曹姐姐这样的聪明人说话真好，一点都不费力。"

她容色如常，和言道："娘娘不是一个毒辣刁钻的人，即使恬嫔得罪了娘娘，娘娘大可以把她送去暴室发落，何必费这番周折呢？不过是想震慑嫔妾罢了。娘娘有什么话请直说吧。"

我整一整鹤氅上的如意垂结，静静笑道："曹姐姐九曲心肠一向爱拐弯抹角，忽然要和姐姐直接爽利地说话，还真是有些不习惯呢。"我停一停，"前些日子本宫感染风寒，每每荐了皇上去曹姐姐宫里，曹姐姐可还觉得好么？"

她道："娘娘盛情，嫔妾心领了。只是皇上人在嫔妾那里，心思却一直在娘娘宫里，时常魂不守舍。"

我道："曹姐姐冰雪聪明，自然知道皇上是否去你宫中，都是本宫言语之力。其实曹姐姐也不必十分在意皇上的心在谁那里，俗话说'见面三分情'，只要皇上时时肯去你那里坐坐，以姐姐的聪慧，皇上自然会更中意姐姐的。"我略想想又道，"为了慕容妃贬谪的事也很连累了曹姐姐，更是冷落了温宜帝姬。皇上似乎中间有半年没去姐姐你宫里了。其实姐姐受些委屈不要紧，重要的是帝姬，若从小失了父皇的宠爱，将来可要怎么打算呢？"

曹婕妤神色一变，道："是嫔妾当日目光短浅，没有学良禽择木而栖，以致今日寥落，也无所怨言可说。"

我微笑道："姐姐可不要自怨自艾，帝姬的前程可都还要姐姐去为她争取。从前呢，世事如此，姐姐选择跟着慕容娘娘也不算是目光短浅。当日要追随她，可也是不容易的吧？只是现在，姐姐还被宫中人视为慕容一党，可要怎么好呢？不过也还好，皇上是念旧情的人，不是也没把慕容娘娘怎么样么？"

曹婕妤目光清绵，望着我良久道："娘娘心里比谁都清楚，慕容娘娘迟早要败落，不过是时机而已。嫔妾也很愁苦自己的将来，只求不要被牵累便好。"

我了然道："慕容妃性子急躁决绝，曹姐姐的日子一向也不太好过吧？当日的木薯粉一事姐姐明知道本宫是冤枉的，自然也知道是谁利用帝姬生事——可怜帝姬小小年纪就要受这般苦楚，当真是叫人心疼……"我心肠微软，"身为母亲要眼看自己的孩子受这样的苦楚，想必心里更难过吧？"

曹婕妤眉心微动，蓦然变色，再抬头眼中已有一丝泪光，感叹道：

"可是若不是她襄助，当年嫔妾怎么有生下帝姬的命？"

我点点头，继续道："慕容妃自然对你有恩，可是后来种种，她可是利用曹姐姐亲生的帝姬为自己夺皇上的宠，甚至把帝姬带在自己身边不让你这个生母亲自抚养——其实姐姐多有智谋，不在慕容妃之下，跟随于她也不过想自保而已。"

她无限喟叹："只可惜……"

我接口道："曹姐姐是个再聪明不过的人，洞察世事，所以很早就晓得慕容妃不可依靠，私下也肯帮一帮本宫。当日慕容妃查抄存菊堂，姐姐若肯出言阻拦，本宫也就不能设计令她失宠了；而淳妹妹失足落水之事，也是姐姐对本宫有所提醒——本宫不是个不知恩的人。"

她道："嫔妾也是唯命是从，怎有心力违抗当时的慕容娘娘呢？只是淳嫔是无法救回了。"

我正想寻求这长久的疑问，便道："当日淳嫔究竟是为何失足？"她欲言又止，我心中焦急，脸上却可有可无的样子，道，"姐姐若无心，不说也是无妨的。"

她微微踌躇思索，道："慕容妃不过是妒忌淳嫔年少得宠，又是和娘娘你一路，所以要剪去娘娘你的羽翼。"

"所以她就这样急不可耐了吗？也不怕皇上追究？"

"慕容妃一向目中无人，杀几个嫔妃又算什么，何况这样的死法根本不落痕迹。"她顿一顿，觑着我的神色，小心道，"其实那日淳嫔去捡风筝，无意看见了慕容妃与汝南王的人私下来往，慕容妃才急于灭口。"

我倒吸一口凉气，震惊之下耳上的金珠微微颤动。慕容妃有汝南王撑腰是众人皆知的事，只是他们竟然在宫中互通消息，结交外臣可是不小的罪名。

曹婕妤见我出神，试探着道："娘娘？"

我回神，如常微笑道："曹姐姐从前迫于立场，不得已才与本宫为敌，这是情有可原的。曹姐姐诞育帝姬，功劳不小，怎么说都应该和欣贵嫔平起平坐。可是在慕容妃身边多年，却连一个无知轻狂、没有子女的丽贵嫔都不如，真叫人惋惜。"我又道，"如今就算慕容妃肯帮你也是有心无力，曹姐姐真要这样落寞宫中么？何况生母的位分高低，对子女的前程也是大有影响的。"说完，我只别过头观看雪景，留了她慢慢思索。

须臾，曹婕妤郑重拜下，朗声道："嫔妾愿为牛马，为娘娘效劳，但求娘娘可以庇佑嫔妾母女，嫔妾感激不尽。"

我自心底微笑出来，有这样一个尽晓慕容世兰底细的智囊在身边，我便更有十足把握，于是亲自俯下身将她扶起："其实本宫早就对曹姐姐有欣赏倾慕之意，今日得以亲近自然是十分高兴，不如回本宫宫中，一同畅叙一番可好？"

曹婕妤长松一口气，笑容满面："娘娘盛情，嫔妾求之不得。"

我淡然回头，岁寒阁外冬寒尚浓，但焉知不是春意将至之时呢？

朝政｜贰柒

　　恬嫔在醒来之后疯了，终日胡言乱语，吓得躲在宫中不敢出门。玄凌早已不大理会她，这样闹得宫中不安，便把她封在宫中不许出门，只请了太医为她诊治。只是她是失宠的嫔妃，又疯成这样，太医也不肯好好为她医治，不过是每日点个卯就走了。

　　我常常在宫中遥望恬嫔的殿阁，回想起那一日的唾面之辱，寒风中唾液留在面颊上一点一点风干的感觉依旧未曾有所消退，和那日在冷宫中所见的种种惨状一样牢牢刻在我脑海里，混着失子之痛和复仇之心，凝结成记忆里一个刻骨铭心的伤口。是！我与恬嫔，本是同病相怜之人，可是偏偏连这样的人都要苦苦相逼，我才能醒觉，若不是恬嫔的狠心践踏，若不是冷宫中芳嫔的凄惨境遇，我何以能那么快就决绝振作，某种程度上，亦是她们造就了今日的我。

　　于是吩咐了槿汐去冷宫传话，命那里的老宫人特别照顾芳嫔，把她迁去干净一点的处所，一应的穿衣饮食出纳皆由我宫中支给。对芳嫔，不仅是一点同病相怜的照应，更是前车之鉴般的警醒。若我当日一味沉沦，那么我将是这宫里第二个芳嫔，身处冷宫，等死而已，亦不会有人来同情我半分。又让人善待恬嫔的饮食起居，只不许治好她的疯病。

槿汐很奇怪我对冷宫中芳嫔的额外照拂。我拈了一枚金橘吃了，面色沉静如水，道："我想起她常常会心惊，若我当日一着不慎，任由自己任性失落，恐怕以后和她一起居住在冷宫的人就是我了。"

槿汐默然，只是道："不知恬嫔如何得罪了娘娘，竟然吓成这样。"

我微微冷笑："她是怕我效仿吕后把她制成'人彘'呢，竟然吓成这样。早知今日，她想必很后悔当日那么对我。"

槿汐微笑，道："恬嫔现在这个样子，恐怕是想后悔也不能了。"

正和槿汐说话，佩儿打了帘子进来道："外头陆昭仪来了，急着求见娘娘呢。"说着奇怪道，"这位陆昭仪从来和咱们没来往的，今日好好的怎么过来了，是为她那疯了的表妹恬嫔来的么？"

我抱着手炉道："天寒风雪大，她自顾不暇，哪里还顾得上她那表妹。你可知道，她表妹疯了这几日，她可一眼也没敢去看过。"我叹息，"什么叫世态炎凉，这便是。事关自身，连姑表姐妹也可以置之不理的。"

我转身折回暖阁睡下，对佩儿道："本宫没空儿见她，你且去告诉她，她表妹的事不会牵累她，但是本宫也不愿再见她，更不愿见面还要以她为尊了——她自然明白该怎么做。"

槿汐看着我吩咐了佩儿，又见她出去，方道："娘娘为人处世似乎和从前有些不一样了。"她低首，"若在从前，娘娘是不屑于应付陆昭仪这样的人的。"

殿前一树绿萼梅开得如碧玉星子，点点翠浓。在冬雪中看来，如一树碧叶荫荫，甚是可观。我把脚搁在错金暖笼上取暖，斜倚着软垫徐徐道："有因必有果，从前我便是太好性子了，处处容着她们，以致我稍见落魄，便个个都敢欺凌到我头上。今日是杀一儆百，给那些人一个提醒，本宫也不是一味好欺负的。"

槿汐小心道："娘娘从前的确是太过宽仁了。只是今日的娘娘似乎有昔日华妃娘娘之风。"

宫中侍女如云，但是敢这样和我说话的，也唯有槿汐一个。我也不恼，只道："华妃是一味地狠辣凌厉，铁腕之下人人避退，这并非好事。但是用于对付后宫异心之人，也颇有用处。华妃能够协理后宫这么多年，也并不是一无是处的。我不能因为憎恨她而忽视她身上的长处。如今我复起，有些地方不能不狠辣，而华妃的处事之风，我也该取其精华而自用。"我微微叹息，"从前是人为刀俎，我为鱼肉。今时今日，也该换一换了。"

槿汐这才松快笑道："娘娘如此打算，奴婢也放心了。只望娘娘能万事顺遂，再不要受苦了。"

陆昭仪的手脚倒快，第二日便上书帝后，声称自己入宫年久，无所诞育，又性喜奢侈，多用金玉，虚耗国库，忝居九嫔之首。自请辞去一宫主位，降为从四品五仪之末的顺仪，搬去和恬嫔一同居住。

玄凌只怕早不记得陆昭仪是谁，自然没什么异议。皇后虽然有些疑问，只是奈何陆昭仪再三坚持，也只得由她去了。

当然，我还记得她身边那个为我不安的单纯的小宫女燕儿。那是在那场尴尬和羞辱中唯一给予我同情的人，尽管我并不需要同情。跟着陆顺仪迁居并不会给她这个小小的宫女带来任何好处，而她所表示的一点同情仍旧是我所感念的，于是，我便让姜忠敏把她送去了欣贵嫔处当差。欣贵嫔个性爽朗，是很善待宫人的。这样，燕儿也算有了个好的归宿。

如此一来，皇后之下只有敬妃、端妃和慕容妃。端妃和慕容妃形同避世，便只有敬妃还主事。九嫔只剩了一个郁郁不得志的李修容，接下来便是我和欣贵嫔了。我在宫中的地位也愈加稳当。

而当我在后宫翻云覆雨、荣华得志的时候，前朝却渐渐地不太平了。

起因不过是一件小事。三日前汝南王玄济在早朝时不仅迟到且戎装进殿，这是很不合仪制的。朝殿非沙场，也非大战得胜归来，以亲王之尊而着戎装，且姗姗来迟，不过是耀武扬威而已。玄凌还未说什么，言官御史张霖便立即出言弹劾，奏汝南王大不敬之罪。

汝南王为朝廷武将之首，向来不把开口举笔论孔孟的文臣儒生放在眼里，因此朝中文臣武将几乎势成水火，早已各不相容。而言官有监督国家礼仪制度之责，上谏君王之过，下责群臣之失，直言无过，向来颇受尊崇。

汝南王生性狂傲，何曾把一个小小的五品言官放在眼里，当朝并未发作，可是下朝回府的路上把张霖拦住，以拳击之，当场把张霖给打昏了。

此事一出，如巨石击水，一时间文人士子纷纷上书，要求严惩汝南王，以振朝廷法纪，而汝南王却拒不认错，甚至称病不再上朝。

汝南王势大，声势日盛，玄凌已经忧心不已，此事更是加深朝中文武官员的对立，一旦处理不好，便是危及朝廷的大事。为了这个缘故，玄凌待在御书房中整整一日没有出来。

事涉汝南王及慕容一族，我便有些忧心，于是命流朱准备了燕窝做夜宵，一同去了仪元殿。

奏事的大臣们已经告退，玄凌一个人静静地靠在阔大的蟠龙雕花大椅上，仰面闭目凝神。我只身悄悄进去，将燕窝从食盒中取出来。他闻得动静睁目，见是我，疲倦地笑笑，道："嬛嬛，你来了。"

我温婉微笑："没有吵到皇上吧。"

他摇头，道："这几日的事你也该听说了吧？"

我微微颔首："是。此事闹得沸沸扬扬，臣妾虽居后宫，也知晓一二。不过朝政纵然烦扰，皇上也要好好保养身子才是。"我把燕窝递到他面前，含笑道，"臣妾亲自炖了好久的，皇上与众臣议事良久，且尝一尝润润喉咙好不好？"

他闻言微笑，接过舀了一口道："好甜！"

我蹙眉，也舀了一口喝下，疑惑道："不是很甜啊。皇上不爱吃太甜的东西，臣妾就没有多放糖。"

他的眉舒展开来，伸一伸手臂笑道："甜的不是燕窝，是你亲自炖燕窝的心意。"他翻过我的手，道："这回手没有烫伤吧？"我心下微微一动，他已继续说下去，"记得你第一次为朕炖燕窝，还不小心烫红了手。"

心中微觉触动，早年的事，他还记得这样清楚。眼前仿佛有一瞬的飘忽，眼见着满室烛光通明，好似皎洁的月色和着红萝火炭的暖意和龙涎香的甘馥在空气之中似水流动，光明而寂静。心里沉沉的，于是道："臣妾哪里还这样不小心呢，那次是心急了。"

说话间他把一盏燕窝喝了个底朝天，道："汝南王殴打言官一事你已知晓，那么——你觉得朕该如何处置，是否要依律秉公处理责罚汝南王？"

心中刹那有千百个念头转过，思绪紊乱，只要我说让他依律秉公处理，责罚汝南王就可以？大仇得报的第一步啊。然而片刻的转念，很快凝神静气道："皇上身为一国之君，当然要依律秉公处理，但——不是责罚汝南王。"

他微眯了眼，凝视着我，颇感意外地"哦"了一声，道："朕以为你会建议朕责罚汝南王的，你且说来听听。"

我含着笑意看他："皇上不怪臣妾妄议政事之罪么？"

他道："不妨，朕就当听你闲话一般，绝不怪罪。"

我调匀微微急促的呼吸，站在他身侧曼声道："臣妾不会因为私心而让皇上责罚汝南王。眼下最重要的是安抚人心，化解文武大臣之间的矛盾。两虎相争，必有一伤，而无论哪边伤了，归根结底伤的是国家的根本。而目下处罚汝南王，只会挑起朝廷武将更多的不满。武将可是手握兵权的。"

玄凌右手抵在颌下，慢慢思量。我继续道："皇上其实大可不必以处罚王爷来平息这件事，若这样做，不过是顺了哥情失嫂意，终究是一碗水端不平。文臣群情激愤不过是想要个说法，皇上便只要给他们一个说法就可以，最好的便是让王爷登门谢罪。"

玄凌微有吃惊之色，摆手苦笑道："你要让汝南王去登门谢罪？他那么心高气傲，简直不如杀了他罢了。"

我抿嘴一笑："那倒也未必了。"我转至他身后，轻轻摆一摆衣袖，温软道，"王爷征战沙场，为国杀敌，可算是个英雄。那么英雄呢，最难过的是哪一关？"

他抚掌大笑："英雄难过美人关！你这个机灵鬼，亏你想出这一着儿来。"

"皇上也知道英雄难过美人关呀！"我笑道，"臣妾哪里知道什么国家大事，知道的不过是些妯娌间鸡毛蒜皮的事情。王爷畏妻如虎，自然是唯妻命是从，若让汝南王王妃去劝，自然是无往而不利的。臣妾曾与汝南王王妃有过一面之缘，知道她并不是一个悍妒无知的妇人。"

他想着有理，却很快收了笑："那么，谁去劝汝南王王妃呢？"他虽是问，目光却落在了我身上。

他自然是想我去的，那么他开口提出来和我开口提出来都是一样的结果，与其这样，不如我来说更好，一来显得我知他心意，二来也能分忧，于是道："皇上若不嫌弃臣妾无能，臣妾就自告奋勇了。"

他果然笑逐颜开，伸手把我搂在怀中，低笑道："后宫之中，唯有嬛嬛你最能为朕分忧解难。那些大臣拿了朕的俸禄，哄乱闹了半天，只能说出罚与不罚的主意，当真是无用之极。"

我含了七分的笑，三分的娇嗔，道："臣妾只是后宫中区区一介妇人，哪里是自己的主意呢，不过是皇上的心意被臣妾妄自揣测却又侥幸猜中了而已。那些大臣熟悉的是书本伦理，臣妾熟悉的却是皇上，所以皇上的天意臣妾还能揣测两分，大臣们却猜不到。臣妾心想，皇上是最想朝廷安稳的，怎么会为文臣责武将或是压抑文臣而纵容武将呢？"

玄凌喟叹道："嬛嬛，果然是你知道朕的心意。"他忽然皱眉，"可是汝南王迟早是要办了的，否则朝廷将皆是他的党羽，丝毫无正气可言，朕的江山也不稳了。"

果然，他是有这个心思的。心里萌生出一缕希望，道："皇上有此心，则是黎民与江山之大幸。可是如今，还不是可以除去他的时候。"

他凝望着我，眼中有了一丝托付的神色："嬛嬛，朕决意待此事有所平息后让你的兄长出任兵部为官，执朕近身侍卫羽林军的兵权。"心微跳得厉害，授予哥哥羽林军的兵权，是要分汝南王之势了。玄凌正色道："光你兄长还不够，不与汝南王亲近的有才之将，朕都要着意提拔。只是，不能太早打草惊蛇，还要着意安抚，所以此事还颇有踌躇之处。"

的确，若打草惊蛇，那就不只前功尽弃这样简单了。我用心思谋，沉思许久道："汝南王与王妃都已是加无可加的贵重了。可怜天下父母心，看来只有在他子女身上下功夫了。"

玄凌眼中闪过灼热的光芒，喜道："不错。他的王妃生有一子一女，长女为庆成宗姬，今年刚满十二，朕有意破例封她为帝姬，然后封汝南王之子为世子，以承父业。"

我点头微笑："皇上英明，主意也甚妥。不过，臣妾想不仅要封帝姬，而且封号也要改，就拟'恭定'二字，也算是时时给她父王提个醒，要'恭敬安定'。自然了，皇上也是想不动干戈而化解兄弟阋墙之祸的，只看王爷能不能领会天恩了。并且恭定帝姬要教养于宫中，由太后亲自抚养——将来若有不测，也可暂时挟制汝南王。"

他着意沉思，片刻欢喜道："不错，就按你说的，朕着即拟旨就是。"他说完，不觉微有轻松之态，一把打横抱起我打开门便往东室走，在我耳后轻笑道，"你方才说英雄难过美人关……"

我低笑，推一推他道："皇上尽会拿臣妾开玩笑，臣妾哪里算什么美人呀。"嘴上说着，心里却寻思着要寻个由头推诿了他去。昨晚刚与他燕好，为亲疏有致、欲拒还迎的缘故，也该有一两日不和他亲近才好。

正要进东室，侧首见李长面带焦虑之色，疾步跟在身后轻声提醒道："皇上，皇上，您今晚已经选了安小媛侍寝了。"他迟疑着，"小媛那边已经几次派人来问过了。"

玄凌"哦"了一声，似乎是恍然想起，想一想道："那你去告诉她，叫她今晚不用过来了，早些歇息就是。"

他那思量的片刻，我已从他怀里轻盈跳下，正一正发上直欲滑落的珠花，道："安妹妹新得皇上的宠幸不久，正是该多多垂怜的时候，怎好让她空等呢？还是臣妾告退吧。"说着转身欲走。

玄凌一把拉住我衣袖道："先不许走。"神色一肃便要吩咐李长去回绝陵容。我反手牵着他的衣袖软语轻笑道："不晓得这个时候安妹妹怎么眼巴巴盼着皇上驾临呢，皇上九五之尊，一言九鼎，可不能失信于她啊。"

他神色一晃，略略笑道："可是朕想和你……"

我微笑着坚持道："只要皇上想着臣妾就好了，臣妾怎么会与安妹妹争朝夕之长短呢。"他无可奈何于我的坚持和推诿谦让，遂含笑答应了，目送我离去。

夜晚很冷，元宵节过后的冬夜，依旧飘着漫天的鹅毛大雪，在轿辇中笼着鎏银飞花暖炉，十分暖和。抬轿内监的靴子踩在雪地里有轻微的"咯吱咯吱"声，不闻些微人语。

我打起帘子，送陵容去仪元殿东室的凤鸾春恩车正巧自身边经过，驾车人手中火红的大灯笼在茫茫雪色中随风摇曳，车轮在雪地上隆隆地驰过去，车前的琉璃风灯和着风雪彼此碰撞，发出悦耳的叮咚之音，顺着风远远飘出，泠泠作响。

我放下帷帘，静静安坐。谁侍寝都不要紧，要紧的是，我能否握住玄凌的心。

两日后与贺氏那一会，才是真当要紧的。此时此刻，一定不能给些许机会让汝南王有反举，否则死的不仅是我和玄凌，更有苍生万众。没有了命，遑论报仇安身？我一定要细细筹谋。

汝南王王妃贺氏进宫那一日是来皇后处请安的，见我微笑坐于皇后下首，有些微的吃惊，很快坦然微笑道："娘娘身子痊愈了？妾身恭喜娘娘。"

我和气微笑道："元宵那日看见王妃随宫廷命妇进宫朝贺，很想和王妃交谈几句，只可惜有事在身耽搁了，真是遗憾。"

贺氏笑道："娘娘金贵之身，妾身怎敢胡乱越众扰了娘娘。"

我轻笑："论纲常是这么说，可是论家礼本宫还得尊称王妃一声'三嫂'呢。何况现在都是自己人，本就该亲亲热热的。"

贺氏朝皇后道："皇后娘娘近来气色很好呢。"

皇后抚一抚脸颊，眉眼含笑道："王妃真是会说话，本宫倒瞧着王妃生了世子之后精神更好了呢。"

贺氏颇感意外，道："世子？皇后娘娘是在打趣妾身么？予泊才六岁，怎能是世子呢？"

皇后春风满面，道："这才是皇上的隆恩呀！皇上在诸位子侄中最喜欢泊儿，泊儿虽然年幼，却是最聪颖的，所以皇上想尽早册封他为汝南王世子，好好加以教养，日后也能跟他父王一样，安邦定国，兴盛我朝。"说着与我互视一眼。

为人父母多是偏疼幼弱之子的，贺氏也不例外。她又惊又喜，满脸抑制不住的喜色，连忙起身谢恩。皇后笑着接口道："这还不止呢，皇上的意思是好事成双，还要破例封庆成宗姬为帝姬，连封号都拟定了，为'恭定'二字，就尊为恭定帝姬，由太后亲自抚养。"

贺氏原本听得欢喜，但闻得要交由太后抚养，不由得面色一震，忙道："多谢皇上圣恩，可是妾身的女儿晚衣才十二岁，十分不懂事，若册为帝姬由太后抚养，只怕会扰了太后清养，不如请皇上收回成命吧。"

贺氏这样的推辞本在意料之中，皇后看我一眼，于是我轻轻含笑道："皇上膝下子女不多，宫中唯有淑和与温宜两位帝姬，皆年幼尚未长成。王妃的庆成宗姬能入宫养育是喜事，我大周开朝以来，听闻只有开国圣祖手里有封亲王之女为帝姬的例子，那也是在即将成婚之际，照应夫家的门楣脸面。像庆成宗姬一般少年册封的，在咱们皇上手里还是第一例呢。"

贺氏微有沉吟，待要再说，皇后已经敛衣起身道："本宫也有些累了，王妃请回吧。皇上的圣旨晚上就会到王府了。"

　　皇后笑吟吟离去，我亦告辞回宫。脚步故意放得缓慢，施施然走着。皇后处已无转圜之地，贺氏必会来求我去劝玄凌。

　　果然未出殿门，贺氏追上来道："天色还早，想去娘娘宫里坐坐，不知娘娘可欢迎？"

　　我含笑道："王妃越发客气了，最喜欢王妃不请自来呢，要不反倒生分了。"

　　一路进了莹心殿，贺氏环视四周，点头笑道："果然气象一新，不似往日那般了。"

　　我命人上了茶，笑吟吟道："这茶是'雪顶含翠'，刚五百里加急送来的。王妃尝尝可还能入口？"

　　贺氏喝了一口茶，并无半分特别欢喜的神色，不过是平平如常的样子，只道："还好。如今宫中娘娘最得圣意，自然样样都是最好的。"

　　我在她对面安坐下，看她神色已是心中有数，笑着道："王妃今日也是喜上加喜呢。"

　　贺氏闻言神色一黯，道："要妾身母女骨肉分离，这可怎么好呢？皇命不能擅违，妾身只好求娘娘去劝劝皇上，成全妾身母女吧。"她见我只是沉吟，又道，"实在不行，只能让我们家王爷去跟皇上求情了。"

　　我原晓得这事情不容易办，才请了皇后开口，再由我来动之以情，晓之以理。否则这件事若是经我的口传达玄凌的旨意，那再劝她也听不进去了。而万一贺氏不肯，汝南王也必定不肯，那这安抚以图后谋之策，就再无法为继了。

　　我也不答她这件事，只指了指这宫宇栋梁，道："本宫与王妃相见算上今日也不过只是第三次，心里却是把王妃当作骨肉至亲的。想当日本宫小产之后备受冷落，万事萧条，受尽白眼。凄凉之中唯有王妃不避嫌疑来看望本宫，还赠送本宫人参补养身体，本宫一直铭记在心，希望有朝一日可以回报王妃的雪中送炭之情。"

　　这番话说得动情，她连连颔首道："娘娘是贵人，竟然还记得这事。"

我道："这是当然的。滴水之恩，当涌泉相报，现在就是本宫回报王妃的时候了。"

贺氏面露喜色，道："娘娘愿意为妾身去请求皇上么？"

我摇头："本宫是为王妃考虑，还请王妃遵从圣旨，由太后抚养帝姬。"

贺氏蹙眉，话中略带了气，道："这是怎么说？"

我平心静气道："王妃既为人母又为人妻，自然时时事事都要为夫君、子女打算，以他们为先。王妃你说是不是？"

她点头："为人妻子为人母亲的确是不易，何况是身在皇家宗室呢。"

我与她面对面坐着，注视着她道："前几日王爷殴打言官一事，王妃可有听闻了吗？激起的民愤不少呢。我朝一向文武并重，又格外重视言官之职，言官连对皇上也可以直言上谏。王爷这样做，实在是有失妥当的。"

贺氏叹一叹，只说："王爷的性子是急了点儿，妾身也劝过好几次了。只是那言官也糊涂了些，这样当众口不择言，不顾王爷的颜面。皇上跟王爷可是亲兄弟呢。"

我笑着劝道："就因为是亲兄弟啊，皇上是有十分的心维护王爷的。可是民愤也要平一平，毕竟是王爷先动了手，皇上也不能一味地护着王爷呀。何况若护得多了，王爷反遭人闲话，于王爷自己的名声也不好听。"

见她微有所动，我忙趁热打铁道："所以，皇上既要维护皇家的颜面，又要给天下文人一个交代，希望王爷能登门向张霖致歉，一则是亲王的风度，二则也表示王爷并不轻视天下文人。此事也算平息了。"

贺氏连连摆首道："不可不可，王爷的性子只有别人求他，哪有他去给人道歉的呢。"

我道："王妃身为人妻，自然要为王爷打算。那些文人最爱动笔杆子，王爷一世武功可不能因为他们而留下千古骂名啊。何况廉颇向蔺相如负荆请罪那还是美名呢，连王妃常看的戏上都有。"我见她颇为所动，又道，"男人家总是容易冲动莽撞，做事就顾前不顾后了，所以得我们女人提点着，在后头帮着，才能让他们顺畅安心。王妃顾念王爷，就得在这事上好好劝一劝王爷。"

贺氏缓缓点头，抿了抿嘴道："可是也不能叫王爷委屈了啊，王爷一向心性最高的。"

我亲自递了两块点心到贺氏手中，殷殷道："是啊，皇上也是这样想的。王爷是有功之臣，又是亲兄弟，怎么好委屈了呢。所以才要尽早封泊儿为世子，封晚衣为恭定帝姬。这才是王爷的体面啊。"

"只是封了帝姬就要住在宫里，妾身这个为娘的……"

我忙抚慰道："淑和与温宜两位帝姬年弱尚不能承欢太后膝下，太后病中最喜欢有善解人意的孩子在身边陪伴。皇后与本宫也想日日陪伴太后，可终究没那么可人了。皇上也是忙于国事，抽不出身时时陪在太后身边。帝姬若能替皇上与皇后奉养太后，那可是纯孝之至啊。将来帝姬成婚册封为公主，那可是再尊贵体面不过了。"我又追上一句，"皇上虽说是要维护王爷的，可王爷到底动手打了人，那张霖到现在也起不了床，皇上终究是有些生气的。而且王爷性子耿直，难免不被人抱怨，若有帝姬时时在皇上面前劝说调和几句，岂不更好？本宫也会对皇上说，让王妃时时能进宫看望帝姬，想什么时候进宫便进来，这可好？"

如此一番口舌劳作，贺氏终于应允去劝说汝南王，也应允女儿入宫。

事后第三日，汝南王便亲自登门向张霖致歉，虽然只是草草了事，事情到底也平息了不少。而恭定帝姬，也选定了吉日准备行册封之礼入宫侍奉太后了。

是夜玄凌在我处，说到此事也颇感欣慰，道："朕原也为你捏了一把汗，只怕她不肯，那这番心思也白费了。没想到这样顺利就成了，嬛嬛，你可帮了朕不小的忙。"

我笑："皇上不用夸臣妾，能为皇上分忧是应当的。何况前朝的事臣妾不懂，也帮不上，只有这些命妇姊娌间的事还能帮上些许。"

我盈盈笑着为他斟上一壶"雪顶含翠"，茶香袅袅。他饮了一口，细细品味着道："果然是好茶。"他握着我的手笑道，"朕晓得你喜欢这个茶，特意挑了最好的给你，还喜欢么？"

我微笑坐于他膝上，看着那一汪如翡翠的颜色，轻轻笑道："臣妾当然喜欢。今日汝南王王妃来臣妾也泡了此茶款待，可惜王妃似乎不以为然的样子，怕是不合口味。臣妾还以为要冷场，幸好王妃也没有介意，要不臣妾可就难辞其咎了。"

玄凌本蓄了笑意听着，待得听完，神色已经黯沉了下来。

朝外所有贡品，宫廷有的，汝南王府必有，甚至更佳。玄凌不会不晓得。

他的厌恶和忌讳，于是更深了一层。

汝南王殴打言官一事总算平静了，可在一向尊崇言官的大周，这件事的梁子到底也是结下了。虽然草草去道了歉，但为着这草草，文官们私下里还是愤愤不平。汝南王自然是不会理会的，也不屑于理会。册封世子和晋封帝姬一事更是办得花团锦簇、极尽热闹奢华。钦仁太妃看不过眼，曾在私下发牢骚道："就算是帝姬下嫁册封公主，也没有这样热闹排场的，当真是逾越得过分。"而玄凌虽然没有开口说什么，但是对于这次为平息事态而迫不得已采取的加封，心里很不忿。

我什么也不做，亦不多言，只是袖手旁观。玄凌要除去汝南王玄济已是志在必得，早已发芽生长的种子，我又何必再去多费力拔苗助长，恰当的时候记得浇一浇水、施一施肥就可以了。

汝南王有这样显赫荣耀的喜事，自然是春风得意、忘乎所以。在他的松于防范之下，玄凌借口紫奥城冬夜戍守的兵士时常偷懒打盹儿或是偷偷喝酒聚赌，便让我兄长执掌了皇帝近身侍卫羽林军的职权，时常在寒冷冬夜里和士兵一同戍守宫禁，在外人眼里，这着实是一桩吃力不讨好的苦差使。

    冬雪初霁，淡薄如云影的阳光暖暖一烘，便渐渐是春暖花开的时节。仿佛经过一场绵绵春雨的润泽，上林苑的柳绿桃红、蜂缠蝶绕便一下子充盈了整个后宫四方宫墙围绕的天地。宫中的日子就这样似水缓缓流逝过去，如古井一般无波无澜。皇后主持着后宫大小事宜，慕容妃除了盛大的节日宴席外足不出户，而我则尽心尽力扮演着宠妃的角色，和后宫嫔妃分享着玄凌的宠爱和雨露。

    从彤史记录的侍寝次数来看，我并不是最得宠的那一个。陵容的温柔和谦卑小心似乎更得玄凌的欢心，她的飞扬歌声，更成为点缀后宫春色无边的夜晚的最美旋律。而我，只是拥有更多的时间逗留在御书房，在玄凌疲倦国事的时候适时地和他闲聊几句，不露声色地开解他的倦怠。

    很多时候，玄凌喜欢我和陵容一同在他身边陪伴。我静静看书或是临帖写字；陵容则软语呢喃，不时低吟浅唱几句，侍奉在他身边。

    在一同相处时，我很少和陵容说话，也许心底还很介意当日偶然听见的那些话。而她，也总是欲言又止，悄悄地望我一眼，如此而已。

    阳春三月的小轩窗内，柳枝在窗前轻动，偶尔有粉色的蝴蝶飞过，日光的味道亦是恬静不争的。我含一缕浅淡的笑影，在玄凌饮用的茶水中注入调味滋润的蜂蜜，用银匙轻轻搅动。

    陵容远远坐在北窗下，低头绣着一个团锦香囊，偶尔絮絮着和玄凌说几句话。暖阁中静静的，隐约听见燕子轻婉的鸣叫和玄凌的手翻动书页的脆薄声响。陵容微俯的侧影很美，映着窗下蓬勃盛放如红云的碧桃花略略显得有些单薄，可是这单薄很衬她柔弱而低婉的声音，每一声唤"皇上"都清灵如春水，连身上湖蓝色的八答晕春锦长衣也别有了一番妩媚而含蓄的韵致。

    过了些许时候，陵容起身，蓄着笑容道："臣妾新绣了一个香囊想送给皇上，皇上看看可还喜欢？"

玄凌本靠在长椅上看一卷《春秋》，闻言抬起头看了看她手中绣着碧桃喜鹊的香囊，道："嬛嬛前些日子为朕绣了一个香囊，朕已经佩在身上了，再用一个反而累赘。"说着眉心微抬，向我会心一笑。

我专心着手中的茶盏，回眸亦是向他一笑，只是他这样的亲近，让我有些生疏和不习惯。眼风微转，却瞥见陵容微微失神的眼色。心中自然明白，她的绣功精巧是在我之上的。在我重新陪伴在玄凌左右之后，就已很快发觉玄凌身上所佩带的小饰物，例如香囊一类，皆是出自陵容之手，可见她当时受宠之深。

然而玄凌看见她殷勤却略有失望的神色，随即笑道："不过这个朕也很喜欢，就叫芳若去放在朕寝宫吧。"

陵容微笑着柔声道："臣妾笨手笨脚的，皇上不嫌弃臣妾的心意臣妾就很满足了。"陵容的目光落在玄凌腰间所佩的金龙紫云香囊上，正是我所手绣的那一个，目中流露赞叹之色，道，"莞姐姐的手艺真好，很合皇上的气度，倒是臣妾绣的这个太小家子气了。还请皇上恕罪。"说着就要行下礼去。

玄凌忙抬手扶住她，含笑温和道："这哪里有什么小家子气的呢。朕明白你的心意，又何来怪罪之说。"

"姐姐。"陵容回头唤我，神色温柔宁静，"姐姐的绣功越发好了。只是绣一个鸳鸯的香囊来表达女儿家情意更好呢，皇上也一定更喜欢。"

我端了茶水，盈盈立于玄凌身边，微笑着注视着他道："鸳鸯固然好，可是皇上日夜佩带着还出入各处，不免有些太儿女情长。不若以龙佩带，更显天威。至于鸳鸯香囊嘛……"我甜甜一笑，娇俏道，"臣妾再绣一个赠与四郎放在枕下可好？"

我许久未称他"四郎"了，这样自然而然却骤然脱口而出，言语间肆意的亲昵也未来得及掩饰。他眉目间蕴着的笑意与欢喜更浓，情不自禁地凝望我，目色温柔。

自己心上也是惊了一惊，往日里情意燕婉时的旧称，这样不经意间唤出，自己也是意外的。难道我的心底，对他，还是有一缕这样难言又难逝的情怀么？虽是意外和吃惊，然而回顾他的神色，却是欲喜还羞。不自觉地，双颊一烫，便染上了如杏的红晕。

陵容见我与玄凌这样的神色，不觉也有些怔怔，但是很快用绢子掩了唇轻快笑道："皇上与莞姐姐这样恩爱，当真是一段佳话呢。"她望着我，眼神中含了一丝诚恳的清愁和怅然，道："莞姐姐这样的好福气，旁人是求也求不来的。"

她这样说，我不觉也有些痴怔了。与玄凌这样的情态，便是恩爱与福气么？那么这恩爱里，我与他，又各自怀着几分痴心、几分真意呢？不过是瞬间的痴想，已经回转了神色，推一推玄凌的手臂，笑道："皇上快去劝和劝和吧，安妹妹这像是吃醋了呢。"

陵容脸色绯红，一跺脚软语娇娇道："莞姐姐又取笑我，我怎么会对姐姐和皇上有醋意呢？这可不要理你们了。"

玄凌只是含笑欢悦地看着，见她如斯说，才拉了她的手道："罢了，罢了。容儿性子最谦和，即便是吃醋也是吃那酿了才一个月的醋，是不会酸的。"

他说得这样风趣，我与陵容都忍俊不禁。谈笑间，所有隔阂与不快，也被模糊地暂时掩饰过去了。

然而，也不是没有欢悦的时光，比如关于浣碧，关于我与她的承诺。那一日奉诏进仪元殿，却见玄凌与玄清正对着棋局苦思。

我带着浣碧进来，虽然意外，却作平素并不相熟的样子，一一向他们道了万安，便笑："皇上急召臣妾来，不知所为何事？"

玄凌指着棋局道："朕和清河王这局棋成了死局，不仅胜负难分，而且连想再落一子也不能。朕想起你会下棋，所以让你来看看。"

我笑着推辞："臣妾那点儿微末棋艺能算什么。"

玄清神色从容："算与不算，皇兄既搬来贵嫔这个救兵，还请贵嫔看看再说。"

我执了玄凌的棋子看了片刻，摇头道："果然好难。这一子落下，恐怕未曾伤敌，先伤了自己。"

玄凌颔首："正是这样才为难。"

我冥思苦想，只觉得这局棋棋逢对手，可是仔细看去，玄清却未必没有留下一丝破绽。我正沉吟着要不要说出这丝破绽，却见玄清手指落在那破绽之处，目光仿若无意拂过，却暗含了否定之意。我登时领会，与皇帝下棋，赢不可，输亦难，我何必要说出连玄凌都未曾看出的破绽。于是瞥一眼浣碧，浣碧会意，从旁端过茶来："皇上请用茶。"

玄凌伸手，浣碧手一倾，茶水打翻在棋盘上。浣碧忙用手去擦，将棋局抹成一团乱。

我急道："皇上烫着了没？"

玄凌一看棋局全乱，摇头叹息："无妨，无妨。只是可惜了，这局棋都没了。"

浣碧急忙请罪："奴婢该死，是奴婢失手。这局棋乱了，这可如何是好呢？皇上恕罪，奴婢不是有心的。"

玄清笑道："天意如此，只能重新来过了。倒是多谢姑娘，打破僵局。"

浣碧松口气，连忙道："王爷别这样说，奴婢自知死罪。"

玄凌道："既然棋局乱了，就只好再下过了。好了，起来吧。"

"多谢皇上。"我抿嘴一笑，"不过臣妾以为，浣碧一时失手，不仅不该罚，还要赏。"

玄凌诧异："朕不怪罪就罢了，还要朕赏赐什么？"

"浣碧无心之失，却能够打破僵局，从头再来。所谓置之死地而后生，如今局势得以重来，皇上不该赏赐浣碧么？"

玄凌笑着摆手："即便朕有心赏，你这一说，朕也不能赏了，倒像朕指使了浣碧似的。"

我盈盈笑："皇上若怕闲话，不如皇上赏赐浣碧什么，都要王爷也允准了就是。这样便不算皇上护着浣碧了。"

玄清失笑："臣弟没有异议。"

玄凌笑："那你说，要朕赏赐浣碧什么？"

我一笑："臣妾宫里什么都不缺，只是每每自己花好月圆之时，看着浣碧形单影只，臣妾于心不忍。不如皇上就答应来日会赏赐浣碧一个如意郎君，保她举案齐眉，夫荣妻华，如何？"

玄凌看玄清："你意下如何？"

玄清抚掌："如此美事，臣弟怎会不答应？"

玄凌倒也满意："那朕就答允你，来日一定让浣碧有个好人家去。"

浣碧激动含泪，看一眼玄清，望向我，也更多了几分亲近之情。可不是么？宫中生活绮丽却又辛苦，身为姐姐，我自然希望我的妹妹过上与我不同的另一种安定平静的生活。也当是为了当年长辈们的纠葛，可以略略安慰从前失意困苦之人吧。

三月中的时候，玄凌意欲让我兄长进位兵部。在早朝时议了几次，汝南王虽有不快，慕容一党也是竭力反对，然而哥哥还是在玄凌的坚持下被授予兵部正五品督给事中，兼奉国将军一职。

督给事中的职位虽然品级不高，但手中颇有权力。皇帝交给各个衙府办理的事务由六部每五天查管一次，如果有拖拉或者办事不力的，六部的督给事中可以向皇帝报告，还可以参与官员的调动和皇帝的御前议事，所以哥哥的进位兵部，必然让汝南王大有戒心。

为了此事，我很为哥哥捏了一把汗。兵部就在汝南王眼皮子底下，大半是他的心腹，玄凌此举，无疑是令哥哥深入虎穴。万一一个不好，只怕连性命怎么丢的也不晓得，何况哥哥还身负监察汝南王举止行动之责。既然已令他们防备，那么又如何能探知汝南王一党不可告人之事呢？不仅无功而返，更会打草惊蛇，自伤其身。

哥哥身在兵部后，每日言行皆是小心，只做安分守己之状。只是汝南王与慕容氏三父子皆在兵部，慕容世兰与我在后宫又是死敌，他们怎肯有一丝一毫松懈，使哥哥有机可乘。哥哥与我各在宫墙内外，却也都苦于无计可施。

而哥哥若不能功成，那么玄凌此刻坐拥的帝位，不知哪一日便会由汝南王来坐了。江山虽未易姓，但是汝南王心胸狭隘，生性嗜战，又好大喜功，若他掌握天下，那黎民百姓便会苦于战火之乱，无一日安宁。自先皇手中开创的盛世格局，也会因战乱而分崩离析了。

为了这件事，我大费思量，该要如何才能让汝南王对哥哥放下戒心和防备呢？

而正在此时，家中有喜事传来——嫂嫂薛氏有了身孕。这无论是对于家族门第还是对于渴望抱孙的爹娘，都是一件极大的好事。于是我忙吩咐了人，请嫂嫂择日进宫来聚。

这一日，嫂嫂进宫来拜见。

我一见她，也是满面喜色，忙阻止她的行礼，含笑亲自扶了她道："嫂嫂如今是我甄家的金贵之身，我可不能受嫂嫂这个礼了。"

嫂嫂脸色粉润，大有喜不自禁的羞涩和满足。她坐在软垫上，小腹略凸，身体微微倾斜，极其自然地呈现一种保护腹中幼子的姿势。

这样熟悉的姿势，刹那间刺痛了我的心，勾起我心底深处隐伏的心酸痛楚。不过是一年前，同样的春光乍现里，我也是这样带着初为人母的欢喜和骄矜，以这样小心而稳妥的姿势保护着我肚子里逐渐成长着的小生命。

我不能让自己的伤怀影响嫂嫂的喜悦心情，于是勉强收敛了伤感笑着道："看嫂嫂的身形，应该有三个月了吧。"

嫂嫂的脸颊和额头是略带丰腴的绯红，低头摆弄着衣带，笑道："娘娘好眼力，的确是三个月了。"嫂嫂略停一停，有些不安道，"只是婆婆说我肚子有些圆，可能是女孩呢。"

我劝慰道："嫂嫂不必担心，且不说女儿与爹娘贴心，就说这第一胎若是女孩，那么先开花后结果，以后的第二胎、第三胎便是男孩了，只怕嫂嫂到时还嫌男孩子烦呢。"说着自己也忍不住先笑了。

嫂嫂的神情中有着对于生儿育女天性的担心和忧虑："若一直生女不知夫君会不会为此生气？"

我不以为然，一笑了之，道："哥哥不是这样的人。虽然爹娘希望有孙子可抱，可是女儿也未必不好。汉武帝时卫子夫为皇后，天下便歌'生男勿喜，生女勿悲，独不见卫子夫霸天下'，可见若是生了个好女儿，可比一万个庸庸碌碌的男子都强。"

嫂嫂闻言略略欢喜了些，含羞道："我并没有什么，只盼夫君无论孩子是男是女都一样疼爱才好。"

我叹道："宫中女子人人都盼着能生下一个儿子可以依傍终身，老来有靠，更能有万一的太后之分。可是眼见着悫妃有子而死，倒不如生了女儿的欣贵嫔和曹婕妤来得平安稳当。只是我，目下连个女儿都没有，这外人眼中的显贵荣宠也不过像没有根的浮萍罢了。"

嫂嫂见我出语伤感，忙道："娘娘还年轻，日子久远着，有皇上的宠爱想要孩子还怕难么？娘娘尽管放宽心就是。"

我微微点头，也道："那么嫂嫂也放宽心就是。"

话虽这样说，嫂嫂轻蹙的眉头却未展开，唇齿间犹疑着道出真正的心事："只是我若长久无子，不知道公公与婆婆是否会让夫君纳妾。"她沉默了片刻，又道，"夫君这些日子总是闷闷不乐，我也不敢随意跟他说这话。"

嫂嫂的话本是她自己的担心，而于我连日的思索中，却如拨云见日一般挑动了我的思绪，不由得觉得豁然开朗，于是向嫂嫂道："哥哥是重情之人，若是真要为繁衍子嗣而纳妾，也必定不会动摇嫂嫂正妻的地位，嫂嫂无须太过担心。顶多将来若有嫌隙，我为嫂嫂做主便是。"

她的神色间有欢喜之颜，微有些赧颜道："我也不是一味妒忌不明事理，只是身为女子，总是希望夫君只喜欢自己一个，不要纳妾的。"

心如弦一般被这句话狠狠拨动，只是于我，这样的念头留在心里只是自寻烦恼而已啊，又何必再去多想，便只作不闻，笑着敷衍了过去，又道："嫂嫂可知哥哥为什么事闷闷不乐么？"

嫂嫂略想了想，道："是兵部的事吧。皇上这次擢升，夫君似乎并不快活呢。只是我一个妇道人家，什么忙也帮不上。"

我微微含笑，命槿汐掩上房门，才道："哥哥的确是因为兵部的事不快，但并非因为皇上擢升，而是担心自己不能完成皇上的旨意。其实嫂嫂又何须妄自菲薄，只要嫂嫂有心，大可助哥哥成就一番功业。"

嫂嫂闻得此言，面上欣然而有喜色，郑重其事道："只要能使夫君愁眉得展，我粉身碎骨也是愿意的。"

嫂嫂对哥哥这样深重的情意，我亦是无比感佩，心中一热，握住嫂嫂的手道："有嫂嫂这样的贤内助，实在是我甄门大幸。哥哥有妻如此，是他一世难求的福气，亦是我们的福气，又怎能叫嫂嫂去粉身碎骨。只消嫂嫂如此即可……"于是我附在嫂嫂耳边，低语良久。

嫂嫂起先微有不豫之色，待听到最后，已经笑逐颜开，连连点头道："这有何难，我一定尽力而为就是。"

我笑道："的确不难，只要情真便能意切了。有劳嫂嫂，我这厢可就先谢过了。"

玉厄 ┃ 贰玖

待得嫂嫂告辞，我已成竹在胸，兴冲冲便乘了轿辇往仪元殿去。心情极好，望出来一路湖光山色亦是春意浓浓，格外绮丽动人。

然而才下轿辇，已见李长一路小跑着趋前，亲自扶了我的手上阶道："幸好娘娘来了！皇上正在发脾气呢，把奴才们全给轰了出来。求娘娘好歹去劝一劝吧，就是奴才们几生修来的造化了。"我见他神色忧虑，人不似往常，暗暗想李长服侍玄凌多年，见惯宫中各种大小场面，也颇有镇定之风，叫他这样惊惶的，必然是出了大事。

我于是和颜悦色道："本宫虽然不晓得出了什么事，但一定会去劝皇上。李公公放心。"我压低声音，问，"只是不晓得究竟出了什么事让皇上龙颜大怒？"

李长状若低头看着台阶，口中极轻声道："似乎是为了汝南王的一道奏章。"

我心中遽然一紧，脚步微有凝滞，几乎以为是哥哥出事了。然而很快转念，若是哥哥出事，玄凌必然会派人去安抚汝南王并调动兵马以备万全，如何还有空闲在御书房里大发雷霆之怒。这样想着，也略微放心一点，又问："你可知道奏章上说什么了？"

李长微有难色，随即道："似乎是一道请封的奏章。"

我微微蹙眉，心中嫌恶，汝南王也太过人心不足，一个月前才封了他一双儿女为世子和帝姬，荣宠已是到了无可比拟的顶峰。转眼又来请封，若是再要封赏，也就只能让他的幼子另继为王，或是早早遣嫁了他的女儿做公主去了。

然而细想之下也是不妥，若不肯封大可把奏章退回去，另赐金玉锦帛便可，何况玄凌从来不是一个性子暴躁的人。

正想着，殿内忽然传来"哐啷"一声玉器落地碎裂的声音，渐渐是碎片滚落的淅沥声。良久，殿中只是无声而恐怖的寂静。

我与李长面面相觑，自己心中也是大为疑惑，不知玄凌为何事震怒至此。李长尽是焦急神色，小声道："现在只怕唯有娘娘还能进去劝上几句。"

我点头，伸手推开飞金嵌银的朱紫殿门。侧殿深远而辽阔，寂静之中唯见光影离合辗转，在平金砖地上落下深深浅浅的蒙昧。

案几上的金珐琅九桃小熏炉里焚着他平素常用的龙涎香，袅袅缕缕淡薄如雾的轻烟缓缓散入殿阁深处，益发沉静凝香。他坐在蟠龙雕花大椅上，轻烟自他面上拂过，那种怒气便似凝在了眉心，如一点乌云，凝固不散。

我悄步走近，一时间不敢贸然去问，也不好说什么。只是把案几上的熏炉抱至窗台下，打开殿后近接树林的小窗，便有酥暖的春风徐徐然灌入。

他的声音有愤怒后的疲倦，漫漫然道："你怎么来了？"

我轻声道："是。臣妾来了。"

其时天色已经向晚，斑驳的夕阳光辉自"六合同春"吉祥雕花图案的镂空中漏进来，满室皆是晕红的光影片片。风吹过殿后的树林，叶子便会有籁籁的轻响，像檐间下着淅沥的小雨一般。

我自银盘中取了新鲜的薄荷叶和杭白菊放入青玉茶盏中，用滚水冲开泡着，又兑入化了蜂蜜的凉水，放在他面前，款款温言道："皇上饮些茶吧，可以怡神静气平肝火的。"说罢也不提别的，只从一个错金小方盒里蘸了点儿薄荷油在手指上，缓缓为他揉着太阳穴。

他慢慢喝了口茶，神色缓和了少许，才问："你怎么不问朕为什么生气?"

我恬和微笑："皇上方才正生气呢，等气消了些想告诉臣妾时自然会说的。若臣妾一味追问，只会让皇上更生气。"

他反手上来抚一抚我的手，指着书桌上一本黄绸面的奏章道："你自己看看吧。"他恨声未止，"玄济竟然这样大胆!"

我依言，伸手取过奏章，一看之下不由得也大惊失色。

原来这一道奏章，并非是汝南王为妻子、儿女求封，而是要求追封死去的生母玉厄夫人为玉贵太妃，并迁葬入先帝的妃陵。

有生育儿女的妃嫔在先皇死后皆可晋为太妃，安享尊荣富贵，并赠封号，以彰淑德。汝南王生母为先帝的从一品夫人，虽然早死，但追封亦是在情理之中。

只是这中间有个缘故。

先帝在位时，玉厄夫人的兄长博陵侯谋反，玉厄夫人深受牵连，无宠郁郁而死。直到临死前先帝才去探望，但是玉厄夫人口出怨望之语，深恨先帝及舒贵妃。先帝一怒之下不许玉厄夫人随葬妃陵，亦无任何追封，只按贵嫔礼与杀害先帝生母的昭宪太后葬在一起。

因无先帝的追封，何况玉厄夫人又是罪臣之妹，继承皇位的玄凌，自然也不会追封玉厄夫人为太妃了。

我合上奏章，不觉变色，道："这……皇上若真依照汝南王所言追封玉厄夫人为玉贵太妃，那先帝颜面要往何处放? 皇上又要如何自处?"

玄凌一掌重重击在案角上，道："竖子①！分明是要置朕于不孝之地，且连父皇的颜面也不顾了！"

我见他如斯震怒，忙翻过他的手来。案几是用极硬的红木制的，案角雕花繁复钩曲，玄凌的手掌立时泛出潮状的血红颜色。

我心下微微一疼，连忙握着他的手道："皇上息怒，不必为他这般生气，伤了自己的身子，更不值得。"

玄凌道："是可忍，孰不可忍！就算朕肯做个不肖子，太后又怎么肯呢？"

我想了想，道："这'玉贵太妃'的追称实在不妥，贵、淑、贤、德四妃向例只各有一人，清河王的生母舒贵太妃尚在人间，若真以此追封，并为'贵太妃'，清河王便也处于尴尬之地了，这未免会伤了兄弟情分。"见玄凌沉思，我又道，"岐山王玄洵为先帝长子，又是如今的后宫位分最尊贵的太妃钦仁太妃所出，钦仁太妃也未及封淑太妃或贤、德太妃啊，只怕岐山王心中也不能服气哪。"

这话我说得直白了些，但果如汝南王所奏，那么诸王和后宫太妃心中必有嫌隙，这前朝和后宫都将要不安稳了。

如此利害相关，玄凌怎会不明白、不动了雷霆震怒。

玄凌只是一言不发，但见额上的青筋累累暴动，怒极反笑，道："朕若允他，必失前朝和后宫的人心；若是不允，他必定怀恨在心，前番种种功夫和布置，皆算是白费了。"

他看得如此透彻，我亦默默，良久只道："若他立时兴兵，皇上有多少胜算？"

他眸中精光一闪，瞬息黯然："朕手中有兵十五万，十万散布于各个关隘，五万集守于京畿附近。"他顿一顿，"汝南王手中有精兵不下五十万，布于全国各要塞关隘。"

我悚然，道："那么皇上需要多久才能布置周全，以己之兵力取而代之？"

---

① 竖子："小子"的意思，古语中为愤怒时斥骂的话语。

他道："若这半年间能有朕亲信之人知晓兵部动向以及汝南王一派各人姓名官职，令各地守将分解夺取汝南王五十万精兵，朕再一网打尽，那么一年之内即可收服。"他微微苦笑，"只是他步步紧逼，只怕朕这里还不能对他了如指掌，他已经兴兵而动了。"

他也有这样多的无奈和隐忍。身为后宫女子，成日封闭于这四方红墙，对于朝政，我晓得的并不多，更不能多有干涉。那一星半点儿的朝政，若非事关自身与家族之利，我也不敢冒险去探听涉及。向来我与玄凌的接触，只在后宫那些云淡风轻的闲暇时光里，只关乎风花雪月。

这样骤然知晓了，心下有些许的心疼和了然。这个宫廷里，他有他的无奈，我也有我的无奈。帝王将相、后妃嫔御，又有哪一个不是活在自己的无奈里，各有掣肘。

我情不自禁温软地俯下身，安静伏在他的膝上。他身上的玄色缎袍满绣螭龙，那些金丝绣线并不柔软，微刺得脸颊痒痒的。我轻声道："那么为长远计，皇上只能忍耐。"

他的身子微微一震，那么轻微，若非伏在他的膝上，几乎是不能察觉的。他仰天长叹一声："嬛嬛，朕这皇帝是否做得太窝囊？"

心里霎时涌起一股酸涩之意，仰起头定定道："汉景帝刘启为平七国之乱不得已杀了晁错；光武帝刘秀为了兴复汉室连更始帝杀了自己兄长之痛也要忍耐，甚至在登基之初为稳定朝政不能册封自己心爱的阴丽华为皇后，只能封郭氏女。但也是他们平定天下，开创盛世。大丈夫能屈能伸，皇上忍一时之痛，才能为朝廷谋万世之全，并非窝囊，而是屈己为政。"

他的手轻轻抚上我的肩胛，叹道："嬛嬛，你说话总是能叫朕心里舒服。"

我摇头："臣妾不是宽慰皇上，而是实事求是。"

他的声音淡淡却有些狠辣之意，在暗沉的宫殿里听来几乎有些锋刃一样的尖厉："不错。朕的确要忍。"他淡漠一哂，"可是朕要如何忍下去？"

我的双手紧紧握住他的手，强忍住内心激荡的不甘和愤恨，扬一扬脸，稳住自己的神色、语调，轻声而坚定："请皇上依照汝南王言追封玉厄夫人为太妃，迁葬入先帝妃陵。"

他颇为震惊，手一推不慎撞跌了手边的茶盏。只听得"哐啷"一声，茶盏跌了个粉碎，他却只若未闻，翻手用力握着我的手臂道："你也这样说？"我才要说话，已闻得有内监在外试探着询问："皇上——"

我立刻站起来扬声道："没什么，失手打了个茶盏而已，等下再来收拾。"回头见玄凌走近，忙急道："皇上息怒。请皇上别过来，被碎瓷伤着可怎么好。"说着利索蹲下身把茶盏的瓷片拨开。

我跪于地上，目不转睛地注视他，逐字逐句清晰道："请皇上追封玉厄夫人为贤太妃，加以封号，迁葬入先帝的妃陵。同时晋封宫中各位太妃，加以尊号崇礼。尤其是岐山王生母钦仁太妃为淑太妃、平阳王养母庄和太妃为德太妃，与玉厄夫人并立。更要为太后崇以尊号，以显皇上孝义之情。"

话音甫落，玄凌脸上已露喜色，握着我手臂的力道却更重，拉了我起来欣喜道："不错。他要为他生母追封，那么朕就以为太后祝祷祈求安康之名为每一位太妃都加以尊号，位分更要在他生母之上，如此前朝后宫皆无异议了。"

我笑吟吟接口道："何止如此。这样不仅言官不会有议论，各位太妃与诸位王爷也会感沐皇上恩德，更加同心同力效忠于皇上了。"我想一想，又道，"只是六王的生母舒贵太妃已然出家，可要如何安置呢？若是单撇开了她不封，只怕六王面子上也不好看。"

玄凌不以为然，随手掸一掸衣袖道："老六是不会在意这些的。"

我含笑劝道："六王虽然不会在意，只是有些小人会因此揣度以为皇上轻视六王，如此一来却不好了。本是该兄弟同心的时候，无心的事倒被人看作了有意，不如还请皇上也有心于六王吧。"

玄凌心情甚好，道："这又有什么难办的，舒贵太妃已经出家，尊号是不宜再加了。朕就遥尊舒贵太妃为冲静元师吧。"

我微笑："如此便再无不妥了。"

玄凌鼻中轻轻一哼，冷冷道："如今要追封玉厄夫人只不过是权宜之计，不得已而为之。若将来平服汝南王，朕便立刻下旨效法昭宪太后之事，只予她太妃之号，灵位不许入太庙飨用香火祭祀，棺椁不得入皇陵，不系帝谥，后世也不许累上尊号。否则难消今日之恨！"

我听他如此打算，只是默然。汝南王一意为其母求荣，哪知道荣辱只是只手翻覆之间就可变化。一时之荣，招致的将是以后无穷的屈辱啊。因而也不接口，只道："只是尊崇太妃为后宫之事，理当禀告太后、知会皇后的。"

玄凌道："这个是自然的。"

我轻声在他耳边道："皇上，只消我们循序而进，自然可以对他们了如指掌。臣妾兄长一事，臣妾略有些计较，请皇上权衡决断。"

我细细述说了一番，玄凌笑道："如此甚好。你不愧是朕的'解语花'，这样的主意也想得出来。"

我含笑道："皇上为天下操劳，臣妾不懂朝政，只能在这些小事上留心了。"

他笑得爽朗："千里之行，积于跬步。你为朕考虑的小事焉知不是大事呢？"

天色昏暗，连最后一抹斜阳也已被月色替代。我立起身，吹亮了火折子，一支一支把殿内的巨烛点亮。殿中用的是销金硬烛，每座烛台各点九支，洋洋数百，无一点烟气和蜡油气味，便不会坏了殿中焚烧着的香料的纯郁香气。火焰一点点明亮起来，殿中亮堂如白昼。

我盈盈立在最近的烛台边，吹熄了火折子。心思冉冉转动，终于狠一狠心肠，再狠一狠，艰难屏息，声音沉静如冰下冷泉之水，冷静道："请皇上再广施恩德，复慕容妃为华妃之位。"

玄凌一怔，原本的喜色刹然而收，走近我身畔道："朕若复她之位，如何对得起你？更如何堵悠悠之口？"

心口僵了一僵，几乎就要忍不住变色——这样把慕容世兰放在一边，虽不宠幸，却依旧是锦衣玉食，如何又是对得起我？若是如此，我宁可复她妃位。这样的女子，一旦得意放松才会有过失可寻。更何况只有她复位，慕容一族才能真正放心。

这样想着，心里终究是酸楚而悲怆的，眼中淡然有了泪光。册封玉厄夫人为太妃于玄凌是勉强和为难，而复位华妃由我说出口，岂不更是为难与勉强？

忍耐，只有忍耐。如同绷紧的弦，才能让箭射得快、准、狠。方才劝慰玄凌的话，亦是劝慰我自己。

强压下喉头汹涌的哽咽和悲愤，静静道："追封玉厄夫人为太妃安的是汝南王的心，复位华妃安的是慕容一族的心。纵使汝南王无心帝位，却也经不得他手下的人一味撺掇，只怕是个个都想做开国功臣的。皇上若肯安抚华妃，那么便是多争一分慕容家的心，多一分胜算。"

他侧首，不忍看我，道："嬛嬛，朕……这样是委屈你。"

我缓缓屈膝，道："臣妾不怕委屈。为了皇上，臣妾会尽力忍让华妃，不起争端。"泪，终于自眼中滑落，是为了他，更是为了自己。

为了安抚慕容一族，他迟早会重新复慕容世兰的位分。最低便是再予华妃之位，若情势所迫，只怕再封为"夫人"也不是不可能的。与其如此，宁可我来说，宁可给她华妃之位，宁可让玄凌因为我而给她封赏时有更多的无奈、被迫和隐忍，还有对我的感愧和心疼。这样的情绪越多，我的地位就更稳，宠爱就更多。

我凄然苦笑。什么时候我已经变得这样工于算计，这样自私而凉薄，连自己也不堪回味和细想。

玄凌只是沉默，许久，也不知过了多久，他轻轻道："好。"

殿外呜咽的风声有些悲凉之意，玄凌的声音只是沉沉的，似乎坠了什么沉重的东西。烛火的影子一摇一摇，晃得眼前他的神色有些模糊，他道："朕倒想起了你方才说的汉光武帝为了朝局稳定不得已立他不喜爱的郭氏为后，却让心爱的阴丽华屈身服侍郭后。朕今日的无奈，倒是像足了受郭氏掣肘的光武帝，要去宠幸一个不喜欢的女人。"

我摇头："臣妾怎能与阴皇后相比。只是臣妾观看史书，后来郭皇后家族谋反，光武帝废了郭后，立阴丽华为后，总算如愿以偿。"我望着玄凌，"皇上的功绩，必定不逊于光武帝。"

他抱紧我："嬛嬛，你晓得朕为什么在你失子之后不太去看你么？"

他这样骤然一句，忽地勾起我心酸的记忆，那一日仪元殿后听见的话，终究是耿耿于怀的。我别过头，道："想来是臣妾生性倔强，失子后伤心冒犯了皇上。"

他的下巴抵在我的颈上，有些生硬地疼："虽然你性子倔强些，却也不全是为了这个缘故。"他的声音有些断续，只是紧紧抱着我，"你知道慕容妃为什么没有孩子么？"我心下一惊，身子便挣了一挣，他依旧说下去，却仿佛不是他自己的声音一般，有些恍然的缥缈和压抑的痛楚，"她宫中的'欢宜香'，是朕独独赏赐给她的——那里面有一味麝香，闻得多了，便不会有孩子了。"

这其中的缘故我是知道的，可是他陡然这样亲口告知于我，我更多的是惊异。

这样的真相，我自己揣度知晓个大概也就罢了，真正面对这样血淋淋的真相，真正听他告知于我，尽管是我所恨的人的，仍是觉得不堪想象和回味。

我垂首，伤感不已，道："皇上，您告诉臣妾的太多了。"

他只是不肯放手，道："你听朕说。你在她宫里跪了半个时辰就小产了，朕心里不安，只怕是你也闻了'欢宜香'的缘故。每次见你以泪洗面思念孩子、怨恨华妃，朕的不安就更重，你怪华妃朕便觉得你是怪朕，是怪朕害了咱们的孩子。"

我再忍不住，心中如有利爪狠狠挠着、撕拉着，一下一下抽搐地疼。泪水潸潸而落，只用力抓着他的衣襟，哭得哽咽不能言语。

他的语气沉重如积雪森森："你是否觉得朕不是个好父亲？"

我凄然摇头："不……"半晌才艰难启齿，"君王要有君王的决断的……"

他拍着我的背，凄怆道："朕也有朕的不能够。华妃不可以有孩子，只要她生下皇子，汝南王和慕容一族便会扶这个孩子为帝，朕便连容身安命之所也没有了。可是如你所言，朕又不能不宠幸她来安抚人心。朕出此下策，却不想无辜连累了你。"

我骤然想起一事，睁眸惊道："那么当年华妃小产？"

他缓缓点头："端妃当年是枉担了虚名。"

我落泪："此事必然隐秘，只是皇上为什么要告诉臣妾？"

他眼中隐隐有泪光："朕是人君，亦是人父。朕杀了自己的孩子，焉能不痛？"他侧一侧头，"朕那么多的孩子都保不住，焉知不是上天的报应？"

他的话让我想起我失子那一日皇后和他的言语，内心的惊恸和害怕愈深："皇后娘娘……也知道是不是？"

他长叹："是。是宜修亲自准备的药。"那叹息沉重得如巨石压在我的心上，他道，"朕身为天子，亦有这许多的无奈和不可为。你懂得么？"

我哭泣，然而再哭泣怨怼又有何用？我的孩子，终究不能活生生地回来了。现实如斯可怖，一点点揭开在我眼前，而这不过只是后宫庞大生活阴影的一角。纵然华妃心狠手辣，她也是可怜的。

我强忍住胃中翻涌的酸，他是君王，他要的是天下。唐太宗尚有玄武门之变啊，唐玄宗亦逼杀了自己的姑母太平公主和亲生的三个儿子。我狠一狠心，毒了舌尖，道："不得不杀。"

话一出口，膝也有些酸软了。我能说什么，反驳什么？华妃孩子的早死，他知道，皇后知道，想必太后也是知情的。我能有异议么？况且是那么久远的事了。

而我的手，未必没有沾染鲜血。

一进这宫门，我早不是那个曾经任性而娇宠的甄嬛了。

我并不是个良善而单纯的女子。我逼疯了丽贵嫔、恬嫔，亦下令绞杀了余氏。我何曾清白而无辜？我和宫里每一个还活着、活得好的人一样，都是踩着旁人的血活着的。

而对玄凌的怨恨，只会撕裂我，逼迫我，迫到我无路可去，亦无路可退。

他道："嬛嬛，朕若不告诉你，这孩子的死到底会是朕与你之间的心结啊。"

他亦是无心，我能如何？失子之后的心结因他这番坦诚的话而解开了些许，我只能原谅，原谅他的无奈和不得已。我泪流满面，道："若非汝南王和慕容之故，皇上不致如此；而若非华妃跋扈狠毒之故，臣妾和腹中之子也不致如此。"我静一静声，道，"若有来日，请皇上一定还臣妾公道。"

他正色，肃然道："朕一定会。"

我用力点一点头，身心俱是疲惫。我伸手拥住他，含泪道："四郎！"

这样唤他，是真心的。我许久许久没有这样真心地唤他，他的神色动容而惊喜，低头吻我。他唇齿间的灼热熟悉而亲密，依稀是往日，却明明白白就在今日，此时此刻。

他是坦诚的，这样突兀、惊悚而又难得地坦诚，缓减了我与他之间的隔阂，加深了对各自处境的明白。

心底黯然叹息了一声，我沉静地闭上双眼。

明月如霜里，我亦紧紧拥抱着他，温柔回应他略有些显得粗暴的热情。这一刻对彼此的了然和懂得，足以维持着我们一同进退，一同相守着度过许多许多的日子。

叁拾　凤声转

四月初八，大吉。玄凌上告太庙，为祈太后凤体康宁，上皇太后徽号"仁哲"，全号为"昭成康颐闵敬仁哲太后"，世称"昭成太后"。

同时追封汝南王生母玉厄夫人为贤太妃，赠谥号"思肃"，号思肃贤太妃，拟于六月迁葬入先帝的妃陵。并晋封在宫中颐养的各位太妃，以示褒扬。尊岐山王生母钦仁太妃为"钦仁淑太妃"，居后宫太妃之首；平阳王养母庄和太妃为"庄和德太妃"，生母顺陈太妃加礼遇；遥尊已经出家修行的舒贵太妃为冲静元师、金庭教主。

汝南王意在尊其母为"贵太妃"，向来贵、淑、贤、德四妃，虽然名为并立，却是以贵妃最尊，贵太妃自然也成为太妃之首。子凭母贵，汝南王的地位自然更加尊贵。

汝南王刻意有此提议，多半是因为年少时因舒贵妃之故而使生母失宠，连累自己不受先帝重视，迟迟不得封王，深以为恨。如今显赫至此，当然不愿意在世人眼中，自己的出身不如舒贵妃之子玄清，更要凌驾在先帝长子玄洵之上。何况玄清擅长诗文，无意于政事，玄洵庸庸碌碌，醉生梦死，正是他最瞧不起的。

如今追封汝南王生母为贤太妃，一则与贵、淑、德太妃同为正一品，名义上过得去；二则有钦仁淑太妃在她之上作为压制，汝南王的地位也不能越过岐山王独大；三则遥尊舒贵太妃为冲静元师、金庭教主，也是为了安抚汝南王——舒贵太妃已是方外之人了。

几个封号而已，却是种种忌讳和兼顾，盘根错节，无微不至。

三日后，慕容妃复位华妃，慕容一族也为此安分少许。

本以为后宫之中会因华妃复位之事大有波澜，可上至皇后，下至陵容、曹琴默，皆只视若无事一般，只字不提。

那日皇后邀了我在凤仪宫中赏花，正巧玄凌复位华妃晓谕六宫的圣旨传到皇后处。皇后静静看完圣旨，命侍女奉起，淡淡向我道："终于来了。"

我只做不知，道："皇后娘娘不觉得意外么？"

皇后似笑非笑："迟早的事罢了。"说着指一指窗下一盆开得盛泽的芍药花道，"就好像花迟早都要开的。"说完，命剪秋取了小银剪刀来，纤纤玉指拈起面前一枝火红硕大的芍药花，"咔嚓"一声利落剪下，扔到剪秋手中，道，"这花开得碍眼，不要罢了。"

我心中微微一悸，顺手折下一朵姚黄牡丹，端正簪于皇后如云高髻之上，含笑道："这花开得正好，也合皇后娘娘的身份，很好看呢。"

皇后顾盼间微笑道："快三十的女人了，哪里还好看呢。"她顿一顿，仿佛无意一般，"华妃比本宫小了不少啊。"

我谦和地笑："美与不美不在年龄而在气度，皇后娘娘母仪天下，这分雍容华贵岂是单薄的年轻艳丽可以比拟分毫的。正如这牡丹是花中之王，那一盆芍药开得再艳再娇也是不能相提并论的。"

皇后对镜贴上珍珠花钿，口中虽不说什么赞许的话，神色间却是深以为然的，缓缓道："贵嫔越来越会说话了。"

皇后命侍女重新择了步摇、簪子为她拢发，她的手指自缠丝玛瑙玉盘的首饰上轻轻抚过，仿佛是漫不经心一般，道："听说你兄长最近的风评很不好，为了个烟花女子闹得家中鸡犬不宁的。"

我微窘，手指绞一绞绢子，咬牙道："臣妾也听说了，当真是坏事传千里，这样上不得台面的事竟然扰了皇后娘娘的清听，真是臣妾的罪过。"

皇后半转了身子，和蔼道："也算不得什么，你兄长到底年轻，年少得志又不晓得要保养身子，难免兴头一上来就什么也不顾了。只是你嫂子有了三个多月的身子还要为这事怄气，真是可怜了。"

我一时羞恼，恨恨翻脸道："只恨臣妾的兄长一点也不晓得检点，那个叫什么'佳仪'的烟花女子出身实在卑贱，兄长竟然不顾爹娘反对、嫂嫂有孕在身，执意为她赎了身，安置了做外室。"我蹙眉嫌恶道，"若不是臣妾爹娘和嫂嫂拼死反对，只怕就要领进家门做妾了。"

皇后连连摇头道："这也太不堪了。为了这样的女子忘了夫妻结发、父母养育之情，这算什么呢。"

我恨得几乎落泪，咬牙道："兄长一意被妖媚女子迷惑，竟不再入家门一步。臣妾已经命人回去告知爹娘，绝不能让这样的女子进门辱了甄家的门楣。"

皇后道："才德并立方算得好男子。贵嫔你的兄长虽有金戈铁马之才，德行一事上却是有亏损了。"她继而不快地叹息，"白白叫华妃身后那些人看了笑话！"

回到宫中小憩了片刻，只觉得身上酸乏无比，连日来为了追封太妃之事，与玄凌一同斟酌计较其中细节，自是劳心劳神。好容易一切尘埃落定，各方周全，方能松一口气歇上一歇。而来日的风雨只会更加汹涌，并不会比今时轻松半分。

槿汐等人亦知我操劳费心，于是焚了一炉宁神的安息香让我安眠。方蒙蒙眬眬入睡，便听得流朱急急在耳边轻声催促道："小姐，太后宫里差人请小姐过去说话。"

我闻得"太后"二字，猛然惊醒，道："有说是什么事么？"

流朱道："来传话的公公并没有说，只请小姐快过去。"

我一向对太后恭敬，于是片刻也不敢耽误，一面命人备了轿辇，一面
唤了人进来为我梳洗更衣，匆匆去了。

太后殿中有沉静如水的檀香气味，轻烟袅袅不散，让人恍惚有置身世
外之感。晌午的太阳并不过分晴朗，温温的，叫人无端地平心静气。

殿中安静，隔着春衫绿的窗纱向外看，那繁闹的灿烂春花也多了一丝
妥帖安分的素净，连阳光的金也是迷蒙的，像遥遥迢迢隔着的雾气。

太后的气色尚好，靠在临窗的贵妃长榻上，就着孙姑姑的手一口一口
慢慢喝着药。

我恭恭敬敬请了安，太后随口叫了我起来坐着，道："有些日子没好
好和你说话了，最近都做了些什么？"

我答道："并没有什么事，左不过是打发辰光而已。"

太后头也不抬，道："那就说说都怎么打发辰光的事情，哀家听着也
解解乏。"于是我拣了些有趣的絮絮来说。太后含了一抹若有似无的笑，
似乎是听着，一手接过孙姑姑递上的清水漱了口，蹙眉道："好苦。"

话音未落，殿中的乌檀木雕嵌万寿百福字屏风后宝蓝裙裾一晃，盈然
出来的竟是眉庄。眉庄看我一眼，也不多说，只端了一个白瓷盘在手中，
盘中搁了数枚腌渍得殷红的山楂，眉目含笑行至太后身前，道："这是新
制的山楂，臣妾命人做得甜些。酸甜开胃，太后用了药吃这个最好不过了。"

太后面上微露一缕笑，道："算你这孩子有孝心。"说着拈了一枚含
了，点头道，"果然不错。"

眉庄低眉而笑，神情谦顺大方，道："太后喜欢就好。臣妾只是想着，
药是苦的，若食极甜之物口中反而难受，不若酸甜来得可口。"

太后颔首而笑，很是赞同。方才转首看了我一眼，不疾不徐道："莞
贵嫔，你可知罪？"

本一同和睦说着话共叙天伦，一室的平和安详，骤然听得这样一句，

心颤颤一跳，却不知何处犯了忌讳，慌忙跪下道："臣妾惶恐不知，请太后明示。"

太后目光锐利，直逼得我不敢随意抬头，惴惴不安。太后微睐了睐双眼，冷冷抛下一句："你好大的胆子，竟敢以一己妃嫔之身干预朝政。"

眉庄站在一边，听太后这样神色说话，一惊之下脸色霎时变得雪白，手中端着的瓷盘拿得不稳，盘中盛着的山楂立时掉了出来，骨碌着滚得老远，只留下深红的点点汁液，沥沥一地。

太后斜睨她一眼，道："哀家问她，你倒先慌了。"

我一时心乱，不知从何答起，忙俯下身叩首道："臣妾不知太后为何这样说，实在是不敢犯这样的死罪的。"

太后坐起身子，她并不疾言厉色，只是眼角的皱纹因肃穆的神情而令人备觉严厉。她不愠不火道："哀家准你自己说，追封太妃一事，你有多少参与其中？"

我磕一个头，方才道："太后的话臣妾无比惶恐。臣妾再年轻不懂事，也晓得后宫妃嫔不得干政，这是老祖宗的遗训，臣妾绝不敢违背。皇上是圣明的君主，追封太妃之事心中早有决断，岂是臣妾能够左右的。臣妾所能做的，只是劝慰皇上不要为操劳朝政而伤神。若说到'参与'，也只是在内阁为太妃议定的几个封号中为皇上稍作参详，再交给太后和皇后择定。"我仰头看着太后，道，"臣妾愚昧，以为追封太妃是后宫之事，才敢略说一二。若说朝政，是绝不敢有丝毫沾染的。"说完忙低头。

太后略略沉吟，眼中精光一轮，似能把我看成一个无所隐瞒的水晶人，缓缓道："纵使你无意于朝政大事，但是你敢说，此事之中你无半点儿私心？"

适才一番话说完，心情稍为平复，情知过分辩解反倒不好，于是道："太后明鉴。追封太妃一事本与臣妾无利害相关。"我停一停，迎上太后的目光，道，"但说到私心，臣妾却是有的。"

我见太后只是听着，并无责怪之意，渐渐安心些，道："臣妾深居宫中，虽不闻外事，但宫中众说纷纭，总有一些是听到耳中的。皇上是一国之君，总忧心于朝政，废寝忘食。臣妾得幸于皇上，能够侍奉左右，只是希望皇上可以顺心遂意，天颜常展。"我思量几番，终于还是说出了口，"但是有时却天不遂人愿。"

太后是玄凌的生母，更曾执掌朝政，有些话、有些事，实在是不需要也不必瞒她。太后若有所思，道："哪里是上天不顺从人愿呢，只怕是有人要逆天而行了。"

我跪在日光的影子里，背脊上隐约有毛躁的热和不安，刺刺地痒。我细声道："太后所言极是。但臣妾知道，皇上是上天之子，必然能受上天庇佑。臣妾不敢，也无能参与政事，只能在皇上的饮食起居上尽量用心。若有私心，也是臣妾一点上不得台面的私心，太后今日问起，臣妾也只好照实说了。臣妾希望皇上万岁平安，臣妾也能得以眷顾平安终老。"

太后听完我一番辩解，神色略有松弛，随手缩一缩散落脑后的头发，和颜道："这点儿私心，后宫嫔妃哪一个没有？也罢了，你起来吧。"

我这才如逢大赦一般，整衣敛容起身，恭谨垂首站于一边。太后抚一抚身上盖着的折锦软毯上的风毛，徐徐叹息了一声道："你的私心，人人都是一样。有了皇帝才有你们。皇帝在，无论这宫里失宠的还是得宠的，终究都有个盼头、有个指望。若然皇帝不在了，皇后自然是没说的，贵为太后，就是欣贵嫔和曹婕妤也总算还有个女儿可以依靠。可像你和眉儿这样没有孩子的，尽管眼下风光，将来便也只能做个孤零零的太嫔，连太妃的位分也指望不上。虽说是太嫔，却是老来无靠，晚景凄凉，说穿了不过是等死罢了。所以你们的指望啊，全在皇帝一人身上。"太后说完，自己也略有些伤感，侧头咳了两声。

眉庄口中虽应了一声"是"，却也别过了脸，只怔怔瞧着窗外，若有所失。太后瞧一瞧她，道："眉儿，你对哀家虽有孝心，可是这心思也该用点儿到皇帝身上去。虽不说恩宠，可好不好的现在竟连端妃也不如了。年纪轻轻的整日穿得这样素净，哀家如今还肯穿得鲜艳些，你反倒不愿意了。和哀家这老太婆厮混在一起，到底也没意思——你总该为自己打算。"

眉庄的打扮于她的身份的确是过分素净了。烟霞银底色的对襟羽纱衣裳，作窄袖，挑疏疏的几枝石青碧藤萝图样，宝蓝无花纹的纽罗宫裙，长不及地，亦不佩带香囊、玉佩之类。春日里宫中女子皆爱以鲜花插鬓，眉庄发间却是连一点华丽珠玉簪钗也不用，更不用说鲜花、绢花点缀了。如云青丝，绾作了一个纹丝不乱的垂髻，通共只簪了一枚镶嵌暗红玛瑙圆珠的乌银扁钗算是装饰。素色衣裙上也唯有颌下的盘纽上嵌了一颗珍珠。这样的打扮，便是太后宫中得脸的姑姑，亦比她华贵一些。眉庄垂着半边脸，道："太后这样说，倒像臣妾故意地不是了。并非臣妾不愿亲近皇上，只是一来太后安康是皇上的心愿，臣妾理当更孝敬太后；二来几位妹妹也服侍得皇上很好。"眉庄微微一笑，"臣妾本不擅长打扮的，哪里比得上太后的眼力，但求太后哪一日得空儿了指点教诲臣妾吧。臣妾在太后这里受益良多，是赶也不肯走了。"

太后笑道："这丫头哀家原本看着稳当，如今益发能说会道了。有你陪着哀家，再有温太医的医术，哀家的身子怎么能不好呢。"

眉庄赔笑道："这都是温太医的功劳，臣妾不过是趋奉左右罢了，实在是没什么用处的。"

太后道："等下陪哀家用了晚膳，无事就回去吧，整天陪在这里也怪没趣的。"

眉庄道："温太医说了，等晚膳后再过来给太后请一次脉，若是安好，药量又该酌情减轻些了。臣妾想在这里陪着听温太医怎么说，也好提点着那些熬药的小宫女，太后的药是疏忽不得的。"

太后满意颔首，笑："你总比旁人心细些。"说着转脸看我一眼，静静道："听皇帝说，华妃尽早复位一事，是你的主意。"

我心下陡然惊悚，不知太后用意何在，只好硬着头皮答："是。"说着不自觉看了眉庄一眼，她脸色微变，目光锐利地在我面上剟过，已多了几分惊怒交加的神气。我黯然低一低头，她终究是要怨我了。

太后眉心蹙成三条柔软的竖纹，微疑道："你倒肯？"

我恳切道："太后英明。太后适才说到有人要逆天而行，臣妾虽然鲁钝，却也明白太后所指。恳请太后明鉴，局势之下，前朝要安抚人心，后宫也要。臣妾不能为了一己私怨干系国事大局。"我顿首，道，"这件事总是要有人委屈的，臣妾情愿受这个委屈。"

太后默然片刻，欣然而有喜色，唤了我过去，拉了我的手道："好孩子，哀家不料你竟然有这样的心气。不怪皇帝偏疼你，准你入御书房陪伴。"

我忙要跪下，道："太后言重了。臣妾实在不敢当。"

太后命我坐在她身前，道："哀家原本听皇后说有你在御书房陪伴皇帝甚是妥当，哀家还不放心。御书房岂是后妃能擅入之地？你又向来是个聪明伶俐的。若是这聪明没有用在正途上，或是一味怂恿着皇帝按一己的好恶来处理国事或是用人刑罚，成为国之祸水，哀家断断不能容你。"

我忙垂首恭谨道："臣妾不敢。"

太后道："哀家也不过是白担心罢了。今日和你说话，的确是个有心胸有见识的样子，皇帝的眼光不错。御书房的内监、宫女终究不如你能善体上意，你就好好去陪着皇帝吧——只一条，不许妄议国事，也不得干政。要不然哀家能容你，列祖列宗也容不下你。"

我咬一咬唇，谦卑了神色，道："太后教训得极是，臣妾谨记在心。只是且不说臣妾没有领会政事的本事，上有太后，下有文武百官，皇上英明果决，怎会有臣妾置喙左右的余地呢。臣妾年轻不懂事，也没经过什么大事，行动说话难免不够周全，还请太后和皇后多加教训。"

太后双眸微抬，道："说你年轻，总也进宫三年了，说到底却还是个十八岁的丫头，能有这样的心胸气度很不错。皇帝身边有你，哀家也很放心。你便好好服侍着皇帝，能早日有个一子半女便是更好了。"

我心头略松，沉声道："多谢太后。"

太后略有倦色，重又斜靠在软枕上，我见机知晓，行至殿角的柜旁，打开剔彩双龙纹漆盘中的铜胎掐丝糖罐，加了半匙雪花糖粉化在太后喝的水中，道："太后教导臣妾良久，喝口水润润嗓子吧。"

太后含笑饮下，慈眉善目道："眉儿的性子沉稳持重，你却机灵敏捷。纯元皇后过世之后，皇帝身边总没有一个可心得力的人，你们若能尽心尽力侍奉在侧，不仅皇后可以轻松许多，皇帝也可以无后顾之忧了。"

眉庄站立于太后身后，一直以漠然的神情相对于我，闻得太后这样说，方笑了一笑道："太后太过抬举臣妾了。"

太后卧在阳光底下晒了半个时辰，困意渐浓，懒懒道："哀家午睡的时辰到了，你们且先去哪里逛逛吧。"

我与眉庄连忙起身告辞。太后合目片刻，缓缓唤住我道："追封太妃的事这样办甚妥，面面俱到。若是换了哀家来拿主意，多半也是这个样子。皇帝一向性子有些急躁，考虑事情不那么周全，得有人帮衬着。可是若这全是你一个人的主意，那主意未免也太大了。"

我正打算着出去后如何向眉庄解释，太后这样陡然一句，心口仿佛一下子又被吊了起来，忐忑不宁。维持着的笑容有点发僵，两颊便有些酸，我道："臣妾哪里懂得这样多，实在是不能的。"

太后的笑颜为感慨："古语说'女子无才便是德'，哀家觉得不通；可太有才华了，终究有薄命之嫌，也太可惜了。有才而知进退、兼修福德，那才是难得的。毕竟这宫里不同于寻常。"太后意味深长道，"这后宫里，虽说你们只是一介女流，却是个女人一哭一笑都会引发前朝风吹草动的地方。一言一行都自己谨慎着吧。"

我点头不语，细细体味话中深意。太后道："你是个明白人，哀家喜欢。若得空儿，便常来这里为哀家抄录佛经吧。"

我唯唯依言告退。疾步走出太后的颐宁宫，方觉得身心俱疲，一时间难以放松下来。额上累累汗珠滑落，须臾才晓得去擦。

出来浣碧迎在外头，我见转眼不见了眉庄，心中着急，便问："见着眉庄小主没有？"

浣碧道："见着了，带了宫女去小厨房为太后准备点心去了。"

我知她此去一时半刻也见不着了，便乘了轿辇往棠梨宫去。

方行至太液池西岸，正巧见曹婕好带了侍女抱着温宜帝姬在临水长桥边拨了柳枝逗弄池中尾尾金鲤，笑语连连。见我的轿辇经过，忙肃立一边请安。我命了她起来，侧身在轿辇上笑道："婕好好兴致。"

她亦笑，看着温宜的眼中饱含无限爱怜疼惜之意："闲来无事，温宜便嚷着要出来逛。这个鬼灵精当真闹得嫔妾头痛不已。"

我微笑："婕好这样的日日'头痛'的福气别人是求还求不来呢。"我凝眸温宜，她也快三岁了。三岁的小人儿出落得粉娇玉嫩，眉目如画，嘴里咿咿呀呀不止。她一向没有与我见熟，很是有些怕生，却也不哭不闹，只睁大了一双滴溜滚圆的乌仁眼珠好奇打量着我，十分乖觉可爱。

她本被曹婕好抱在手中，见我笑吟吟看着她，亦晓得我是喜欢她的，忽而嘴一咧，欢快笑出声来，张开手臂便要我抱。我也意外，我本坐在轿辇之上，但见她如斯可爱神态，亦是从心底里喜欢起来，便走了下来。

曹婕好见温宜伸手便要我抱，忙低声止道："不许对娘娘没有规矩，看这样顽皮。"

我笑："小孩子不怕生才有趣，婕好何必说她。"说着一手搂了她在怀中，爱怜地抚开她额上汗津津的碎发。温宜虽然年幼，却也能分辨是否真心喜爱她。她对我十分亲昵，倚靠在我肩上，粉嫩的小脸蹭着我的脖子，一手搂着我，一手饶有兴致地掰着我衣襟纽扣上镶着的镏金蜂赶菊别针。

曹婕好笑吟吟在一旁道："温宜很喜欢娘娘呢。"说着凑近温宜，道："快叫'莞母妃'吧。"

温宜也不叫，只一低头害羞，腻在我身上扭股儿糖似的扭着。曹婕好见她扭捏，便回头唤了乳母道："把帝姬抱走吧，看把娘娘衣裳也揉皱了。"很快在我耳边轻声道："嫔妾在此恭候娘娘多时了。"

我会意，晓得她有事找我，只做无事之状，放开温宜，一手摘下衣裳上别着的数枚镏金蜂赶菊别针放到乳母手中，道："不值钱的小玩意儿，留着给帝姬取乐吧。"

乳母一时也不敢接，只瞅着曹婕妤的脸色，见她只是微笑，忙含笑谢了。

我道："春光甚好，本宫要去迎春圃逛逛，先走一步了。"

待我行至迎春圃，只留了槿汐一同散步。其时春光浓郁，早开的迎春，早已凋谢得朵朵零星，甚少有人再来观赏走动，正是一个说话的清净之地。果然过不多时，曹婕妤便孤身而至。

我折了两朵迎春在手中把玩，漫不经心道："曹姐姐有何事宜要见本宫？"

她低低道："华妃复位，昨日曾召嫔妾入宓秀宫。"

我心下微有触动，依旧微微含笑，柔声道："那很好呀。华妃娘娘一向和你有来往的，如今她复位，你也应当去贺一贺。"

她亦不动声色，只道："嫔妾早已送去贺礼。"她看着我，道，"只是华妃娘娘此次召嫔妾去，只是问在她幽闭期间，娘娘您的举动言行。"

我微微一愣，只拨弄着手心里的花朵，闲闲道："曹姐姐这样聪明的人，自然是应对得宜的。何况无论怎样应对，都是在于曹姐姐自身的打算。"我暗暗转了话中机锋，对着她语笑嫣然，"其实华妃娘娘怎么说都是曹姐姐的旧主，虽然待姐姐和帝姬有些地方是刻薄了，但好歹也曾提携过姐姐，位分、家世又远在本宫之上。曹姐姐要和华妃亲近，也是情理之中的事，何况如今她复位，皇上也不是不宠她的。"

曹婕妤眉心微动，很快抿嘴一笑，道："娘娘又何必和嫔妾打哑谜。嫔妾虽然不伶俐，却也晓得她眼下的复位和得宠都是一时的，就好比夏天里的昙花一现，毕竟是强弩之末了。"她笑，"嫔妾和帝姬要安身，自然不会冒险。"

我凝眸盯着她片刻，道："曹姐姐察言观色，心思敏捷，不是寻常人可以比的。只是本宫也不希望姐姐和华妃娘娘生疏了。"

曹婕妤启唇一笑，灿若春花，发髻上一枚金累丝翠玉蝉押发上垂下的流苏便娓娓摇晃。"嫔妾既然把自身和帝姬托付给了娘娘，自然唯娘娘之命是从，怎会再倾向于她。只是娘娘的吩咐，嫔妾明白，不会让娘娘失望的。"

我轻轻微笑："曹姐姐进退有度，本宫自然没什么不放心的。华妃娘娘既然喜欢打听本宫的动静，那么本宫就只好以彼之道，还施彼身了。"我又问，"这次华妃复位，皇上又加宠幸，她自己有何想法？"

曹婕妤稍露轻蔑之态，只一语概之："陶陶然沉醉其间，却也时常忧心会再度失宠。"她眼风微扫，"但因为先前之事，又加之听闻陆顺仪和恬嫔的变故后，对娘娘颇为忌惮。"

我不以为意，语中微有狠意："她早就视我为死敌，不是从今朝才开始的事了。当然，本宫也如是。"

曹婕妤道："娘娘自然有办法应付她，嫔妾只是略尽微薄之力而已。只是有一事，娘娘与嫔妾相处本无直接的利害，说得难听些，不过是因利而合，他朝利尽，也可以一拍两散，嫔妾低微，自然是不能与娘娘相抗衡的，因而只怕不能安心协助娘娘。"

我与她相视而笑，彼此的打算俱已了然："曹姐姐爽快，你的顾虑亦是本宫的顾虑。本宫至今膝下无所出，温宜帝姬玉雪可爱，本宫有意在事成后收她为义女，这样彼此也有所依靠。曹姐姐以为如何？"

曹婕妤和悦而笑，挽了一枝迎春扣在手腕上拟成手钏，道："如此彼此也能放心了。"她别过头望着满园翠绿鹅黄，点点如星子灿动，"娘娘前途无量，有这样的母妃照拂，是温宜的福气。"

我看着她发髻上的金累丝翠玉蝉押发，笑道："此物很眼熟，似乎在皇上的库房中见过一次，是皇上新赏给姐姐的吗？"

曹婕妤脸上稍见绯红，道："是。一点玩意儿罢了。"

我拾衣站起，经过她身边时悄然而笑，把手中的迎春撒在她手心，握起她的纤纤玉指，道："曹姐姐的手长得真好看。只是以茉莉染指甲不过是小巧而已，若能把迎春镶嵌在指甲上，如此别出心裁必定更讨皇上欢心。"

她粲然而笑，屈膝送我离开："多谢娘娘指点。"

我与槿汐回到宫中，她遣开了众人，颇有忧虑之色，道："曹婕妤不足为虑，娘娘足可掌控她。只是太后那里……"

我坐在妆台前，摘下耳上的明珠琉璃环。离开太后的颐宁宫良久，仍是心有余悸，暗感太后言行之老辣，非我一己能挡，心中的感佩敬畏，自是更加深了一层。

我静静道："我并非干政，这个太后也知道，否则今天哪里能轻易放过了我。今日种种，太后之意并非在于责难我，而是要提醒我不许干预政事，意在防患于未然。"我感叹，"太后虽然久不闻政事，亦不干涉后宫，但用意之深亦是良苦。恐怕她老人家是怕我步上华妃后尘，才刻意敲打于我。"

槿汐道："太后久在宫闱，经历良多，娘娘切不可得罪于太后。"

我点头道："这个自然。"

槿汐想了想，道："娘娘得空儿要多去太后那边请安走动才好。眉庄小主看来很得太后娘娘欢心呢。"

我道："她是不愿指望皇上降罪华妃了，多半是在动太后的心思。也好，有太后依傍，可比皇上可靠多了。"

于此，我虽有几分心思，但忌讳于太后，于朝政之事上，亦不敢再轻举妄动了。

春日凉｜叁壹

当晚玄凌歇在华妃的宓秀宫中，然而华妃复位之后，玄凌虽然一应照顾赏赐如前，但是说到宠爱，归根结底是不如从前了。

我并不真心在意玄凌此刻对华妃有多好或是多么宠幸。华妃与她身后的人早已成了玄凌心底一根恨不能早早除之而后快的利刺。表面上再如何风光，到底也是将要穷途末路的人了。

因此，我对华妃格外能容忍，无论她在人前如何与我冷眼相对，我只是恪守着应有的礼节，暗暗把那尖锐的恨意无声无息地隐忍下去。

只是发现，恨得久了，反而更能忍。

清早起来才穿上衣裳正要梳妆，转头却见玄凌笑吟吟站在身后只瞧着我，不由得嗔道："皇上总喜欢这样悄没声息地进来，存心吓人一跳。"

他道："你一早起来人还迷糊着，最听不得大声响，听了心里便要烦躁，朕还不晓得？"

我听他这样体贴我的小习惯，心中油然生出几分感动情意，道："皇

308

上怎么一早就过来了，臣妾还没梳洗妥当呢，乱糟糟的不宜面君。"

他笑："你便梳妆吧，朕在一边看着就是。"说着往床榻上一歪，施施然含笑瞧着我。

我一笑回头，也不理他，自取了香粉、胭脂和螺子黛，细细描摹，因在平素并无事宜，不过是淡扫蛾眉，略施脂粉而已。

玄凌笑道："朕见旁的女子修面施妆，总是妆前一张脸，妆后一张脸，判若两人。"

我忍俊不禁，失笑道："那不是很好，皇上拥一人而如得两人，双面佳人，可见皇上艳福之深啊。"

玄凌一手支着下颌，认真瞧着我笑言道："你呢，倒是'却嫌脂粉污颜色，淡扫蛾眉朝至尊'①了。"

我娓娓道："这话是说虢国夫人的美貌，臣妾可担当不起。"我掩口一笑，"臣妾不过是担待个'懒'字罢了，腻烦天天在梳妆台上耗费辰光。"

我拢起头发，只绾一个简单的堕马髻，择了一支上好的羊脂长簪别在髻上。这簪子通体温滑，腻白无瑕。玉本显温润气度，最是适宜平日所用。

这样简淡的装束，并非是为了逢迎玄凌，只是想着要去眉庄处，她穿得那样素净，我若娇艳了，她嘴上不说什么，却必定是要刺心的。

他却只把目光牵在我身上，似乎有些出神，口中道："嬛嬛。"

我低低"嗯"一声，使个眼色让殿中侍奉的宫女退下，转首问："什么？"

他也不说话，只起身执了妆台上的眉笔，长身立在我身前。我晓得他的用意，轻声笑道："是啦，四郎最喜欢的便是远山黛。"

----

① 杨贵妃有三位姐姐，皆国色，也应召入宫，封为韩国夫人、虢国夫人、秦国夫人，每月各赠脂粉费十万钱。虢国夫人排行第三，以天生丽质自美，不假脂粉。杜甫《虢国夫人》诗云："虢国夫人承主恩，平明骑马入金门。却嫌脂粉污颜色，淡扫蛾眉朝至尊。"

他含了四分认真、三分笑意、两分真切、一分恍惚，只牢牢迫视着我的眼眸，举了笔一点一点画得娴熟。

我心中暖暖一荡，如斯情致，当日在太平行宫亦如是。他的神情，并未因时光易去而改变分毫。他的眸中情深盎然，语气宠溺而挚意，道："你的妆容还是一如从前。"

我点头，婉声道："四郎可还记得'姣梨妆'吗？"

他眼神一动，默默片刻，取毛笔自珐琅小盒中蘸饱殷红胭脂勾勒出梨花盛开的形状，又蘸了亮莹莹的银粉点缀成细巧花蕊。他唇角的笑容明亮如焰，道："自然不能忘。"

内心的柔软波折复被惊动，这么多的事一路经历颠沛而来，我的情怀已非从前，可是他画眉时那几分流露的真心，竟使我惶然而欲落泪。他待我，再凉薄，也是有一分真心实意的吧。亦如我，便是在他身后步步算计着他，回转身来，终究心里还是有牵挂和不舍的。

我与他，再不堪、再隔阂，回首间，往事如烟，到底还是有让彼此都割舍不下的东西吧。

我鼻中微酸，眼中便有些涨涨的，伸手不自觉揽上他的腰，头紧紧抵在他胸口，心中五味杂陈，酸甜交错如云涌动。

他轻轻吻上我的额头，怜惜低叹："傻丫头。"

或许，我的确是傻的。我比他整整小了十岁，十岁的光阴，他身边有千娇百媚、姹紫嫣红。而我，纵使胸有百计，在意的，只是那一点微薄的真心意。

他的怀抱依稀还是温暖的。淡淡衫儿薄薄罗的阳春时节，我们穿得都轻薄，隔着衣衫的体温，便更是感受得真切而踏实。

庭院中花开无数，含红吐翠，当真是春深如海。良久，他才放开了我，轻手拭去我面颊上犹自未干透的泪迹，道："好端端的怎么反而伤心了？"

我"扑哧"一笑，抹了抹眼睛，俏皮道："好些日子没下雨了，怕四郎忘了'梨花带雨'是什么样子，特地给四郎看看。"

他端详我，道："当真是如梨花，太简约清素了。"

我对着铜镜一瞧，便取了桃花胭脂再扫上一层，红晕似晓霞将散。再在髻后绾上一把镏金嵌南珠梳子，珠光如流水。他却反手折了一朵晶莹红润的并蒂海棠别在我髻边，笑道："宝髻偏宜宫样，莲脸嫩，体红香。眉黛不须张敞画，天教入鬓长。"①

我温柔睇他一眼，半是笑半是嗔，婉转接口吟诵下去："莫倚倾国貌，嫁取个，有情郎。彼此当年少，莫负好时光。"②

他满面皆是春色笑影，越发显得神姿高彻，指着我髻上的并蒂海棠，道："朕与嬛嬛正当年少好时光，便如此花共生共发。"

不知是春晨的凉意还是我心底的凉意，看着发间双生而开的并蒂海棠，仿佛那热闹与情意只是海棠的，只寄居在我的青丝之上。与我，与他，毕竟是无关的。

更何况，彼此年少的好时光，我空负美貌。而他，可算是我的有情郎么？

我心下微微黯然，我与玄凌，又怎是双生并蒂的？后宫的女子皆如花，而他这一双折花的手，便是予取予求，恣意纵兴。终究，还是不能，亦不敢相信。只是在镜中窥见他兴致勃勃的神色，却也不忍拂逆，只微微含了笑不作一词。

春光如精工绣作的云锦漫天铺开。照花前后镜，花面交相映，他的情浓于眉山目水处相映，当真是动了心意。

他在我耳边道："许久不闻嬛嬛的琴声了。"

我侧首滟滟宛然一笑，道："便以此首《好时光》作一曲新歌吧。"

这一日的下午，玄凌一离开，我便匆匆去往眉庄的存菊堂。

此时午日正中，风和日丽，疏影斜斜。存菊堂中静无一人，唯见采月

①② 出自唐玄宗《好时光》。

一人卧在堂外庭院的横榻上，拿了把羽扇半覆在脸上打着盹儿。我见她睡得香，也不忍吵醒她，径自穿花分柳走了进去。

一时走到窗下，隐隐闻得有人语，依稀是温实初的声音，倒也不好擅自进去。又怕采月醒了乍见了我要叫唤，于是便择了棵浓密的树暂避。

我站在纱窗外，隐隐听得屋内温实初道："小主多痰是因为有些体气燥热，该吃些雪梨润一润，要不鸭梨也是好的，拿冰糖炖一炖吃，倒比药好。终究是药三分毒，固本培元之道还是在于养生。"

幽幽一声叹息，眉庄的声音里竟有些幽怨："梨同分离。已经在这个不得见人的去处了，你还要我吃梨？谁要梨呢？宁可这样让它体气燥热好了。"

风寂静，花飞也是无声。里头默默许久，温实初方道："这话就像是在赌气了。那微臣给小主写个方子，小主按药服用也好。"

良久，仿佛是眉庄发出一声幽幽的长叹，恍惚得像是午睡时偶尔的一个浮梦。

庭院中寂寂无人，我只身站在一棵垂地杨柳后，不觉痴痴站住。

这个寻常的午后，我忽然被这样几句再寻常不过的对话打动，不知为何，心里这样痴痴惘惘，再迈不动一步。

片刻，里头有人站起的桌椅响动之声，我不愿当着眉庄的面与温实初碰面，更怕温实初看我的那种目光，忙悄声避到了堂外一片花木葱茏之后。只见眉庄亲自送了温实初出来，采月也跟在身后，仍是睡眼惺忪的样子，只是强打着精神。

眉庄站在垂花门前，微微笑道："温大人今日走得匆忙，怎不再坐坐喝一杯茶再走。"

温实初用力作了一揖，唯唯道："有劳小主举动玉步了。只是贵嫔娘娘的药还在煨着，怕小内监们不仔细看着，过了时辰就失了药性。"

眉庄眼色微微一滞，复又笑道："欣贵嫔抚育帝姬辛劳，她的药的确是要上心的。"

温实初诺诺，道："小主会错意了。是莞贵嫔的'神仙玉女粉'，那些小内监粗手笨脚的，怕是要弄坏，少不得微臣要去看着。"

眉庄脸色一冷，笑道："我道是谁呢？原是我的莞妹妹。只是这时候莞贵嫔颇得圣意，有雨露之恩自然不必费心用什么'神仙玉女粉'了。何况莞贵嫔如今炙手可热，宫门的门槛也要被踩破了，我这个做姐姐的尚且要避一避嫌，大人你倒是要急着锦上添花去了。"

眉庄一番话说得尖锐刻薄，我暗暗心惊，昨日太后宫中知晓华妃复位一事是我进言之后，眉庄对我的不满竟如此之深了么？温实初乍然变色，道："小主何出此言？"

眉庄自己也晓得失言了，见他变色，颇有些悔意，于是缓和了神情，温言道："我近来脾气不好，冲撞大人了。我不过也只是白说一句罢了，锦上添花无人记，雪中送炭方知恩意深。大人应当明白吧。"

温实初正色道："延医制药本是微臣的本分，就像微臣也潜心为小主取药请脉一般。微臣并不介意锦上添花，只盼望无论是小主也好贵嫔娘娘也好，永无轮到微臣雪中送炭那一日。"

温实初这话说得恳切，不只眉庄容色震动，我亦是十分动容。温实初虽然有些莽撞不懂自持，但待我之情、待眉庄之诚，在这个人情冷暖的后宫里，亦是极其难得了。

果然眉庄再无二话，只道："但愿温大人待我和莞妹妹一视同仁、多加照拂，不要分了彼此才好。"

温实初躬身道："贵嫔娘娘与小主皆是微臣之主，亦是微臣要尽心照拂玉体的人，微臣心中，别无他念。"

眉庄显然没想到他会这样说，不由得愣了一愣，冷然道："采月去送一送，太医慢走。"

温实初和采月离开，眉庄却有些恍惚，只垂了手站在风地里，一语不发。

我见她如此，心中猛然一惊，莫不是……然而转念一想，眉庄一心只为扳倒华妃，而她又是最清楚自己要什么、能得到什么的人，怎会糊涂至此？想必是恼恨我进言复位华妃之故了。如此一想，心里便安定一些，整一整衣裳自花树后绕转出来，只作刚来一般，道："姐姐怎么站在风口上？等下扑了风就不好了。"

眉庄闻言举眸，见是我，神色便有些冰冰的，道："妹妹今日怎么贵步临贱地了？不陪着皇上么？"

我听她这样说，心中一急，上前挽住她衣袖道："姐姐先别恼，我今日来正是为了此事，请姐姐听我一言。"

眉庄抬步上阶，缓缓道："我有些累，要进去睡了，醒来还要去太后宫中，你请回吧。"

我越发着急，握住她的手道："姐姐纵然生气，也请听我说几句吧。难道姐姐都不顾惜昔日的情分了么？"

眉庄叹一口气，望着我道："你进来吧。"

院中横榻上搁着采月方才覆面用的扇子。眉庄与我并坐着，两人皆是默默。我想着缓和气氛，道："姐姐宫中怎么连个人影都没有，那些奴才怎么不伺候着？"

眉庄转首看着别处，道："今日是宫中发放夏衣的日子，我便让他们一起去内务府领了。"她笑一笑，"比不得妹妹处家大业大，人人都上赶着去，连内务府主事的姜公公都亲自上门去送奴才们的衣裳。"

我脸上有些讪讪地下不来台，道："我晓得姐姐不是在意皇上的宠幸。那么姐姐这样说我，是为了华妃复位一事么？"又道，"我也不得已，谁愿意捧着杀了自己孩子的仇敌上位？也请姐姐为我想一想，若不是情非得已，我何必走这一着儿——姐姐不能容忍的，妹妹身受之苦并不亚于姐姐，难道可以容忍么？"

眉庄颇有触动，黑幽幽的眸子中攒起清亮的光束，看着我道："那是为了什么？"

我一时语塞，这其中的缘故，我可以告诉她么？事涉前朝政事，玄凌若知我泄露，当要如何？而眉庄明白情由始末，真能熬到那一天么？若她立时三刻性子上来，谁又拦得住？而被华妃知道她复位的缘由以及小产、不育一事的根底，她能不恨玄凌么？以她的火暴性子，只怕慕容一族与玄凌翻脸的日子即刻就要到来。

我思索沉吟，瞻前顾后，到底也不敢全说了出来，只说："姐姐三思。若今日不复慕容世兰华妃之位，只怕将来形势有变，她又居夫人之位也未可知。纵使姐姐今日得太后欢心，恐来日还是无力阻挡。"

眉庄不解，神气便有些不耐烦，冷冷道："她今日是华妃，明日成夫人岂非更加简单？"我欲再说，她却摆一摆手，阻了我的话，道，"好了好了。你总是有你的理由，我也有我的不明白。话不投机半句多了。"她顿一顿，神情犀利而冰冷，疑心道，"莫不是你见汝南王和慕容一族势强，才要以华妃去讨好他们？"

我听到此处，满心满肺说不出的委屈难过，唤道："姐姐——你眼中的嬛儿就是这般不堪么？她并没有忘了当日是怎样失去腹中孩子的！"

眉庄眼角颇有不忍之态，欲伸手握住我的手抚慰，犹疑片刻，终究还是没有伸出手来。

她眼神有些许的游离，轻轻道："嬛儿，从小我们就在一处，我知道自己才不如你、貌也有距，便立意修德博一个温婉贤良。你攻舞艺，我便着琴技，从来也不逊色于你。后来一起入宫，你总和我相互扶持，即便皇上现在不宠爱我了，我也不曾嫉恨你半分。"她忽然凝神望着我，嘴角溢上一缕淡薄的笑，"可是不知道为什么，如今我看着你，总觉得我和你差了许多。你有皇上的宠爱，有温太医的爱慕，有嫂嫂可以常进宫来看你，你的哥哥也在皇上跟前得脸。样样皆是得意的了。"她的声音越发轻微，仿若风声呜呜，"可是我，却是什么也没有的。"

她这样说，顷刻间，我与她，皆是无言了。

春光那样好，身前的老梨树开了满满香花，声声燕语明如剪，惊动了天际下流转的晴丝袅袅，如斯韶光亦被看得轻贱了。

　　而眉庄，她是那样寂寞，从音容笑貌，到每一根发丝、每一个眼神，无一不是寂寞而寥落的。

　　我什么也说不出来。她与我坐得那样近，依稀是小时候，她和我并头坐着，一起叠了纸船玩。那时的水真明净，跟天是一样的颜色，眉庄攥了我的手，小心翼翼地一同把纸船放下水，她道："乳娘说了，这船放水里漂得远，以后就嫁得远，漂得近，便嫁得近。"

　　我咯咯笑，伸了手指刮她的脸："眉姐姐不羞，就想着嫁人啦。"

　　她不羞也不恼，只说："嬛儿，咱们的船要放得一样远，以后便嫁去一处，最好是兄弟俩，咱们就可以和现在一样天天在一起了。"

　　我也认真起来，认真了半日，忽然笑："做什么要嫁给别人兄弟，眉姐姐嫁来我家做我嫂嫂不就好了。"

　　眉庄歪头想了半日，忽而又不满意："我嫁了甄哥哥，可你又要嫁去了别处，还是不能在一起呀。"

　　泪水模糊了我的眼睛，幼时情景，历历如在眼前，难以忘却。可此刻眉庄在我眼前，却只觉得我与她隔了那么远，从来没有这样遥远过。

　　春天这样好，可我心里，只觉得一层一层发凉。我凄然道："姐姐是要和我生分了么？"

　　这样静了半日，眉庄摇一摇头，道："天下无不散的筵席，没有生分不生分这一说。"她的眼睑缓缓垂下，"你回去吧。尤事也不必再来了。"

　　我无奈转头，轻声道："姐姐，终有一日，你会明白我的。"

　　眉庄仰头看着天，唏嘘道："或许吧。我明白的太多，不明白的也太多了。"

　　我心底苦涩难言，仿佛生生咀了一片黄连在口中，那样苦，舌尖都是麻木的涩。

　　我木然立起身，行至门外想起一事。虽然是冒昧了，然而除了我不会有人对她说，于是又转身道："姐姐，恕我饶舌一句。这宫里，有些感情是不该有的。比如，别的男人的感情。"

眉庄闻得此话，眼皮灼然一跳，似被火苗烫了一般，着意打量着我。她无声无息地笑了起来："我不是傻子，也没有糊涂！这话，好好留着去劝你的温太医吧。于我，你算是白说了。"

眉庄的话掷地有声，我心里反倒放心了，道："如此便最好了。姐姐不喜欢我来打扰，妹妹便待得功成那一日再来吧。"

她转过身，留给我一个冷冰冰的背脊，没有再回头。

我黯然不已，裙角曳过满地梨花堆积，迤逦出一道泪痕似的痕迹。我缓缓走出存菊堂，这个地方，我将许久不能来了。

身后存菊堂的大门微弱着"吱呀"一声关上了。我再忍不住，眼泪簌簌地流了下来。

自眉庄处归来，我便终日有些闷闷的，那日去皇后宫中请安，眉庄不久便先辞了告退。我见她只身先去，只是冷冷淡淡的神情，也并未和我寒暄一句，心中颇有些空落落的失意。

皇后见状知意，温言道："沈容华最近对人总是这个样子，莞贵嫔你也不必往心里去。"

我勉强微笑，道："大约是时气所感，眉姐姐的身子总不大好，所以有些懒懒的。"

皇后微微一笑，道："时气所感是小事，只是女人家身子娇贵，得要好好保养，要是和端妃一样出了大毛病就不好了。"

她不提及端妃犹还可以，一朝提及，我骤然想起那一日玄凌对我说的华妃小产一事是皇后亲自所调的药，端妃不过是枉担了虚名，心里不由得怦然一动，暗暗心惊。皇后一向仁慈亲厚，并不苛待嫔妃以及她们所出的子女，虽然我小产之后她也不过是袖手旁观，又荐了陵容服侍玄凌，然而也不曾薄待于我。

我假意抬袖饮茶，微微举眸窥视皇后，但见她一双玉白纤手十指尖尖，皆以丹蔻染就通澈的玫瑰色，极鲜艳的一片片红，如剑荷的花瓣。双手尾指套的金镶玉护甲上嵌着流光溢彩的琉璃珠子，微微一动，便如彩虹辉煌划过。

我微一凝神，如此曼妙的一双手，是如何调制那一碗置幼小生命于死地的苦涩汤药的。尽管那是华妃的孩子，身为天下之母却为保全夫君的皇位亲手做这样的事，是怎样的爱或残忍？

我惶惑，若是设身处地换作是我，我能否下得了手，在汤药里加入一味红花或是别的？而这红花，是否和皇后此刻殷红的指甲是同样的颜色？

我只是出神，皇后道："贵嫔怎么在发呆了？不必为沈容华的身体耿耿于怀了。听说贵嫔宫中海棠花开得极好，今日诸位姐妹得空儿，不如一起去你宫中闲坐吧。"

我忙回过神，笑道："皇后与诸位姐姐雅兴，妹妹求之不得呢。"

于是一行人依依而行。殿阁中四面帷帘高高卷起，晨光熹微迷离，莹心殿前两株西府海棠开得遮天匝地，花丰叶茂，柔枝绰约，嫣红花朵英英如胭脂，缕缕香气由殿外缓缓溢进，充盈内室，清幽香气甜美甘馥如樽樽美酒清泉，令人直欲醉去。

皇后合手而笑，兴味盎然，道："海棠为花中佳品，娇而不媚，庄而不肃，非若他花冶容不正者可拟。贵嫔的棠梨宫的确是个绝妙的处所。"

我的双颊盈满恬美的微笑，向皇后道："若非皇后娘娘当日指了这棠梨宫给臣妾，臣妾又安有今日美景可赏呢？正该多谢皇后娘娘。"

皇后着湖水色寿山福海暗花绫衣，一双镏金掐丝点翠转珠凤凰步摇垂下拇指大的明珠累累而动，一手指着我笑道："咱们阖宫的姐妹里，就莞妹妹说话最让人听着舒服。"

欣贵嫔抿嘴一笑："我们淑和帝姬如今五岁大，满嘴里咬着糖不放，也不如莞妹妹的嘴甜。"如此一说，众人皆笑了出来。

　　我含羞笑道:"欣姐姐说话最爱取笑人,妹妹生性耿直,说的是甜话也是实话。这实话若是听在合心的人耳中,自然是舒服的;若听在心有别意的人耳中,怕是暗地里要埋怨妹妹了。所以妹妹总是得罪了人也不晓得。"

　　敬妃取了一枚青梅蘸了玫瑰浆汁,笑容恬和道:"莞妹妹这话又像是拐着弯夸人呢。"

　　陵容站在皇后身后,弯了一枝海棠花轻嗅,回首细声细气道:"姐姐说的话就如敬妃姐姐手中的青梅,喜欢的人便说是甜,不喜欢的人就觉着酸涩。不过是各人的心思罢了。"

　　我定一定,目光凝落在她身上:"安妹妹说得不错,各人有各人的心思罢了。"

　　她的笑微有些讪讪的,随手自盘中拈了一颗樱桃吃了,道:"好甜啊。"我微微转目,瞧着她但笑不语。

　　棠梨宫毕竟狭小了些,我晋封贵嫔之后也未曾着意加以修葺,只把原来"莹心堂"的堂名换作了殿名,此时皇后带着四五个妃嫔,又盈盈立了一殿的侍女宫婢,云鬟雾鬓,香风影动,又命了年幼的宫女在庭院里踢羽毛毽子,一时间莺声笑语续续不断。

　　正热闹着,忽闻得外头一声大哭,原本守在外头的宫女内监一同喧哗起来,皇后隐然蹙眉,我压住不快之色,低声问槿汐道:"什么事?"

　　话音未落,却见仪门下奔进一人来。我登时喝道:"谁这样无礼! 外头怎不拦住? 不晓得皇后娘娘在这里么!"

　　那人奔至我眼前,抬起头来一看,竟是嫂嫂薛茜桃。她悲呼一声:"贵嫔娘娘——"整个人都匍匐在了地上。

　　我又气又急又心疼,忙着左右的人扶了嫂嫂起来,道:"现放着皇后和几位娘娘在这里,有什么话不能好好说,这样子成什么体统!"

　　皇后忙道:"有了身孕的人了,究竟什么事闹成这样?"

　　嫂嫂被人搀起,我才看清她的模样,满面上风尘仆仆,哭得和泪人儿一般，一件宽松的绉绸外袍被揉搓得稀皱，四个多月的身孕体量一望即知。头发散乱披在身后，虽然凌乱狼狈，然而双目灼灼有神，大家风范犹未散尽。嫂嫂见皇后和几位妃嫔皆在，忙整衣退开一步，施了一礼。然而一见我，眼中泪水滚滚落下，悲不自禁，哭道："娘娘！请娘娘为妾身做主。"

我劝道："嫂嫂有话好好说吧，何苦来。"于是命槿汐亲自安置了她坐下，我问道，"究竟是什么事？皇后娘娘在此，嫂嫂只管说了来，必定会为你做主的。"

嫂嫂大声悲哭，喊道："夫君要休了我！"

休妻是大事。尤其是官吏世族之家，不可仅凭"七出"之条就要休妻，必须高堂应允，族中共同议定。

我一惊，与皇后互视一眼，忙问道："这是什么缘故呢？"

嫂嫂一时语塞，却支支吾吾地说不出话来，随她一同进来的侍婢道："听说那边也有了一个月的身孕，少爷日日嚷着要纳……那个女人为妾入府，少夫人虽然气愤不过，为着她好歹怀了少爷的子嗣便去看她送些补品，谁晓得那女人十分嚣张，对少夫人大大不敬。少夫人一气之下就推了她一把，当时她还神清气爽奚落少夫人，可是今日一早竟闹了起来，说少夫人推了一把她就小产了。少爷大怒，马上就写了一纸休书要休了少夫人。"

嫂嫂失声痛哭不已，举手抹泪时衣袖一松露出几条紫青伤痕。我眼尖，一把卷起嫂嫂衣袖把手拉到面前，道："这是怎么回事？"

嫂嫂见实在瞒不过，抽抽噎噎道："为着我不肯，夫君还动手了。"

欣贵嫔在一旁"咳"了一声，快言快语道："这算什么男人！这就动上手了？谁晓得那孩子是怎么掉的，再说生下来也不过是个贱坯子。甄夫人这还有着身子呢。"

皇后看了她一眼，和颜悦色道："欣贵嫔性子急，不过有句话也在理，那孩子怎么掉的还是个未知之数，怎么好贸然就休妻。何况那个女子的孩子是甄大人的，难道少夫人肚子里这个就不是么？这也未免太鲁莽了。"

陵容默然听了许久，道一句："甄大人不致如此吧。"

陵容方说完这一句，外头小连子进来道："启禀各位娘娘，外头侍卫说甄大人来了，急着求见呢！"

皇后道："哪一位甄大人？"

小连子道："是我们娘娘的兄长甄大人。"

嫂嫂下意识地缩了缩身子，哭求道："娘娘您看，他也追进宫来了，只怕非要休我不可呢！"

我听得哥哥来了，不由得气得柳眉倒竖，道："这个糊涂人，竟被迷惑至此！宫里也是他可以撒野的地方么？嫂嫂别慌，他来得正好，看本宫如何给他一个明白。"我向皇后道："娘娘是后宫之主，这件事既然闹到了这里，就不是臣妾一个人的家事了。但求娘娘疼一疼臣妾，为臣妾和嫂嫂主持公道吧。"

皇后沉吟道："既闹到了眼前，本宫也不能撒手不管。去请了甄大人进来吧。"想了想又补充一句，"要兵甲尽卸。"

小连子垂手出去。敬妃扯一扯欣贵嫔和陵容的衣袖，恭敬道："臣妾们不宜无故会见外男，先退居内堂了。"

皇后额首道："好，且去里头避一避吧。"说着我便让浣碧引了她们三个进内堂休息，她们的宫女也自尾随进去。

嫂嫂见了哥哥气势汹汹地进来，先怯了几分，起来行了妻子见夫的礼仪。哥哥却掉头不顾，只向皇后和我行礼。

皇后见如此也皱了眉头，一时也未发作，只宣了哥哥一边坐下。我不免话中有气："嫂嫂腹中有哥哥的骨肉，哥哥在人前就是这样待她的吗？那么人后之状可想而知。"

哥哥不闻则已，一听之下瞬间变色道："娘娘是臣的亲妹妹，怎么一味偏袒旁人！薛氏腹中是臣的骨肉，难道佳仪腹中死去的就不是臣的亲生孩子么？"

　　我自幼备受哥哥疼爱，进宫后兄妹间亦多了几分君臣之礼，何曾被哥哥这样当面顶撞过，登时心头怒火涌动："哥哥说嫂嫂是旁人？嫂嫂是我甄家媳妇、你的结发妻子，怎好说是旁人？那么哥哥眼里只有那个烟花女子才是心上眼中一刻也放不下的人么？"我强压住恼怒，道，"何况这孩子怎么掉的还不清楚。嫂嫂从无大过，又有着身孕，难道哥哥忍心将她驱逐出门成为弃妇？"

　　哥哥上前一步，冷然从怀中掏出一纸雪白纸张，往嫂嫂面前一掷："这是休书！你拿了立刻就走。竟敢害我爱妾幼子，我不愿再见你这蛇蝎妇人！"

　　皇后面上的肌肉悚然一跳，咳了一声严肃道："本宫与贵嫔面前，甄大人也该注意言行，不该失了人臣之分。"

　　哥哥躬身道："是。臣谨记皇后娘娘教训。"

　　嫂嫂掩面哭泣，泣不成声，委顿在地上。突然一个转身，便欲往那棵盆口粗的海棠树上撞去。眼看就要血溅五步，我吓得脸色也变了。幸好小连子眼疾手快，一挺身挡在了树前，嫂嫂这才幸免于难。

　　哥哥虽然也有些害怕，怔了一怔，嫌恶之情立时溢于言表，甩一甩袖子不屑道："一哭二闹三上吊，当真是个无知妇人！俗气可恶至极！"

　　如此场景，我这一惊非同小可，痛心不已，又听哥哥出言如此无情，心痛之外更是勃然大怒："我甄家五代从未听闻休妻一事，哥哥非要闹出人命不可么？皇上和亲家薛大人那里又要如何交代？"

　　哥哥只冷冷看一眼嫂嫂，道："如此贱人杀害臣的骨肉，臣势必不与她再共处！"

　　我气得说不出话，皇后着力安慰，嫂嫂哭天抢地，众人忙不迭去拉，死活劝了下来。一时间场面混乱，正当此时，陵容忽然闪身揭开帷幕，自内堂翩然而出。陵容排众而上扶起嫂嫂，轻柔道："少夫人切莫太伤心，好歹有皇后和贵嫔做主呢。少夫人什么也不顾了，也得顾及腹中孩儿啊。为娘的十月辛苦，难道就要这样一朝断送么？何况若是少夫人一死，甄大人的一世名声就算是赔进去了。少夫人不可轻贱自己性命啊。"说着抬头看了哥哥一眼。

哥哥眼神微有闪躲，只避身不去看她，只道："小媛小主安好。"

嫂嫂见了陵容，不觉微微一怔。她身边的侍婢已然"咦"了一声，好奇出口道："这位小主与那个佳仪姑娘真有两分像呢。"

嫂嫂一愣，立刻厉声呵斥道："不许胡说冒犯小主。"说着稍稍止住了哭，哽咽道："奴婢不懂规矩，叫小主见怪了。"

陵容微微一笑摇头，用自己的绢子为嫂嫂拭去面上泪痕，道："不妨事的。但请少夫人与我一同入内洗漱整齐吧，这样子恐奴才们见了笑话啊。"我略点头，嫂嫂依言进去了。

陵容盈盈行了几步，又回身向哥哥道："我虽未见过大人口中所说的佳仪姑娘，但以大人的眼光，必定是风华佳人。只是我冒昧奉劝大人一句：新欢虽好，也切莫忘了旧人啊。难道大人全然忘了昔日旧情么？"

哥哥神情颇有触动，刹那无言以对，只立在当地。陵容也不再多言，只扶了嫂嫂施施然复又入内。

一时场面清静，我好言相劝道："安小媛的话哥哥听了也该醍醐灌顶了吧。本宫劝哥哥一句，这孩子怎么没的尚不可知。哥哥与她来往不过两月，怎么突然有了身孕又突然没了，安知不是有什么诡计在内。嫂嫂向来贤淑，哥哥若要纳妾必不会反对，可也要好人家的女子正经聘了来，怎么也得等嫂嫂生产完出月子才好。为一个出身卑贱、倚门卖笑的烟花女子闹得沸反盈天、家中失和，成什么体统呢？！"

哥哥先还静静听着，末了渐渐泛起痛恨之色，生硬道："贵嫔娘娘要维护薛氏也就罢了，何必句句针对佳仪。人人觉得佳仪出身卑贱，臣却觉得她良善温柔就好。娘娘对自己不喜之人说话这般刻薄，恕臣不敢听闻。"

我顾着皇后在侧，极力忍耐道："那么哥哥妄听人言而要休离结发妻子，本宫就更不敢听了。既然哥哥说佳仪是良善之人，那么试问良善之人是否应当驯顺于正妻，怎么会挑拨得父子失和、夫妻离异呢？"我越说越激愤，红了眼圈道："本宫瞧着哥哥倒像是冲着本宫来的。难道哥哥耿耿于怀的是嫂嫂当年是本宫所指，不称你的心意？才要借着今日此事泄愤。"说着心下难受，不由得呜呜咽咽哭了起来。

皇后见我难过，忙拉住我低声道："你瞧瞧你这和事佬做的，没劝和别人反倒把自己招哭了，还怎么劝人呢。"于是回头申斥哥哥道："甄大人虽是兄长却也是臣子，在贵嫔面前怎可这样无礼犯上，忘了君臣之仪！"

哥哥昂然道："既然贵嫔娘娘自己说了出来，臣也不用再掩饰了。当年娘娘一意孤行为臣选娶名门，却不顾臣与薛氏素未谋面就草草定下亲事，以致有今日之祸。臣忍耐至今，断断不能再和薛氏共处，也望皇后娘娘明鉴。"哥哥说了这番话出来，自己也平静了许多，只是目色阴沉，似有乌云层叠。

这样冷寂而疏离地相对，只听见内堂有茶盏碎地之声，嫂嫂冷然而出，神色如冰，不似方才。她早已梳洗清爽，面色苍白如纸，拍手道："好好好！今日你总算说了出来。原来咱们夫妻相处日久，你总是对我心有芥蒂。我薛茜桃自与你成婚以来一直恪守妇道、孝养尊长。今日你说得明白，心中从未有我，咱们再做夫妻也是无益，不用你一纸休书——甄珩！我与你恩断义绝便是了。"

嫂嫂容色如纸，长身玉立，楚楚可怜之中更有不能抹去的坚毅。我唯觉得心酸不已，拉住嫂嫂道："本宫可以没有不顾亲情的兄长，却不能没有情谊深厚的嫂嫂。哥哥有今日之言全在本宫，既然嫂嫂与他恩断义绝，本宫也不能再与这样的兄长相处了。"我抹一抹泪痕，指着殿门道："甄大人如此总有一天会众叛亲离，本宫不愿再见你，兄妹之情至今日便了。大人走吧。"

众人见此情此景，吓得一声也不敢言语。皇后道："甄大人糊涂了，贵嫔你也气糊涂了么，怎么可以说这样的话。天伦亲情，难道要为一区区女子而葬送么？"

哥哥沉静片刻，目中尽是沉重的冷淡与疏远，他扯直了袍袖，稳稳施了一礼道："人人与臣绝离不要紧，臣只要佳仪一个。臣告辞。"说着再不回头，阔步走出了棠梨宫。

我伤心难抑，哭道："皇后可听见他的话了，臣妾从此再无兄长了！"言罢凄然转首，与嫂嫂抱头恸哭。皇后与敬妃、欣贵嫔皆是唏嘘不已。陵容依依站立身边，只是一脸平静如水的沉默。

自哥哥一闹离去后，我受了气恼又着了风寒，加之春末夏初时候天气反复，这风寒也好得慢，许多的冰糖雪梨或是红糖炖枇杷叶吃下去也没个动静，到五月里换了单被，依旧咳嗽着不见大好。

温实初来为我把脉时只说："娘娘身子不错，好好养着吧。"

我道："就是有些头晕，温大人为我配制的那些汤药真是苦得难以下咽，还不如冰糖雪梨或是红糖炖枇杷叶吃着甜些，但又甜得发腻。"

他笑："那就改吃药丸吧。"

我轻轻摇着纨扇，道："也不知是否是天气热起来的缘故，吃什么总觉得都没有味道。"

温实初一哂："娘娘向来有疰夏的毛病，又加之天天山珍海味的，故而吃腻了胃口吧。"

我忍不住笑："是啊。天天的肥鸡大鸭子、翅肚荤腻，偶尔想吃些素的，非要起个什么'素鸡''素鸭'的荤名字，一听便倒胃口。"

温实初道："吃些开胃的凉菜吧。"他忍俊不禁，"娘娘要是不嫌酸，就以人肉做药引吧，保准什么病都好了。"

这本是说的玩笑话，却见湖绿绉纱软帘一动，陵容已经进来了，她笑吟吟道："温太医在这里，姐姐的病就该好了。"

我招呼她坐下，又问温实初："眉姐姐近来身子如何？"

温实初用软布擦拭着银针，道："近来容华小主身子不错，微臣就没有时常去请脉。"

我看他一眼："这便好，有劳温大人了。"

温实初一走，陵容方道："听说姐姐病中胃口不大好，特意备了些清淡的小菜，姐姐尝一尝吧。"说着从食盒中一一取出列开：一盘清炒芦蒿、一盘咸肉汁浸过的嫩笋片、一盘马兰头豆腐丁拌香油和一碗荠菜馄饨，外加一碗玉田香米粥。

我不好推却她的一番功夫，又见她神色殷勤，便耐着性子每样尝了一口，果然清爽落胃，便道："安妹妹的手艺真好。"

陵容仔细看着我吃每一样菜肴，见我满意微笑，方道："这些都是江南三四月的时新蔬菜，这边天气冷些正当时令，妹妹想着姐姐得了风寒，必不爱吃油腻的，幸好这些姐姐还愿意吃，只要有胃口病就好得快了。"

我颇有意味地一笑："果然味道是极好的，皇上必定也喜欢，自当不辜负妹妹的手艺。"

陵容仿佛听不懂一般，羞怯道："姐姐这是笑话我么？这是我专门为姐姐准备的心意啊。"

我只是微笑着，絮絮扯了别的话说。

闲着无事的时候，便自己拨弄琴弦。"长相思"的琴声袅袅，瞬间浮上心头的，是那一日月下的琴声与箫声，记忆里连月光亦是袅袅。

他说，清视贵嫔为知己。

他说，曲通人心，于你是，于我也是。

他的眼底有淡淡的怅然和深深的关怀。

如此一沉思，这样渐渐炎热起来的天气，便似乎还是置身那秋意深浓里，桂花静静的，一朵一朵无声地落在衣襟上，连如丝七弦也萌生了松风竹霜之寒。

这般想着，自己也猝然心惊起来，冷不防浣碧进来，一脸担心无奈道："府里来的消息，少夫人回娘家去了就再没回来，少爷更是日日混在外头不回府，老爷和夫人都气得不轻呢。"她顿一顿，道，"老爷已经扬言，不要少爷这个儿子了。"

我心下一动，愀然不悦，道："浣碧你看看，两个妹妹年纪还小不懂事，哥哥是家里唯一的儿子，还如此不争气，可要怎么好呢。我们两个在宫里，却是半点儿忙也帮不上。"

浣碧劝道："小姐不要气恼，等老爷消了气转圜过来就好了。等有一日少爷想明白了，再去接回少夫人，不就一家和睦了么。"她面色有些惊惧，道，"回想那一日在咱们宫里，小姐和少夫人、少爷闹成那样，想想还是后怕。"

我摇头气烦不已："好事不出门，坏事传千里。这种事哪里瞒得住？我听皇上说外面也是闹得沸沸扬扬的，满城风雨，都在看我们甄家的笑话呢。"

浣碧抿一抿嘴，低声道："宫里头也传得很不堪呢，只怕华妃宫里得意得要死。"

我不动声色，只说："我身上乏了。"转而目光凝滞在琴弦上，复又有些不着底的害怕，于是道，"这些日子我不爱弹琴，你把琴收起来就是。"

午睡一觉睡得香甜，醒来身上还是懒懒的乏力，新换的丝帐重叠垂下，仿佛有一人立在床前。我蒙眬着，只闻到一股奇异的药香，药中微有血腥之气，和草药的苦涩辛香搅在一起，说不出地怪异奇妙。

我随口问："在炖什么药？"

却是陵容的声音温温然响起，掀起了帐子道："姐姐醒了？"

我微有诧异，问："你在炖药么？"

陵容轻轻微笑道："是妹妹在自己宫里熬的药，拿来姐姐这里温着。"她的笑有些勉强，"温太医给的方子，姐姐喝了就会很快痊愈了。"

我不解道："温太医并没有开新的方子给我啊，妹妹哪里来的药呢？"

她起身端起紫砂药壶，倒出一盏浓黑的药汁，行至我身畔坐下，恳求道："姐姐喝了吧。"

药端得近，那股腥气越发重，我惊疑不定，道："这是什么药？"

陵容小心翼翼捧着喝了一小口，道："姐姐别怕，妹妹已经喝过了，没有事的。"

我不明白她的用意，只是盯着她打量不止，陵容楚楚一笑，道："姐姐难道不信我么？"她一抬手，手臂上一圈厚厚的雪白的纱布赫然在质料轻薄的衣袖下显现。

我顾不得喝药，握住她手臂道："这是怎么了？"

陵容急急扯了衣袖裹住遮掩，道："没什么，不小心伤到了。"

我不容分说，握住她手臂不放，那纱布缠得厚密，可依然有血迹隐然渗出。我心底又是震惊又是疑惑："你的手……"我迟疑着，把目光投向那一碗浓黑的药汁。

陵容缓缓落下泪来："是。那日我进来正巧听见温太医说以人肉做药引姐姐的病就可痊愈，所以才尽力一试。希望姐姐可以药到病除。"

我震惊之下唯余了感动，不觉湿了眼眶："你疯了——那不过是温太医一句玩笑话罢了，怎么可以当真呢。况且我并不是什么大病，过些日子自然就好了。"

陵容摇头道："我不管，我只要姐姐好好的便可。"陵容的泪一滴一滴落在裙上，化作一个一个湿润的圆晕。她道，"自姐姐再度得皇上宠幸后，我便觉出姐姐和我生分了不少，可是因为皇上也宠幸我的缘故么？"她的态度坚定而凛然，"妹妹在宫中无依无靠，唯有姐姐和皇上。若因为皇上的宠幸而使姐姐与我生疏，妹妹我宁愿只要姐姐的。"

我叹息："陵容，我并不是这样的意思，只是……"

陵容没有再让我说下去，她哀婉的声音阻挡了我的话："姐姐，眉姐姐已经和咱们生疏了，难道你也要和我生分了么？咱们三个是一块儿进宫的，我虽然比不上眉姐姐和你一同长大的情谊，可是当日在甄府一同度过的日子，妹妹从没有一日忘怀。"

陵容的话字字挑动了我的心肠。甄府的日子，那是许久以前了吧。陵容寄居在我家中，一同起坐休息，片刻也不离开，连一支玉簪子也要轮换着戴，那样亲密无间。宫中的岁月，消磨了那么多东西，连眉庄亦是生疏了。我所仅有的相识久远的，只剩了陵容一个。

我真是要与她生分了么？

我握住她的手，道："傻妹妹，就算你一心为我，又何必割肉做药自残身体呢？"

陵容面上带着笑，泪珠滑落的痕迹曲折而晶莹，令人看在眼中无比酸楚，她一字一句用力道："因为你不仅是我在宫中唯一可依靠的姐姐，更是我朝思暮想的人的妹妹啊。"

我震惊到无以复加，心怦怦跳得厉害。这许多日子以来的隐秘揣测和惊心，步步为营的提醒和阻止，这一刻她乍然告诉了我，恍如还在梦里一般不敢相信。

我忙捂了她的嘴，环顾四周道："你不要命了么——这话可是能随便说的么？"

陵容笑得凄楚，那深重的忧伤仿若被露水沾湿了洁白羽毛的鸟翅，沉沉地抬不起来。她缓缓道："一进了宫，我的命早不是我自己的了。"她凄然望着我，"原知是配不上担不起的，深宫寂寞，不过是我的一点痴心妄想而已。本来甄公子与少夫人门户相当，理当琴瑟和谐，我也为他们高兴。可是如今竟成了这样……"

她的话，重重撞在了我的心上，痴心妄想——我弹奏"长相思"时那一点记忆，算不算也是我的痴心妄想呢？可怕而又不应该的痴心妄想啊，除了玄凌之外，我是不该再想起任何一个男人的。

我怔怔出神一笑，片刻慨叹道："我们都是皇上的女人啊。生是皇上的，死也是皇上的。"

陵容喃喃自语："生是他的，死也是他的……"她痴痴举眸，紧紧攥着自己手中的绢子，"那么我的心……是谁的？"

我惘然摇头："心？也不是我们自己的。"

陵容看着我，静静道："是啊。什么都是皇上的，心也是。那我就留出一点心，让我偶尔想想值得我想的人、想的事吧。"

她对哥哥竟是这样的真心，这些真心，一如她进宫前那一晚无声而孤寂的仰望。清冷月光下，她独自立于哥哥的窗下，凝望他的身影。我不忍再听，拉住了她，道："把药倒了吧，我不能喝你的血肉来治自己的病。"

陵容恍若未闻，目光只驻留在我的身上："姐姐，我是不会害你的。因为你是他的妹妹啊，也是唯一肯帮我的人。姐姐，你要信我——这宫里，只有我们姐妹啊。"

诚然，我被打动了。那些曾经的疑惑和耿耿于怀的阴影在她恳切的话语中渐渐消弭了不少。得宠如何？失宠又如何？我和陵容，都不过是这深宫里身不由己的女人中的一个。

我们没有身体，也不能完整保留自己的心。唯一残存的那一点，又牵挂着太多太多的情、事与人。该牵挂的，不该牵挂的，那样多。

我们能争取的，不过是帝王那一点微薄的轻易就能弥散的恩宠。为了活着，不能不争，不能不夺。我们所不同的，只是这一副很快就会老去的皮囊。红颜弹指老，未老恩先断。晚景或许会是一样地凄凉，到时围炉夜话、促膝并肩的，不只是年少的我们，更是老来无依的我们。

如此这般，我还能向她耿耿于怀么？算了吧！算了吧！

那一日的交心剖意后，我与陵容又逐渐亲厚起来，也常常结伴去皇后宫中请安侍奉。玄凌很乐意见到这样妻妾和睦的景象，加之华妃复起后也并无什么怀有敌意的大动作，后宫是一幅平和的景象，玄凌对此似乎很满意。

过了端午之后十数日，天气逐渐炎热起来，数名宫人羽扇轻摇也耐不住丝丝热风。于是玄凌下旨，迁宫眷亲贵一同幸西京太平行宫避暑。

一众后妃并行，除却不受宠且无甚地位的妃嫔之外，唯独眉庄没有跟随来太平行宫。她向玄凌请辞道："太后从不离开紫奥城避暑，臣妾愿代替皇上留于宫中陪伴太后，尽心侍奉，以尽臣妾孝道。"

这样冠冕而正大的理由，玄凌自然是不好驳回的，只对眉庄的言行加以表彰和赏赐，让她留居宫中。

行至太平行宫，早有大臣内侍安排好一切。玄凌仍住在清凉宁静的水绿南薰殿，皇后住光风霁月殿，我如从前一般住在临湖有荷花的宜芙馆，而眉庄曾经住过的玉润堂却由陵容居住了。

至太平行宫避暑后的第一天，我便去陵容处小坐。然而内监引领着我，并不是去向陵容从前居住的繁英阁。一路曲径蜿蜒，我问道："安小媛不住繁英阁了么？"

内监赔笑道："回娘娘的话，安小主如今住在玉润堂了。皇上的意思，安小主和娘娘素来亲厚，住得近彼此有照顾，去皇上殿中路也近。"

我"哦"了一声，道："本宫还有事，先不去安小媛处了，你退下吧。"那内监打了个千儿，起身告辞了。

槿汐扶着我的手慢慢往回走，见我神色怅然，试探着道："娘娘是为沈容华的事伤感么？"

我止住脚步，点头道："昔年眉庄春风得意，如今这玉润堂已是陵容在住了，当真是物是人非。我怕一过去，难免触景伤情。"

槿汐道："娘娘重视宫中姐妹之情，甚是难得。只是娘娘也当清楚这宫里娘娘小主们多得是，今日你得宠，明日她得宠，并无定数。娘娘虽在意沈容华，也不必在此事上伤感。"

我黯然一笑："槿汐，我总是爱在这些小事上计较难过。"

槿汐笑道："娘娘有时的确容易多愁善感，但也只有心肠温柔之人才会多思，冷酷之人是不会的。"她微微正色，"但此番安小主居住玉润堂，一是因和娘娘亲近，二是皇上便于召幸。娘娘不会看不出来，安小主之得宠已不下于当日的沈容华。"

我看她一眼，道："你想说什么？"

槿汐稍作思量，轻声道："奴婢不解娘娘为何与安小主生疏，但必然与小主失宠后再度染病有关；也不知娘娘为何与安小主摒弃前嫌，复又和好，但必然与娘娘此次风寒时小主亲自为您熬药有关。奴婢虽然不明就里，但娘娘失宠时小主未曾有一日照拂，如今又亲自熬药，反复之心实在令人难以揣测。"

槿汐的话一针见血，亦是我心底深藏而难言的顾虑，我道："你也觉得她令人难以揣测么？"

槿汐轻声答："是。"

我徐徐走至树荫下坐下："我何尝不是这样认为。我病中她割肉为我疗病，其实我的病何至于此？可是人心再凉薄，总有一丝可亲厚处，陵容也有她自己的牵挂和不舍。纵使我曾经对她心有芥蒂，但是她所牵挂的，我也不能不动容。"

槿汐道："奴婢不清楚娘娘所指安小主的牵挂是什么，但请娘娘有华妃一半的凌厉狠辣。"槿汐见我沉默，以为我生气，立即跪下，面不改色道，"请恕奴婢多舌，娘娘的不足在于心肠太软、为人顾虑太多。心肠柔软之人往往被其柔软心肠所牵累，望娘娘三思。"

我静默着，风很小，簌簌吹过头顶繁茂的树荫，那种树叶相互碰触的声音恍然是一种令人愉悦的声音。而我的心，并不欢快轻松。眉庄与我逐渐冷淡，而陵容的亲近之中又不时牵起往日的芥蒂，而槿汐认为我心肠软弱不足以凌厉对敌。我虽重得玄凌的恩爱宠幸，然而这一切，并不能叫我真正安心无虞。

我拂一拂裙上挽系的丝带，道："亲好而又防范，才是宫中真正对人之道吧。槿汐，宫中太冷漠，夫君之情不可依，主仆之情也有反复，若往日姐妹之情也全都惘然不顾，宫中还有何情分足以暖心？陵容虽然有时言行出人意料，但她对有些人还是有几分真心的吧。"

槿汐低头哑然，片刻后道："若没有后来之事，娘娘入宫后安小主对娘娘的确是颇有心意的。"

我道："人心善变我也明白，我自然会小心。"

于是槿汐不再多言，只陪我回宫休息。

然而陵容那里，终究还是要来往的，哪怕她现在居住着的是眉庄旧日的殿宇。

这一日清早凉快，携了浣碧与流朱去了陵容的玉润堂，满院千竿修竹掩映，自生清凉意味。这样的情景，自是十分眼熟的。眼前微微模糊，一切如昨，仿佛还是初得恩幸的那一年，和眉庄在夏日炎热初过的黄昏，一同在玉润堂的每只水缸中点了莲花灯取乐。

时移事易，如今此处所居的宠妃，已是陵容了。行至云母长阶下，原本抄手游廊上皆放满了眉庄所钟爱的菊花。菊花原本盛开于秋，当然因眉庄得宠，又性爱菊花，玄凌特让花圃巧匠培植了新品，夏日也能照常开放，实属奇景。此时这些菊花已经全然不见，正有内监领着小宫女替换花盆，口中呵斥道："那些菊花全退给花圃去，把小主喜欢的花全搁在廊上，一盆盆要摆得整齐好看。"

我心下微觉不快，对那内监道："那些菊花退回去可惜，全搬去本宫的宜芙馆吧。"

那内监见是我，忙赔着笑脸道："娘娘喜欢奴才自当遵命，只是这些花开得不合时令，又没什么香味儿，不如奴才叫人换了时新的香花亲自给娘娘送去……"

他一味地喋喋不休、自作聪明，浑然不觉我已经变了脸色。正巧菊青打了帘子从寝殿里头端了水出来，见我面有不快之色，很快猜到了缘由，忙朝那内监斥责道："娘娘叫你送你便送，做奴才的哪有这样多嘴多舌的，娘娘吩咐什么照办就是了，想要割舌头么？"

那内监吓得不敢出声，灰溜溜领了人抱了花盆走了。

我笑："你这丫头什么时候嘴上也利索起来了。"

菊青请了一安，笑眯眯道："娘娘抬举奴婢服侍了小主，奴婢敢不尽心么。"她打起湘妃竹帘道，"小主刚起来呢。"

殿中安静无声，昨夜安息香的气味尚未散尽，寝殿四周的竹帘皆是半卷，晨光筛进来的是微薄的明亮暖色。

没有侍女在侧，陵容也没有发觉我进来，只一个人坐在临窗的妆台前，长发梳理得油光水滑，如黑绸一般披散在小巧的肩上，尚未拢起成髻。一应的明珠簪环皆整齐罗列面前，她只是无意赏玩，伏在半开启的朱红雕花窗台上，益发衬得一张脸娇小如荷瓣，容色明净似水上白莲。陵容穿着宽大的睡衣，半合着眼睛凝神思索，身子越发显得单薄，仿佛负荷着无尽的清愁。良久，一滴泪，缓缓从她眼角滑落。

我悄然走至她身边，轻声道："妹妹怎么哭了？"

陵容闻得我的声音，一双碧清妙目遽然睁开，一悚惊起，忙揩去眼角的泪痕，勉力笑道："姐姐来得好早。"

我按住她不让起来，笑道："妹妹也好早，只怕是没睡醒，还打着瞌睡呢。"

她携了我的手依依坐下，轻声掩饰道："没有睡好，昨晚梦魇罢了。"

我把玩着她桌上一把扇子，象牙扇柄上点缀螺钿和蜜蜡制成的蝙蝠粉花，极是精巧雅致。

我取了轻轻摇摇，徐徐道："妹妹有心事也要瞒我么？"

她迟疑着，终于道："甄公子……"

我的脸色渐渐阴郁了下来，不再说话，陵容神色哀婉："甄大人真要这么狠心么？毕竟是他的独子啊……"

我坚决地摇头："妻子有孕时沾染娼门，又要为一介烟花抛妻弃子，招惹非议。爹爹没有这样的儿子，我也没有这样的哥哥。"我难掩伤心之态，"何况是他自己说，宁要佳仪不要官爵身家，嫂嫂已经归宁娘家居住，哥哥这样罔顾伦常道义，再难容忍了。"

陵容悲伤："如此，他一生的清誉也便毁了。"

我的怒气沉静收敛，悲凉道："是哥哥亲手毁的。"

陵容的眼中是水汪汪的雾气："姐姐你如何还要生公子的气，他也是有不得已的。你不觉得他很可怜么？姐姐你晓不晓得，宫中女眷都在笑话他，整个都城的人也在轻视他，人人叫公子为'薄幸甄郎'，神色轻蔑。姐姐你是他的亲妹妹，难道都无所顾虑么？"陵容一口气说得急促，声音在喉间喘息。

我的语气中有了压抑的沉重，逼视着她："不是我不为哥哥顾虑，而是他无视我所有的顾虑。为一介烟花抛弃二十年养育自己的父母、结发妻子、未出世的孩子和一切世间的伦常。他何曾为我们顾虑?"我的眼光有了审视和探询的意味,"不晓得哥哥是否为你顾虑过?"我看着她惊讶得微张的唇,笑道,"或许那个叫作'佳仪'的女子真的和你有几分相像呢?"

陵容深深地不安,局促地不敢看我,她唤我:"姐姐。"

我抚着她的肩膀,沉稳压制下她的不安,道:"男人的世界,不是我们女人可以介入揣测的。不管哥哥沉迷的那个女子究竟是怎样的人,我们的心思只管在后宫,外面的事我们无力阻止,也无心理会。"

我的无力感在自己的话语中逐渐加重,男人的世界真的是女人无法完全体会和理解的。一如玄凌,我真正理解他么?他会真正理会我的感受么?恐怕也不是的吧。

陵容的双眼无辜而迷茫,似受了惊的小鹿,半晌,声音微弱几近无声:"我只是担心他……姐姐,我担心他。"

我无法告诉她这世间的真真假假,她亦不需要知道。知道又如何呢?担忧更多么?这些是不该她担忧的,她是皇帝的女人、皇帝的宠妃,一生一世都是皇帝的,怎能分心去担忧旁的男人,为他日夜悬着心思。

然而陵容的担心牵动着我的心思,我无声地替她绾一个朝云近香髻,加饰玉珏珠簪、花钿、金栉和金钿,杂以鲜花朵朵。我平静道:"再笑一笑,这样的你,皇上会很喜欢。"

她只是默默,妆台上的栀子花开得正好,花的清芬驱散了香料焚烧后隔夜的沉郁气味,颇有清新之感。陵容叹息道:"其实姐姐很知道皇上喜欢什么不喜欢什么,为何还会失宠?"

我为她绾好最后一缕柔软的发丝,兀自微笑起来:"因为我虽然知道,但是有时候却做不到。"

她的眼眸一瞬不瞬地望着我:"那么眉姐姐呢?姐姐知道的她想必也该知道,为何她也会失宠?"

我的眉峰轻轻蹙起,淡然道:"因为她不愿意。"

陵容再没有问什么,她为自己择了衣裙穿上,敛容而坐,神色已经平静如常。临了，我道："你放心，无论什么事情总是会过去的。"

陵容很郑重地点头，忽然嫣然一笑，百媚横生。

太平行宫的日子闲得有些无聊，连时间也是发慌，宫中的琐碎规矩在这里废止了不少。随行的妃嫔不多，唯有皇后、华妃、端妃、敬妃、欣贵嫔、曹婕妤、我和陵容这几人。

许是许久没有新宠了，玄凌在行宫住了一个月后，纳了华妃的贴身侍女乔颂芝为更衣，未几，又晋封为采女，颇有几分宠爱。宫中年轻美貌的侍女们无一不是向往着有朝一日能够飞上枝头变凤凰，并为此费尽心机。而由宫女成为宫嫔一列的，也往往不在少数，例如平阳王的生母顺陈太妃，从前就是织补宫女，再如从前的妙音娘子。

这本是寻常不过的事情，亦不会有人太在意，而当曹婕妤告知我颂芝是华妃宫中的近身侍女时，我便留心了。

曹婕妤道："华妃不愿重用官宦高门之家的女子为己所用，怕日后分宠太多无法驾驭，因此选了这个颂芝。"

避暑用的水阁十分清凉而隐蔽，我弹一弹指甲问："颂芝是何等样的人，曹姐姐可曾留心？"

她微笑，展一展宽广的蝶袖，道："娘娘想听真话么？"见我只是望着水面满湖碧莲，又道，"华妃娘娘太心急，这次失策了。"

我"哦"了一声，微眯了眼睛，看她道："怎么说？"

曹婕妤道："颂芝虽然有几分小聪明，也有几分美色，不过却只是个庸才，不足以成大器。华妃娘娘想以她来分娘娘您和安小主的恩宠，实在不算明智之举。"

我从来没想过区区一个颂芝可以与我们抗衡，我只是叹一声："华妃算是黔驴技穷了。"

曹婕妤的唇角凝着一朵若有若无的微笑，淡淡道："若在从前，她从不许身边有姿色侍女贸然接近皇上的，如今却……"

我笑笑："今时不同往日了。"

日子就这样慢慢过去了。行宫不比在宫中，我又因太后的训诫不敢再随意染指政事，因而汝南王的事终究只能听到一星半点儿的影子，并不多。行宫的生活安逸而悠闲，又没规矩约束着，也就随心所欲许多。只当，是给劳顿的身心一点安闲吧。

七月的第一日，宫中举行夜宴。皇后居左，我与陵容并居右下，玄凌则居于正中，一同观赏歌舞欢会。酒正酣，舞正艳，玄凌派去慰问太后的使者已经回来，当即禀告太后身子康健。玄凌十分高兴，连连道："母后身体安康，朕亦能安心了。"说着便要重赏为太后医治的御医。

陵容含笑举杯，道："太后身体好转，皇上除了要重赏御医之外，还应该厚赏一个人呢。"

玄凌沉思片刻，问："是谁？"

陵容笑言："皇上忘了是沈容华一直陪伴悉心照顾太后的么？"于是目视使者。

使者毕恭毕敬道："沈容华照料太后无微不至，时常衣不解带，亲自动手，连药也亲自尝过才奉给太后，太后屡屡赞容华孝义。"

玄凌恍然大悟，欢悦道："的确如此，沈容华日夜侍奉，甚有苦劳。"当即传旨道："禀朕的旨意去紫奥城，晋容华沈氏为从三品婕妤，俸禄加倍。"

皇后含笑谨言："皇上赏罚得当，孝顺母后，当为天下人效法。"

玄凌笑容满面，很是愉悦，向陵容道："自当谢容儿的提醒。"又道，"容儿久在小媛一位，谦和得体，实属难得，便擢为正五品嫔吧。"

陵容忙起身谢恩，然而皇后问："以何字为封号？"

我为玄凌满满斟上一盅酒，他兴致极好，仰头喝了，随口道："便以姓氏为号吧。"

陵容一呆，脸上飞快地划过不悦的痕迹，很快保持住笑容，再度依依婉转谢恩。

皇后与我互视一眼，不由得面面相觑。从来妃嫔晋封，凡遇贵人、嫔、贵嫔、妃、夫人与贵妃，皆有封号，并以此为荣，骄行众人。唯有不甚得宠或家世寒微的，才往往以姓氏为封号。陵容并非不得宠，那么无封号一事，只会是因为她单薄的出身。

安嫔，这个位分本来颇为荣耀，但因封号一字之易，这荣宠便黯淡了。我心下哀怜，以目光安慰陵容，正欲为此向玄凌进言。

华妃的眼风很快扫过我，盛气微笑向玄凌道："其实安氏的'安'字是很好的，取其平安喜乐，比另想个封号更好。"说着面带讥讽之色看着陵容。

陵容只作不见。我想一想，再说也无必要了。华妃开口，玄凌自然是不会拒绝的，何况又不是什么天大的事，恐怕陵容自己，也不愿为了一个封号而让玄凌印象不佳。而此时此刻，她心里必定是十分难受的。她会不会怨恨自己的家世出身，并且深以为耻？她那样敏感的人，自然是难以接受的吧。而这一切，玄凌是无意顾及的。他只是凭他的直觉，想起陵容并不显赫的出身和门第。

夜宴至此，于她，已是索然无味了。

我叹息，然而暗暗里还有一丝连自己也莫名的欣慰，陵容在玄凌心中，不过如此罢了。

后来欣贵嫔在我面前提及此事，还是有些愤愤和幸灾乐祸的意味："妹妹虽然和安嫔交好，我也不怕对妹妹说——你那位安妹妹实在太会抓乖卖巧了。沈婕妤劳苦侍疾只晋位一级，她却因为自己提及沈婕妤的功劳而晋升一级，你说是谁得意了。"她拿绢子按一按鼻翼上的粉，不无快意道，"幸好皇上英明，虽然晋了嫔位，却连封号也没赐她一个。我可瞧见她回去路上都气哭了，平日还装着若无其事的样子。"

天气热得似要流火，我含了一块冰在口中，慢慢等它化了，方道："欣姐姐何必老说安妹妹，也未见她有得罪过你。她没有封号本就伤心，姐姐何苦老要牢骚几句。"

欣贵嫔嗑着瓜子道："沈容华晋了婕妤我是心服口服，那是她分属应当的。要不是昔年那些风波，恐怕早在贵嫔之位了。我只是瞧不惯安嫔那狐媚样子，永远都是一副可怜相儿，像是受了多大的委屈似的。难为妹妹你还能和她和睦相处——"欣贵嫔向来不喜陵容，人多时也常常不和她言语，若说是嫉妒，更像是发自心底的厌恶。

高华门第的女子，往往会瞧不起出身寒门的女子。所谓豪门与寒门的对立，不只是朝堂，后宫也如是。

欣贵嫔又道："华妃虽然霸道跋扈，但这次为封号一事开口也不算过分。安嫔专宠那些日子，当真是天怒人怨，整天霸着皇上，咱们连个皇上的影子也瞧不见。真不如皇上宠爱妹妹和沈婕好的时候，还常来我们宫里坐坐。"

我道："姐姐言重了。皇上一心在她身上，难免疏忽我们一些了。且放宽心吧，人人不都是这么过来的么？"

欣贵嫔"哼"了一声以示对陵容的不屑，道："妹妹难道忘了她当日是如何趁你小产失宠之际媚惑皇上的吗？妹妹和恬嫔小产之后皇上几乎未曾去探望过你们，还不是一心被她迷惑了……"

我不愿再听，出声打断道："姐姐，往日的事又何须再提呢？"

欣贵嫔撇了撇嘴："妹妹虽然不愿再提，可谁心里不为你们不平呢。"

她没有再说下去，另起了话头说起淑和帝姬近日学画的趣事。她素日话多，语言又爽利，淋淋漓漓说了一大串。我侧耳听着，心思却有些游离，原来那一日夜宴上那一丝莫名的欣慰，便在于此。

我不觉自嘲，原来我也是这样一个小心眼、容易嫉妒和耿耿于怀的普通女子啊。

然而令人费解的是，玄凌对陵容的宠爱开始从这个小小的封号风波起渐渐变得不那么浓烈了，但也略胜常人。后宫开始从陵容一枝独秀、我和华妃分承左右演变成春华秋茂、各领风骚的局势，许多已经被冷落已久的妃嫔重新得见天颜，陆续被接来太平行宫中避暑。

而这些得宠的妃嫔大半有着高贵的门第和家世，例如端妃、华妃、李修容、我、欣贵嫔、眉庄和赵韵嫔。而陵容对此变故，虽然有些哀戚，但终究也是淡淡的。

太平行宫之中，一时间争奇斗艳、热闹无比。

那一日我领着流朱早起去翻月湖采集荷花上新鲜的晨露以备烹茶所用。莲叶田田遮天，荷花高耸其上，水波粼粼如金。泛舟其间，如在碧叶红花间寻找幽深之路，偶尔折了莲蓬剥新鲜莲子吃，亦是我每日的乐事。

小舟荡过，忽然想起端妃就住在翻月湖边的雨花阁，心念一动，便道："随我去看望端妃吧。"

未近殿阁，远远闻得一阵琵琶玲玲之声，流畅婉转。我一见之下拊掌而笑，朝端妃道："从不知娘娘有这样的琵琶技艺，娘娘的本事藏得真好。"

她见我进来只是微笑点头，一曲终了，颇有神往之态，道："当年纯元皇后亲手传授我琵琶弹奏技艺，只可惜我天资不够聪颖，学到的不过十中三四而已，实在登不了大雅之堂。"

我心下对纯元皇后的仰慕和畏惧更添了一层，端妃琵琶之技炉火纯青，尚不及纯元皇后十之三四，那纯元皇后的琵琶该是弹得如何出神入化、宛如天籁。

我只笑："娘娘身有此技，难怪能得皇上欢心。"

端妃淡淡一笑，让了我坐下，道："我无须隐瞒妹妹，皇上来我处只是听琵琶而已。以我孱弱之身，根本无力服侍皇上过夜。"她的笑隐在两个浅浅梨窝之中，"如今太平行宫中妃嫔众多，个个都颇得恩宠，妹妹怎么还有雅兴来我这里？"

我轻抿了一口茶，微笑道："一时的恩遇算得了什么。姐姐聪敏非常，自然能想到其中的道理。"我回味着茶的余香，"今秋又是三年的秀女大选，不知还要有多少新人入宫，眼前这些实在区区不足道。"

她的一双眸子清亮如水，盈盈光转，道："妹妹得以常伴皇上左右知晓政局，才能如此气定神闲。"

我谦卑道："我不过一介女流，能知道什么呢，安分守己也就罢了。娘娘不也是淡然处之么？"

端妃不语微笑，望着一方碧清如琉璃的蓝天兀自出神。我只慢慢拣了菱角来吃，各得其乐。良久，端妃才看我一眼，道："安嫔的事不过是个起头而已，想必咱们日后也不能置身事外了。"

我叹息道："有人起必定有人落，皇上是故意不给安嫔封号，以平后宫高门女子对其得宠之怒。"

端妃惘然叹一声，随即平淡道："后宫跟政局，本来就没有什么差别。"

我也只是笑笑，恍若未闻。只觉得这个夏天怎么那么闷，那么长。

叁肆

霜冷匦地起

　　自端妃的雨花阁出来，我的手中多了一篮水红菱角，两角尖尖，肉质水嫩。端妃的话犹在耳畔："菱角肉美，但必须先斩其两角、去其硬壳才能尝到果肉，否则反容易被其尖角所伤，得不偿失。"

　　我微笑，人又何尝不是如此，欲有所得必先避其害。

　　红日升起，兼之万里无云，平添了几分燥热之意。我最耐不得热，身上已生了几分津津汗意，便和流朱择了阴凉清静的小径回宜芙馆。

　　待到了"玉带桐荫"一带，路边梧桐夹道、浓荫匦地，自然蕴生清凉宁静。景色既佳，又不炎热，我扶了流朱的手慢慢边看了景色边走，冷不防抬头，却见华妃带了曹婕妤和乔采女，后头跟着一群宫女、内监，浩浩荡荡走了过来。

　　华妃本高谈阔论，谈笑风生，一见了我，神色顿时冷了下来。

　　自她复位之后，我尽量避免和她正面相对再起冲突。我因她而失子、失宠，她因我而降位、失宠，彼此的恨都是铭心刻骨，无计可消。

只是如此狭路相逢，我的位分又在她之下，却是避无可避地相见，而我曾应允玄凌，为了大局，必定相忍为谋。

于是摒一摒缭乱的心神，恭恭敬敬屈膝行下礼去："华妃娘娘金安。"她身边的曹婕好和乔采女亦向我福了一福。

华妃并不急着叫我起来，她的目光审视而疑虑。时间一点一点平静地流逝，那样静，鸦雀无声。我念及当日在佽秀宫长跪一事，心下一紧不由得怅然而恨，咬着唇极力克制着自己不露出憎恨的神情，屈膝保持着平和恬淡的神情。

良久，她道："起来吧。"

她凝神望着我，目光中皆是复杂神色，憎恨、忌惮、厌恶、鄙夷、挑衅，瞬间五味杂陈，华妃似笑非笑道："本宫有今日复位之时，你可曾想到么？"

我维持着谦和的神色避于路旁，仪容恭顺，声调平稳："娘娘后福无穷，岂是嫔妾可以揣测预知的。"我重又向她福一福，道，"还未来得及向娘娘恭贺复位之喜，在此贺过。"

她冷淡道："免了。本宫不敢当莞贵嫔此礼。"她睨我一眼，难掩语气中厌恶之意，蹙起秀丽的入鬓长眉，道，"你越恭顺，本宫越觉得你可怕。"

我不以为忤，浅浅微笑道："华妃娘娘说笑了，难道娘娘是喜欢嫔妾对娘娘不恭不顺，直言犯上么？"我垂下眼睑，道，"嫔妾并不敢肆意冒犯娘娘。"

她轻蔑的神色丝毫不加掩饰，尽数流露在眉梢眼角："贵嫔客气。不敢冒犯也已经冒犯了。本宫绝忘不了昔日之事。"

她语气凌厉非常，周围一众人等在她的气势下个个噤声。

我只是不卑不亢，平板道："娘娘教训得是。嫔妾愿意时时聆听娘娘的教诲。"

华妃见我如此神气，亦无可挑剔之处，不由得气结，道："你愿意时时聆听，本宫却不愿意时时见你这副面孔。"

华妃正生气，忽然她身边一女声越众道："娘娘莫要生气，娘娘千金之体若为一介小小嫔妃气伤了倒不值许多呢。世间尊卑有道，哪里有尊贵之身为卑贱之身生气之故呢，岂不是太抬举了卑贱之人。"

这话说得刻薄，句句锋芒直指向我。我心下纳罕，以曹婕妤的立场她绝不至于出此言语，那么……抬头果然见是一个宫嫔装束的女子，正是新进的乔采女。只见她身量小巧，容颜也颇清秀，因为是华妃近身侍女出身，玄凌对她也颇有几分宠爱。此时她正毕恭毕敬扶着华妃的手肘，满面奉承地笑，仿若还是侍女一般，十分听话乖巧。

流朱不忿，变了脸色便要替我驳了乔采女的话。我连忙把她按在身后，只是笑容可掬道："这不是新得皇上宠爱的乔妹妹么。乔妹妹方才的话说得实在是正理，世间尊卑有道。妹妹这样振振有辞，一定是出身名门，屈居末流的采女真是叫人惋惜。本宫一定为妹妹向皇上进言，非至'贵人'或是'嫔'位方能彰显妹妹的身份。"

她本是宫女出身，听我这样明褒暗讽于她，连华妃也反驳不得，不由得涨红了脸，愤愤看我一眼。

我冷笑，我是要忍耐华妃，只是华妃亦晓得要避忌我几分，乔采女一味奉承华妃也就算了，却不知天高地厚对我出言不逊。

曹婕妤本是默默袖手旁观，见此情形，忙含笑上前道："皇上请娘娘和咱们姐妹去玉镜鸣琴馆听戏，听说点了娘娘最喜爱的《娘子关》，何必在这热天气和人多费口舌呢。"

华妃轻哼一声，携了乔采女扬长离去。我轻轻道："流朱，我们回去吧。"

待到了宫中，浣碧早带了人迎上来替我换了家常的衣裳，又斟了凉茶上来道："奴婢见外头热了，小姐还不回来，正想派人去瞧瞧呢。"

我笑道："就在行宫里，能有什么事呢？"

流朱虎着脸，气鼓鼓地对浣碧道："你可不知道呢。今天可要气死人了，竟然撞上了那个华妃和新得宠的乔采女，让我们小姐受好大的委屈！"

浣碧诧异道："这是怎么说？如今小姐很得皇上的喜欢，她们竟不晓得顾忌么？"

流朱冷笑一声，翻了脸色道："华妃也就罢了，一向跟小姐过不去，这是过了明路的。更可笑的是那个微末的乔采女，小小宫女出身竟敢处处指着我们小姐句句带刺。"说着噘嘴向我抱怨："小姐也太好性儿了。咱们不理会华妃也就是了，难道也由着颂芝乔张做致么？若方才依奴婢的性子，必定狠狠赏她两个耳光，禀了皇上送她去暴室服苦役。"

我指着流朱向浣碧笑道："你听听这丫头的嘴，越发厉害了，眼见的我手下就得她当家了。"说着止了笑容，正色对流朱道："你的性子也太急了。光是急性子就能办成事么？我叮嘱了你们不要和华妃顶撞，如今再说一句，也不要和她身边的人顶撞，敷衍过去就行——还怕没有来日么？"

流朱咬一咬牙，恨恨道："乔采女这样当众轻慢小姐，小姐难道要轻易放过她？"

我折下盆中的一枝雪白栀子拿在手里细细把玩，问浣碧："你说呢？"

浣碧沉默一下，答道："不如先忍这一时，以求后报。"

我屏了声气，微微一笑："忍是一定要忍这一时的，我若即刻对她翻脸下手，旁人肯定会说我无妃嫔应有的气度，更要忌讳华妃。此时此刻我还是不去招惹华妃为妙，更何况我也不屑于对颂芝这样的人动手。只是忍着颂芝不代表对其他人没有作为。"我把花枝往桌上一丢，继续说，"乔采女之所以敢这样猖狂，是因为她背后有华妃。你们以为凭她有这样的能耐？她不过是一个区区小卒。"

浣碧问："小姐的意思是……"

我将花枝别在衣襟上，闲闲地问："杜甫《前出塞》的第六首是怎么说的？"

流朱沉吟片刻，脱口而出："射人先射马，擒贼先擒王！"

我取下栀子花枝，"咔"的一声清脆折成两段，往桌上供着的雕翠大花瓶中一掷，冷凝了笑意。

傍晚的时候有凉快的风从湖面带着荷花的清新和水汽徐徐而来。风轮"咕咕"地转着，阔大绣浅淡丝线的碎花衣袖因风乍然地一飘一歇。因着我怕烦吵，早有小内监用粘了胶的竹竿粘走了所有鸣叫的蝉。身处的庭院里置满了晚香玉和素馨花，芬芳满殿，蕴静生凉。

我卧在竹簟上，犹觉得热意萌发，遂换了轻薄的蝉纱丝衣，去了沉重的钗环。晶青和佩儿一边一个为我打扇，浣碧则准备了冰碗水果，有一句没一句地陪我说着话。

正聊着，抬头见玄凌进来，忙起身让道："皇上。"

他双手搀了我起来，道："你倒是十分逍遥自在。"

我和他手拉手携着坐下，笑嘻嘻道："臣妾也是无事可忙，躲懒罢了。"我取了切好片的西瓜递到他唇边，道："现下凉爽些，皇上是从水绿南薰殿过来么？"

他唇角的笑意淡薄了些许，咬了一口西瓜，道："刚从飞雨馆过来。"

玉润堂本是眉庄在太平行宫的旧居，如今已为陵容所住，因此她今番与几位嫔妃前来，皇后便安置她住在了飞雨馆。

我见玄凌神色淡淡的，眉目间似有不豫之色，便含了几分小心笑道："眉姐姐那里的藕粉桂花糖糕做得最有风味，这个时节吃最妙。皇上尝了么？"

他望着我笑了笑："藕粉桂花糖糕的确甜，可惜那个人却不甜。但凡朕去，三次里有两次要推托了不与朕亲近。"他摇了摇头，"难道她还为昔年朕错怪她的事耿耿于怀么？"

我听他语中颇有责怪之意，忙郑重跪下，俯首道："请皇上千万不要责怪眉姐姐，都是臣妾的不是。"

玄凌不解道："朕并没有怪她，怎么你倒先认起不是来了？"

我道："眉姐姐怎会为昔日之事怨怪皇上呢？"我飞快地在脑中思量言辞，含笑道，"其实都是臣妾从前多言的不是。眉姐姐与臣妾自幼要好，又一同进宫，希望可以长久陪伴在皇上身边。眉姐姐素日为皇上身体考虑，若宠妃多了，多少总对皇上龙体有损，所以私下里与臣妾说起来都有几分担心。而皇上一向心疼臣妾和安妹妹多一些，所以眉姐姐决定效仿古代贤妃，照拂皇上龙体而不多争皇上雨露，故而有如此之举。"

玄凌一笑："如此说来，沈婕妤对朕颇为关心。"

我点头道："是。此事上臣妾不如眉姐姐。"

他眉毛一挑，饶有兴味道："怎么说？"

我见他单手支颐斜卧在竹簟上，月色下神姿出众，不由得红了脸，低声耳语道："因为臣妾做不了贤妃，臣妾想多和皇上在一起。"

玄凌神色欢悦，搂了我在怀中道："贤妃虽好，多了却也失了闺阁情趣。不如你……"

我推一推他，含羞道："皇上也不害臊呢，臣妾可不好意思。"

玄凌吻一吻我的脸颊，道："咱们自己说话罢了，理会旁人做什么。"

我见他心情愉悦爽朗，不似来时，便取了冰碗和他同吃，柔声劝解道："眉姐姐性格耿直，行动说话难免容易得罪小人，若他日有人在皇上面前言及姐姐的不是，还望皇上能够细加明鉴，不要怪罪。"

玄凌抚住我的肩膀，我长长的猫眼银珠耳坠的流苏细细打在他手臂上。他卷了我一绺发丝在手，轻轻道："你怕有人将来在朕面前言及沈婕妤的不是，却不知今日已经有人在朕的面前进言诋毁于你。"

我心下一冷，很快又平静下来，微微一笑道："是华妃娘娘么？"

他爱怜地看着我，摩挲着我的面颊，轻声道："朕知道你已经尽力容忍了。"

我用力点点头，眼眶微微湿润："皇上是不会相信的，是么？"

他握紧我的手，道："是。"

我倚在他胸前，心口忽然觉得温暖踏实。玄凌抱住我道："可是华妃生性跋扈，不达目的决不罢休。今日向朕说你对她不敬，还伙同了乔采女哭哭啼啼不休。她是必定会针对你到底了。"

我"哦"了一声，只问："皇上如何打算呢？"

他目中的光色一沉，尽染了黑夜郁郁之色，在我耳边低低几句。

我沉默了些许，幽幽道："臣妾进宫已经三年了呢。今秋又是秀女大选之际，皇上有了如花新人在侧，必定是要忘怀臣妾了。"

他只是郑重了语气，道："即便有佳丽万千，四郎心中的嬛嬛只有一个，任何人都不能取代。"他说得认真，我不免动容，伏在他胸口仰头望着星际，只见银河灿烂，辽阔无际，皆是那样远，唯有他是近的。

我只怅怅叹息了一句："只是臣妾的兄长和汝南王一党越走越近了。"

那一日的晚上，玄凌在水绿南薰殿前的凉台上设宴，各个亭台楼阁皆悬了绢红明火的宫灯，照得翻月湖一池碧水皆染上了女子醉酒时的酡颜嫣红，波毂荡漾间绮艳华靡，如一匹上好的蜀锦。

在座后妃由皇后起——向玄凌举杯祝贺，说不出的旖旎融洽风光。华妃伴在玄凌身边巧笑倩兮，丰姿爽然，艳丽不可方物，满殿的光彩风华，皆被她一人占去了。一个错眼恍惚，依稀仿佛还是在往年，她是没有经过任何波折一路坦荡风光的宠妃。我掩袖喝下一口酒，如此场景，多么像当年。翻覆之间，我们却已各自经历了如此多的起落转合。

我定定心神，扬起眼眸，起身向玄凌道："今日宫中姐妹尽在，臣妾愿敬皇上皇后一杯，恭祝皇上皇后圣体安康，福以永年。"

皇后颔首，怡然微笑，玄凌也是高兴，一同仰首一饮而尽。却见华妃只唇角含了一丝淡漠笑意，眼风却斜斜朝着乔采女扫去。

乔采女会意，立刻起身走至玄凌面前，媚笑道："皇上万福金安。酒烈伤身，臣妾用心择了一盘好果子，样样精致美味，请皇上尊口一品。"

玄凌含了一枚奶白葡萄在口中，只淡淡道："还不错。"

我睨一眼乔采女，笑道："乔妹妹是'用心'为皇上择的果子么？皇上并没有赞不绝口啊，可见妹妹还要'用心'揣摩皇上的喜好啊。"

乔采女正在得宠时，哪禁得起我这样的言语，一时紫涨了脸皮，讪讪道："娘娘教训得是。"口中却又不肯服输，道，"嫔妾在皇上身边伺候不过月余，不是之处仍有许多，但请娘娘教导。只是嫔妾虽不如娘娘善体上意，但对于皇上的一切，不敢说是不用心。"她转身向玄凌低头福了一福，道："臣妾日夜所思着想着的，没有不是关于皇上的。还请皇上明鉴。"

玄凌"唔"了一声，道："你放心，朕知道。"说着深深看了我一眼道，"有朕在，没有人敢这样说你。"

玄凌一向对我礼遇，甚少这样为一个新晋的宫嫔说话。我沉一沉脸，强自换了一副笑脸，和颜悦色道："妹妹说得极是。皇上的心意谁不是一点一点揣摩出来的呢？全凭一腔子对皇上的热心肠。"我的笑意更深，"不过妹妹可要加劲了哟。"我掰着指头，右手上三根金嵌祖母绿的护甲晃得乔采女手指上的铜镀金点翠护甲黯然失色，"如今已是七月了，八月初圣驾回銮，中秋的时候就该三年一度的秀女大选了，到时新人辈出，妹妹可有的忙了。"

玄凌见我与乔采女说得热闹，却不加理会，只专心致志和华妃说着什么，不时亲昵一笑。我只做没有看见，瞥眼望见眉庄，见她只是紧握手中酒杯，怔怔盯着华妃出神。

我心中哀叹一声，乔采女的话已经厉厉追了过来，她笑着，眼神却是刻毒而自傲的："嫔妾年幼，不过十六，许多事还不懂得。贵嫔娘娘长嫔妾两岁有余，又得皇上喜爱，自然能游刃有余教导那些与嫔妾年纪差不多的新姐妹了。"

新人一来，我的年纪自然不能算是年轻的了。纵使镜中依旧青春红颜，只是那一波春水似的眼神早已沾染了世俗尘灰，再不复少女时的清澈明净了。而宫中，是多么忌讳老，忌讳失宠。用尽种种手段，不过是想容貌更吹弹可破些，更娇嫩白皙些，好使"长得君王带笑看"，使得君王眷恋的目光再停驻得久一些。

乔采女的话字字戳在宫中女子的大忌上，我凝滞了笑容，轻蔑之情浮上眉梢，朗声道："这个的确。听说辛勤之人反不易老，妹妹从前在华妃娘娘宫中辛苦劳作，是比本宫不怕辛苦。何况妹妹能服侍得华妃娘娘如此欢心，将你献与皇上，可见妹妹多能体察上意，左右逢源了。本宫是绝对做不来的。"

话音一落，凉台上都静了，只听见远远的丝竹管弦之乐，在湖上听来越发清朗缠绵。

宫中人人皆知乔采女出身宫女，地位卑贱，又因她甚得了些恩宠，背地里早就怨声载道，非议不止。而乔采女，是最忌讳别人言及她的出身地位的，一向讳莫如深，却也止不住宫中悠悠众口。

果然，乔采女脸上一阵红一阵白，气息急促攒动，"哇"的一声伏在近旁的桌上哭了起来。

气氛尴尬得难受，我却是不屑的姿态，冷冷居高临下望着她。嫔妃们都止了饮酒欢笑，目光齐齐落在我与乔采女身上，神情各异。

玄凌转过身来，神色便有些冷寂，只目光逡巡在我与乔采女身上，淡淡不言。

华妃一声娇笑，人还未动，发髻上累累繁复的珠玉便发出相互碰触的清脆响声，在临湖的凉台上听来格外悦耳。华妃眼角高飞，睨着我向玄凌微笑道："皇上要坐视不理么？"

玄凌只是无意理会的样子，对皇后道："皇后怎么看？"

皇后一笑而对："女人多了难免有口舌之争，今日高兴又多喝了两口酒，想来不是有心的，等下散席臣妾再好好说说她们。"皇后如此说，本是有平息事端之意，大事化小便了。

玄凌本含了三分醉意，听得皇后这样说，倏然变色道："皇后平日就是这样为朕治理后宫的么？难怪后宫之中总是风波不断！"

皇后见玄凌发作，忙不迭跪下行礼道："皇上息怒，是臣妾的不是。"

皇后一下跪，众人立时呼啦啦陪着跪了一地。我不敢再和乔采女怄气，忙也跟随着跪在了地上。

玄凌有些薄醉，华妃忙扶住了他的身体，道："皇上小心。"

　　玄凌甩开她的手，斥责皇后道："你可知道你的'不是'在何处？后宫女子口角相争都不能平，岂非无能？"

　　皇后甚少见玄凌以这样的语气和她说话，身子轻轻颤抖以头磕地。乔采女知此祸本是源自我与她的争执，吓得连哭也不敢哭了。

　　皇后连连请罪，玄凌却置之不理，冷冷唤道："莞贵嫔。"

　　我一惊，忙膝行上前，惶惶低头道："臣妾在。"

　　他冷冷一声："去吧！"

　　我不解，喝了酒后身上辣辣地热，疑惑中更是惶惑和害怕，凄凄唤他："皇上——"

　　他只是携了华妃的手，转身不顾。眉庄原是神色冷清，只以冷眼旁观，此时见势不好，终于启齿道："皇上的意思是……"

　　玄凌举起酒杯，华妃殷殷斟上一杯"梨花白"，轻轻一笑，丽色顿生："皇上向来公正严明，自当不会偏私了。"

　　玄凌以指摩挲着她滑腻雪白的脸颊，头也不抬，只是语气冷漠道："莞贵嫔甄氏御前失仪，出言无状，有失妃嫔之德，明日送往无梁殿闭门思过，非诏不得外出。"

　　我的泪缓缓落了下来。无梁殿在翻月湖中央，四处无路可通，唯有小舟能至，为先前昭宪太后拘禁舒贵妃时所用。偏远不说，更是年久无人居住了。大殿无梁，连在凄苦中悬梁自杀也不可得。当日舒贵妃囚禁此中，受了不少苦楚。

　　我伸手扯住他的袍角道："臣妾侍候皇上三年，虽有失仪之处，也请皇上念臣妾侍奉皇上向来殷勤小心，宽恕臣妾这一次吧。"我抽泣，"臣妾再也不敢了。"

　　玄凌厌烦，拨开我的手道："方才对颂芝说话不是盛气凌人么？当着朕的面就敢有嫉妒言行，不知背后更如何刁钻。朕真是看错你了。"

　　我分辩："臣妾没有……皇上知道的，臣妾一向心直口快。"他并不听我的辩解，我做出又气又悔的神气，只垂了头低声啜泣。

敬妃大着胆子为我求情："皇上可否——"

然而话未说完，已被华妃截下："皇上的旨意已下，你也敢反驳么！"

玄凌乜斜着敬妃，淡淡道："无梁殿宽畅，敬妃你也想去吗？"敬妃一凛，无奈地看我一眼，深深低下了头。

华妃的笑志得意满，分外撩人，她轻声道："乔采女受委屈了……"

玄凌会意，笑容瞬间浮现在他原本不耐的脸上，温和道："就晋颂芝为从七品选侍吧。"

玄凌使一眼色，李长趋前道："娘娘请吧，奴才会打点人送娘娘去无梁殿小住的。"

我知是无法挽回了，深深一拜，道："臣妾告退了。"

没有人敢为我求情，皇后受累，敬妃也受责，谁还敢多说一句。这一仗的局面，我分明已是一败涂地了。

华妃微笑："莞贵嫔好走。"

乔采女，不，如今已是乔选侍了，她早已破涕为笑，尽是得意之态："嫔妾无能，只能替娘娘好好陪伴皇上了。贵嫔好走啊。"

我端然起身，脚步有些虚浮的踉跄。眉庄恻然转首，尽力掩饰住眼中不舍之情，她那么快转眸，然而，我还是看见了。

眉庄，你终究还是关心我的。

宜芙馆中早已乱作了一团，不时夹杂着几声宫女、内监的干哭和啜泣，唯有槿汐带着流朱、浣碧收拾着我的细软衣物，外头小允子和小连子准备着车马。我呆呆靠在窗下，独自摇着扇子。

流朱整理完了几件要紧的夏衣，又拿了一件秋日穿的长裙，迟疑着悄声问槿汐道："这个要带么？"

浣碧瞪她一眼，忙在一旁道："自然不用了。皇上能生我们小姐几天气啊？过两日准接回来了。"

声音虽轻，然而我还是听见了，徐徐道："带上吧，冬衣也带上。"

浣碧踌躇："小姐……"

槿汐却只是摇头，自妆台上取了我常用的犀角梳子和盛胭脂首饰的妆盒，轻声叹息道："皇上怕是真生气了，否则怎会去无梁殿呢？娘娘你好端端的怎么惹皇上动怒至此？"

我阻下她的话头道："哪里是好端端，是有人推波助澜，唯恐天下不乱呢。"

正收拾着，李长进来了，向我请了个安道："娘娘，车船已经备好了，无梁殿业已打扫干净，娘娘请启程吧。"

我没有说什么，只是默默。片刻，问了一句："皇上现在何处？"

李长只是垂着他从来就恭顺的眼眸，道："华妃娘娘处。"

我明白，长长地叹息了一声，简衣素髻踏着满地细碎花叶而出。

然而方垂下帘幕，车外有一个清婉的声音急切道："甄姐姐留步。"

我自车中漫卷起帷帘，探出身去，道："是谁？"

夕阳暮色下，倦鸟归林，红河影重，那种血色的苍茫之感，仿佛重重压迫在人的心口。陵容身影瘦削，只携了宝鹃的手，抱着一个包袱道："姐姐留步。"

我黯然微笑，摇头道："你是来送我的么？在这个节骨眼上何必亲自来呢，太惹眼了，以后你的日子便更难过。"

陵容的笑清淡而温婉，和她的身姿一样弱柳扶风，翩翩跹跹。她走近我，轻声道："我不是来送姐姐的。"她把包袱紧紧抱在胸前，道，"我已禀告皇上，愿与姐姐同去无梁殿居住。"

我震惊不已，一时情绪莫名，道："你说什么？"

陵容的神情淡泊而镇定："我与姐姐同去无梁殿，皇上也已经应允了。"

感动如潮水荡涤周身，我的震惊只有片刻，很快醒神道："不许乱说。

无梁殿是什么去处，你若陪我一去，在这宫中的前程便算是断送了。"我神色黯淡，望住她道，"何况我这一去，名为思过，是连哪一日能回来都不晓得的。只怕不好的话一辈子都要在无梁殿中过了。你何必陪我去过这样的日子？"

七月十五的夜，我因罪素简的衣衫单薄得有些禁不住夜来的风。我忽然想起，今日便是传说中的鬼节啊，连晚风也是阴森的，带着些许戾气和悲怨。陵容的神色有些凄凉，凄凉之外却有隐隐约约的轻松之意。她的声音在呜咽的风中听来有些不太真切："陵容近来见罪于各宫嫔妃，且姐姐待我恩重如山。与其在这宫中继续钩心斗角、受冷落苦楚，我情愿陪伴姐姐，相互照顾。"

我叹息，眼角不觉酸酸地湿润。

陵容说的亦是实情，自她被册封为嫔位后，玄凌对她的恩宠也大不如从前了，常常三五日也见不到一次。又因她未有正式的封号，虽名列正五品，一应供奉却比有封号的嫔位们低了一等。而她的册封却让宫中的人在嫉妒之余也明白玄凌对她也不过尔尔，又见玄凌如今待她如此，越发明里暗里敢讥诮于她，她的日子实在也不好过。

陵容见我迟疑不定，哀哀道："姐姐成全我吧。"她把弹花包袱递到我面前，有些使性子似的道，"我连包袱也收拾好了，姐姐若是不肯，我也不回玉润堂，就只能在宜芙馆给姐姐看着空屋子过日子了。"

她肯这样做，算与我是患难之交了吧。与我同去，对她也算是好的避风港了。

我轻轻握住她的手，将她的包袱接于手上，道："只要妹妹不怕无梁殿偏远孤清，没什么人服侍。"

陵容微笑，欣喜之色难以掩饰，道："只要有姐姐在。"

无梁殿并不远，在翻月湖的湖心岛上，换了小舟荡了两炷香的时间便到了，只是除了船，再没有别的途径可以到达无梁殿了。

离船登岛，偌大的无梁殿是开国皇帝为皇后所筑的避暑凉殿，只是不见梁椽，唯有四周巨大的窗户，视野开阔，而所见之处，除了碧草宫墙，唯有茫茫湖水，碧波荡漾。

浣碧打量完四周内外，不无庆幸地叹息了一声，道："虽然不能和宜芙馆相比，但所幸也不算太荒芜失修。"说着和槿汐、流朱、宝鹃、小允子一道动手，在寝殿安放好箱笼铺盖。

陵容出来，喜滋滋道："我还以为无梁殿早已破败不堪，原来还算干净整洁。总算皇上虽然听信华妃，也不是一味苛待姐姐的。"

我听她所言，眉心一动，向送我们前来的李长道："无梁殿虽然不能面君，但是收拾得清爽洁净，本宫知道公公费心了。在此谢过公公。"

李长会意，躬身道："娘娘昔日对奴才颇为关怀照顾，今日娘娘遭难，奴才只是尽一尽心意罢了，只盼往后还有服侍娘娘的机会。"我心下好笑，这个老机灵，话转得那么见机顺畅。

陵容含笑道："姐姐从前待人的心，今日有了回报了，连我也能跟着沾光不少。"

我微微一笑，李长忙道："奴才不能多逗留，以后一应供应奴才都会派人送来，这些船只可都要遣去了。天色已晚，娘娘和小主先歇息吧。"

我神色一黯，道："劳动公公了，请吧。"

见李长走了，陵容道："姐姐别太灰心，皇上只是一时受了蒙蔽而已，心里还是很疼爱姐姐的，指不定哪天就接姐姐出去了。"

我拍拍她的手，安慰道："我没有事，难为你也受苦了。"我想一想道，"怎么你只带了宝鹃一人来，菊青呢？一个宫女够使唤么？"

陵容甜甜一笑，道："宝鹃是我的贴身丫头。菊青是姐姐赠给我的宫女，我怎么忍心带她来这里，叫她看守玉润堂了。"她笑着抚着自己的手道，"姐姐放心，我也会些针线上的功夫，有什么自己动手就是了。"

我见她如此说，不免感慨："真是难为你了。"

在无梁殿的日子过得平静而寂寞，每日里只对着阔大的宫殿和几个宫女、内监，所能做的，不过是绣绣花、看看书，和陵容在一起说话解闷，偶尔高兴的时候，一起研制几味小菜和点心，或是对着古籍配制简单的香料，自己取乐。

这样的时光，就像是我和陵容尚未入宫前的景况，日日形影相随，更少了枯燥乏味的宫廷礼仪教习。貌似是没有争斗的平和日子了，而我的心中却是不安。这不安不是因为失宠幽闭，而是深深的担忧和关切。

玄凌他可好？哥哥他可好？

日子忽忽过去了十余日，天也要凉下来了。我每天总是在湖边独坐上一两个时辰，远远眺望翻月湖沿岸密集琳琅的宫殿，眺望水绿南薰殿里的玄凌。他可还顺心么？

在对政事的忧心里，偶尔思绪会有一分旁逸，满湖莲花盛开到将要颓败，叫我想起那年太液池的莲花也是如斯情景，他泛舟悄悄把我送回棠梨宫。也是他，在四月使得白莲盛开为我贺寿，那些用心。

而这次来太平行宫，我仿佛却不再见到他的踪影，亦不愿问及。只恍惚听人说，玄凌遣他去了边关，名为赞襄事务，实则不过是寻个机会让他游山玩水去了。他在军中整日醉酒，汝南王只是置之不理。因而皇室中人言及他，多半是打个哈哈，笑着言说那是一位继承了父母好皮相的闲散王爷罢了，一味通文却手无缚鸡之力。

我却明晰地记得，那一支贯穿了一对海东青双眼的利箭，是出自他手。

玄凌养兵千日，必有一时之用。

陵容每见我怔怔望着湖水出神，总是略带了忧愁道："姐姐是在想谁吗？"

我清冷转首："无人可想，只能想一想自身。"

陵容拂起裙角，在我身边坐下，岸风沁凉，吹皱了她单薄而清秀的容颜。陵容淡淡道："皇上怕是已经忘了我们吧。"

八月初的时候，李长亲自来了一趟，送来了秋令的衣料和一些琐碎的东西，我便吩咐了人下去收好。

李长见我略清瘦了些许，道："娘娘还好么？皇上很是记挂呢。"

我点头："我还好，请公公转告皇上放心。"

我假意漫步，走至临水处，见周遭无人，方才问道："皇上好么？"

李长带了笑容道："皇上好。"

我还是不放心，又追问一句："一切都好吗？"

他低头垂目，道："皇上那里一切顺遂，娘娘请放心。"我长长地舒了一口气，神态也轻松了许多。

李长躬身道："奴才此次来是想告诉娘娘，皇上明日就要回銮了。"

我心下担忧他在京城会遇到的情形，口中却是淡淡地"哦"了一声，道："有劳公公好生服侍皇上。"

我仰首望天，苍穹无际，水天一色而接，叫人分不清尽头在何处。李长趋近我，小声道："皇上的旨意，太后凤体尚未痊愈，今秋的秀女大选延期举行。"

我的松快不动声色地蔓延到全身。

华妃得幸，汝南王蠢蠢欲动，这个时候我自顾不暇，若再来一批新人兴风作浪，难免要顾此失彼。

玄凌亦是明白的，新进宫的嫔妃身后都有各自的势力，在这个节骨眼上，只会让局势更加错综复杂。多一事不如少一事吧。

我轻拂衣上尘灰，道："宫中的事就请皇后多照拂了。"

李长点头："是。就再委屈娘娘一段时日了。"他从身后翻出一个丝绵包袱，道，"这是沈婕妤交给奴婢的。她说天气渐冷了，皇上又不允许娘娘回宫。湖上风大，特意让奴才带了来。"

心中温热复酸楚，无论有如何的嫌隙，眉庄心里总是惦念我的。

李长临走时道："奴才明日要走了，奴才的徒弟小厦子还算机灵，以后就由他来为娘娘送东西了。"

他走了两步，我追上急道："万一到了京城有什么不好，一定要派人来告诉我。"

李长劝解道:"皇上正是担心娘娘首当其冲身受其害才要娘娘避开这阵子,娘娘安心要紧。"

我颔首,心中唯愿玄凌能顺遂平安。

玄凌和后妃离开后,太平行宫重又沉寂了下来。我从未在这样的季节静心观赏这座华美的皇家园林。原来一度喧嚣过后,它也是寂寞的。

远离京城和后宫的日子,如同与世隔绝了一般。但尽管如此,京中前朝的消息,还是有一星半点儿秘密地借由小厦子传到我的耳里。有时是欣喜,有时是焦急,更多的是担忧和关切。

满湖荷花谢了,秋雨潇潇,枯残的荷叶被雨击打的声音让我辗转难眠。

枫叶红了,菊花开了,大雁南飞了。渐渐秋风也变得冷冽,肃杀之意独浓。待到霜落时,转眼两个多月已经过去了。其间最大的喜事,便是嫂嫂在薛府生下了一个白胖健康的男孩。甄门有后,我亦可放心不少。

那一日夜深,我和陵容同在窗下,她低着头在缝一件冬日要穿的棉袄,我则对着烛火翻看史书。流朱倦极了,在一旁打着盹儿,呼吸略有些沉重,唯听见书页翻动的声音,沙沙沙沙,夹在湖水拍岸的声音中,像是下着小雨。

书籍发黄的纸页间有墨迹的清香,一字一句皆是前人的事,皆隐没在此间了。史书大多是男人的历史,且不说春秋战国南北对峙的乱世时兄弟阋墙、父子成仇,单在治世,就有汉景帝的"七国之乱"、唐太宗的"玄武门之变"、诸子夺位、宋太宗的"斧声烛影"。一部史书,皆是刀光剑影、血泪写成。

兄弟之争!兄弟之争!不是你死就是我活,胜者为王,败者为寇,生死皆是一瞬。我的心颤颤地害怕,手一软,书便跌在了地上。

陵容抬起头,面带惊异地询问:"姐姐怎么了?"

　　我怕被她看出了心事，忙掩饰着笑道："没什么，捧着书手也酸了。"

　　陵容"扑哧"一笑："我总是想不明白，姐姐怎么那么爱看书呢，我见了那一个个蚂蚁似的字就头疼。"

　　我俯身拾起书，笑笑道："不过是解闷儿罢了。"

　　我依旧翻开书页，人却是怔怔的了。不管我在不在玄凌身边，他本就是我的一切，我的荣辱、生死、尊卑皆是由他给的，无论我是否全心爱他，是否心甘情愿陪伴在他身边，我们都是一体的。他荣耀时我未必荣耀，而他卑辱时我却一定是卑辱的了。

　　而他费心筹谋许久，是一定不能输的。万一，我不敢去想这万一，他若不在了……

　　这一点念头一动，自己就心慌意乱了，胸腔一闷，直想哭出来。原来，我是这样害怕他死去；原来，我对他还有这一分真心。

　　于此，我才知晓我与玄凌是怎样的一种心系和牵念，利益之外，亦是有真情的吧。

　　正出神，陵容推一推我，关切道："姐姐近日老是心神不定，可是有心事么？"

　　我摇一摇头，正要说话，桌上的红蜡烛从烛芯里毕毕剥剥地一连爆出几朵火花，在寂静中听来分外撩人。

　　陵容却先笑了："灯花爆，喜事到。凭姐姐有什么心事，也尽能了了。"

　　我明知此事虚无不可靠，然而话却是说到我心头的，不由得唇角便含了笑。

　　正说着话，槿汐捧了一盆炭火进来，唤醒了流朱，笑道："天一冷，流朱姑娘越发贪睡了。"槿汐上前握一握我的手，道："娘娘的手有些冷了。"说着取了手炉煨在我怀里，兴致勃勃道，"奴婢在炭盆里煨了几个芋头，等下便可吃了。"

　　她这一说，流朱的瞌睡也醒了，陵容喜滋滋道："从前在家还常吃，如今隔了几年没尝了，闻着觉得特别香呢。"于是围着炭盆，说说笑笑吃了起来。我恍惚地听她们说笑着，心却远远飞去了紫奥城。

　　好消息的传来是在真正入冬的前几日，那日的阳光特别好，我看着流朱和浣碧把被褥都搬了出去放在太阳底下曝晒，时不时拿大拍子拍一拍，便有尘灰蓬勃而起，迷迷茫茫的如金色飞舞，有些微的呛人味道。

　　我眯着眼躲避日光的强烈。我的日子过得这样琐碎而平凡，而玄凌，他可成功了吗？汝南王也确实不好相与啊。

　　正想着，遥遥见湖上有船队驶来，彩旗飘扬，心口一紧，端不知这一来是福是祸，手便下意识地伸到了襟中，牢牢蜷握住一把小小的匕首。

　　临被叱责的前一晚，玄凌与我在庭院中，他的手指抚摸过我的面颊，将一把小小的匕首放在我手中，语气沉沉道："存亡之事，朕也没有十足的把握，若有不测，你……可以防身。"

　　我郑重贴身收下："皇上是天命之子，必当顺遂如意。"我的唇齿瞬时凌厉决绝，"若真是邪而侵正，臣妾绝不苟活。"

　　玄凌拉着我的手，沉默一如天际星子。

　　我回神，玄凌若真一败涂地，没有了权位与生命，那么我亦不能自保了。与其到了汝南王和华妃手中备受凌辱和折磨，我情愿一死。

　　死亡的恐惧很快地逼近我，那么近，不知道下一秒自己还能否无恙呼吸。万一那艘船队是汝南王所遣……我陡然生了锐意，横一横心，若是自戕，亦要轰轰烈烈。若玄凌真绝于他手，我亦要拼力手刃几人，不能白白去了。

　　这样一想，心思也镇定了不少。这已是最坏的打算，事情再坏亦不能更坏了，反而没有了畏惧。

　　而迎来的正是小厦子，他满面喜色，只说了两个字："成了。"

　　心头大喜，身体一软，匕首"铛"地落在了地上："皇上可是一切无恙吗？"

　　小厦子忙磕了个头，道："皇上万无一失，龙体康健。"

眼泪潸潸而下，原来是喜极而泣，心腹大患的汝南王就这么除了。小厦子忙欢喜道："娘娘别哭啊，大喜的事。皇上口谕让奴才迎娘娘和安嫔小主回宫，赶紧着吧。"

我轻轻拭去脸颊的泪水，用力点一点头。

回宫的第一晚，玄凌宿在我的棠梨宫中，只捧了我的脸瞧个不住，他怜惜道："一别近百日，嬛嬛你可清瘦了。"

我抚着脸颊道："无梁殿与外隔绝，臣妾日夜为四郎悬心。"

他忽地想起了什么，温和道："安嫔当真与你情重，知你囚禁无梁殿，便哭着来求朕允她去和你做伴。同甘容易共苦难，雪中送炭之情难能可贵啊。"

他的语气中颇有激赏之意，我低低道："安妹妹果如皇上所说，但臣妾不敢把真相告之，少一人知道总是好的。"见他颔首，我凝望着他，"皇上可还好吗？"

他将我拢在胸口，道："自你回宫，这话已经问了好多次了。"

我一怔，轻轻道："是么？臣妾自己也不知道了。"

他拍着我的背："没事，如今什么都过去了。"

"什么都过去了？"我喃喃。

"是啊。"玄凌颇有感叹，"六弟的人夺了汝南王在各地的兵权，囚将领而折其兵。"

我轻轻地"啊"了一声，心下一动，却是什么也不说。玄凌听我疑惑，遂笑道："你以为与六弟一起厮混的真的只是些文人墨客么？六弟本人也不是手无缚鸡之力啊。"

我微笑："原来四郎早有安排了，此前种种，不过是迷惑他们罢了。"我脸上笑着，内里却忧心忡忡了。玄清虽然为玄凌所用，但他此番介入政变，又让玄凌知道他有调兵之能，恐怕他的处境只会让玄凌忌惮了。有了汝南王这个前车之鉴，玄清生母为舒贵妃，又是先帝器重的儿子，玄凌的猜忌怕会更多吧。

他笑："你兄长也功不可没，若非他能借机得到汝南王党羽的名单，又率羽林军节制汝南王府邸，也不能如此迅速得成大事。"

我微有惊诧："汝南王竟无反抗么？"

他颇有些自得："此前毫无先兆，前一晚太后还邀了他的王妃、世子至宫中探视帝姬，并留他们宿于宫中。"

我微微叹息："他是顾忌妻儿啊。"

玄凌道："不顾忌也不成，他手下已无可调之兵，只有王府中的家将可做一时的负隅顽抗。他是个明白人！"

我心下微微一动，哪怕汝南王有不臣之心，但对于妻儿，是无比珍重的。何况他对于权力的欲望，更多的是来自年少时的种种委屈和被漠视吧。于是问："那汝南王此刻如何了？"

玄凌神色一沉，道："拘于宗室禁府。朕已着六部共议其罪。"

我没有说话，这样的处置也在情理之中，只看这罪议成如何。玄凌舒缓了神色，向我道："知道你嫂嫂生了个男孩儿吗？"

我笑："原来四郎也知道了？"

他呵呵一笑："事情已经了结，也可让你兄嫂夫妻团圆了。你兄长可是折堕了名声，连孩子落地也不能去看。"

我微笑道："本是为了家国和皇上，这些委屈不算什么的。"

他舒心地笑了，棠梨宫红烛高照，暖炉熏香，自是不同于外间霜冷天气了。

第二日清早便去向皇后请安，华妃依旧还在其列，只是神气颓然，早已不同往日了。我亦不心急，前朝之事不便牵连后宫，昔年玉厄夫人的兄长博陵侯谋反，先帝也并未废黜她，只是冷落了而已。就算我不说话，皇后也不肯放过她。依礼见过之后，絮絮几句也就散了。

众人散去，皇后独留了我，温言道："贵嫔辛苦了。"

我忙含笑道:"皇后娘娘陪伴在皇上身边照料更是辛苦。臣妾多谢娘娘。"

她眸中含了深深的笑意:"本宫与你都是为皇上分忧,怎能不尽心尽力呢。"

她独留下我,自然不是为了闲话家常。皇后慢慢抚弄着护甲,道:"华妃的地位迟早不保,她身边的人怕是也要受牵连,再除去殁了疯了的,皇上宫中的妃嫔不多了。"

我心下微凉,依旧笑道:"娘娘是要为皇上选秀么?那本是应当的,本来就说是推迟了的。"

皇后端然坐着,道:"秀女是一定要选的,但不是现在。眼下诸事繁多,也费不起那个心力劲儿。皇上的意思是……"她微眯了眼,望着窗外满地浅浅的阳光,道,"此次平息汝南王之事,有不少有功之臣。"

皇后没有再说下去,只是平静地望着我,眸中波澜不兴。我已明了她的意思,屏一屏呼吸道:"这些功臣之家有适龄的女子可以选入宫中为姊妹的话是最好不过了,相信必定是大家闺秀,举止端庄。"

皇后释然地笑了:"原来皇上、本宫和贵嫔想到一处去了,那就由本宫择了好日子选取入宫吧。"

我福一福,含笑道:"皇后娘娘为后宫之主,娘娘拿主意就是了。"

皇后端起茶盏,轻轻吹了吹气,慢条斯理道:"不过话说回来,你也是出身功臣家的女子啊。"

几日后,六部同议汝南王玄济的罪状,共十大罪项:藐视君上、背负先皇、结党营私、紊乱朝政、阻塞言路、殴打大臣、中饱私囊、别怀异心、滥用武功、拥兵自重。条条都是罪大恶极的死罪。

玄凌准其奏,然而下旨却是:念汝南王颇有战功、效力年久,兄弟手足,不忍杀之令先帝亡灵寒心,故朕不忍加诛,姑从宽免死,着革去王爵尊荣,贬为庶人,终身囚禁宗室禁府,非诏不得探视。

"那么王妃、恭定帝姬和世子呢？"我问。

他淡然道："一应贬为庶人，不过朕已允许他们继续留居汝南王旧邸了。"他又道，"也是太后的意思。"

我默默黯然，男人的权力争斗之中，女人向来只是小小的卒子，荣辱不由自身。今日的庶人贺氏回到旧居，目睹昔日的荣华和今日的颓败，会是怎样的心情？

然而这黯然也只是一瞬的事。我很快清醒，若今日败的是玄凌，恐怕我的下场连贺氏也不如。她尚有安身之所，我却是连葬身之地都没有了。

玄济既已治罪，接下来就是诛其党羽。这些事在摄政王时玄凌已经做得娴熟，如今更是驾轻就熟，杀的杀、贬的贬、流放的流放。慕容一族作为玄济最重要的心腹亲信，自然是株连全族。

于是有大臣上书，劝谏玄凌用严刑厉法治理天下，防止再度动乱，尤其对慕容一族曾经手握兵权的人，定要九族皆灭，以儆效尤。

玄凌慢慢抿着茶水，把奏章递到我手中，道："你也看一看。"

我细细看完，只问："皇上的意思是……"

他道："也算有几分道理。"

我合上奏章，恭敬地放于他面前，只问："皇上觉得汉朝文景如何？秦始皇父子又如何？"

他道："文景乃治世之典范，源于汉文帝、汉景帝宽仁待人，修帝王之德；而秦始皇父子……"他轻轻一哂，"暴戾之君矣，国乱由此起，后世君主当慎之戒之。"

我站在光影里，微笑道："文帝、景帝多次嫌刑罚严苛，苦于黎民，因此减轻刑责；而秦始皇与秦二世时刑罚苛刻，动辄株连诛杀，民心惶恐。王者之政，尚德不尚刑，怎可舍文景而效法秦始皇父子呢？"

正说话间，外头有女人哭闹的声音。李长进来道："启禀皇上，华妃娘娘求见皇上。"

玄凌神色一僵，冷冷吐出两个字："不见！"

"这……"李长为难道,"华妃娘娘今日已经求见了三次了,这回连头也撞破了。"

玄凌背转身去,道:"告诉她,求见三百次也没用。找人给她包扎好伤口,让她好好待在自己的宫里。"李长应声出去,玄凌缓和了一下神色,道:"咱们说咱们的。"

我觑着他的神色道:"是。臣妾只是觉得,乱世才当用重刑。若杀生太多,反而使民心不定。"

他踱步沉思片刻,道:"今番之变,朕只严惩首恶,其余的人,留他们一条生路吧。"

我心中从容,笑逐颜开道:"皇上圣明。"

玄凌提起朱笔在奏章后批复道:"夺慕容一族爵位。斩慕容迥、慕容世松、慕容世柏,未满十四女眷没入宫廷为婢,余者皆流放琉球,终生不得回朝。"

一颗心,就这样定了定。前朝的事玄凌自然会料理,后宫,也到了该清一清的时候。

华妃,你已经是孤身一人,再无所依了。

后宫品级次序表

皇后

正一品：贵妃、淑妃、德妃、贤妃

从一品：夫人

正二品：妃

从二品：昭仪、昭媛、昭容、淑仪、淑媛、淑容、修仪、修媛、修容

正三品：贵嫔

从三品：婕妤

正四品：容华

从四品：婉仪、芳仪、芬仪、德仪、顺仪

正五品：嫔

从五品：小仪、小媛、良媛、良娣

正六品：贵人

从六品：才人、美人

正七品：常在、娘子

从七品：选侍

正八品：采女

从八品：更衣

图书在版编目（CIP）数据

甄嬛传. 2 / 流潋紫著. -- 北京：作家出版社，2020.1
（2025.8 重印）

ISBN 978-7-5212-0842-9

Ⅰ. ①甄… Ⅱ. ①流… Ⅲ. ①长篇小说 – 中国 – 当代
Ⅳ. ①I247.5

中国版本图书馆 CIP 数据核字（2019）第 287585 号

甄嬛传. 2

作　　者：流潋紫
书 法 字：严　忠
责任编辑：袁艺方　卓尔文
装帧设计：孙惟静
出版发行：作家出版社有限公司
社　　址：北京农展馆南里 10 号　　　邮　　编：100125
电话传真：86 – 10 – 65067186（发行中心及邮购部）
　　　　　86 – 10 – 65004079（总编室）
E – mail: zuojia@zuojia. net. cn
http: // www. zuojiachubanshe. com
印　　刷：中煤（北京）印务有限公司
成品尺寸：150 × 218
字　　数：308 千
印　　张：23.25
版　　次：2020 年 8 月第 1 版
印　　次：2025 年 8 月第 9 次印刷
ISBN 978 – 7 – 5212 – 0842 – 9
定　　价：50.00 元